동국대학교 일본학연구소 번역총서

고종의 자객

아오야기 미도리(青柳綠) 지음

윤 상 현 옮김

지식과교양

본 저서는 2017년 대한민국 교육부와 한국연구재단의 지원을 받아 수행된 연구임 (NRF-2017S1A5B8059712)

머리말

　본 역서『고종의 자객(원제, 李王の刺客)』(1971)은, 1894년 3월 28일 상해에서 김옥균을 암살한 홍종우를 주인공으로 하여, 당시 고종과 민비의 폐해와 정치 문란 및 조선과 일본 간의 정치적 갈등관계 그리고 조선 패망과 일제 식민지화 되는 과정을, 경성에서 유년시절을 보냈다고 하는 한 일본인의 동시대적 관점에서 재조명하고 있다. 물론 김옥균을 암살한 자로 낙인찍혀 지금까지 한국 근대사에 가려진 홍종우란 역사적 존재를 현대에 재소환한 점도 새롭거니와, 그와 함께 근대에서 현대에 이르기까지 일본인들이 생각하는 한일역사 인식, 즉 과거 일제식민지란 비참한 결과를 초래하게 된 한일합방의 근본적 원인이 무엇이며, 결국 고종을 비롯해 조선 정치인들의 무능과 배신에 의한 책임 또한 있지 않은가에 대한 인식의 한 단면을 엿볼 수 있다.

　이러한 일본의 역사 인식은 일제 식민지의 책임을 일본뿐만 아니라 조선에도 있다는 자기 합리화임을 부정할 수 없다. 그러나 그와 동시에 한편으로는 우리가 익히며 배워 온 한일합방에 이르는 과정을 다시금 새롭게 바라보는 관점을 제공했다는 점에서 의의가 없지 않으리라 본다. 왜냐하면 우리가 조선 오백년 동안 중국을 의지하며 착하게 살고 있었는데, 어느 날 새롭게 등장한 일본의 제국주의 침략으로 인해 망하고 식민지를 당했다고 하는 단편적이고 미시적 사고방식은 마치 우리의 과오를 남에게 떠맡김으로써 면죄부를 주는 행위처럼 경계해야 하기 때문이다. 다시 말해 과거 역사적 진실을 해명하기 위해서라도 우리의 슬픈 역사를 있는 그대로 받아들이되, 이국인에 의한 우리 역사의 타자화로 만에 하나 잘못한 바가 있었다면 우리 또한 역사의 교훈으로 삼고 반성할 필요가 있다고 본다.

그래야만 작가가 〈후기〉에서도 언급한 것처럼, 한일 간 과거에 얽매인 '자책과 증오를 초월한 넓은 마음으로 서로 손을 맞잡을 수' 있으며, 이를 계기로 하여 두 나라가 앞으로 닥칠 여러 어려운 고난과 역경들을 함께 해결해 나갈 수 있으리라 믿는다. 그리고 이것이야말로 역자가 본 작품을 선택하고 번역하게 된 이유이기도 하다.

본 작품은 번역상 어려움이 많았다. 무엇보다 역자 본인의 일본어 실력이나 혹은 한국어 어휘 부족으로 어색하고 서툰 문장들이 많이 있을 거라고 본다. 또한 작품 자체가 일본인 시각으로 쓰여진 탓에 친일적 색채가 농후한 점이 있다. 이 자리를 빌어 연구하시는 분이나 독자 여러분께 진심으로 죄송스럽게 생각한다. 그리고 번역하면서 몇 가지 참고사항을 덧붙여 읽는데 도움이 되고자 한다. 우선 작품 내용상 총체적으로 이해하는데 어려움이 많았다. 그 이유는 수많은 역사적 인물과 사건이 등장하는데다 문맥 자체가 일관적이기 못해 자칫 작품의 흐름을 놓치는 경우가 많았는데, 이에 원문에 벗어나지 않은

범위 내에서 약간의 의역을 하였다. 또한 단어 선택에 있어서도 원문에서는 다양하게 기술되어 있는데, 예를 들어 '고종'을 '이왕(李王)', '이희왕(李熙王)', '국왕(國王)', '한국왕(韓國王)' 등이 서술되어 있어 고종으로 통일시켰다. (단, 민비의 경우, 원문에 나온 대로 중궁(中宮), 민후(閔后) 등을 그대로 번역했다) 그리고 작품에 등장한 일본 인물이나 사건 등은 가급적 각주를 넣어 이해를 높이고자 했으며, 한자어와 새로운 단어는 본문에다 부연 설명을 하였다.

마지막으로 이번 번역에 도움을 주신 분들에게 고마움을 전하고 싶다. 바쁜 와중에도 일본어 번역에 도움을 주신 문순회 선생님이나 몇 번이고 부족한 초고를 읽고 지적해 준 친구 이민호에게 감사를 드린다. 그리고 이 책이 나오기까지 출판에 도움을 주신 동국대학교 일본학연구소 한일불교학술연구기금(이시가미기금)과 스미토모 재단(住友財団)의 「アジア諸国における日本関連研究助成」 그리고 지식과교양 윤석산 사장님에게도 감사의 마음을 전하고 싶다.

2017년. 9월
윤 상 현

차
례

고종의 자객

8

제1장
아리랑 노래

1

아버지께서 생전에 만나자고 약속했던 종로 면포상 남자가 이동(泥洞, 현재 종로구 운니동 부근)에 있는 홍종우 집을 찾아왔다.

"이렇게 빨리 돌아가시다니."

면포상은 애도할 마음이었는지, 포동포동하게 살찐 하얀 얼굴을 실없이 좌우로 흔들고 있었다. 하지만 그의 말과는 달리 홍종우는 아버지의 죽음을 기다리고 있었음이 틀림없다고 판단하며 방심해서는 안 된다고 생각했다.

소위 경성(京城)에서 상업이란 노천시장이 열리는 장날로 정해져 있다. 종로에 점포를 내고 있는 사람은 궁정 어용상인(관아 또는 부자들에게 물건을 대는 장사치)을 겸한 부상(富商)들이다. 오십 줄이 넘은 이 면포상도 왼쪽 손가락에 금가락지를 두 개나 끼고 있지만, 얼굴에 드러난 비루함은 어쩔 수 없는 모양이다.

홍종우는 가죽주머니를 건넸다. 가죽주머니에는 양반 신분을 증명하는 나무로 만든 호패가 들어있다. 돌아가신 아버지의 주소, 이름, 연령에다 '효창원봉사(孝昌園奉事, 조선 제22대 왕 정조의 원자인 문효세자의 묘에 종사하는 종8품 벼슬)'라는 몇 년 전에 얻은 관직이 적혀 있고, 관할 관청 능원관(陵園官, 왕족의 무덤을 관리하는 사람)의 낙인이 찍혀있다. 홍종우의 아버지는 일찍이 효창원의 능묘장이었던 것이다. 신분증명은 이 나무패와 족보뿐이다. 공식적으로 장부에 기입된 것이 아니기에 사고파는 것은 자유다.

"30냥 정도면 되겠나?"

곰방대로 천천히 담배를 다 피우던 면포상은 대충 값을 매겼다. 30냥이면 소 한 마리나 노비 가격보단 조금 비싼 가격이다. 부모님이 돌아가신 후, 양반 가문을 팔아야 하는 젊은 아들의 처지를 헤아린 것이다. 홍종우는 17세가 되었다. 성인식 관례(冠礼, 15~20세가 되는 남자는 갓을 쓰고, 여자는 쪽을 찌며 성인이 되던 예식)를 마친 2년 전에 결혼했다.

어금니를 꽉 깨물며, 굵고 짧은 목을 한 면포상을 똑바로 쳐다 본 홍종우의 눈이 이상하게 빛났다. 평상시에는 졸린 듯한 눈을 하고 있었으나, 마음속에 뭔가를 정할 때는 언제나 이러한 눈빛이었다.

"괜찮습니다. 그 대신 호패만입니다."

나이에 걸맞지 않은 홍종우의 대담한 답변에, 면포상은 굵은 목을 저으며 당황했다.

"족, 족, 족보는 어떻게 할 셈인가?"

호패와 함께 선조(先祖) 때부터 정확한 계보를 쓴 족보가 없다면, 진짜 양반이라 말할 수 없는 일이다.

"당신께선 돈이 있는데다가, 그 호패까지 가지고 있다면 명실 공히 양반이십니다. 아드님도 과거를 응시할 수 있으니 입신출세는 뜻대로 될 것입니다."

홍종우는 분했다. 과거는 1년에 열 번이나 거행되고 있었다. 관례를 마치면 수험자격이 주어졌지만, 급제하는 건 민씨 일족이던가, 아니면 뇌물을 많이 들인 집안의 자제들뿐, 이도저도 아닌 사람에 있어서는 닫혀진 문이다. 시험 삼아 응시하여 급제해도, 기껏해야 높은 관직 집안의 무보수 겸종(가신)이 될 수 있을 정도다. 어머니가 돌아가신 후, 아버지의 오랜 병환으로 재산을 탕진한 지금, 양반으로 거지가 되던가, 가문을 돈으로 바꿔 살던가 하는 양자선택 밖에 없다.

"그렇게 심술궂게 말하는 게 아닐세. 호패와 족보는 한 쌍이지 않은가?"

"그럴 생각으로 매긴 가격이라면, 파는 걸 그만 두겠습니다."

흥정이 아니었다. 실제로 아버지가 병중일 때부터 가문을 사려는 사람이 몇 명 찾아왔지만, 면포상과의 선약을 지키려고 팔지 않았을 뿐이다.

조선의 사회계급은 양반, 중인, 이교(조선시대 때 신분 계급의 하나로, 관료와 평민의 중간 계급), 상민, 노비, 백정으로 나뉘어져 있다. 양반은 높은 관직, 중인은 중등 이하의 관직, 이교는 서기나 회계 등 말단 관리에 오를 수 있는 계급이다. 상민은 농, 공, 상을 영위하는 서민이며, 노비의 경우 관청에 채용된 자는 공천(公賤), 개인이 소유한 자는 사천(私賤)이다. 백정은 소 한 마리 값도 되지 않는 가격으로 매매되고 있으며, 인간 취급하지 않는 차별받는 존재다.

양반은 조세도 면제된 특권계급이니, 이러한 점에서 볼 때 가문과 족보는 파는 쪽에 유리하다. 면포상은 혀를 차며 아들 뻘 되는 홍종우를 상대로 가격을 올린 결과, 호패와 족보를 합해 300냥으로 타협했다.

"중궁(中宮, 왕후를 높여 부르는 말)의 난맥(亂脈, 이리저리 흩어져서 질서나 체계가 서지 않는 일)이 저 만큼 극에 달해서야 원합(院閤)도 언제까지 잠자코 계시지는 않을 걸세. 그 분은 양반을 싫어하니까 말이야."

면포상은 양반 가문을 잃은 홍종우에게 묘한 위안의 말을 했다. 여기서 중궁이란 현재 고종의 왕비, 민비를 말한다. 원합은 고종의 아버지 대원군이다. 시아버지와 며느리는 지난 십 수 년 간 처참한 정쟁을 반복하며, 조선을 황폐의 늪으로 가라앉힌 걸 17세인 홍종우도 잘 알고 있었다.

현재 31세가 된 고종이 즉위한 것은 12세 때다. 선왕 철종에게는 세자가 없었기에, 왕위 계승자는 왕족 중에서 간택되었던 것이다. 하지만 고종은 나이가 어렸기 때문에 아버지 이하응이 대원군으로서 섭정의 실권을 쥐었다. 사실 조선은 역대로 왕족의 정치 참여를 인정하지 않았고, 부원군(외숙)은 국왕을 보좌하는 것이 관례였던 까닭에, 대원군의 섭정은 처음 실시되었다.

대원군은 당파를 만들어 전횡을 일삼던 양반을 저지할 목적으로 시정을 발표, 상민에게도 과거를 볼 수 있는 자격을 주었다. 이는 재야에서 인재를 구하는 획기적인 개혁으로, 침체된 세상에 활기를 불어넣었다.

다음으로 조선팔도에 600개나 있던 서원들 중, 특히 유서 깊은 곳만 47개 남기고 폐쇄했다. 당시 서원은 송우암, 이퇴계 등 유학자를 모시던 신성한 학문의 장이었으나, 봉록과 우대를 받는 당파가 만연

해지면서 감당할 수 없게 되었고, 특히 양반부유(兩班腐儒, 생각이 낡아 완고하고 쓸모없는 양반)라는 말까지 생길 만큼 완전히 타락해 있었다. 또한 재정개혁을 위해 양반에게도 납세의 의무를 지게 한 것까지는 좋았다. 그러나 대원군은 아들의 왕위선양을 위해 경복궁 재건을 착수하면서 큰 폐해를 낳았다.

경성의 서북 방향으로 솟아난 북한산 백악 기슭을 등진 경복궁은, 태조 이성계가 지은 13만평 규모의 광대하고 화려하게 꾸며진 궁전이나, 도요토미 히데요시가 일으킨 임진왜란으로 황폐화된 채 200년이나 방치되어 있었다.

대원군은 경복궁을 재건하는 것 외에, 호화스런 연회장으로 경회루를 신축했다. 돈이 떨어지면 결두세(結頭稅, 곡식을 심는 토지에 붙인 세금)를 부과했지만, 실상 인두세(人頭稅, 신분이나 소득, 남녀 구분 관계없이 성인이 된 사람에게 부과된 조세)에 가까웠다. 그 결과 근근이 먹고사는 백성들 사이에서는 원성의 목소리가 높아갔다.

한편 대외적으로는 아편전쟁 이후, 청국을 호시탐탐 노리던 영국이 애로호 사건[1]을 일으킴으로써 동양의 근대 역사가 시작되었다. 일본에서는 메이지유신 이전 쇄국정책으로 일변하고자 했던 때다. 이 때 대원군은 조선이 청국의 번국인 것을 이유로, 극단적인 양이정책을 취했다. 메이지유신으로 천황친정을 알리고 국교회복을 위해 사신을 파견했던 일본은 조선에게 일축 당하자 정한론[2]이 비등하였다. 청국

---

1) 1856년 영국과 청국 간의 분쟁사건. 그 결과 1860년 북경 조약이 맺어져 중국의 반식민지화가 더욱 촉진됨.
2) 정한론(征韓論): 1870년대를 전후하여 일본 정계에서 강력하게 대두된 조선을 무력침공한다는 침략적 팽창론.

에서는 조선에게 양이를 취하게 했던 증국번[3] 대신, 이홍장[4]이 직예
총독(直隷總督, 청국 화북 지방의 총독으로 대외교섭 전권을 가짐)이
되면서, 이전과 달리 조선에게 개국을 권했다.

12세에 즉위한 고종은 15세 때 한 살 연상인 왕비를 책립했다. 왕비
는 대원군 아내의 민씨 일족인 죽은 민치록의 딸이다. 민치록에겐 딸
밖에 없었던 관계로, 대원군의 처남 민승호가 양자가 되어 집안을 잇
고 있었다. 즉 민비는 고아고, 친정 후계자는 시동생인 셈이다. 대원
군은 외숙의 발호(跋扈, 제 마음대로 날뛰어 행동하는 것)를 막을 계
산이었다.

민비가 정식으로 입궁할 당시, 고종에겐 이미 사랑하는 여인인 이
상궁이 있었다. 고종은 이상궁을 사랑하는데 남의 눈은 아랑곳하지
않았다. 참고로 당시 조선 후궁에는 황후, 황비 외에 빈, 귀인, 상궁,
나인이라는 여관(女官) 직명이 있다. 나인은 궁정 연회석에 시중드는
관기다. 또한 두 왕으로부터 연이어 총애를 받은 여관을 측실이라 불
렀다.

대원군의 실정은 계속되었다. 민비는 고종의 관심 밖으로 밀려난 5
년 동안 질투에 불타면서도 독서에 열중하거나, 탁월한 정치력을 쌓
은 한편, 대원군의 실정을 틈 타, 민심이 고종에게 모이도록 하였다.
이를 눈치 챈 대원군은 이상궁을 총애하여, 그녀가 낳은 고종의 첫 번
째 왕자 완화군(完和君)을 왕세자(동궁)로 정했다.

민비는 필사적으로 고종의 사랑을 구애해서 인지, 그녀에게도 왕자

3) 증국번(曾國藩, 1811-1872): 청말 정치가.
4) 이홍장(李鴻章, 1823-1901): 청말 정치가. 당시 주요 외교문제를 장악하였고, 시
   모노세키조약 체결 및 청러밀약, 북경조약 등 조선 내정과 외교에 관여함.

척(拓)이 태어났다.

민비는 21세인 고종에게 권유해 친정 체제를 회복했다. 민승호는 매형인 대원군에 대항하며, 외숙으로 권세를 부렸다. 이때부터 54세인 대원군과 22세가 되는 민비와의 진흙탕 같은 정권 다툼이 시작되었다.

민비는 대원군이 철폐한 과거제도를 부활시켜, 양반계급에게 특권을 주는 것으로 환심을 샀다. 또한 쇄국정책 대신에 개국정책을 취해, 대원군을 섭정의 자리에서 내몰았다. 이어서 천연두로 고열에 시달리는 완화군을 살해하고, 그 어머니인 이상궁을 궁정에서 추방했다.

정권을 잡은 민씨 일족 왕비당은 대원군보다 더한 학정을 했다. 그 와중에 민승호는 대원군이 보낸 소포를, 폭약인지 모르고 열어 보다 횡사했고, 민비의 친정은 일족인 민영익이 이어받았다.

백성들은 민비의 개국정책에도 여전히 불안했다. 일찍이 조선에 재앙을 초래했다는 의미로 흥선군을 비꼬아 흉선군(凶鮮君)이라고 불렀던 사람들마저, 다시 대원군 정권을 기대하기 시작했다. 종로 면포상이 홍종우에게 말한 건 이러한 의미가 내포되어 있던 것이다.

본래 여색을 밝히던 고종은 이상궁이 떠나자마자 장나인과 관계를 맺어, 세 번째 왕자 강(堈)이 태어났다. 경복궁과 창덕궁 중간에 있는 운현궁에서 한거하던 대원군이 장나인을 빈의 자리에 앉히려고 책략을 꾸민다는 소문도 들려왔다. 민비는 그 책략으로 장나인의 남동생에게 죄를 묻고, 죄인의 누나라는 이유로 두 모자를 궁중에서 쫓아냈다.

민비는 7세가 된 왕자 척을 왕세자로 책립하고, 친정을 이어받은 민영익의 여동생을 왕세자빈으로 맞이했다. 왕세자의 경우 빈이 정실이다.

민비는 권세를 굳건히 하려는 것과 더불어 귀신 퇴치를 위한 기도에도 몰두했다. 사실 귀신을 두려워하는 건 지나(支那)[5]에서 전래되어왔다. 그리고 이러한 귀신과 인간의 중개자가 무격(巫覡, 무당과 박수)이다. 접신 들린 무당이 공물과 무악으로 악귀를 위로하고 퇴산시키면, 회합에 모인 남녀들이 가무하며 음탕하고 문란한 광경을 차례로 전개한다. 이런 원시적인 미신은 궁정에서도 널리 퍼져 있었고, 민비 또한 열렬히 믿고 받들었다. 아마도 과거 완화군을 살해한 것이 마음에 걸렸기 때문이다.

민비는 우연히 무당을 만나 마음을 터놓는 사이가 되었다. 초라한 상민의 미망인이었던 그 무당은 귀족 이외에는 허용되지 않는 군(君)이란 호칭을 주어 신령군으로 떠받쳤다.

기도가 시작되자 접신이 된 신령군이 어린 아이 귀신에 씌워있다고 떠들며, 짚이는 데가 있던 민비에게 신통력을 믿게끔 했다. 완화군을 살해한 사실은 천연두로 인한 고열을 한층 악화시키는 약을 마시게 한 시녀밖에 알지 못할 것이란 예상과 달리, 궁중은 물론, 아래 민간에까지 널리 알려져 있었다. 일반 백성들에게도 알려져 있다는 사실을 모르는 것은 민비와 고종뿐이다.

민비의 기도 횟수는 늘어났다. 한 번 기도할 때마다 막대한 제사 비용이 들었다. 궁정은 잔치나 제사 비용도 관직을 팔아 마련한 돈으로 조달했고, 부족하면 화폐를 주조했다. 신령군은 복채 외에 매관 중개를 하여 사리사욕을 채웠다.

---

5) 지나(支那): 'china'를 음역한 한자어로, 중국을 말함.

주위가 연못으로 둘러싸인 경회루에는 밤낮으로 연회가 계속되었다. 악기에 맞추어 고종을 칭송하는 근천정[6]이 합창되고, 남사당이라는 여장을 한 남자 광대들을 보며 후궁 여자들은 즐거워했다. 남사당 중 미남자는 여장인 채로 왕 가까이 모셨다.

민비도 고종의 총애를 받던 여관을, 많은 사람 앞에서 옷을 벗기게 한 다음 시위대 병사에게 명령해 젖꼭지를 도려내게 하여, 다른 사람들에게 보일 정도로 자신의 애욕에는 절제가 없었다.

남사당의 한 명인 이범진도 민비가 사랑한 미소년이다. 그의 조부는 대원군의 신하였으나 아버지의 몰락으로 인해 거리의 불량소년에서 광대가 되었지만, 예쁜 용모와 목소리에다 신령군의 소개로 민비에 접근한 자다. 어느 날 밤, 고종이 민비의 침실을 방문했다. 민비는 재빠르게 이범진을 방구석에 숨겼다. 인기척을 의심한 고종을 향해, 민비는 등불이 어둡게 한 다음 일전에 찾았던 토우(土偶)라고, 태연하게 대답했다는 사실 또한 모르는 사람이 없다.

홍종우는 집과 토지를 300냥에 팔았다. 일찍이 경성은 동서남북으로 구획되어 있었는데, 경복궁과 창덕궁을 잇는 일대가 북촌으로 고급주택지다. 홍종우가 사는 이동(泥洞)도 북촌이었던 탓에 비싸게 팔렸던 것이다.

값비싼 가재도구는 없어졌지만, 아버지의 유품인 안경만큼은 팔지 않았다. 상민에게는 금하고 있던 안경도, 언젠가 낄 수 있는 신분이 되

---

6) 근천정(覲天庭): 당악(唐樂)의 여악(女樂). 임금을 찬양하는 노래를 부르며 마주 서거나 돌아서거나, 또는 방향과 배열을 바꾸어 가면서 춤을 춤.

어 보이겠다고 마음속으로 다짐했다. 호패와 족보에 집과 대지를 합쳐 판 600냥은 동엽전으로 2만 2천 개로, 무게가 16, 7관이나 된 탓에 세 개의 항아리로 나눠 남대문 외곽에 있는 새로운 거처로 옮겼다.

15세 때 결혼한 4세 연상인 아내 양영복과의 두 사람 살림살이다. 남대문 외곽에 있는 집은 30냥을 주고 샀지만 온돌방 한 칸이다. 부 엌은 넓은 한 칸 정도 되었지만, 지기 싫어한 성격의 양영복도 한동안 망연자실했다. 그녀도 양반집 딸이었다. 친정아버지는 경기도 수원부 (조선시대 수도 방위를 목적으로 수원에 설치되었던 특수 행정구역) 를 통괄하는 안성 군수를 지냈지만 작년에 돌아가시고, 지금은 계모 와 이복동생 양진옥만 있을 뿐이다. 생활 형편이 어려우면 집안사람 에게 신세를 지기 마련이다. 군수였던 아버지의 재산은 남아 있는 게 틀림없으나, 계모나 영복 두 사람 모두 기가 세고, 옛날부터 서로 사 이가 나빴던 탓에, 결혼한 후에는 한 번도 친정을 찾아가지 않을 정도 다. 영복은 가난하더라도 친정에 들어가는 것이 싫었다. 홍종우도 원 하는 바였다.

경성은 5리 정도의 주변에, 높이 20척(尺, 1척은 약 30cm)은 될 법 한 성벽이 둘러싸여 있고, 여덟 곳에 성문을 설치하였다. 성문 중에 동쪽과 서쪽, 남쪽 세 곳 대문은 종로 네거리 한 모퉁이에 있는 보신 각에서 치는 새벽 파루(罷漏, 종을 33번 치며 야간통행금지해제를 알 림) 종을 신호로 문을 열고, 저녁 인정(人定, 밤에 통행을 금하기 위해 종을 치던 일) 종으로 문을 닫았다. 남대문은 30척 정도의 돌을 쌓은 다음, 튼튼한 2층 누각을 가진 훌륭한 문이지만, 그 주변은 음탕하고 난잡했다. 하루 벌어 먹고사는 노동자나 행상인들이 잡거하고 있었 다. 양반밖에 살 수 없는 문 구조에 기와로 지붕을 올린 집 따위는 한

집도 찾아 볼 수 없다. 흙을 다져 만든 움막이나 한 손으로 밀어도 쓰러질 것 같은, 버섯 모양의 초가집뿐이다. 낮에도 주의해서 걷지 않으면, 집에서 흘러나오는 오물을 밟기 일쑤다.

홍종우는 물장사를 했다. 날이 밝기 전, 성벽을 따라 반리 정도 떨어진 남산에 걸어가 맑은 물을 길러, 물의 차가움을 유지하는 옹기항아리에 담은 다음, 지게에 단 멜대 좌우에 매달고 물이 부족한 성안으로 팔러 나가는 것이다. 성안에 우물은 있지만, 염분과 악취로 마실 수 없었다. 그와는 반대로 남산 물은 수질이 맑아 약수라고 불리웠다. 물론 대다수 사람들이 악취 나는 물을 참으며 마시지, 약수를 사서 마시는 사람은 드물었다.

영복도 얼마 안 있어 체념한 듯, 종로 가게에서 일감을 받아 왔다. 염낭 주머니(천, 가죽 등으로 만들고 입구를 끈으로 매어 돈이나 약, 부적 등을 넣어 허리에 참)를 만들기 전, 천에 자수를 넣은 일이다. 염낭 주머니는 양반집 딸이 몸에 지닌 사치품이었다.

홍종우는 북촌으로 발을 들여놓지 않았다. 언젠가는 반드시 북촌 주민이 되려고 생각했기 때문에, 그 주변 사람들에게 지금의 부끄러운 모습을 보여주고 싶지 않아서였다. 그래서 인지 종로 서쪽 부근을 중심으로 배회했다. 영복은 "물 사려"하고 부른 소리에 목소리가 갈려져 집에 돌아온 홍종우에게 벽에 쳐 바른 진흙처럼 식어빠진 패반(稗飯, 피로 지은 밥)을 대충 지어 주었다.

"어째서 밥을 데워 두지 않은 게야?"

홍종우의 불만에 양영복은 대꾸하지 않았으나, 대답은 뻔했다.

"당신, 그 돈 다 어디에 썼어?"

양반 가문과 족보, 집을 판 600냥이다. 부엌에 토방을 파서 묻어 두

었고 영복은 그것을 장사 밑천으로 하면 좋겠다고 말했지만, 홍종우
는 찬성하기는 커녕 계획조차 말하지 않아 두 사람은 싸움이 끊일 새
가 없었다.

"내 생각이 맞아. 옆집 여편네에 마음이 있는 거지?"

대답하지 않는 홍종우에게 영복은 소리를 질렀다. 무당에게 부탁해
서 자신을 저주해 죽이고, 과부 이웃집 여자와 새 가정을 꾸리기 위해
쓸 돈으로 의심했다.

이웃집 여자는 홍종우 부부가 이리로 오기 전부터는 살고 있었다.
나이는 27, 8세 정도로 허름한 옷차림을 하고 있었지만, 한 번 보면
걸음을 멈출 정도의 미모에 우수를 띤 표정은 매우 요염했다. 5세 정
도의 어린 남자애를 데리고 있으나, 좀처럼 외출하지 않아 어떻게 사
는지 알 수 없었다.

홍종우 부부가 이사 온 지 얼마 안 돼, 조선에는 모처럼 장마가 계
속되었다. 비가 새는 초가집을 고친 김에 이웃집도 수리해 주었을 때
부터, 영복은 시샘내기 시작했다. 국교(國敎)인 유교는 과부 재혼을
금지하고 있었지만, 하루 벌어 먹고사는 홍종우에게 남의 미래를 걱
정할 만큼 여유가 있을 리 없었다.

이웃집에 이변이 생긴 것은 그로부터 한 달 정도 지난 후였다. 홍종
우가 장사를 마치고 집에 돌아오자, 이내 이웃집에 심상치 않은 낌새
가 났다. 대문에 나서 보니, 이웃집 앞 도로에 이 근처에선 찾아 볼 수
없는 양반집 가마가 3채가 놓여 있다. 발이 달린 여성용 가마다. 하인
도 몇 명 대기하고 있었다.

대문 앞에서 고개를 갸웃거린 홍종우를, 하인은 낮은 목소리로 질
책했다. 3채의 가마가 들어 올려 질 때까지 시간은 그리 오래 걸리지

않았다. 홍종우는 이웃집으로 달려 가 봤지만, 이미 사람은 **빠져 나간** 뒤였다. 성문은 닫혀져 있는 시각이니, 성문 밖 어딘가에 간 것이 틀림없었다.

홍종우는 여느 때처럼 지게에 물 항아리를 지고 남대문으로 갔다. 정각이 되어도 성문은 열리지 않았다. 시간이 지남에 따라 사람들은 늘어났다. 문이 열리지 않는 이유를 물어보려고 해도, 평소 순검이 아닌 병사가 서 있어 말을 붙일 수가 없었다. 중대한 사건이 일어난 것만은 알았다.

"아이고, 왜놈이다."

누군가 소리쳤다. 정확하게는 일본인이지만, 뒤에선 왜놈이다. 토요토미 히데요시가 일으킨 임진왜란에다 조선 연안을 황폐하게 휩쓸었던 왜구 이후, 조선인에게 거듭 쌓인 원한으로 일본인은 왜놈이라든가 왜적으로 밖에 부르지 않았다.

군중은 반사적으로 한쪽으로 쏠렸다. 가서 보니 30명에 가까운 일본인들이 욱일기를 앞세우고 남대문을 향하고 있었다. 일본공사관 사람인 것 같다. 민비는 6년 전 조일수호조규(朝日修好條規, 강화도조약)를 체결해 부산과 인천 두 곳을 개항하자, 수시로 일본시찰단을 보내 일본에 대한 우호적인 분위기를 띄우게 할 모양이었다. 경성에 일본공사관이 설치된 것은 2년 전이다.

다가오는 일본인들은 이상한 느낌이었다. 복장도 흐트러져 있고, 부상자도 섞여 있었으나 한결같이 비장한 표정이다. 뭐가 일어났는지 종잡을 수 없었지만, 일본인이 피해자인 것만은 확실하다. 일본인을 보면 돌을 던지던 조선인도 이때만은 조용했다.

일본인들은 성문을 지키던 조선 병사와 승강이를 벌였지만 문은 열리지 않았다. 그들은 일본공사관이 있는 서대문 방향이 아닌, 한강을 향해 떠났다. 한강 부근인 양화진에서 배를 타 인천으로 물러난다는 건 일본 귀국을 뜻하는 것이었다.

"왜놈들이 원함에게 혼이 난 모양이군."

군중은 각자 자신들의 추측을 말했다. 대원군이 분규를 일으킨 게 틀림없다는 소리가 압도적이다. 그렇게 말하는 것도 민비가 양이주의자인 대원군에게 비아냥거리듯, 일본공사 하나부사 요시모토[7]와 친밀했기 때문이다.

고종 19년(1882년) 7월 23일 밤부터 새벽에 걸쳐, 성안에는 이상한 사태가 일어났다. 군대가 궐기한 것이다.

사태의 직접적인 원인은 궁정의 사치에 비해서, 병사들이 10개월이나 봉급미를 받지 못했다는 것과 민비의 군제 개혁으로, 일본식 신군대 편성 때문에 구식 군대는 정리될지 모른다는 불안에서 발생한 것이다. 병사들에게 하소연을 들은 대원군은 교묘하게 그들을 사주하여 민씨 일족을 쓰러뜨리려는, 자신의 개인적 원한으로 이용했다.

병사들은 경복궁에 난입하였으나, 민비의 안부를 알지 못했다. 민비의 수족 민겸호와 김보현은 저택 습격으로 죽었다. 별동대는 동쪽 광희문에 가까운 훈련원에 밀어닥쳐, 일본에서 군대 교관으로 초빙되

---

7) 하나부사 요시모토(花房義質, 1842-1917): 메이지시대 외교관. 1871년 조선에 대리공사로 부임, 1880년 변리공사로 승진하여, 인천과 원산의 개항을 위해 노력함. 1882년 임오군란 때 스스로 공사관 건물을 불태우고 경성을 탈출, 인천에 정박 중이던 영국선박에 구조되어 귀국, 다시 일본 군함을 타고 와서 제물포조약 체결함.

어 온 호리모토 중위와 육군 어학생(語學生) 3명 그리고 일본인 순사 3명을 죽였다. 그 밖의 한 무리 부대는 서대문에 있는 일본공사관을 습격하여 불태웠다. 세상 사람들은 이를 임오군란이라 말한다.

민비 때문에 섭정의 자리에서 물러난 이후 때를 기다리길 9년, 63세가 된 대원군은 의기양양하게 궁중에 들어와 섭정의 실권을 회복했다.

성문은 4일째 열렸다. 그 날은 월 6회 열리는 경성 장날이었다. 장날은 축제처럼 떠들썩했다. 근처 마을 농부들은 곡류나 채소를 짊어매고, 끊임없이 성안으로 몰려 들어온다. 그리고 가지고 왔던 걸 팔고, 생필품을 사서 집에 돌아간다. 물물교환에 가까운 농부들과 달리, 보부상은 이 날이 대목이다. 보상은 보통 포목점이나 갓, 그 외 장신구 등 잡화를 커다란 보자기에 싸서 어깨에 메거나 하는데, 그 중에 크게 장사하는 자는 몇 개의 보자기 꾸러미를 소 등에 쌓고, 심부름꾼 아이에게 몰게 한다. 부상은 식량 등 일용품을 지게에 지고, 보상과 마찬가지로 이 시장에서 저 시장으로 옮겨 다닌다.

홍종우는 평소대로 성안에 물을 팔러 돌아다니다가, 남대문 옆 시장에 들렀다. 곡류, 채소, 소금에 절여 말린 생선 등을 내놓으며, 상인들은 손님을 불러 모으려고 혈안이다. 어깨에 나무상자를 매단 엿장수는 큰 소리로 가위를 치고 있으며, 포목점은 비단을 바싹 당겨 주름이 지지 않는 곳을 보이고 있다. 성안에는 남대문 시장이 가장 성대하지만, 이 날은 특히 사람들이 많이 붐볐다. 나흘 전 성안에 무슨 일이 일어났는지는, 물건 사는 건 뒷전으로 한 군중들의 입에서 입으로 전해졌다. 홍종우는 이미 물장사하러 돌아다니면서 얼핏 듣고 있었다.

홍종우는 갓을 사기 위해, 평소 알던 보상의 짐 앞에 웅크리고 있었다. 대나무로 엮어 검은 빛깔의 옻을 칠한 갓 아래로는 상투를 짓누르기 때문에 머리띠용 말총 망건을 쓰지 않으면 안 된다. 홍종우가 이마에 망건을 쓰고 있을 때다. 뒤에서 동물이 밟혀 죽는 듯한 소리가 났다. 반사적으로 뒤돌아 봤다.

몇 명의 남자가 목에 동아줄을 매단 채, 손발로 기는 여자를 질질 끌고 있었다. 처음 보는 광경이 아니어서 그 해괴망측한 사태도 이내 알아차렸다. 간통한 여자에 대한 형벌이다. 동아줄에 스쳐 긁힌 여자의 목덜미나 하얀 옷 여기저기에는 피가 스며들어 있었다. 여름에는 옷이 얇기 때문에, 길거리 돌멩이가 그대로 살갗에 스쳐 벗겨진다. 여자도 동아줄이 목을 쬐였기에 혼자 힘으로 아등바등 몸을 일으켜 세우려고 했지만, 좀처럼 앞으로 나가지 못했다. 남자들의 끔찍한 처사를 누구도 막으려고 하지 않았다. 남편은 간통한 남자를 죽여도 죄가 되지 않을 정도니, 간통한 여자의 형벌 또한 묵과되었던 것이다.

문뜩 홍종우는 15세 때 결혼한 자신을 생각했다. 그때까지 서당 동료로부터, 조선 소년들이 대체로 경험한다는 용양(龍陽, 중국 전국 때에 위왕의 행신을 용양군이라 일컫은 고사에서 남색(男色)을 말함)의 세례를 받은 탓에, 아내와 처음 2년 동안은 부부다운 생활을 할 수 없었다. 4살 연상인 양영복은 그 일로 언제나 못마땅했다. 남들처럼 평범한 부부 생활을 했던 건 한 달 전, 이웃집에 여성용 가마가 서 있던 이상한 일이 일어난 밤부터다. 자신들 부부처럼 4살 차이는 그래도 괜찮은 편으로, 12, 3세의 남편에게 20세의 아내를 맞이하는 일도 드물지 않았던 때라 간통 사건 또한 자주 일어났다.

"어서 빨리 죽여라."

창자가 끊어질 듯한 목소리로 여자가 사납게 외쳤다. 주위는 다만 바라볼 뿐이다.

"중궁도 하고 있지 않은가?"

여자는 울며 발광했다. 여자가 말한 중궁이란 민비를 말한다.

"떠들지 마라. 그 응보로 중궁이 죽은 게야."

남자들 중 한 사람이 호통쳤다. 홍종우에게 갓을 권하던 보상이 매서운 표정으로 벌떡 일어서더니, 호통친 남자에게 다가갔다. 살쩍도 검고 불그스름한 얼굴에 사납게 생긴 남자다.

"함부로 입 밖에 내지 말게. 근데 중궁이 돌아가셨다니 참말인가?"

"그, 그렇다네. 왕궁에서 장례식이 치러졌네. 의대장(衣襨葬, 의대는 임금, 왕세자, 왕비, 왕세자빈의 옷을 말하는 것으로, 옷으로 장례를 치루는 말)이라 하더군."

민비의 의복만으로 장례식을 치렀다는 얘기다. 시체가 없다고 한다면 생사는 아직 모르는 일이다.

홍종우는 낮부터 한 행상을 쉴 겸, 집에서 낮잠을 잤다. 영복은 저녁이 되어 집에 돌아왔다. 시장에서 식료품을 사러 간 김에, 다른 여편네들과 노닥거렸을 것이다.

"여보, 큰일이오."

양영복은 야위어 한층 커져 보인 눈을 크게 뜬 채, 숨도 안 쉬며 수다를 떨어댔다. 그녀의 말인 즉 약 한 달 전, 양반집 가마를 태워 사라진 이웃집 여자가 고종의 애인 장나인이었다는 것이다. 민비는 장나인 모자를 궁중에서 추방했으나, 살아 있는 것으로 안심이 되지 않아서인지 찾아내 죽이려고 했다. 그것을 안 대원군은 미리 선수를 쳐, 왕궁 뒤 북문 성 밖에 있는 석파(石坡, 대원군의 호) 별장에 숨겨 두었다고 한다.

"뭐가 큰일인가?"

홍종우는 그렇게 말하면서도, 내심 동요되었던지 눈빛이 달랐다. 상상할 수도 없는 궁중에 살면서, 왕의 애인으로 살을 맞댄 여성과 이웃끼리 살던 때가 있었다는 사실에 놀라움은 컸다.

"그게 큰일이지 뭐유."

민비의 장례식을 치룬 대원군은 석파 별장에서 장나인 모자를 궁중으로 불러 들여, 빈으로 추대했다고 한다.

"그 뿐만 아니래두요."

보부상이 결속해 민비의 원수를 갚을 계획인 것 같다고 말했다. 홍종우도 갓을 팔던 보상의 예사롭지 않은 표정을 떠올리며, 있을 법한 일이라고 생각했다.

민중 생활과 밀접한 보부상은 전국에 2만 명 있다고 알려져 있다. 그들은 10여 년 전, 프랑스 군대가 인천에 입항했을 때, 대원군의 명으로 양이의 성과를 올린 공적을 인정해 경성에 상리국[8]을 두고, 지방 지부를 설치해 상품 구입이나 운반 등을 원활하게 하는 특권을 받았다. 이러한 은혜에 보답하고자 장사뿐 아니라 일종의 상병(商兵) 조직과 같은 걸 만들어, 일이 있을 때마다 궁정의 친위대 역할을 맡고 있었다. 그들이 양이의 성과를 올린 건 어디까지나 고종의 섭정으로 대원군의 명에 복종했을 뿐이다. 그러니 이젠 왕비를 죽인 대원군에게는 맞설 것이다.

그날 밤, 홍종우는 영복의 유혹에 응하지 않았다.

---

8) 상리국(商理局): 1883년 보부상을 중심으로 조직된 혜상공국(상인조합)이, 1885년 8월 내무부 소속으로 들어간 뒤 상리국으로 이름이 바뀜.

"옆집 여편네에게 마음이 있다고 말한 걸, 아직도 담아두고 있었나
보네."

양영복은 토라졌다. 다듬이질 치는 소리가 들려온다. 다듬이질 장
단에 맞춰, 아리랑을 부르는 소리가 난다.

아리랑 아리랑 아라리요
아리랑 띄여라 배띄여라…

언제부터 불려지기 시작했는지 확실하진 않지만, 조선 중반 경에는
민중들 사이로 널리 퍼졌다고 한다. 전승되어 가는 동안 수많은 찬가
도 생겼으니, 아무튼 이 세상은 농아(聾啞, 귀로 듣지 못하고 입으로
말하지 못하는 것)가 되어 사는 것이 상책이라는 노래의 첫 구절은 변
함이 없다.

문경새재 박달나무
홍두깨 밥 많이 달라한다…

경상도 문경 박달나무는 홍두깨나 방망이로 유명해 전국에 나돌고
있다. 이는 결국 문경 박달나무가 빨리 베어져 홍두깨로 만들어진 것
처럼, 인간도 목숨이 아깝거든 쓸데없는 말은 하지 말고 조용히 있는
편이 좋으며, 그러기 위해선 농아가 되라고 하는 변화무쌍한 인생사
를 풍자한 것이다. 자포자기한 민중의 무기력한 마음이 이렇게 처량
한 노랫가락에 깃들어 있는 듯하다.

(난 포기 안할 거다.)

홍종우는 마음속으로 몇 번을 되새기며, 장빈의 처지나 보부상과 자신을 바꿔 생각해 보았다. 장빈은 노비 출생이라고 들었다. 어머니는 관노였으나, 같은 궁중에서 시중드는 공천과 결혼하여 태어난 것이 장빈이다. 궁녀에는 양반 딸이 선택되는 것이 관례로, 노비가 국왕의 총애를 받는 따위는 예부터 없었지만, 여자는 가문이 좋지 않아도 용모가 예쁘고 운이 좋으면 부자나 귀인의 아내가 될 수 있다는 것은 여자에게만 주어진 행운이라 하겠다.

그러면 보부상은 어떤가. 천민은 아니지만 비천한 상인이면서, 고종의 친위대를 자처하고 있지 않은가. 하루 벌어 먹고사는 물장사라도 노력하면 언젠가 꽃이 피는 날이 온다고 생각했다.

다음 날, 홍종우는 평소 생각한 다짐을 깨고, 북촌에 발을 들여놓았다. 북촌이라고 해도 서쪽 끝에 있는 경복궁 주변을 걸어 보려고 했다. 지게는 다른 곳에 맡기고, 시골 농사꾼이 왕궁 구경하러 올라온 것처럼 꾸밀 요량이었지만, 멀리서 광화문을 바라본 것만으로 발걸음이 쉽게 떨어지지 않았다. 13만평이나 된다고 알려진 왕궁 안에는 셀 수 없는 만큼의 궁전누각이 있으며, 그 중에 하나인 건청궁[9]이 후궁이라고 들었다. 밖에서 엿본 것만으로 상상이 된다고 여긴 건 아니지만, 이웃집 여자가 장빈이었다는 사실을 안 불가해한 흥분이 홍종우를 여기까지 내몬 것이다. 성안은 고요하고 평온하였다. 보부상이 궐기한다는 건 단지 시중에 떠돈 소문일 뿐이다.

---

9) 참고로 1895년 일본은 을미사변을 일으켜 건청궁 안의 곤녕합에서 민비를 시해했다. 민비 시신은 옥호루에 잠시 안치되었다가 건청궁의 뒷산인 녹산에서 불태워졌다. 고종은 아관파천 후 건청궁으로 돌아가지 않았고, 1909년에 완전히 헐어버렸다.

임오군란으로 인천에서 일본으로 귀국한 하나부사 요시토모는 일본정부의 뜻을 받아, 보름 후 해군 소장 니레 가게노리[10]가 인솔하는 군함 곤고, 닛신, 후소, 세이키 4척에 오구라 연대 1개 대대를 태우고, 문죄(問罪, 죄를 문책함) 교섭하러 왔다. 이들이 인천에 도착한 같은 날, 청국 해군제독 정여창[11]이 인솔하는 함대가 원세개[12]가 지휘하는 육군 2천 5백 명을 태우고 입항했다. 공사관 화재로, 일본이 여러 해 동안 주장해 온 정한론이 실현될 것으로 보았는지, 내란을 진정시킨다는 명분으로, 종주국으로써 일본의 조선 진출을 견제하러 온 것이다. 이홍장의 뜻을 받은 원세개는 일본의 문죄요구를 간섭하는 한편, 조선정부에 화평을 권하며 대원군을 청국으로 끌고 가 보정부에 유폐시켰다. 임오군란의 선동자이며, 양이주의자인 대원군이 조일교섭을 악화시킬 것이라 본 것이다.

일본은 변란의 뒤처리로 '흥도 처분', '일본인 피해자 유족에 대한 조의금', '일본 육해군 출병 배상', '공사관에 경비병 주둔', '사죄 사절 파견' 등 5개조의 제물포(인천) 조약과 그 외에 시장을 개방하고 공사관 직원 안전보장을 포함한 3개조의 수호조규를 정할 뿐이었다.

---

10) 니레 가게노리(仁礼景範, 1831-1900): 메이지시대 해군군인으로, 해군대신 역임.

11) 정여창(丁汝昌, ?-1895): 청국 북양수사제독(北洋水師提督)에 임명되어 북양함대(北洋艦隊)를 통솔함. 임오군란 때 함대를 거느리고 와서 흥선 대원군을 연행했고, 1894년 청일전쟁 때 황해에서 패하고 위해위로 퇴각, 다음 해 일본과의 전쟁에서 항복, 음독자살함.

12) 원세개(遠世凱, 1859-1916): 청국 군인, 정치가. 임오군란 당시 조선에 부임. 대원군을 납치해 청국으로 압송 및 연금함. 특히 1884년 김옥균이 주도한 갑신정변 때 일본군과의 전투에서 승리. 1885년 조선주재 총리교섭통상대신(總理交涉通商大臣)에 취임하며 경성에 주재함.

조약체결이 끝나자, 일본은 오구라 대장을 귀환케 하고, 거류민 보호를 위해 새로이 나고야 진대(鎭台, 메이지 초에 각지에 두었던 군대) 1개 중대를 주둔시켰지만, 청국은 미리 출병한 2천 5백 명 군대가 그대로 상주하고 있었다. 청일 충돌의 불안은 이때부터 싹트고 있었던 것이다.

2

문죄교섭 차 하나부사 공사를 태운 군함에, 김옥균이 승선해 귀국했다. 4년 전 조일수호조규체결 이후, 조선에서는 매년 수신사를 보냈고, 이미 몇 차례 시찰단도 일본을 방문했다.

김옥균도 수년 동안 꿈꿔왔던 희망을 이룬 일본시찰 방문이었다. 가문도 좋아 22세 때 과거에 급제한 이래, 30세가 되기도 전에 이조참의가 되었다. 드높은 청년공자 김옥균이란 이름을 경성에서 모르는 사람이 없을 정도다. 출발하기 앞서, 문물제도 시찰 외에 일본의 대조선 정책을 살피라고 궁정으로부터 어명을 받은 것은 말할 필요도 없다.

김옥균은 작년 1881년 11월에 일본으로 향했다. 일본에서는 자유민권운동이 최고조였으며, 때마침 한창 개척에 열을 올린 홋카이도에서 개척사 장관 구로다 기요타카[13]와 결탁한 상인 고다이 도모아

---

13) 구로다 기요타카(黑田清隆, 1840-1900): 육군군인, 정치가. 육군준장, 내무대신 역임.

츠[14])가 사쓰마 파벌[15]) 부정을 폭로한 걸 계기로, 1881년 정변[16])이 일어난 직후였다. 나가사키에 상륙한 김옥균은 하카타, 시모노세키를 시찰하면서 동쪽으로 향했다. 부산에 있던 포교사 오쿠무라 엔신[17])의 소개로 교토의 히가시혼간지에 머물 때, 후쿠자와 유키치[18])가 보낸 사람들을 만나, 올해 3월 도쿄에 갔다. 작년 열 개의 조로 나눈 방일시찰단 중 제 10조 조장이었던 어윤중의 소개로 후쿠자와 유키치를 첫 대면하고, 미타에 있는 별장에 기거했다. 일본을 방문한 조선인들 중 후쿠자와 유키치를 만나지 않고 돌아간 사람은 없다.

당시 게이오 의숙(慶應義塾)에는 유길준, 유완수, 윤치호 세 명의 조선인 유학생이 있었다. 후쿠자와 유키치는 20년 전 26세 나이에 미국으로 건너갔을 당시 초조했던 생각을 떠올리며, 이방인 특히 일본에 온 조선인을 친절하게 돌본다고 말하지만, 사이고 다카모리[19])가

---

14) 고다이 도모아츠(五代友厚, 1836-1885): 에도, 메이지시대 실업가.

15) 사쓰마 파벌: 사쓰마 번(薩摩藩) 출신으로, 유력 정치가나 관료, 군인을 배출했으며, 특히 해군을 장악함.

16) 1881년 10월 이토 히로부미는 오쿠마 시게노부를 사직시키고 1890년까지 국회를 개설한다는 조칙을 내려, 입헌군주제로 헌법을 제정하고자 함.

17) 오쿠무라 엔신(奧村円心, 1843-1913): 메이지시대 승려. 진종대곡(眞宗大谷)파. 1877년 부산 개항과 동시에 히가시혼간지(東本願寺), 부산별원 주지가 되어 원산별원과 인천별원을 개설했고, 귀국 후 1907년 다시 조선에 와서 광주를 중심으로 포교 활동함.

18) 후쿠자와 유키치(福澤諭吉, 1835-1901): 난학자, 저술가, 계몽사상가. 게이오 의숙 창설자이며, 신문 〈지지신보〉 창간자. 그는 봉건 시대의 타파와 서구 문명의 도입을 주장. 또한 자연과학과 국민계몽의 중요성을 강조하여 일본이 근대로 나아가는 데 큰 역할을 함. 대표 저작 『학문의 권장』, 『문명론의 개략』, 『서양사정』 등이 있다. 특히 1882년 방일한 김옥균과 박영효 등과 친교를 맺으며, 조선 문제에 관해 깊은 관심을 갖음.

19) 사이고 다카모리(西鄕隆盛, 1828-1877): 사쓰마 번 무사로 에도막부를 타도하고 메이지유신을 성공으로 이끈 유신삼걸 중 한사람. 정한론을 주장했으나 받아들여

정한론을 주장한 이후, 시종일관 개전론자(물론 청국을 진압하기 위한 조선과의 일전(一戰)이라고는 하나)인 그의 국권론과 비교해 볼 때, 과연 친밀한 우의뿐이었을까.

그것은 그렇다 해도, 후쿠자와 유키치는 김옥균이 장래에 조선을 짊어져 갈 인물로 보고, 중요 요직에 있던 이토 히로부미나 이노우에 가오루[20]를 비롯하여, 정부 전복을 기도한 선동자로 작년에 참의(參議, 메이지 초 좌우대신 다음의 지위)를 면직당한 오쿠마 시게노부[21]에게도 소개해 교류를 돈독히 하게 했다.

도쿄에서 5개월 체류한 김옥균은 일단 귀국하게 되었고, 시모노세키에서 조선으로 가는 배를 기다리고 있을 때, 임오군란이 일어난 것이다.

고깃배를 세내어 인천에서 도망친 하나부사 공사일행은 영국 배에 구조되어 나가사키에 도착했다. 일본정부에서 파견한 외무경 이노우에 가오루와 시모노세키에서 협의한 하나부사 공사는 재차 조선에 가게 되자, 김옥균도 동승하게 되었다.

임오군란으로 민비는 목숨을 잃지 않았다. 병사들이 난입하였다는 소식을 듣자마자, 이내 궁녀로 변장하고 왕궁을 탈출해, 민씨 일족 중에 고향인 충청도 충주 조호원에 숨어 지냈던 것이다. 대원군이 청국

지지 않아 귀향하였다가 정부와의 갈등이 격화되어 세이난 전쟁을 일으킴.
20) 이노우에 가오루(井上馨, 1836-1915): 일본의 정치가. 1876년 특명전권 부변리 대신으로 운요호사건에 대한 한일수호조약을 체결. 또한 1884년 전권대사로 다시 내한, 갑신정변 처리를 위한 한성조약을 체결. 및 청일전쟁 때인 1894년-1895년 주한공사 역임.
21) 오쿠마 시게노부(大隈重信, 1838-1922): 근대 일본의 토대를 마련하고, 와세다 대학의 전신인 동경전문학교를 설립한 일본의 정치가. 입헌개진당을 조직하여 민권운동을 추진했고, 2차례에 걸쳐 내각총리대신을 역임.

에 끌려가게 되자, 민비는 즉각 충주 조호원에서 환궁해 숨어 있는 동안 신세를 진 민씨 일족 모두를 높은 관직으로 임명해 경성에 불러 들었다. 지금까지 개화, 친일을 정책기조로 삼던 민씨 일족은 32세 원세개의 수완에 좌지우지되어, 청국을 의존하는 보수, 사대당으로 변모했다.

청국에는 내란 평정에 감사를 표하는 진주사를 보내고, 일본에 보낸 사죄 사절은 수신대사라 칭했다.

이에 수신대사로 선발된 자가 바로 박영효다. 그는 선왕 철종의 부마로, 금릉위 영작을 가진 귀공자다. 부사에도 명문자제인 김만식이 뽑혔다. 사절단 총무로는 당시 영의정(정부수반) 홍순목의 아들 홍영식이 임명되었다. 그 외 수행원으로 서재필과 일전에 일본시찰 경험이 있던 서광범이 더해졌다. 김옥균은 일행의 안내역을 맡아 나섰다.

사절단의 임무는 고종이 김옥균에게 내명했지만, 김옥균은 박영효를 추천했다. 박영효 22세, 김옥균 32세, 홍영식 30세였다. 김옥균은 이때 이미 조국개혁의 동지를 생각하고 있었던 것이다. 정식 사절단원이 아닌, 소위 감찰관으로 민영익도 동행했다. 왕세자빈의 오빠로 민비 친정을 이어받은 23세 귀공자 민영익 또한 화려한 동지였지만 도중에 빠져나가 미국으로 갔다. 신진기예의 개혁파와 민씨 일족 총아가 비록 일본방문 중이라 하나 의견이 맞을 리 없었던 것이다.

이홍장은 순조롭게 일을 진행시키고 있었다. 수신사가 일본으로 출발할 즈음 독일인 묄렌도르프[22]를 조선 해관총판 자격으로 경성에 보

---

22) 묄렌도르프(M llendorff, 1848-1901): 한국명 목인덕(穆麟德). 한말의 민씨의 척족 세력의 지지로 얻고 활약한 독일인 고문. 외교와 재정분야에서 활동했으나 당오전 발행으로 어려움을 가중시킴. 특히 1884년 갑신정변 때는 김옥균의 개화파

냈다.

수신사를 맞이한 일본에서는 그들이 무엇 때문에 왔는지를 잊은 듯 모두가 환영했다. 그들이 알고 싶어 하는 정치나 경제기구 등도 남김 없이 가르치며 견학하게 했다. 청국의 폭만무례(暴慢無礼, 하는 짓이 난폭하며 거만하고 무례함)한 태도를 접하는데 익숙했던 김옥균이 일본을 의지해 조선개혁을 하고자 결의한 것은 이 때였다고, 그의 수기 『갑신일록(甲申日錄)』에 적혀있다.

수신사 일행은 일본에서 4개월 체류하고 귀국했다. 김옥균은 2개월 연장했다. 조선은 임오군란 배상금을 지불할 돈이 없었다. 따라서 배상금은 50만 엔을 다섯 번 나누어 5년간 지불할 약속을 했다. 김옥균은 후쿠자와 유키치의 알선으로 일본정부로부터 17만 엔을 빌려, 그 중에서 1회분 내입금으로 5만 엔을 지불하고 귀국했다. 17만 엔은 조선 돈으로 치면 170만 냥에 해당한다. 조선의 유통화폐는 동엽전으로, 실재 일본 물가의 10%다.

17만 엔의 차관에서 나머지 12만 엔을 가지고 돌아온 김옥균이 본 고국은 이미 광기에 가까웠다. 민비의 신령군에 대한 집착은 한층 깊어져 갔다. 임오군란 때 목숨을 부지한 건 기도 덕분이라고 하여, 신령군을 제주(祭主)로 한 왕비 직할 기도소를 설치하게 했다. 높은 관리들도 몰려들어, 한 번 기도하는데 몇 십만 냥의 제사비가 사용되었다. 12만 엔은 언 발에 오줌누기 격으로, 각지에 주조소(鑄造所)를 두

에 반대했고, 민씨 척족세력을 도왔다. 갑신정변의 뒤처리를 위해 한성조약이 체결된 뒤 특명전권대신 서상우와 함께 부대신으로 일본에 건너가 김옥균의 체포와 인도를 요구했지만 일본의 반대로 실패함. 이후 일본 주재 러시아 공사 스페이에르와 결탁, 조선에 러시아 세력을 끌어들였다 하여, 1885년 외무협판에 재직 중 해임됨.

고 악화(惡貨) 제조에 광분했다. 돈 가치는 없어지고, 물가는 뛰어오를 뿐이다.

이홍장이 파견한 해관총판 묄렌도르프는 해관세 중 헌금으로 민비의 환심을 사며, 민영익과 결탁했다.

박영효와 김옥균은 일본의 힘을 빌려 조선독립을 달성해야 한다고 고종에게 고취(鼓吹, 의견이나 사상 등을 열렬히 주장하여 널리 선전함)했다. 청국을 의지하던 민씨 일족 사대당과 비교해 독립 개화당은 매우 보잘 것 없었지만, 고종의 마음을 움직였다. 거기에는 이유가 있다.

올해 경성에는 미국공사관이 개설되었다. 그리고 그 전후로 조영(朝英) 조약도 체결되었으나, 영국은 조선을 청국의 속국으로 간주해 북경에 공사를 두고, 경성에는 영사관을 설치했다. 이어서 독일공사관도 설치하였고, 고종은 외국사신을 접견하며 외국의 신지식을 알아감에 따라 청국에서 벗어난 독립국가에 대한 희망을 품기 시작했던 것이다.

고종은 일본으로부터 조선 개혁자금 300만 엔을 차관하는 것에 동의하여 김옥균의 제 3차 일본방문이 이루어졌다. 작년 일본 외무경 이노우에 가오루는 고종의 위임장이 있으면 차관에 응하겠다는 약속을 했다. 그러나 민씨 일족 사대당에서 볼 때, 김옥균이 차관에 성공해서는 안 되었다. 김옥균이 민심을 얻어 조선개혁을 해 청국의 굴레에서 벗어난다면 사대당은 실각할 수밖에 없었기 때문이다. 그러므로 김옥균은 신용할 수 없는 인물이며, 고종의 위임장은 위조라고 일본공사관 다케조에 신이치로[23]에게 일러 바쳤다. 다케조에 공사는 부임

---

23) 다케조에 신이치로(竹添進一郞, 1842-1917): 일본의 외교관, 한학자. 1882년 하

한 이래, 민씨 일족 사대당과 친밀했을 뿐, 독립 개화당과는 소원했던 탓에 김옥균에 대한 비방을 그대로 본국에 보고했다.

결국 김옥균은 차관에 실패했다. 후쿠자와 유키치의 소개로 김옥균을 알고 있던 일본 요직 인물들이 다케조에의 보고에 망설이지 않은 것은 아니었다. 일본도 군비확장 탓에 재정이 결핍되어 있었던 것이다.

실의에 빠진 김옥균이 귀국할 즈음, 일본에 소환된 다케조에 공사가 재차 조선에 건너간 때에는 이미 300만 엔 차관을 방해한 것에 대해 속죄한 마냥 태도가 변모했다. 임오군란 배상금의 잔액은 갚을 필요가 없을 뿐만 아니라, 독립 개화당을 선동하는 듯한 말까지 꺼냈다.

김옥균을 중심으로 박영효, 홍영식, 서광범 등 독립 개화당이 갑신정변을 일으킨 것은 그 해 고종 21년(1884년) 12월 4일(음력 10월 17일), 임오군란으로부터 2년 지나서 일이다.

그날 오후 6시, 홍영식이 국장이 된 경성 우정국 개국축하연을 노렸다. 축전으로 모인 민씨 일족 요인들을 한 번에 몰살시킨다는 계획이다. 8시가 되어도 민씨 일족 수뇌들은 나타나지 않았다. 부근에 배치되어 있던 개화당 부하들은 시간에 맞춰 터지기로 한 다이너마이트가 불발되었기 때문에, 우정국 인근 초가집에 불을 질렀다. 놀라 도망치는 민영익에게 상처를 입힐 뿐 계획은 어긋났다. 김옥균과 박영효는 즉시 왕궁으로 달려가, 이미 침소에 든 고종을 면회했다. 때마침 왕궁 앞에서 폭발한 다이너마이트 굉음에 깜짝 놀란 고종은 김옥균이

나부사 요시모토 후임으로 조선공사가 됨. 그는 김옥균, 박영효, 홍영식 등 개화파를 지원했으나, 갑신정변 후 개화파 정권이 청군의 개입으로 혁명이 실패했을 때 배신함. 1913년 관직에서 물러난 후에는 도쿄대학에서 한학을 강의함.

권하는 대로, 일본공사관에 구원을 요청했다. 그날 밤 고종의 어명으로 민씨 일족을 불러 들여 수 명의 수뇌부를 죽였다.

다음 날 18일 독립 개화당은 새로운 의정부를 조직하고, 독립 개화의 진면목을 발휘하기 위해 5개조의 국정 개혁안을 고종에게 봉정했다. 그리고 문서로 부덕한 왕비를 폐하여 일반 서민으로 낮추고, 장빈을 세울 것을 고종에게 약속하게 했다.

고종 앞에서 다이너마이트가 작열하던 시각, 민비의 침소에는 여장을 한 이범진이 있었다. 충신 심상훈이 민비를 구출하러 왔다. 하지만 이보다 한 발 앞서 이범진이 민비를 구출하러 문안하자, 궁여지책으로 민비는 세자 척과 함께 동대문 밖에 있는 그의 집까지 도망가 숨어 있었다.

다음 날 민비는 왕궁에 돌아왔다. 장빈의 입후(入后, 황후를 책립하는 일)는 아직 성사되지 않았다.

민씨 일족 사대당으로부터 보호를 요구받은 원세개가 행동을 개시한 건 그 다음 날 19일이다. 고종에 대한 알현 신청이 거절당하자, 왕궁에 난입해 청일 병사 간 전투가 일어났다. 홍영식은 청국 병사에 의해 살해당했다. 3천 명의 청국 병사에 비해 열세한 2백 명의 일본 병사와 독립 개화당에 가담했다고 볼 수 없는 2천의 조선 병사는 전투를 계속 이어갈 수 없었다.

참패한 김옥균, 박영효, 서광범 일행은 다케조에 공사와 함께 인천에서 일본으로 망명했다.

살아남은 민씨 일족은 이내 세력을 회복하고, 민비는 장빈을 감옥에 가뒀다.

가을 하늘은 파랬다. 황금빛으로 물든 공기를 진동시키며, 솔개가 유유히 날고 있었다. 홍종우는 제시간보다 빨리 갔지만, 벌써 남대문 안팎으로 많은 사람들이 빙 둘러싸고 있었다.

문무백관을 수행한 고종의 노부(鹵簿, 임금의 외부 행차 때 의장을 갖춘 행렬)가 청국 보정부로부터 3년 만에 귀국한 대원군을 남대문까지 마중 나간다고 어제 발표하였던 것이다. 홍종우는 남대문 안쪽에서 고종 부자간의 대면을 보고 싶었지만, 구경하러 온 양반집 가마가 가득 차 꼼짝 못한 바람에 성 밖으로 되돌아갔다.

대원군의 행렬은 좀처럼 나타나지 않았다. 청국 군함을 통해 인천을 거쳐, 한강 양화진까지 30리 수로를 거슬러 오는 것이지만, 군중은 아침부터 계속 기다리고 있었다.

환성이 울려 퍼졌다. 멀리서부터 옥색 빛 지나(支那)식 가마 같은 것이 점차 다가왔다. 청국 수병과 파견된 조선관리가 가마 전후로 호위하고 있었다. 길 양쪽으로 땅에 엎드려 조아리며 웅성대는 군중은 흥분해서 계속 큰소리로 외쳤다. 3년간이나 타국에 유폐되어 있던 국태공을 위로하는 목소리다.

맨 앞줄에서 땅에 엎드려 조아리고 있던 홍종우가 머리를 들었을 때, 대원군은 궁정에서 보낸 지붕 없는 남여(藍輿, 뚜껑이 없는 의자 비슷한 작은 승교로, 앞뒤 각각 두 사람이 어깨에 메게 되어 있음)로 막 갈아타려고 했다. 검은 관 아래로 보이는 얼굴은 조금 거무스름하고, 눈썹이나 수염, 살쩍은 60세라는 연령을 드러낸 5척도 안 되는 왜소한 몸이었지만, 모인 군중을 한 번 쳐다본 번쩍이는 안광은 젊은 사람을 능가할 정도였다.

행렬은 무사히 남대문으로 들어갔다. 군중들도 성 안으로 쇄도한 탓에, 인파는 옴짝달싹 못했다. 고종과의 3년 만의 대면이 이루어지고 있을 것이다.

홍종우가 간신히 성 안으로 들어갔을 때는 구경꾼도 양반집 가마도 제각각 흩어질 찰나였다. 홍종우가 군중을 헤집으며, 지붕위로 금색 봉황이 빛나는 봉련(鳳輦, 꼭대기에 황금 봉황을 장식한 임금이 타는 가마)과 거기에 이어진 남여를 따라 잡은 것은 보신각이 있는 종로 네 거리였다. 천천히 바라볼 겨를도 없이, 봉련은 그곳에서 왼쪽으로, 남여는 그대로 북쪽 운현궁으로 방향을 잡았다.

한 달 정도 지나, 홍종우는 또다시 마음속에 정한 바를 깨고, 일찍이 그가 살던 이동(泥洞)에 인접한 운현궁 근처에 가봤다. 광대한 궁전만큼은 아니나, 운현궁은 낮은 돌담 안쪽으로 기와지붕 용마루를 몇 개나 가진 대저택으로 멀리서도 바라볼 수 있었다.

운현궁 문 앞에서 순검을 교대한 십 수 명이 막 철수하려고 했다. 한 부대가 철수하자, 저택 안에서 달려 나온 무리들이 저마다 시끄럽게 욕하며 문 앞에 있던 푯말을 뽑았다. 그것은 악귀의 침입을 막기 위해 촌락 입구 등에 세워진, 천하대장군 푯말 정도의 크기였다. 붉게 칠해진 색이 독살스럽기까지 선명했다. 순간 홍종우는 소문이 자자한 운현궁의 화염목(火炎木)인 걸 알았다. 화염목은 남양(南洋)에서 피는 꽃 이름이라고 들었지만, 운현궁의 화염목은 꽃이 피지 않는 단지 길쭉한 나무 막대기에 지나지 않았다.

이 화염목 탓에 운현궁 방문자는 사라지고, 민비는 대원군을 사실상 정치로부터 차단해 버렸다는 소문이다. 이러하다면 장빈 또한 당분간 감옥에서 나올 수는 없을 것이다. 홍종우는 그렇게 생각하며 서둘러 운현궁 앞을 떠났다.

화염목 유래는 갑신정변 후속 처리까지 거슬러 올라가야 한다. 일본에서는 외무경 이노우에 가오루가 전권대사로 특파되었다. 조선전권대사는 좌의정(수반인 영의정 아래의 좌대신) 김굉집이다. 두 차례의 회담으로 조약은 성립되었다. 발표된 것은 공사관 화재와 피해자에 대한 선후처리가 주된 내용이었다. 조약을 조인한 후, 이노우에 가오루는 대(對) 조선 방안을 청국 정부에 제안하기 위해, 북경 주재 일본공사 에노모토 다케아키[24]에게 훈령했다. 그 내용은 재빨리 조선 측에 흘러 들어왔다.

이홍장이 이전에 해관총판으로 파견한 독일인 묄렌도르프는 당시 통리교섭통상사무아문(외아)문 독판(대신) 지위를 부여받아 회담에 출석해, 주변 정세를 파악할 수 있는 입장에 있었다. 청일 양국의 조선철병 의향도 탐지했다. 게다가 자기 자신을 공격의 대상으로 삼아, 청일 양국에서 그를 대신할 인물을 조선에 파견하고자 한다는 것까지 알게 되었다. 때마침 묄렌도르프는 외아문 협판(차관) 서상우와 함께, 일본에 사절로 떠났다. 갑신정변으로 일본인 피해자에 대한 사과와 김옥균 일행의 인도 청구 때문이었다. 그러나 일본은 정치망명자 인도를 거부했다.

그는 일본에 체류하는 동안, 주일 러시아공사 스펠과 몇 번인가 회담했다. 민비는 갑신정변 이전부터, 강대한 러시아에 의지할 의향을 가지고 있었다. 그러던 차에 갑신정변이 일어났고, 들려오는 일본 여론은 청국과의 교전도 불사할 만큼 격렬했다. 청일이 교전하면 중립,

---

24) 에노모토 다케아키(榎本武揚, 1836-1908): 일본 외교관, 정치가. 1884년 갑신정변이 발생하자, 일본측 전권대사 이토 히로부미와 함께 이홍장과 회담해 천진조약 체결함.

만일 철병하면 이 기회를 틈타 러시아 군대의 보호를 받아, 조선의 안정을 꾀하려고 하는 민비의 뜻을 받은 묄렌도르프는 러시아 군사교관 초빙에 관해 얘기했다.

한편, 이노우에 가오루의 대조선 방안을 기초로, 청국 천진에서는 이토 히로부미와 이홍장 간 회담이 열리고 천진조약이 조인되었다. '청일 양국은 조선에서 철병', '철병 후 군대 훈련을 외국교관에 맡길 것', '청일 양국이 조선에 파병을 필요로 할 경우 상호 문서로 미리 알릴 것'이라는 내용이었다. 그러나 민비는 청일 간 조인하기 한 달 전 이미 조러(朝露) 통상조약을 맺었다.

천진조약으로 청일은 철병하게 되었지만, 군인에서 외교관으로 빠르게 변신한 원세개는 주재관으로서 경성에 남아, 일본의 조언으로 만들어진 모든 걸 파기시켰다.

청일 양국의 철병은 조선에 있어 바라는 바가 아니었다. 이 기회에 민비는 러시아와 결탁할 계획이었다. 미리 묄렌도르프에게서 타진받은 스펠이 민비와 본격적으로 교섭하기 위해 경성에 뛰어들어 은밀하게 추진하려던 것은 공공연하게 알려지고 말았다.

게다가 이 시점에서, 조선은 청일 양국의 제안으로 미국인 군사교관을 맞이하기로 결정되어 있었다. 군사권을 장악하고 있던 것은 민영익이다. 러시아 군사교관 초빙은 민비의 뜻을 받아 민영익과 묄렌도르프가 획책한 탓에, 정식으로 조선 의정부 좌의정 김굉집과 교섭한 스펠은 영문도 모른 채 물러났다.

묄렌도르프의 불행은 이대로 끝나지 않았다. 의정부는 묄렌도르프를 조선으로 파견한 이홍장 앞으로 이와 같은 경위를 보고하였기 때문이다.

이홍장은 즉시 묄렌도르프를 경질했지만, 이때 대원군을 조선으로 귀국시키려고 결심했던 것 같다. 의정부는 있으나 마나, 조선 정치는 민비가 독점하고 있다. 민비를 제지하기 위해서는 역시 대원군을 이용하는 편이 좋다고 판단했던 것이다.

명민한 민비가 이홍장의 의도를 모를 리가 없었다. 대원군이 귀국한 지 보름 후 운현궁 보호라는 명목으로 10개조 예법을 제정해 내놓았다. 대원군의 일거수일투족을 구속하고, 출입하는 사람들을 감시하는 규칙이다.

화양목을 세운 것도 그 중 하나다. 수상한 자를 운현궁에 출입시키지 않는다는 말 이면에는 대원군 정권의 부활 조짐을 감시하기 위함이다. 왕궁에서 하사받은 금위(禁衛, 왕궁의 수호, 혹은 수호하는 사람)의 푯말 아래를 지나 운현궁을 방문하기 위해서는 칙허를 얻지 못하면 안 된다고 규정했다. 방문할 때는 고종의 허가를 받아야 하는 번거로움에, 의혹을 사면서까지 운현궁을 방문하는 자는 점차 사라지고, 민비는 사실상 대원군을 정치로부터 차단했다. 군사교관 초빙에는 실패했지만, 민비는 조선주재 러시아공사 베베르[25]와 더욱 더 친밀한 관계를 가졌다.

청국에 있어서 러시아는 영토를 접한 가장 싫어하는 상대다. 게다가 경성에는 영국, 프랑스, 독일, 미국도 모여 있어, 청국만이 종주권을 휘두를 수 없는 상황이 되었다. 이홍장은 되돌려 보낸 대원군을 어

---

25) 베베르(Wäber, Karl Ivanovich): 러시아 외교관. 1884년 러시아전권대사로 조선에 부임, 한러수호통상조약을 체결. 1884년 갑신정변 이후 조선을 둘러싼 외국의 이권다툼에서 영국과 일본의 세력을 견제, 러시아의 세력 확대를 꾀함. 1896년 아관파천을 성공시키고 친러내각을 짜는데 주동적인 역할을 함.

떻게 이용했는가.

그것은 바로 폐왕사건이었다. 왕위에 견줄 수 있는 자는 대원군의 손자이며 고종의 조카인 당시 18세 이준용이었다. 천진조약에 따라 철병해, 병력이 부족한 원세개는 정변이 일어나면 조선 병사를 이용하는 게 불가능했다. 임오군란의 경험도 있어, 민비의 학정에 원한을 품은 조선 병사는 대원군에 가담할 것으로 본 것이다.

조선 군대를 장악한 것은 민비의 신임이 가장 두터운 왕세자비의 오빠 민영익이다. 폐왕 음모에 가담했을 리가 없지만, 러시아 군사교관을 초빙하려고 한 것으로 청국에 약점을 잡혔다. 그리고 청국은 그것을 기회로 삼았던 것이다. 아니나 다를까 민영익은 완강히 거절하지 못해, 마지막에 이르러서는 모든 걸 민비에게 일러바치고, 영국령 홍콩으로 도망쳤다.

수훈자 민영익은 궁정으로부터 청국 수출용 홍삼 독점 판매를 허가받아, 부를 축적하는 것과 동시에, 민비에게 보내는 헌금을 게을리 하지 않았다.

홍삼은 조선 인삼이다. 붉은 꽃을 피우는 나무뿌리가 사람 형상을 하고 있으며, 그것을 건조시켜 만든 탕약이 보혈, 강장 등 만능신약으로 귀중히 여기고 있었다. 아직까지도 조선이 청국에 매년 동지 때마다 보낸 사절은 2만 5천 근, 금액으로는 30만 냥의 홍삼을 공물로 가져갔다고 한다. 조선 각지에서 재배되었지만, 그 중 개성에서 나는 것이 가장 품질이 좋았다. 조선의 중요 산물인 만큼, 궁정의 독점 사업으로 매매는 금지되어 있었으나, 실제로는 거래가 활발했다. 궁정의 수매 가격이 저렴한데다 지체되는 적도 있었기 때문에, 생산자는 밀매의 유혹을 뿌리칠 수 없었다.

조일수교조규에는 청국에 허가한 홍삼 수출도 일본에는 인정하지 않았다. 일본은 집요한 교섭 끝에 갑신정변이 일어나기 얼마 전, 수년 만에 무역장정 개정에 성공했다.

홍종우는 매일같이 물을 다 팔고 나서도 귀가를 주저하며, 멍하니 성안을 헤매며 돌아다니는 버릇이 생겼다.

결혼한 지 8년째가 되어 첫 남자아이가 태어났건만, 열흘 전에 죽고 말았다. 태어난 지 이틀만이었다. 영양이 부족한 산모로부터 태어난 갓난아이는 살아갈 힘을 잃어버린 듯했다. 아이가 죽은 후에도, 영복은 또다시 돈에 집착하기 시작했다. 돈이 있는데도 변변히 먹지 못했기 때문에 아이가 죽은 것이라고 원망했다. 무리도 아니라 생각했지만, 그러한 영복 또한 자수 부업으로 얻은 돈을 한 푼도 가계 살림에 보태지 않으니 진흙처럼 식어빠진 패반을 계속 먹어야만 했다.

홍종우가 종로에서 남대문 쪽을 가려고 일본거류지 입구인 진고개 부근을 걷고 있자, 주변엔 조선인과 일본인 등 많은 사람들이 섞여 있었다. 때마침 이웃집에 사는 노동자 윤동선이 인파 사이로 빠져나온 것이 보였다. 그는 6년 전 이웃집에 양반집 가마가 서 있던 다음 날, 난데없이 나타나 자신이 집을 빌려 주었다고 말하며 들어와 살던 자다. 그런 말은 누구도 믿지 않았지만, 주민 이동이 심한 곳인 까닭에 이전의 일을 알던 사람도 없었다.

"뭘 하고 있는 겐가?"

홍종우는 군중 쪽을 턱으로 치켜 올렸다.

"우물을 파는 사람들이네."

윤동선도 우물 파는 일을 도와주러 온 것이다.

"뭐, 대수롭지 않은 일이군."

홍종우가 그렇게 말하자, 윤동선은 고개를 저으며 왼손으로 오른팔 어깻죽지를 만졌다. 분량이나 크기를 나타낼 때 보이는 동작이다. 작은 일은 손목, 중간 정도의 일은 관절이다. 어깻죽지를 만진 걸 보면 상당히 큰 규모의 일이 틀림없다.

"깊이가 보통 우물의 다섯 배라네. 비용이 8백 냥이나 된다더군."

홍종우도 놀랐다. 조선 우물은 손으로 파는 정도로 얕았기 때문에, 전염병이 끊이지 않고 물 또한 금방 메말라 버린다.

"왜놈이 사는 곳엔 우물이 없는가?"

"물론 있지. 어느 집이나 한 개씩 가지고 있네."

윤동선의 얘기에 따르면, 목욕을 좋아하는 일본인은 사용량이 많은데 물이 부족한 까닭에, 공동 우물을 만들어 목욕물을 데운다고 한다. 홍종우는 어제 빈대에 물린 자국을 긁어 대면서, 조선인이 목욕을 싫어하는 것은 물이 부족한 것에서 나온 습성인가 하며 뜻밖의 일에 감탄했다.

"일본은 8년 전부터 수도(水道)가 설치되어 있다고 하더군."

노동자가 되기 전에 지게꾼을 하며, 토목하청회사인 오쿠라구미[26]에 고용된 적이 있는 윤동선은 서투른 일본어로 떠들며, 어디선가 주워들은 이야기를 했다. 여기서 수도란 저수지로부터 철관을 땅 속에 묻어 물을 나르는 것이라 한다.

---

26) 초기 인천항의 일본상인은 '폭리를 겨냥하거나 일확천금을 꿈꾸는' 투기심의 모험상인 부류가 대부분이었고, 일본정부의 지원을 받는 교도구미(協同組)와 오구라구미(大倉組) 등의 대상인들은 일부였다. 때문에 1880년에 경성에 들어온 이들은 작은 규모의 무역상, 잡화상, 객주업, 운송업 등을 종사하며 독점적 이익을 위해 업종별 조합을 결성함.

"조만간 경성도 물장사하다간 실업자 신세를 면치 못할 거야."

윤동선은 햇볕에 그을린 얼굴에 하얀 이를 보이며 웃더니, 사이코 돈돈[27], 사이코돈돈, 사이코돈돈하며, 홍종우가 알지 못하는 노래를 흥얼거리며 사라졌다. 여기저기 주위들은 외국 노래를 자랑스러운 듯 부르는 윤동선의 뒷모습에 (경박한 놈) 하고 마음속으로 욕하면서도, 수도에 관한 얘기는 홍종우의 뇌리를 떠나지 않았다.

홍종우는 남산 근처 인기척이 없는 데까지 걸어가더니, 버드나무 그늘아래에 지게를 내려놓았다. 버드나무에 기대어 눈을 감자, 봄 석양 산들바람이 기분 좋게 얼굴을 스쳐 지나갔다. 그리고 자연스레 지금 보고 온 일본인들을 생각했다.

임오군란이 일어난 지 어느 덧 6년이 흘렀다. 그 당시에는 아직 외국인이 성안 주거를 인정하지 않았다. 일본공사관도 서대문 성 밖에 있을 정도다. 홍종우는 일본공사관이 화재로 전소된 날의 일을 여전히 기억하고 있었다. 공사 관원들이 그 때 무슨 일로 남대문에서 성안으로 들어오려 했는지 몰랐지만, 나중에 전해들은 바로는 일본공사 하나부사 요시토모는 외교관의 공법을 지키며, 조선의 군주와 안위를 함께 하기 위해 입성하려고 시도했던 것이다.

외국인에게 성안 주거를 허가한 것은 임오군란 이후다. 미국, 영국, 독일, 러시아 등 외국공관은 서대문 안쪽에 있는 정동에 모여 있지만, 일본공사관은 북촌에 마련했다고 들었다. 교동 운현궁 뒤쪽에 있는 박영효 집을 사서 재건축한 것이다. 오쿠라구미, 교도구미 등 일본인 토목하청업자 5, 60명이 경성 곳곳에 흩어져 살고 있었다. 그 때문에

---

27) 사이코돈돈(サイコドンドン): 1887년부터 유행한 서민의 애환을 그린 노래.

갑신정변 때는 40여 명이나 폭민에 의해 살해되었던 것이다.

그때의 쓰라린 경험 때문인지 이 후 일본인은 성벽 안쪽에 거류지를 만들어, 5년이 지난 지금에는 가구 수가 60호를 넘고, 인구는 2백 수십 명이나 늘어났다. 그리고 잘 갖춰진 거류지 규칙도 만들어서 일전에 아마쿠사(天草, 구마모토 현)에서 몰래 숨어 온 매춘부 한 명을 추방하였다고 하는 사실은 조선인 사이에서도 널리 알려졌다.

홍종우는 4년 전 갑신정변을 회상했다. 누가 정치를 하더라도 민중 생활이 나아지지 않는다고 생각했기에, 민비와 대원군 간의 정쟁에는 관심이 그다지 없었던 서민들도 그때만큼은 달랐다.

김옥균이나 박영효가 청국의 굴레와 민비의 썩은 정치로부터 나라를 다시 세우려는 구세주가 될 지도 모른다는 평판은 정변 결행하기 전부터 자자했다. 하지만 그들이 정변에 실패해 일본으로 망명간 사실이 알려지자 실망하기 이를 데 없었다. 어째서 자신들만 정변을 일으키고, 백성들을 설득해 다 함께 궐기하지 않았는가 하고 생각한 자들도 몇 명은 있었을 것이다.

홍종우야말로 말은 하지 않았지만, 그때 그렇게 생각한 사람 중 한 사람이었다. 갑신개혁이 실패했다는 소식을 들었을 때, 홍종우는 분한 마음에 일본공사 다케조에 신이치로를 마음속으로 저주했다.

당시 청국은 안남(安南, 베트남)에서 프랑스군과 싸워 패했기 때문에, 다케조에 공사는 그 틈을 타 조선에서 청국 세력을 몰아내고자 했던 것이 틀림없지만, 경성에 있는 청일 양국 병력의 차이도 생각지 않고 거사를 일으킨 것은 경솔했다. 게다가 왕궁 경호를 부탁받으면서, 청국 군대가 쳐들어오자 고종을 쉽게 청국 측에 건네 버린 외교수완도 졸렬하기 그지없었다. 실력도 없이 다른 나라의 유능한 청년 정치가를 선동하여 실추시킨 인물을 한 나라의 대표로 보낸 것에 조선인이 일본을 경멸하는 건 당연하다. 게다가 전소된 일본공사관에서 관원은 한 명의 부상자 없이, 거류민만 죽게 한 것도 어처구니없는 일이었다. 15만 엔으로 세운 공사관이 화재로 전소된 것에 2만 엔, 41명 거류민 학살에 불과 11만 엔 배상 요구밖에 하지 않았던 것은 일본도 다케조에의 아둔함을 인정했기 때문일 것이다. 아니, 다케조에 한 사람에게 책임을 덮어씌운다 하더라도, 일본 본토로부터 사주가 있었던 건 아닐까. 그렇다 하더라도 상황 파악은 공사의 역할이니, 다케조에에 대한 생각에는 변함이 없었다.

집에 돌아오자, 아내 영복은 없었다. 저녁밥 준비도 되어 있지 않았다. 홍종우는 화가 난 나머지, 물 항아리 옆에 있던 바가지를 걷어찼지만, 아이가 죽은 일로 일말의 불안이 뇌리를 스쳤다. 설마… 했지만 고개를 내저었다. 연상인 아내인 만큼 잔소리는 많으나, 자살할 만큼 내성적인 여자는 아닌 것에 어느 정도 안심이 되었다. 인정 시각은 이미 지났다.

홍종우는 가지런히 놓여 있는 세 개의 토방 항아리에서 배추김치를 한 움큼 꺼내, 뿌리 부분에 부엌칼을 넣어 두 개로 쪼개, 하나는 항아리에 집어넣고, 남은 걸 길쭉하게 썩 잘라, 자른 면이 위로 보이게 놋쇠 그릇에 담았다. 이 김치만은 변변찮지만 호사스런 음식이다. 적당하게 익은 상아빛 도는 배추 잎 속에는 진홍색 고춧가루나 녹색 해초, 맛이 든 무채 등이 들어 있어, 맛도 그렇거니와 보기에도 그려 넣은 듯 아름답다. 홍종우는 패반에 김치 모두를 먹어 치웠다. 물론 생선이나 고기반찬도 있으면 좋겠지만 비싸기 때문에, 영복이 있다면 아까

위 절반도 먹을 수 없었을 것이다.

시간이 지남에 따라 역시 걱정이 되었다. 산후의 몸으로 어딘가에 쓰러진 것은 아닌지 염려되어 찾아 나서려 칸델라(휴대용 석유등)를 켜려는 순간, 문 두드리는 소리가 났다.

"종우, 집에 들어 왔는가?"

저녁에 진고개 거리에서 헤어진 이웃집 윤동선의 목소리다. 집안으로 들어온 윤동선은 그리 취한 것 같지는 않았지만, 막걸리 냄새가 났다. 그는 홍종우보다 두 살 위인 25세로, 가족은 강릉에 두고 혼자 살고 있다. 밤에는 대체로 인근 술집에서 시간을 보내고 있었다.

"들어 있는가? 종우."

윤동선은 흥분해 있었다. 혹시나 양영복이 어디 사고라도 났나 하고, 홍종우는 각오한 채 가만히 있었다.

"장빈 말일세. 남자들이 희롱거리다 죽였다고 하더군."

집을 거저 얻은 고마움에서인지, 윤동선은 경어를 사용했다. 홍종우는 가슴이 미어졌다. 윤동선은 술집에서 듣고 온 이야기를 손짓해 대며 소상히 말했다.

감옥에서 끌어낸 장빈을 후궁 궁전에 꿇어앉힌 민비는 백송(白松)으로 만든 부채를 집어던지며 꾸짖더니, 시위대 병사에게 옷을 전부 벗기게 한 다음 온몸을 가리지 않고 곤장을 치고, 소나무에 매달아 가랑이 사이를 방망이로 몇 번이나 찔러 실신시켰다고 한다. 게다가 한 번에 죽이지 않고, 물을 부어 정신 차리게 한 다음, 다시 손발가락을 하나씩 잘라 죽였다고 말했다. 차마 듣고 싶지 않은 잔학한 행위다.

"언제 일어난 일인가?"

"어제라더군… 중궁은 말일세, 임오군란이나 갑신정변 모두 장빈이 중전 자리에 오르기 위한 음모라고 단정한 모양일세."

"설마 그 장빈이 달기(妲己, 중국 상나라 주왕의 애첩으로 음란하고 잔인하기로 유명함)나 중궁도 아닌데 말이야."

"마음씨 고운 사람이었나?"

윤동선은 순간 말실수를 했다. 자신이 그 여자에게 집을 빌려 줬다는 거짓말이 드러났지만, 홍종우는 괘의치 않았다.

"그거야, 중궁이 그리 말하지 않더라도, 질투만으로 사람을 죽일 이유로는 될 리가 없지."

"그렇다 하더라도 그렇게 심한 짓을 해도 괜찮을려나?"

윤동선은 평소와 달리 차분하게 말하며, 집에 들어왔을 때의 흥분은 진정된 듯 조용히 돌아갔다. 경박한 놈이라고 경멸한 남자의 입에서 나온 말인 만큼, 홍종우도 안타깝기 그지없었다.

그 날 밤 양영복은 집에 오지 않았다. 홍종우는 잠들지 못한 채 그 날 일을 생각했다. 이웃집 여자가 장빈이었다는 걸 안 다음 날, 마음속에 정한 바를 깨고 북촌으로 가, 경복궁 주변을 배회했다. 어째서 그럴 마음이 생겼는지 그 때는 몰랐지만, 지금 생각하면 홍종우의 마음속엔 이웃집으로 살았다는 친분으로, 장빈에게 부탁해 출세 연줄을 잡을 수 있을지 하는 기대가 마음 어딘가에 있었는지 모른다. 그러한 미묘한 설레임을 시작으로, 홍종우는 남몰래 대원군의 귀국 날짜를 기다리고 있었다는 걸 이제 와서야 깨달았다.

남대문 밖으로 마중나간 것도, 남여 뒤를 쫓아 종로까지 간 것도 단순히 속물근성에 의한 게 아니다. 하지만 그 화염목을 본 순간, 희망의 싹은 완전히 사라졌던 것이다.

화염목을 본 날부터 2년 반이나 지났는데도, 민비는 어째서 지금에 와서야 장빈을 해치려고 했을까. 홍종우는 잠들 지 못한 채 한동안 상념에 빠졌다.

이웃집 윤동선이 듣고 온 것처럼, 장빈이 중전 자리에 오르고 싶어 두 번의 음모를 일으켰다고 한다면, 갑신정변 직후에 처형해도 좋았을 것이다. 그런데 어째서 4년 동안이나 감옥에서 고생하도록 내버려 두었던 것일까. 민비가 장빈을 계속 괴롭힌 것과 고종이 총애하는 여자를 감옥에서 풀어줄 수 없는 한낱 인형에 불과하다는 사실을 만방에 보여주기 위한 것 외에, 아마도 대원군의 귀국을 기다려 그 늙은 영웅에게도 무력함을 통감시켜 주고 싶었던 것이다.

생각하면 할수록 민비라는 인물이 무서웠다. 이러한 와중에 어떻게 하면 출세할 수 있을까를 생각하니, 홍종우는 온몸에 땀이 났다.

날이 밝았다. 영복은 지금까지 외박한 적이 한 번도 없었기 때문에, 홍종우는 오늘 장사를 쉴 요량으로 물을 길으러 가지 않았다. 영복은 한낮에 돼서 돌아왔다. 홍종우가 집에 있는 게 의외라는 표정이다.

"여보, 큰일이요."

영복은 마음대로 외박한 변명을 얼버무리듯 요란스런 소리를 냈다. 장빈의 얘기라면 진절머리가 난다고 홍종우는 말하고 싶었지만, 그녀는 말을 계속했다.

"글세 진옥이네가 경성에 올라왔지 뭐유."

영복은 선 채로 연신 떠들어 댔다. 출산 전후 20일 동안이나 자수일을 쉰 탓에, 어제는 일감을 얻으러 종로 시전으로 가는 길에 이웃 포목점에서 나온 남동생 양진옥을 만났다. 그는 이번에 체우총사(遞郵總司, 중앙우편국)에서 근무하기로 정해져, 안성에서 이사 오기 위해 집을 구하러 왔다고 한다.

"어머님이랑은 사이가 나빠도, 진옥이 하고는 8년 만이네."

영복은 멋쩍어 하며 진옥이가 머물고 있는 계모 동생 집에 갔더니, 마침 식사 때라 한창 이야기하다 보니 어느새 성문이 닫힌 지도 몰랐던 것이다.

"여보, 그래서 말인데 긴히 할 얘기가 있는데."

영복은 그렇게 말하며 부엌 쪽으로 달려 가, 홍종우가 본 적 없는 나무상사를 무겁게 들고 왔다.

"135냥이유."

엽전 85냥, 당오전 50냥이다.

"대체 뭘 하자는 겐가?"

어차피 영복이 부업해서 얻은 돈이니, 동생 진옥이 취업 축하를 위해 써도 불평할 생각은 없었는데, 그녀는 뜻밖의 말을 꺼냈다.

"당신이 가진 돈과 이 돈 합치면 735냥은 될 거유."

영복은 계획을 세워 두었다. 성안에서도 동대문 쪽으로 가면, 부부 두 사람이 조촐하게 살 수 있는 집을 백 냥 정도에 구입할 수 있고, 나머지 돈으로 장사 밑천으로 하려는 것이었다. 동생 진옥이 집을 구하다가 시세를 듣고 온 것 같았다.

장사 밑천이란 평소 그녀의 말버릇으로 내용은 묻지 않아도 뻔했다. 자수는 까다로운 기술인데, 하청 받으면 수지가 안 맞아 천을 사들여 염낭 주머니 완성까지 일관작업(一貫作業, 원료로부터 제품이 나올 때까지의 여러 갈래의 작업을 연속적으로 행하는 작업)을 해서 돈을 벌고 싶다는 것이다.

홍종우는 영복의 이야기를 듣는 둥 마는 둥 하며, 어젯밤 한숨도 못 잔 걸 핑계로 낮잠 잤다.

3

고종 25년(1888년) 5월, 홍종우는 인천에서 일본 우편선 겐카이마루를 탔다. 내가 염낭 주머니 가게 주인으로 살 것 같냐? 라는 오기가 일본행을 정한 직접적인 계기였다.

지금 홍종우에게 입신출세의 길은 하나 밖에 없었다. 궁중에 별입시라는, 불특정 소수 집단이 있다는 것이다. 단순히 명예직인 것 같으나, 고종을 가까이 모실 수 있다는 특권이 있다. 특히 고종이 해외 사정을 듣는 걸 좋아하기에, 민씨 일족 외에도 일본이나 청국에서 귀국한 자들은 그 영예를 얻을 수 있었으니, 노린다고 하면 그것밖에 없다.

일본으로 떠난다는 얘길 들은 양영복은 기가 막혔지만, 굳이 반대하지 않았다. 어차피 얘길 해도 듣지 않는 홍종우의 성격과 무엇보다 계모와 남동생이 경성으로 이사 온다는 사실이 그녀의 마음에 큰 부담이 되었던 것이다. 계모와 사이가 나쁜 만큼, 이런 비루한 생활을 보여주고 싶지 않았다. 이상한 비유일지 모르나, 조선에서는 우구(雨具, 우산, 비옷, 나막신 등)가 발달되지 않았다. 가난뱅이는 비오는 날에 외출하지 않기 때문이다. 비 오는데 초라하게 걸으면 주위 사람들로부터 가마를 탈 돈도 없나 하고 생각되는 게 서러웠던 모양이다. 양영복이 홍종우가 일본에서 돈 벌어 온다는 말에 쉽게 찬성한 것은, 지금의 생활 형편을 계모에게 보여주기 보다도 남편과 별거하는 쪽이 오히려 참을 만하다고 판단해서였다.

735냥을 일본 엔으로 환전하니 29엔 40전밖에 되지 않았다. 지금까지 6년 동안 질 나쁜 백동화나 사주전(私鑄錢, 개인이 위조하여 만

든 돈)이 다량으로 나돌고 있던 까닭에, 양반이란 가문과 집을 판 걸
로 따지면 돈 가치는 절반 이하로 떨어졌다.

영복의 바램대로 장사하고 있었다면 이런 일도 없을지도 모르지만,
평생 장사하며 살 생각이 없었기에, 설령 손해를 본다 하더라도 이것
으로 잘됐다고 생각했다.

돈을 반으로 나누어 영복에게 주었지만, 시전에서 남의 집 더부살
이하며 자수 일을 하게 된 그녀는 나이 많은 부인답게 20엔을 홍종우
에게 얹어주었다. 배 운임 이외에 이것저것 빼고 남은 돈 12엔을 품
안에 넣고 시모노세키까지 70시간, 그리고 세토나이카이 항로로 20
시간이란 긴 여행 끝에 오사카에 있는 가와구치에 도착했다.

일본은 메이지유신으로 신구(新旧)의 대략적인 정리를 끝내고, 왕
정복고 즉, 번벌(메이지 유신 때 공이 있었던 번(藩) 출신자가 만든
파벌) 정부[28]의 군주독재정치에 반대하는 민선의원 설립 건백서(관
청이나 윗사람에게 전하는 의견을 적은 서류)가 제출돼 자유민권이
선풍을 일으켰다. 하지만 몰락한 토족이나 압박받는 농민들의 폭동이
각지에서 일어나, 전국적인 운동으로 퍼져나가기 전에 자유민권운동
은 좌절되고 국권론[29]에 포함되었다. 민권신장은 국권을 확립하는 데
서 오는 것이라 여긴 것이다. 갑신정변이 실패하여 일본으로 망명 온

28) 번벌 정부: 메이지유신 후부터 정당 내각 출현하는 1918년경까지의 정부.
29) 국권론(國權論): 메이지시대 내셔널리즘 사상으로, 국가독립 유지에 가치를 둔
주장. 메이지 초기 이후 정부나 민권운동 모두 일본의 국권을 확립하여, 독립을
유지하는 목표가 세워졌으나, 1890년대부터 민권론을 버리고 제국주의적 발전을
주장하는 국권론이 등장함.

김옥균을 도와, 자유민권파인 오이 겐타로[30]나 고바야시 구스오[31] 등
이 조선에 쳐들어가려고 한 오사카 사건[32]도 일본 내에서 좌절된 여
세를 다른 나라에 파급하여 민권을 신장하려고 한 사건이다.

　메이지 정부의 부국강병 정책은 무엇을 위한 것인지, 말할 필요도
없다. 그 실현을 위해서도 정부의 목표는 단 한 가지, 쇄국 말기에 체
결된 모든 국가와의 불평등조약 개정에 있었다. 외무경 이노우에 가
오루는 개정이라고 말하면서 평등에 걸맞지 않는 개정안을 만들었다.
게다가 그러한 개정안 진척을 굳건히 하기 위해, 로쿠메이칸[33]으로
상징되는 서구화 정책을 취했다.

　로쿠메이칸이 개관된 것은 조선에서 갑신정변이 일어난 전년도인
1883년 7월이다. 이를 주도한 이노우에 가오루를 비롯하여, 일본 고
관들은 그들 부인에게 서양 시녀들이 착용한 앞치마와 같은 주름달린
서양옷을 입히고 거의 매일 무도회를 열었다.

　이러한 경박한 풍조가 부국강병 정책에 희생된 국민에게 수용될 수
없을 뿐더러, 국수주의자들을 촉진시키고, 나아가 격렬한 반대운동이

---

30) 오이 겐타로(大井憲太郎, 1843-1922): 정치가, 변호사, 사회운동가. 1885년 조선
　　내정개혁을 기도하여, 오사카 사건을 일으켜 체포됨. 이 사건으로 금고 9년을 언
　　도됨.
31) 고바야시 구스오(小林樟雄, 1856-1920): 정치가. 오사카 사건으로 체포당했지
　　만, 1889년 헌법발포 특사로 석방됨. 그 후 중의원의원선거에 나가 당선됨.
32) 오사카 사건은 1885년 12월에 오사카에서 일어난 자유민권운동 사건의 하나로,
　　오이 겐타로 등을 중심으로, 조선반도에 건너가 개혁파인 독립당(김옥균 일행)을
　　지원하여 입헌체제를 구축하려던 계획.
33) 로쿠메이칸(鹿鳴館): 메이지시대 서구정책을 상징하는 건물로, 국빈이나 외국 외
　　교관을 접대 및 외국과의 사교를 위해 세워진 사교장이다. 로쿠메이칸을 중심으
　　로 한 외교정책을 '로쿠메이칸 외교', 서구주의가 퍼진 메이지 후반 시기를 '로쿠
　　메이칸 시대'라고 부름.

널리 퍼져, 결국 조약개정은 좌절되었다.

홍종우는 도쇼마치에 위치한 약재상을 찾아 다녔다. 경성을 떠나기 전 윤동선이 일본거류지에 있는 약재상에 데리고 가, 오사카 약재상 앞으로 소개장을 받아 주었다. 거류지 약재상이 말하는 바로는, 오사카 약재상에서는 12, 3세부터 고용살이로 들어가 고용 계약기간을 쌓아야 하기 때문에, 23세로는 취업이 안 될지도 모른다고 고개를 기웃거렸다. 홍종우는 약국 장사를 할 생각이 없기에, 취업되지 않더라도 손해 볼 것 없다는 마음으로 조선인 고용에 대한 반응을 볼 생각이었다.

대머리에 온화한 모습을 한 주인은 고개를 끄덕거리며 소개장과 홍종우의 얼굴을 번갈아 봤다. 주인이 뭘 말하는지 물론 홍종우에겐 통하지 않았다. 홍종우는 손짓으로 종이와 붓을 달라고 했다. 필담을 하면서 이 약재상이 감기 발한제인 갈근탕을 독점 판매하고 있다는 걸 알았다.

주인이 '동의보감(東医宝鑑)'을 썼다. 홍종우는 자신의 뜻이 통한 듯 고개를 끄덕였다. 조선의 한방약은 본가 중국보다도 발전했고, 조선시대 때 저술된 『동의보감』은 국보급 저서다. 홍종우는 희열에 찬 표정에 주인은 계속해서 동의보감은 200년 전부터 일본에서도 귀중히 여긴다고 썼다. 먼데서 온 손님을 대하는 호의가 담긴 표현이었다.

그 날부터 고용살이 방에 머물며, 각지로 내보내는 상자를 포장하고, 큰 짐수레에 쌓아 가와구치에 있는 우편기선까지 옮기는 일을 할당받았다. 힘쓰는 일이지만, 물장사로 단련된 몸으로도 버티기 어려웠다. 빨리 일본어를 익히도록 하려는 주인의 조치로, 삼일 째부터는 동행인 없이 움직였다.

주인은 여러 가지로 배려해 주었지만, 보름쯤 지나 동료와 대판 싸워 약재상을 뛰쳐나왔다. 홍종우가 상대를 '네 놈'이란 뜻인 기사마(貴樣)이라고 말한 것이 싸움의 원인이었다. 윤동선이 가르쳐 준 일본어 예비지식을 활용한 것이지만, 상대는 표정이 바뀌더니 때리려고 덤벼들었다. 홍종우도 싸움기술인 박치기로 상대방의 갈비뼈를 부러뜨렸다. 주인은 상대방 쪽을 나무랐다. 그의 표정으로 보건데 일본말이 서툰 홍종우를 감싸고 있는 걸 알았다. 주인의 호의를 뿌리치고 싶진 않았지만 그만두기로 했다. 보름 동안 일한 까닭에 급료 따위는 기대하지 않았지만, 주인은 1엔이 담긴 봉투를 주었다.

선술집에서 알게 된 남자를 따라가, 신문사라는 곳에 갔다. 여기에는 전깃불이 켜져 있었다. 홍종우가, 아니 조선인들이 신문이라는 걸 처음 안 것은 갑신정변이 일어난 해 봄이다. 2년 전 임오군란 때 김옥균이 제 1차 일본방문을 하며, 후쿠자와 유키치의 추천으로 함께 귀국한 일본인 이노우에 가쿠고로[34]가 〈한성순보〉라는 신문을 발행하기 시작한 것이다.

신문을 읽고 있으면, 무슨 일이 일어났다고 듣고 군중의 뒤를 쫓아 현장으로 달려가거나, 성문이 열리지 않아 쓸데없이 어림짐작하지 않아도, 단지 앉아서 세상일을 알 수 있었다. 국내의 일은 물론이요, 외

---

34) 이노우에 가쿠고로(井上角五郎, 1860-1938): 1883년 수신사로 일본에 다녀온 박영효의 건의와 일본 지사 후쿠자와 유키치의 추천으로 조선에 입국해 외무아문 고문이 됨. 또한 그해 10월 우리나라 최초의 신문 〈한성순보〉를 박문국에서 창간함. 갑신정변 실패 후 김옥균, 박영효 등 개화파가 일본으로 망명할 때 같이 귀국. 그 후 1886년 〈한성순보〉의 복간형식으로 국한문 혼용 주간지 〈한성주보〉창간함.

국 사정까지 소개되었다. 청국이 프랑스와 전쟁한 것도 〈한성순보〉로 알았다. 신문이 10호로 폐간된 것은 청국 주둔 병사들의 부녀자 폭행이나 금품 약탈 등 사실을 폭로했기 때문이다. 불과 4개월도 안되었지만, 홍종우는 신문에 감화되어 세상 보는 눈까지 달라진 걸 깨달았다.

홍종우는 아사히신문사에 임시 식자공으로, 일당 20전에 고용되었다. 3, 4년 전 대규모로 규슈 다카시마 탄광에 고용된 조선인 임금이 세 끼 식사에 3전을 받았다고 들었다. 성급히 비교할 수 없지만, 하루에 10전이라면 배는 굶지 않았다. 1합 3전으로 일본 술도 마실 수 있었다. 하루 5전으로 싸구려 여인숙에 묵었다. 돈은 항아리에 넣어 땅속에 묻지 않아도, 은행이라는 것이 있다는 것도 알았다. 은행은 적은 돈을 맡기는 곳이 아닌 듯해 우편소에 맡겼다.

싸구려 여인숙에 머문 사람은 노가다나 행상인이 대부분이고, 한 사람당 1조(疊, 일본 방 크기를 나타내는 단위로, 1조 크기는 대개 너비 90cm, 길이 180cm)로 한 방에 다섯, 여섯 사람이 새우잠을 잔다. 필담하고 싶어도 글자를 읽지 못하는 자들이 많았으나, 손짓 몸짓으로 서로 통했기에 생각보단 편했다. 4조 반 크기의 옆방에는 장기 숙박하는 원숭이를 재주부려 돈 버는 부부와 넝마주이가 동거하며 자취하고 있었다. 그런데 부인이 피를 토하며 자리에 눕게 되자, 그것을 본 넝마주이는 방을 나가게 되고, 그 뒤에 들어오게 된 노파는 노가다들에게 노름 돈을 빌려주기 시작하더니 거의 매일 밤마다 오이초카부[35]를 열었다.

---

35) 오이초카부(オイチョカブ): 화투 놀이 도박의 하나로, 손에 쥔 패와 새로 젖힌 패

신문사에는 무엇이든 죄다 놀랄 일뿐이었다. 〈한성순보〉는 철필(鐵筆, 끝이 뾰족한 등사판의 쇠 붓) 인쇄인데 반해, 일본 신문사는 활자라는 걸 사용하고 있었다. 게다가 10만부 이상 찍어내는 신문은 열 손가락을 넘고, 발행 부수가 가장 많은 〈유빈호치〉는 50만부를 넘었다.

글씨가 흐릿한 원고 글자에도 어느 정도 익숙해지자, 서당에서 열심히 배운 덕에 한자를 많이 알아 정확히 조판할 수 있는 홍종우를 따를 자는 없었다. 다만 식공들은 일본 옷인 것과 달리, 홍종우는 늘 조선 한복을 입었다.

시간이 나면 신문을 꼼꼼히 읽었다. 그리고 모르는 부분은 여기저기 물어 배울 수 있는 편리함마저 있어, 홍종우는 약재상을 포기하고 신문사에 온 것을 다행이라 생각했다.

김옥균이 오가사와라[36)]에서 홋카이도로 이주한다는 기사가 나 있었다. 이름에는 경어가 붙어 있으며, 조선인 하인 한 명과 일본인 순사 두 명이 경호하며 요코하마에서 홋카이도로 출항하는 모양이다.

김옥균을 도와 조선에 쳐들어가려고 했다는 오사카 사건이 실패한 지도 3년이 지났다. 오이 겐타로나 공모자들은 국사범으로 판결을 언도받았지만, 상고할 때마다 형량이 늘어나 최근 대심원에서는 각하되었다고 보도했다.

홍종우는 오사카 사건의 전모를 알고 싶었다. 직공장과 상담하니 잠시 후 〈오사카 일보〉가 부록으로 출판한 『국사범 공판 방청필기(國

를 합한 끗수가 9 또는 9에 가까운 쪽이 이김.

36) 오가사와라(小笠原): 일본 도쿄 남쪽 약 970km 떨어진 서태평양에 있는 제도. 27개 화산섬으로 구성되었으며, 주도는 지치(父) 섬과 하하(母) 섬. 김옥균은 1886년 8월부터 약 2년 동안 오가사와라에 유배되었으며, 1888년 7월부터는 홋카이도로 옮겨 약 2년 동안 유배됨.

事犯公判傍聽筆記)』라는 두꺼운 책자를 어딘가에서 빌려다 주었다.

싸구려 여인숙에 가서는 주위가 산만해 읽을 수 없었기에, 일을 마친 후 부엌 한쪽 구석에서 읽었다. 공소장은 문장에서 조사만 가타카나이고, 나머진 거의 한자이기 때문에 비교적 쉽게 읽을 수 있었으나, 그 날은 그게 고작이었다.

다음 날 신문에는 이노우에 가쿠고로의 관리모욕죄 기사가 나왔다. 조선에 관한 것으로, 이노우에 가쿠고로로부터 모욕을 받은 관리는 이토 히로부미와 이노우에 가오루다. 갑신정변이 일어난 다음 해, 이노우에 가쿠고로가 경성에서 외아문 독판 김윤식 등을 향해 연설한 내용 중에 이토 히로부미와 이노우에 가오루를 모욕하는 문장이 있었던 것 같다. 홍종우는 일본어 용어나 히라가나에도 간신히 익숙하게 되었지만, 문장용어는 일상회화와 달라 이노우에 가쿠고로의 연설 내용 중 "…때문에 조선인이 어찌 두려워하지 않겠는가?" 등의 부분은 도무지 이해되지 않았다.

홍종우는 〈한성순보〉로 계몽된 인연도 있어, 비록 만난 적은 없지만 이노우에 가쿠고로에게는 호의를 가지고 있었던 까닭에 그 죄에 해당하는 것이 무엇인지 동료에게 물어 봤다. 강도나 살인사건에는 이상하리만큼 관심을 갖던 그들이었지만, 조선에 관한 일에 대해선 그다지 흥미를 갖지 않았다.

식자공 우두머리는 홍종우의 간청으로, 편집정리 경파(硬派, 정치나 경제, 사회문제 등의 기사를 담당하는 곳)라는 부서에 가 물어봐 주었다. 그 내용은 이노우에 가쿠고로가 갑신정변 책임은 이토 히로부미와 이노우에 가오루에게 있으며, 조선은 경계하지 않으면 금후 어떻게 될지 모른다고 김윤식에게 말한 것이다. 3년이나 전의 일이지

만, 이노우에 가쿠고로가 조선에서 돌아온 후 미국으로 갔기 때문에
귀국을 기다리며 조만간 취조한다고 한다. 이노우에 가쿠고로는 정말
로 조선의 장래를 걱정해 준 것일까. 아니면 일찍이 홍종우가 조선을
위해 다케조에 공사의 졸렬함에 화가 난 것과 마찬가지로, 이노우에
가쿠고로는 일본을 위해 때를 그르친 갑신정변 실패에 분개하고 있는
지 모른다.

홍종우는 그날 밤부터 오사카 사건의 공판기록에 몰두했다. 공판기
록에 한자는 적었지만, 질문과 답변은 일상 회화체로 되어 있어 이해
하기 쉬웠다. 이 기록을 읽다가 놀랄만한 사실을 발견했다. 갑신정변
이 조선공사 다케조에 신이치로의 개인 선동에 행하여진 정변이 아닌
건, 당시 물장사를 했던 홍종우조차 본능적으로 알고 있었지만, 공판
기록 중 고바야시 구스오의 답변에 확실한 사실의 배경을 알았다.

"우리들이 이미 프랑스인과 도모해 조선독립을 계획한다는 것을,
이토 히로부미 참의가 듣고 크게 놀라 당황해 이노우에 가오루 외무
경과 상담하니, 그들이 일을 저지른다면 정부에 심각한 일이 날 것이
다. 그들에게 일을 맡기지 않도록 다케조에에게 그 취지를 포함해 포
상금을 주어 조선에 파견하였다"는 것이었다. 또한 상세한 설명에 의
하면, 김옥균이 일본정부로부터 300만 엔 차관을 거절당했기 때문에,
자유당 고토 쇼지로[37]의 노력으로 주일 프랑스 공사를 통해 프랑스 은
행으로부터 100만 엔을 차관받기로 결정되었다. 프랑스어에 능숙한
고바야시 구스오가 이 때 통역했다. 그것을 안 이토 히로부미는 프랑

---

37) 고토 쇼지로(後藤象二郎, 1838-1897): 에도막부 때부터 메이지 시기에 걸쳐 정
    치가이자 실업가. 특히 1883년 후쿠자와 유키치의 요청으로 김옥균을 돕기 위해
    자유당를 조직, 조선반도에 보내려는 계획을 세웠지만 실패함.

스의 차관으로 반정부 자유당과 조선을 친밀하게 두고 싶지 않았다.

홍종우는 눈에 붙어 있던 비늘이 떨어져 나간 것처럼, 이노우에 가쿠고로가 말한 관리 모욕죄 또한 이해할 수 있었다.

일본 정부는 국내의 자유당을 억압하기 위해 차관만 방해하면 끝나는 일이다. 이토 히로부미는 어째서 패할 것이 뻔한 갑신정변을 일으키게 해 김옥균을 무너뜨리고 한 것일까. 친일 개화파라고 말하면서, 끝까지 조선을 위해 강력한 지도자가 되려고 한 김옥균이 일본의 방해가 되기 시작했던 것이다. 무모한 계획을 굳이 감행한 일본이 실제로는 갑신정변으로 조선에서 몇 발짝 후퇴했으니, 천망회회(天網恢恢, 하늘이 친 그물은 눈이 성기지만 그래도 굉장히 넓어서 악인에게 벌을 주는 일을 빠뜨리지 않음)한 것이라 하겠다. 홍종우는 종이 위에 이토 히로부미를 쓰고, "이놈 두고 봐라"라고 중얼거리며 침을 뱉았다.

오사카 사건으로 김옥균의 이름은 일약 일본 전국에 알려졌으나, 실상 그는 관여하지 않았고, 다만 폭거에 이름을 이용당한 것이다. 침략의 의도가 아니라, 자유를 쟁취하려는 동지로서 조선을 걱정하는 것은 고마운 일인지 모르나, 낯선 타국에서 불과 60여 명으로 쳐들어가서 대체 무엇을 할 수 있단 말인가. 실패를 예견해 내세운 이름이 아니라면, 폭거라고 밖에 말할 길 없다.

일본정부가 이용할 요량으로 생각한 사람을, 구(旧)자유당 민권론자가 먼저 선수를 쳤고, 게다가 재일(在日) 조선인 범죄는 일본 법률로 다스리는 규정이 있지만, 당사자가 관여하지 않았기에 처벌도 할 수 없었다. 그렇다고 해서 조선과의 국교상 문제도 있고 해서 그대로 방치할 수 없었기에, 김옥균을 오가사와라로 보낸 후 다시 홋카이도로 옮긴 것이다.

해가 바뀌고, 홍종우는 여행 체류 기간이 만료되려던 차에 도쿄 행을 결심했다. 식자공 우두머리는 의협심 때문인지 도쿄 아사히신문사에 소개장을 써 주었다. 도쿄 아시히신문사는 작년 여름 〈메자마시신문〉을 매수하고, 올해 1월부터 〈도쿄 아사히〉 신문을 발행하게 되었다. 그 때문에 오사카 발행 〈아사히〉 신문은 앞에 오사카라는 글자를 붙이게 된 것이다.

오사카에서 25전 하는 우편기선을 타고 요코하마에 도착했다. 일본 어딘가 피를 토하며 신음하는, 원숭이를 재주부려 돈 버는 부인이 있다는 따위는 상상할 수 없을 만큼 요코하마 거리는 문명개화로 화려했다. 홍종우는 요코하마에서 기차로 도쿄에 가, 쓰키지 오다와라 마을에 있는 조선공사관에서 여행권 연장수속을 했다.

〈호치〉와 〈아사히〉가 가장 대우가 좋다는 건 세상에 정평이 나 있지만, 신문사에서 근무할 계획은 없었다. 일본에 영주할 생각이라면 더할 나위없는 직장이나, 단기간에 여러 가지 알기 위해선 시간에 얽매인 직장은 적합하지 않다. 일하며 돈을 벌 자신은 있었다. 도쿄에 와서 돈벌이하는 조선인은 미카와시마나 후카가와 주변에 살고 있다는 소문을 들었기 때문에, 그 주변엔 얼씬도 안 했다. 그리고 미야케 고개 아래에서 다친보[38]를 시작으로 여러 가지 잡일을 했다. 대부분 육체노동으로 피곤했지만 세 종류의 신문을 처음부터 끝까지 읽는 일은 거르지 않았다.

---

38) 다친보(立ん坊): 일본 메이지부터 쇼와(昭和)시대에 거쳐, 길거리나 고개 아래에서 기다리며, 짐차가 지나가면 그것을 밀어 삯을 받는 직업. 주로 서서 일을 기다리는 사람을 가리킴.

조약개정에 관한 여론이 또다시 들끓었다. 이노우에 가오루의 후임인 외무대신 오쿠마 시게노부의 개혁안은 국가 체면을 유지할 만큼은 수정되었지만, 그래도 국수주의자들의 마음에 들지 않았던 모양이다. 홍종우는 조약개정 기사를 읽을 때마다 신물이 치밀어 올랐다. 치외법권 철폐와 관세자주화 회복을 주장하는 일본이 조선에 대해선 어떻게 했는가. 조일수교조약을 한 번이라도 생각한 적 있는가 하고 따지고 싶었다.

홍종우가 일본으로 출발할 때, 조일수교조약은 머릿속에 충분히 각인되어 있었다. 조선에 체류하는 일본인이 죄를 범할 경우 일본정부 관리가 그 재판권을 가진다는 것이라고 하여 명확히 영사재판권을 인정시켰고, 무역장전에 관해서는 상호 인민 무역에 관리가 간여하지 말아야 할 것과 무역을 제한하거나 혹은 금지할 수 없다는 것이라는 오만불손한 조항이 있다. 자신이 받은 불평등만을 액완(扼腕, 성나고 분하여 주먹을 쥠)하여, 그 밖의 억지로 떠맡긴 것에 대해서는 당연한 것으로 여기며 반성할 기색도 보이지 않는 일본의 소행에 홍종우는 치를 떨었다.

오쿠보 시게노부의 피습사건을 안 것은, 홍종우가 살고 있던 아카사카 근처에 있는 목욕탕 때밀이를 그만두기로 결정한 날이었다. 목욕탕 비는 1전이지만, 때를 미는 요금도 1전이다. 때미는 수입만으로도 하루 10전을 넘는 날도 있었지만, 홍종우는 욕조 청소부터 물길이, 장작패기, 불때기까지 죄다 일했기 때문에 급료는 7엔이나 더 받고 있었다. 수입이 많은데다가 일하기도 좋았지만 똑같은 곳에서 오랫동안 있고 싶지 않던 참에, 주인이 18세가 되는 딸의 데릴사위가 되어 달라는 말을 듣고 홍종우는 조선에 아내가 있다고 말하며, 이 기회에 그만두기로 했다.

혼조, 후카가와에는 가까이 가지 않더라도, 머물 곳이 없을 땐 그 주변에 많은 싸구려 여인숙을 이용할 수밖에 없다.

목욕탕을 나서는데 마침 신문 호외를 주웠다. '오쿠마 외무대신에게 폭탄'이란 제목이다. 요점만 대충 읽어보니, 그 날 저녁 4시쯤 각의를 마친 외무대신 오쿠마 시게노부가 마차로 가스미가세키 관저로 돌아갔을 때, 현관 앞에서 수류탄을 집어던진 남자가 있었다. 하얀 연기가 피워 오를 뿐 실패한 것이라 여긴 것일까. 범인은 외무성 앞 담벼락에 기대어 할복자살을 했다. 오쿠마 외무대신은 생명에 별 지장은 없다고 한다. 소지품을 조사한 결과 범인은 현양사[39] 소속 구루시마 쓰네키[40]라는 내용이다.

홍종우는 혼조 하나쵸에 있는 단골 싸구려 여인숙에 버들고리(柳行李, 버들로 동글납작하게 만든 작은 고리짝)를 두고선, 호외를 가지고 니혼바시 근처까지 되돌아가 평소 정해진 곳에 가게를 여는 오뎅 가게에 들어갔다. 일본 서민계급은 대부분 정치 애기를 좋아해, 조용히 1합 5전하는 잔술과 두 개에 1전하는 간모도키(雁擬き, 유부의 한 가지로, 두부 속에 잘 다진 야채, 다시마 따위를 넣어 기름에 튀긴 것)를 먹는 것만으로 귀동냥을 할 수 있었다. 초저녁이라 손님이라곤 쉰

---

39) 현양사(玄洋社, 1881-1946): 구 후쿠오카 번 사족을 중심으로 1881년에 결성한 우익정치단체. 국권강화와 함께 아시아 각국을 지원, 그들 나라들과 동맹하여 서양열국과 대항하는 아시아주의를 표방함.

40) 구루시마 쓰네키(來島恒喜, 1860-1889): 일본 우익활동가, 현양사 소속. 한 때 현양사 일행들과 함께 오가사와라에 가 있던 김옥균과 지내고, 조선 정치개혁에 대해 논의함. 1889년 10월 8일 오쿠마 시게노부의 조약개정안에 반대해 외무성에서 돌아오는 오쿠마가 탄 마차에 폭탄을 투척, 자살함.

넘은 무사태평한 노인 외엔 없었다. 홍종우는 가볍게 인사하고 자리
에 앉자, 먼저 온 손님은 목욕을 마치고 왔는지 비누 향기가 났다. 홍
종우는 주문한 음식이 나오는 동안, 먼저 온 손님의 마음을 끌려고 호
외 신문을 펼쳤다. 손님은 이야기 상대를 찾으러 온 모양인지, 이내
홍종우에게 말을 걸어 왔다.

"현양사라는 게 어쩐지 기분이 안좋군."

"저는 일본 사정을 잘 모릅니다."

홍종우의 응답에 손님은 고개를 끄덕이더니, 한 수 가르쳐 준다는
듯 자랑하며 떠들기 시작했다. 현양사는 6, 7년 전에 생긴 단체로, 번
벌 정부에 등용되지 않았던 후쿠오카 번(藩, 에도시대 당시 봉건영주
인 다이묘가 지배했던 영지) 사족 도당이라고 한다. 통소매 덧옷을 입
은 오뎅 포장마차 주인이 손님 이야기에 거들었다. 손님과 같은 연배
다.

"민권을 신장하고 국위를 빛내자고 하는데, 제법 그럴 듯한 강령이
아닙니까?"

"실은 현해탄을 제패하려는 것이 그들 이름의 유래지."

노인의 대답이 홍종우의 가슴을 찔렀다. 일본은 위정자뿐만 아니라,
마을 서민들까지 상대방 기분은 아랑곳하지 않고 이런 말을 태연하게
하는 게 예사롭지 않은 일이라 생각했다. 그렇다 하더라도 현해탄을
제패하는 것이 목적이라면 조선에 있어 현양사는 위험한 무리다.

"사장인 신도 키헤이타[41]는 고향에 내려가 있고, 도야마 미쓰루[42]가

---

41) 신도 키헤이타(進藤喜平太, 1851-1925): 메이지, 다이쇼(大正) 시대 국수주의자
로, 1879년 현양사 사장.
42) 도야마 미쓰루(頭山滿, 1855-1944): 메이지부터 쇼와 전기시대에 걸쳐 활약한

도쿄의 단다이(探題, 정무와 관련해 재판권과 군사지휘권을 가진 중요한 직)를 맡고 있다지?"

홍종우도 그 이름은 알고 있었다.

"도야마의 강점은 자신을 위해 죽을 수 있는 부하를 몇 명이나 데리고 있다는 것인데…"

노인은 그렇게 말하며, 홍종우의 손에서 호외 신문을 가져가더니 초롱불 아래로 비췄다.

"이상하군, 국수주의자가 양복을 입고 있지 않은가? 어디 보자, 검정무늬 신사복에 조끼와 바지는 엷은 쥐색이군. 모자는 가운데가 높고 검은색에 러버 슈즈야."

구루시마 쓰네키의 복장 관련한 기사를 다 읽자, 손님은 호외 신문을 되돌려 주었다. 그리고 나서 한바탕 양복 얘기가 시작됐다. 로쿠메이칸의 원숭이 흉내 내던 시대가 끝나고, 파산할 뻔했던 양복점이 헌법 발포로 위기를 넘겼다는 것이다.

"양복점이 돈 번다고 하면 구둣가게도 돈 번다는 말인데, 우리처럼 가난한 오뎅 가게는…"

주인은 쓴웃음 짓더니 동(銅)으로 만든 도쿠리(德利, 목 부분이 잘록한 술병)가 알맞게 데웠는지 봤다.

"꼭 그렇지만 않아. 좋은 예로 오쿠라 기하치로[43]가 있잖은가."

아시아주의자이며 현양사 총수. 특히 김옥균을 비롯하여 중국 손문이나 장개석 등 일본에 망명한 아시아 각지의 민족주의자, 독립운동가를 위해 적극적으로 지원함.

43) 오쿠라 기하치로(大倉喜八郎, 1837-1928): 메이지, 다이쇼 시대 무역, 건설, 화학, 제철, 식품 등 기업을 일으킨 일본 실업가. 시부자와 에이이치와 함께 로쿠메이칸, 제국호텔, 제국극장을 설립함.

시부자와 에이이치[44]와 함께, 말하자면 신문에 나오는 재계의 거물이니 홍종우 또한 그 이름을 기억하고 있었다.

"원래는 에치고에서 멜대를 메고 에도(江戶, 도쿄의 옛이름)로 올라온 남자라네. 그것이 우에노 전쟁[45]을 시작으로 대만출병, 세이난 전쟁[46]에 군수 물품을 마구 팔더니, 지금은 큰 장사꾼이 되었지."

"우에노 전쟁 시대였으니 가능했겠죠."

"이런, 그게 아니라 눈치가 빠른 거지."

노인은 부드러운 하얀 손으로 홍종우의 빈 잔을 가리키며, 술을 채우라고 주인에게 부탁했다.

"내가 한잔 사지."

자못 자연스러운 행동이었기에, 홍종우도 거절하지 못했다.

"오쿠라구미는 조선쪽에도 손을 넓혔다고 들었는데."

그렇게 말한 걸 들은 홍종우는, 윤동선이 일하고 있던 오쿠라구미는 오쿠라 키하치로가 경영하는 회사라는 걸 그 때 알았다.

"예, 개항장에는 대부분 지점이 있는 것 같습니다. 게다가 토목공사 뿐만 아니라, 물산판매도 하고 있다고 합니다."

"그런가? 자네도 먼 곳에서 일하러 왔군. 아무쪼록 열심히 일하시게나."

---

44) 시부자와 에이이치(澁澤榮一, 1840-1931): 일본 관료, 실업가. 제일국립은행(第一國立銀行)이나 도쿄증권거래소(東京証券取引所) 등 다양한 기업을 설립, 경영하여 '일본자본주의의 아버지'라 불림. 조선에 경인철도 합자회사를 설립 및 경부철도주식회사를 설립하여 서울과 부산 간 철도를 개통시킴.

45) 우에노(上野) 전쟁: 1868년 7월 4일, 구 막부군과 사쓰마 번, 조슈 번을 중심으로 한 신정부군 간에 일어난 전쟁.

46) 세이난(西南) 전쟁: 1877년에 사이고 다카모리를 중심으로 한 사족들의 무력반란.

노인의 말에는 서민들이 많이 사는 거리에서 갖가지 고생을 다 해 본 사람처럼 따뜻함이 배어 있었다. 시루시반텐(印半纏, 등이나 깃 따위에 옥호나 성명 따위를 염색한 윗도리)을 입은 두 명의 목수가 요란스럽게 들어 온 때를 맞춰, 홍종우는 노인에게 고맙다는 인사를 하고 포장마차에서 나왔다.

좀 전에 오뎅 가게주인의 양복점이 돈을 번다고 하면 구둣가게도 돈을 번다는 말이 귓가에 남아 있었다. 노인이 말한 것처럼 눈치 빠르게 판단한다면, 지금 일본에서는 얼마라도 돈을 벌 수 있지만, 현재 자신의 처지로는 어쩔 도리가 없다고 생각했을 때, 갑자기 홍종우의 뇌리에 뭔가가 스쳐지나갔다. 일본정부는 주요 도시 공무원에게는 양복 착용을 장려하고 있다. 양복이나 구두, 셔츠에도 공통적으로 필요한 것이 있다. 그건 바로 이것들을 만들기 위한 실이다.

홍종우는 기억을 더듬었다. 오사카 센슈에는 방적공장이 많다. 다음 날 바로 행동을 개시했다. 약 두 달 전부터 신바시와 고베 간 도카이도 선(線)이 개통되었지만, 편도에 3엔 56전하는 승차권이 아까워 우편기선을 타고 오사카에 갔다.

예전에 근무했던 아사히신문사를 들러, 어렵게 부탁해 활자를 가져왔다. 그리고 '조선국 의정부 공조참판 홍종우'라는 당당한 명함을 만들었다. 공조(工曹)는 일본의 농상무성(農商務省)이고, 참판은 국장 정도의 자리다.

센슈 방적에서는 물론 소매로 팔지 않는다고 거절당했다. 다만 그럴 때 대비해 말할 것도 생각해 두었다. 말하자면 이번 경성에서 대규모 제봉공장을 설치하는데 원래대로라면 소량의 견본을 받고 싶지만, 여기 회사 제품이 우수하다는 걸 주일공사관을 통해서 알고 있기 때문에 검토할 시간은 생략하고 즉시 구입해 돌아가고 싶다는 것이었다. 물론 앞으로의 계약 건 등도 은연중에 내보였다.

상대는 이내 걸려들었다. 센슈 방적이 만드는 건 무명실뿐이다. 홍종우에게는 실 굵기 따위는 잘 몰랐기 때문에, 천에 맞는 걸 제공하도록 요구했다. 저금을 전부 털어 50엔으로 살 수 있는 무명실 분량도 몰랐다. 그것이 많은 액수의 구매량이면 좋고, 반대로 적다고 보여지는 걸 대비해, 공사관 추천의 무명실 구입처가 따로 한 곳이 더 있다는 말도 덧붙였다. 무명실은 공사관의 검열이 미치지 못한 것으로 하여, 만일 구입처를 물어보면 즉시 반슈 제사(製糸) 소개장을 써 주었다.

무명실을 실은 짐은 고베 항구 앞으로 보내졌다. 3일 째 도착한 10개 분량의 곤포(梱包, 거적이나 새끼로 짐을 꾸려 포장)는 구입량의 반이라고 허세를 부리지 않아도 좋을 만큼 상당한 분량이었다. 영업 허가증 없이는 소매할 수 없다는 말에, 하는 수 없이 홍종우는 고베에 있는 상법회의소에 가서 알게 된 제봉소를 이리저리 뛰어다녔다. 규모가 큰 곳은 이전부터 거래처가 있어 상대해 주지 않았다. 홍종우는 한꺼번에 인수하게 하는 편이 그 쪽 제봉소 돈벌이 또한 크다는 구실로 다른 조선 회사와의 거래를 좌절시켰다. 이유는 오사카 무명실 도매상에서 매입한 실을 가져가기 직전, 조선에서 연락이 와 제봉소가 화재로 소실되어 출발을 연장하게 된 바람에, 실을 이대로 둘 수 없어 어쩔 수 없이 구입 가격의 5분(分, 1할의 1/10) 깎아서 처분하고 싶다고 말한 것이다. 생산자 가격으로 산 것으로 도매상이 버는 만큼을 가산해 5분을 깎게 된다면, 홍종우의 벌이는 1할 5분 정도다. 양반 문중을 팔 때처럼 정해진 가격에는 한 발로 물러서지 않았다. 이윽고 거래는 성사되었다.

그리고 반슈 제사에서 구입한 비단실은 기차로 이동해 나고야에다 팔아 치웠다. 나고야 근교에는 나사(羅紗, 양털에 무명, 명주, 인조 견사 등을 섞어서 짠 모직물로, 양복으로 많이 사용함) 제조 공장이 있었다. 그 곳에서 일반 무명 나사를 구입해 도쿄에 돌아왔다. 나사는 도매가격으로 도쿄와 요코하마에서 팔았다. 다음으로 홍종우는 실을 사러 오우미와 이세에 가, 두 달도 안되어 원금의 두 배를 벌었다. 사기를 친 것이 아닌 외국인이란 신분을 이용한 것으로, 자책 같은 건 느끼지 않았다. 다만 돈벌이를 목적으로 일본에 온 것이 아닌 이상 귀국할 계획은 없었다.

일본에서는 양행(洋行, 서양에 여행이나 유학하려는 일)으로 붐이었다. 상공업자가 자신의 사업을 확장시키기 위한 양행이 늘었다. 비용을 적립하는 여행회사까지 생길 정도다. 홍종우는 일본의 문명개화를 확인하는 한편, 이 나라가 불과 20년 동안 문물제도와 함께 이 만큼 은혜를 준 서구의 본고장을 자신의 눈으로 확인하고 싶어졌다. 별입시가 되더라도 고종이 이미 일본에 관한 이야기는 별로 신기해하지 않을지 모른다.

이전부터 홍종우는 조선공사관에 물건을 바치는 일을 게을리 하지 않아, 청국, 영국, 프랑스의 3년 간 체류 여행권과 귀국 때 재입국 배편을 흔쾌히 처리해 받을 수 있었다.

일본 우편선의 외국항로는 상해까지다. 상해에서 영국 배를 갈아탔지만, 프랑스 마르세유까지의 뱃삯밖에 없었다. 식사는 지나인(支那人)이 있는 삼등 승객들을 따라 해 먹었다. 파리에 도착해 점심 값으로 10수(프랑스 화폐단위로 2상팀)를 지불하니, 1프랑 75상팀(프랑스, 스위스 등지의 화폐 단위로, 프랑의 100분의 1)밖에 남지 않았다.

한 아름 하얀 꽃을 피운 가로수의 막다른 곳에 성당이 있었다. 돌계단에 앉아 있자, 검은 옷을 입은 사제가 밖에서 돌아와 홍종우를 회당 안으로 청했다. 프랑스 천주교 신부가 처음 조선에 온 것은 지금으로부터 백년 이전이라고 들었다. 점차 신자들도 늘어났지만, 대원군이 처음 섭정을 할 때 대규모로 탄압했다. 천주교는 유교의 조상숭배에 반하는 것과 동시에, 당시 선교사가 민심을 선동했다는 이유였다.

좋은 인상을 가질 리 없다는 예상과 달리, 홍종우는 상당한 환영을 받았다. 지금 막 파리에 도착한 탓에 살 집이 없다는 걸 알자, 그 날부터 사제의 집 심부름꾼으로 살게 해주며, 프랑스어도 가르쳐 주었다.

천주교 교인들은 이렇게 마음이 넓은가 하고 감사했지만, 1년 후엔 신자가 되길 강요했다. 홍종우가 거절하자, 사제는 이제까지 보인 적이 없던 얼굴로 1년간의 은의(恩義, 갚아야 할 의리와 은혜)를 떠들어댔다. 사제는 애당초 극동에 있는 조선인을 교화한다는 선전으로 홍종우를 이용할 생각이었던 것이다.

사제와 싸우고 헤어진 홍종우는 4년 전 경성에 있을 때 조불통상조약이 체결된 걸 알고 있어 프랑스 외무성에 찾아가 사정을 얘길 했더니, 루브르박물관의 잡역부 일을 주었다. 최저 생활에는 익숙해져 있던 터라 굶주림은 면할 수 있었지만, 학문을 배우기엔 역부족이라 사람들과 사귀는 것으로 견문을 넓혔다. 파리에서 조선인은 진귀한 존재였다.

1년 후에는 사무촉탁으로 채용되었다. 다음 해부터 루브르박물관에 동양미술부가 신설되었는데, 주로 지나(支那) 미술품이다 보니 한자를 읽을 수 있는 사람이 필요했던 것이다. 잡역부로 받은 30프랑이

한 번에 70프랑이 되었다. 일본 돈으로 치면 27엔이다. 10프랑으로 작은 아파트를 빌렸다.

흰 꽃이 핀 가로수는 마로니에였다. 여기에 온 햇수로 치면, 벌써 세 번이나 꽃이 핀 마로니에를 맞이했지만, 하루하루 생활하기에도 벅차 귀국 여비는 마련할 수 없었다. 간신히 마르세유까지 간 다음, 보일러에 불 때는 일을 하며 왔던 길과 마찬가지로 영국 배와 일본 배를 번갈아 타고 귀국했다. 고베에서 두 달간 하역 인부를 해 여비를 벌어, 만 5년 만에 고국에 돌아갔다.

고종 30년(1893년) 8월의 일이다. 5년 전과 같이 민씨 일족의 악정은 계속되고 있었다. 홍종우는 마음속으로 기뻐했다. 두각을 드러내기엔 난세인 쪽이 좋은 기회였기 때문이다.

제2장

바람은 쓸쓸하게 불고

1

홍종우은 과거 자신이 살았던 이동(泥洞)에 있는, 학당 친구 김응식 집에서 두 번째 입궐 준비를 하고 있었다. 몸에 걸치는 건 죄다 빌린 것이다.

처음 입궐은 김응식이 겸종하고 있던 민씨 일족의 중진, 민영소의 천거로 고종에게 알현했다. 그로부터 보름도 지나지 않아, 두 번째 참내 분부로 홍종우는 구름 위라도 날아오르는 듯한 기분이었다. 두 번째 알현 분부는 처음 알현이 성공이었다는 걸 의미한다고 봐도 좋을 것이다.

홍종우는 몸치장을 하며 처음 입궐했을 때를 회상했다. 평소에 두려움이 없던 홍종우조차도 몸이 떨리며 고종의 용안을 똑바로 바라볼 수 없었다. 땀으로 눈이 흐릿하고, 알현 장소의 장식도, 시중들던 환관이나 통역인 얼굴도 보이지 않을 정도였다. 3, 4척 가량 떨어진 곳에서 혼자 속삭이듯 하는 고종의 말을, 통역인을 통해 전해 들으면 홍종우는 죽기 살기로 대답했다. 그리고 대강의 세계정세를 피력해 마치자 한숨을 돌리고나서 묻지도 않은 것까지 말했다.

일본의 조약개정이 잘 안 풀리는 걸 알고 있었기에, 그것에 관해 언급한 것이다.

"일본이 앞문에 늑대와 같은 상대에게 조약개정을 진행한다면, 조선은 뒷문에 호랑이[1]가 되어, 구시대적 조일수교조규 등을 조속히 개정 요구하여야 합니다."

뒷문의 호랑이라는 표현이 재미있었던지, 고종이 소리 내여 웃자, 홍종우는 본래의 대담함을 되찾았다.

"교역지에는 청일 상인이 모여 잡거한 지 10년이 되면서, 조선 빈민의 생업을 빼앗고 있습니다. 실업자가 늘어나면 민란이 일어나는 것은 당연한 이치인데, 그것을 치외법권으로 막다니 당치도 않습니다."

그리 참신한 의견은 아니나, 최근에 귀국했다는 자부심을 믿고, 갑신정변 이래 일본을 싫어할 게 틀림없는 고종의 심리를 교묘히 이용했다.

고종은 홍종우가 외국에서 깊은 연구를 쌓아 와, 국가의 장래를 염려하는 걸 가상히 여겨, 바라는 바를 들어 주도록 했다. 이내 사관이 가져온 물건도 평소 갖고 싶어하던 것이지만, 조국 조선, 나아가 고종을 위해 분골쇄신하는 것만이 소원이라고 답하며 물러났다. 솔직히 말해서 두 번째 소명(召命, 임금이 신하를 부르는 명령)이 있기까지

---

1) 앞문에 호랑이, 뒷문에 늑대(前門の虎 後門の狼): 위험한 일이 닥친 것을 비유한 것임.

제정신이 아니었다.

김응식이 방으로 들어왔다.

"두 번씩이나 부름을 받았으니, 이젠 장래를 약속받은 것이나 다름 없네."

김응식은 멍하게 보이는 큰 얼굴의 근육을 늘어뜨리며, 홍종우를 축하했다. 김응식은 사람이 좋은 게 되려 옥의 티다. 아버지는 어지간 한 양반이었지만, 30에 가까운 그가 아직도 높은 관직 집안의 겸종 우두머리 따위를 하고 있는 걸 봐도, 얼마나 사람 좋은 지 알 수 있다. 어느 나라나 그렇지만 뛰어난 호인에겐 정관계(政官界)와 섞을 수 없나 보다.

"종우, 자네가 출세하면 나도 끌어주게나."

그렇게 말한 김응식을 보내고 나서, 홍종우는 가마를 타고 경복궁을 향했다.

가마는 곧 운현궁 앞에 이르렀다. 상록수가 우거진 차분한 분위기는 예전 그대로다. 몇 년 전에 대원군 저택으로 겸종을 하고 있던 남자가 최근에 다시 출입한다고 말한 김응식의 말이 떠올랐다. 대원군이 '녹두'라고 부르며 총애하고 있다고 들었다. 김응식은 별명대로 콩처럼 어린 젊은이나, 보통내기가 아니라고 말했지만, 운현궁 주위는 인기척도 없을 만큼 고요했다. 저 화려한 화염목을 본 날부터 횟수로 8년이나 지났지만, 몸 전체에 감돌던 전율이나 인상은 여전히 잊지 않고 있었다. 폐왕음모사건으로 대원군의 정치생명은 끝났다고 볼수 있다.

장빈과의 이웃 간 정이 아련히 남아있었지만, 자신의 출세를 위해이용하려던 적이 있었다. 그것을 위해 은밀히 대원군 정권을 기다리던 시기가 있었다는 걸 생각하니, 홍종우는 조금은 부끄럽고 창피한 느낌이 들었다.

경복궁 후궁에는 몇 해 전 유령 소동이 있었다고 한다. 목적을 위해서라면 수단을 가리지 않는 민비도 자신이 죽인 장빈의 망령에 괴로워했다. 기도도 효험이 없었던지 장빈이 낳은 왕자 강을 궁정에 불러들여 의화궁으로 책립했다. 작년에 있던 일이다.

소나무에 매달아 방망이로 가랑이 사이를 몇 번이나 찔러 실신시킨 장빈을 다시 정신 차리게 한 다음, 손발가락을 하나씩 잘라 죽였다는 민비의 잔학함을 무섭게 여기면서도, 한편으론 민비에게 의지하려는 자신의 운명을, 홍종우는 예측할 수 없었으나 가마가 광화문에 도착하는 순간, 상쾌한 기분이 들었다.

고종으로부터의 부름이다. 이제는 별입시 따위가 아니라, 외국에서 견문한 신지식을 살려 중요한 자리를 맡게 될 것이 틀림없다는 기대감으로 한껏 가슴이 부풀어 올라 있었다.

지시받은 문을 들어가 옥좌가 있다는 근정전 뒤까지 나아가자, 내관(환관)이 홍종우를 기다리고 있었다. 이전에 알현 장소가 어디에 있는지 짐작도 하지 못할 정도로 광대하고, 서로 닮은 궁궐이 겹쳐 있었다. 그리고 건물 사이를 유유히 걷는 사람이 많았다.

"저들은 뭘 하는 사람들인가?"

홍종우는 나이어린 내관에게 물었다.

"관리 나부랭이입니다."

내전에 출입하기 위해 거세당한 내관의 목소리나 미모는 여자 같았으나, 대답은 불손했다. 내관이라고 하나 궁정에서는 상당한 세력을 가지고 있어, 나이 어리고 일이 미숙한 자라도 이처럼 교만한 말투를 쓰는 것이다.

"전 영의정 사촌이라든가, 참정대신 부인의 오빠라는 것만으로 관직을 받을 수 있으니."

올바른 직업을 가진 사람이 본다면, 눈에 거슬렸을 것이다.

"이 근처에 어슬렁거리는 자들은 여관을 통해 고종에게 부탁하러 온 무리입니다."

내관과 대화하면서, 홍종우는 어느덧 상어전에 다 왔음을 알았다.

홍종우는 커다란 궁궐 앞으로 나왔다. 건물 한 채가 아닌, 뒤 건물과 복도로 이어져 있었다. 돌계단을 올라 가, 모퉁이에 한지를 붙인 금빛 고리가 달린 문 안을 들어서니, 꽃모양의 융단이 깔린 20조 가량의 방에는 인기척이 없었다. 내관은 손님 접대용 의자를 가져와 홍종우를 앉게 한 다음, 차분한 동작으로 물러났다.

하얀 문직(紋織, 무늬가 돋아나게 짠 피륙) 천을 깐 탁자 위에는 금으로 조각한 작은 상자가 놓여져 있다. 보석함처럼 우아했는데, 옆에 일본제 성냥이 든, 동으로 주조된 네모난 상감(象嵌) 재떨이가 배치되어 있는 것으로 보아 궐련이 든 용기라는 걸 알았다.

휴게실일지도 모른다고 생각한 홍종우는 여기가 알현 장소인 걸 깨달았다. 정면에는 붉은 바탕에 용(龍) 문자를 수놓은 식탁보에 덮힌 작은 탁자와 용상(의자)이 있다. 용 문자는 천자의 상징이다. 용상 뒤에는 2폭짜리 병풍이 세워져 있으며, 좌우 기둥에는 검은 칠에 금빛 문자가 두드러진 싯구가 걸려 있다. 과거 준비를 위해 지나(支那)나 조선의 싯구 등을 열심히 외웠던 먼 옛일이 문득 뇌리를 스쳐갔다. 그것을 떨쳐내려는 듯 올려다 본 격자 천장에는 채색된 화조도가 어스레한 방에 화려함을 더하고 있었다.

고종 자리와 응접탁자 위치는 2척 정도의 간격으로, 처음 알현할 때보다는 훨씬 가까웠다.

홍종우가 방 주위를 한 차례 둘러보았을 때, 등 뒤에 있던 문고리에서 소리가 나더니 인기척이 났다. 민영소였다. 임오군란으로 민비가 충주 조호원으로 도망갔었을 당시, 한 동안 그의 집에 머문 적이 있다는 연고로 발탁되었다. 애당초 시골에서 하릴없는 선비로 있던 자였다.

인사가 끝나자마자, 오른쪽 안의 문에 달린 금고리가 울렸다. 민영소를 따라 홍종우도 일어나 고개를 숙였다. 조금 빠른 감이 있었지만 머리를 들자, 황금색 느슨한 포의에 검은 관을 쓴 고종이 내관을 거느리고 의자에 앉으려고 하던 참이었다. 고종도 대원군과 닮아 5척에 불과한 작은 키의 남자다. 비만으로 대원군과 같은 예리함은 느낄 수 없었다. 홍종우는 당황해 하며 재차 고개를 숙였다. 이윽고 민영소를 따라 홍종우도 앉았다. 정면 탁자에는 고종 한 사람이 있고, 좀 전에 수행하던 내관이나 종자는 자취를 감추었다.

민영소는 다시 일어섰다. 홍종우도 똑같이 일어섰다.

"오늘따라 유달리 용안이 고우시니, 매우 경사스럽습니다. 오늘은 홍종우라는 자를 데리고 왔습니다."

민영소와 함께 재차 정중하게 고개를 숙이고 자리에 앉았다. 고종은 낮게 중얼거렸다. "수고했네"라는 정도의 뜻일 것이다. 들어왔을 때는 작은 키의 남자였으나, 용상에 앉았을 때는 불가사의한 관록을 갖추고 있었다. 41세의 남자로서 한창 일 때다. 피부가 하얗고 아랫볼이 불룩한 긴 얼굴에는 어딘가 우수의 그림자가 떠돌고 있었다. 코 아래에는 입술 끝 쪽으로 쳐진 성긴 수염과 턱에도 검은 수염이 나 있었다.

오른쪽 안의 문으로 출입하는 내관이 고종의 탁자로 다과를 가져왔다. 동시에 홍종우 뒤에서도 소리도 없이 여자인 듯한 내관이 하얀 손을 내밀며 다과를 두고 갔다. 과자는 잣을 으깬 것에 꿀을 바른 밀과로, 차는 큼지막한 절구형 고려청자로 따른 지나(支那) 차다.

고종이 뭔가를 말한 것 같았으나, 홍종우에게는 들리지 않았다. 고종은 목소리를 크게 했다.

"김옥균과 박영효는 일본에서 무얼 하고 있던가?"

단독직입적인 질문이었다. 홍종우는 그 자리에서 대답할 수 없었다. 2년 간 일본에 있었다고는 하나, 조선 제 1의 인물과 날품팔이와는 교섭이 있을 리가 없으며, 두 사람이 말할 공통 화제도 없다. 김옥균이 홋카이도로 유배된 것은 5년이나 이전의 일로, 그 후의 일은 알지 못한 까닭에, 적당히 답변을 둘러댔다.

"역적 대우에는 일본정부 또한 곤혹스런 모양입니다."

그 정도의 정보는 고종도 알고 있음이 틀림없지만, 그들 두 사람이 불리한 입장에 있다고 말에, 몇 번이나 들어도 유쾌한 지 만족스러운 듯 끄덕거렸다. 다음으로 고종이 말한 얘기를 홍종우는 또다시 듣지 못했다. 좀 있다가 고종은 말하였다.

"전에 자네는 짐을 위해서라면 분골쇄신할 각오가 있다고 말했는데."

"거짓이 아니옵니다."

홍종우는 고개를 깊이 숙이며, 온몸으로 진심임을 보여주고자 했다. 고종은 재차 무언가를 말했다. 언제나 통역인이 곁에 있어 신하와의 직접적인 대화가 적을 뿐만 아니라 이 넓은 알현 장소에서 목소리 조절이 안되는 까닭에 한 번으로 상대방에게 전할 수 없을 때는 다음 번 목소리를 높여 같은 말을 되풀이하고 있구나 하고 홍종우는 생각했다.

"형가고사(荊軻故事)를 알고 있는가?"

홍종우는 말없이 고개를 숙였지만, 불길한 예감에 심장소리가 높아졌다. 형가는 연나라 태자 단(丹)이 사주한 자객이다. 바람은 쓸쓸하게 불고, 역수(易水) 강물은 차구나, 장사(壯士, 씩씩한 남자, 기개와 골격이 굳센 사람)는 한 번 떠나면, 다시는 돌아오지 않으리… 노래는 장렬했지만, 진시황을 암살하려는 목적은 실패했다. 홍종우의 몸은 점차 경직되어 갔다.

"짐을 위해 형가가 되어 일본으로 가라."

예감이 맞아 홍종우는 숨죽였다. 운현궁의 화염목을 볼 때와는 느낌이 달랐다. 공포의 전율이 몸 안을 어지럽혔다.

"짐은 옥균에게 속았던 거다."

잠시 침묵이 계속되었다. 민영소는 고종의 말을 부연했다.

"갑신정변 당시, 전하가 김옥균에 대하신 신뢰는 남달랐고, 독립 수행을 위해 국사(國事)를 일임한다는 밀칙까지 하사하셨네."

민영소는 그렇게만 말했다. 요컨대 고종은 청국의 속박에서 벗어난 독립만을 생각했지, 민씨 일족을 모두 죽이려고 한 그들의 의도까지 예상하지 못했던 것이다. 그들의 독립운동은 자신의 퇴위와 연결된다는 사실을 알았을 때 격한 분노로 바뀌었다. 몇 번인가 자객을 보냈으나 실패한 것도 들었다. 최근에는 상금을 내걸고 자객을 모집했지만, 그것이 자신에게 돌아올 줄이야… 홍종우의 머릿속은 혼란스러웠다. 고종의 명령이라고 하나 그 자리에서 대답할 수 없었다.

운현궁에 있던 화염목이 눈 안쪽에 나타나더니, 장빈을 죽인 장면까지 마치 실제로 본 것처럼 기억에 남아 되살아났다. 뜨거운 모래 위

를 기는 지렁이와 같은 국민의 고통을 팽개치고, 육친과의 정쟁만을
반복하며 조선을 쇠망의 위기로 내몬 고종 내외 때문에, 김옥균과 같
은 재능있는 선비를 죽여도 되는 것일까 하는 마음을 스쳐갔다. 하지
만 자신이 솔선해서 국가 개조를 하지 않는 한, 민씨 일족에게 부탁하
는 외에 출세 방법이 없다.

　즉답하기 주저하는 홍종우의 귀에 "외아문 독판 자리…"라는, 확실
히 다른 음성이 들렸다. 병풍 뒤에서 나는 목소리다. 중요한 얘기를
할 때는 민비가 항상 고종의 뒤에서 조용히 말한다는 항간의 소문을,
홍종우는 자신의 귀로 확인했다.

　"성공하면 통리교섭통상사무아문 독판 자리에 앉게 될 게야."

　고종은 부드러운 미소를 띠우며 좋은 미끼를 던져 주었다. 홍종우
는 다급해졌다. 관직에 대한 야망은 이미 꿰뚫어보고 있던 것이다. 총
리교섭통상사무아문은 좀 전의 병풍 뒤 목소리에서 말했던 외아문으
로, 그 독판은 외국에서 말하는 외무대신이다. 자리가 높은 만큼 여기
서 거절하고 재차 원래의 부랑인으로 돌아간다는 건 말이 안 된다. 아
니 이제 돌아갈 수 없는 일이다. 거절한다면 큰일을 밝힌 고종이 살려
둘 리가 없다. 홍종우는 진퇴양난 와중에 결심했다.

　"하명하신 분부대로 하겠습니다."

　홍종우는 탁자에 머리가 닿을 만큼 숙였다.

　"틀림없으렷다."

　"설령 압록강 물이 북으로 흐르는 이변이 있다하더라도, 어명을 거
역하는 일은 없을 것입니다."

　고종 30년(1893년) 11월 하순, 홍종우는 궁정에서 막대한 여비를

받아, 인천에서 일본을 향해 출항했다. 시모노세키에서 갈아타지 않아도 고베까지 직통항로가 열려 있었다. 고베 항에서 하역 인부를 하며 귀국 여비를 벌던 3개월 전 일을 생각하자 감개무량했다.

일본에선 메이지 26년이다. 저녁 5시 기차는 산노미야를 출발하여, 다음 날 오후 늦게 신바시 역에 도착했다.

신바시 역 안에서 그 날 신문을 사 대합실에 들어서려고 할 때였다. 잔무늬 모양의 기모노에 두꺼운 무명 직물인 하카마(袴, 기모노 겉에 입는 주름잡힌 하의)를 입은 소년이 중학생 모자를 벗더니, 미소 지으며 홍종우에게 목례를 한 다음 떠났다. 고즈에서 탄 이 소년과는 기차 안에서도 몇 번이나 시선이 마주쳤다. 홍종우는 소년의 눈에 이상한 낌새를 눈치 챌 만큼, 마음속에 숨겼던 살의가 얼굴에 나타난 것인가 생각하고, 그 뒤론 줄곧 창문 경치만 바라보며 가능한 시선을 마주치지 않으려고 했다. 하지만 지금 그 소년의 미소를 보고나서 쓸데없는 걱정이었음을 알았다. 일본에서는 아직 낯선 이국 모습을, 소년다운 호기심에서 보고 있던가, 아니면 이방인에게 친밀한 정을 느꼈던가 둘 중 하나라고 생각하며 신문을 폈다.

신문엔 뜻밖의 기사가 실렸다. 김옥균과 함께 일본을 망명한 박영효의 동정(動靜)이다. 그는 조선의 인재를 선발해 일본 교육을 받게 하도록 친린의숙(親隣義塾)을 설립하는 발기인 모임을 열었다는 것이다. 망명자들의 동정을 살피는 절호의 기회라 기뻤지만, 찬동자에 참가한 사람들을 보고 한숨지었다. 소에지마, 가쓰, 히가시쿠제, 오쿠마, 이타가키 등 다섯 백작과 시나가와, 다니 자작 그 외 조야(朝野, 정부 관계자와 민간인) 유력자 수십 명이었다. 홍종우 또한 이들 인물들이 일본에서 가지는 지위를 충분히 알고 있었다.

일본인이 선왕 철종의 사위로 금릉위 칭호를 가진 귀공자를 원조하는 본심은 뻔했다. 즉 정권을 담당할 수 있는 정치가를 회유하여 조선에 돌려보내, 일본과 함께 좌지우지하려는 속셈이다. 홍종우는 혀를 찼지만, 현재로선 박영효는 목표가 아니다. 상대는 김옥균이다. 박영효의 혈통이 일본인에게 매력을 끈다고 한다면, 김옥균은 훌륭한 인격과 식견으로 사람들의 마음을 잡고 있었다.

망명자에게 몇 번인가 자객을 보내진 만큼, 서툴게 김옥균의 동정을 살피려고 했다간 경계당하기 십상이다. 홋카이도로 유배된 것을 안지도 5년이나 지난 지금, 그의 소식을 당장 알 수 없는 만큼 박영효의 근황을 알 수 있는 건 좋은 징조다.

박영효에 관한 기사를 찢어 지갑에 넣자, 홍종우는 예전부터 알던 후카가와로 향했다. 지금은 신바시나 아카사카에서도 놀 수 있을 정도의 돈은 있지만, 남의 눈에 띄는 것은 금물이다. 홍종우가 전에 알고 지내던 스사키 유곽 여자들은 사그러질 만큼 가련하고 온순했다.

2

하쿠타케 고타로는 낯선 조선인에게 목례를 하고 헤어진 다음 날, 같은 신바시 역에서 기차를 타고 사가를 향해 귀로에 올랐다. 올라가는 길에 선물을 잃어버리지 않도록 무릎 위에 올려둔 채 불안했던 것이 지금도 우스울 따름이다. 선물은 어머니가 수확한 명주솜과 고향인 사가 현의 냄새가 가득한 토산품 과자로, 무겁진 않으나 부피가 컸다. 현재 무릎 위에 있는 건 다섯 끼 주먹밥이 든 보따리로, 문득 물건을 잊어버린 기분이 든 적도 있었다.

기차가 기타큐슈를 관통한 것은 2년 전이다. 고타로는 올해 여름 처음으로 사가에서 고베까지 가는 기차를 탔다. 아버지에게 이끌려 친척 제사에 참석했을 때다. 위가 약하신 아버지는 제사를 마치고 집에 돌아온 후 병이 나 3개월 만에 돌아가시고, 얼마 전 49제를 마쳤다.

혼자 여행하는 건 이번이 처음이다. 상경한 목적은 추밀고문관(樞密顧問官, 천황 자문기관인 추밀원의 구성원)인 소에지마 다네오미[2]와 고즈에 개업한 의사 가미노 젠자부로를 방문해 생전에 아버지의 교분에 사의를 표하고 돌아오는 것이었다. 편지로도 될 일인지도 모르나, 16세에 가장이 된 장남에게 세상을 보여주기 위한 어머니의 성의였다.

궁색한 하급무사의 자식이 민선의원 설립 건백서를 제출해 정치를 변화시킬 정도의 인물과 면회할 수 있는 것도 아버지가 한가쿠(藩學, 에도시대에 제후들이 각 영지의 자제들을 교육하기 위하여 창설한 학교)인 홍도관에서 소에지마 다네오미의 아버지인 에다요시 난고의 가르침을 받아, 난케이(南奎)라는 아호까지 받았기 때문이다. 메이지 유신 이전에 돌아가신 에다요시 난고이지만, 당시 이미 장래를 내다보고, '무(武)는 끝났다. 앞으로는 문(文)의 시대가 될 것'이라고 말하며 붙여준 난케이는 학문을 열심히 하라고 하는 뜻인 아호라고 한다.

가미노 젠자부로는 홍도관 때부터 아버지와 친한 친구라고 들었다. 그는 사가에 있는 의학교 호생관에서 공부했고, 결국 의사가 되어 고

---

2) 소에지마 다네오미((副島種臣, 1828-1905): 에도시대 말기부터 메이지시대의 정치가, 서예가.

즈에다 개업했다. 그리고 아버지가 병들었다는 걸 알고 달려와 진맥
도 짚어 주었고, 고즈에 돌아가서는 약을 계속 보내주었다.

아버지는 고타로에게 문(文)을 가르치는 한편, 굵은 고삐를 쥐는
남자가 되라는 의미로 붙여진 이름이라고 말하고, 강직하게 교육시켰
다. 고타로가 나약한 소리를 내거나 하면 "하가쿠레[3] 무사의 자식이
아닌가?"하고 훈계하는 것이 입버릇이었다.

에도초기부터 배양되어 온 하가쿠레 무사도는 도쿠가와 쇼군(將
軍, 일본의 역대 무신정권인 막부의 수장을 가리키는 칭호)을 위한 것
이 아니다. 군주 나베시마 씨의 신하로서 가져야 할 실천윤리다. 지금
의 세상은 모순으로 가득차 있지만, 가령 배타적 시골 사람이라 하더
라도 하가쿠레 무사라는 것에 상당한 자부심을 가지고 있었다. 그 증
거로 하가쿠레에서 본다면, 공자도 석가도 이단이라 배우면서도 유교
와 불교 신앙도 일반인의 생각보다 뛰어난 면이 있다고 가르친다. 즉
무사도가 말한 죽음에서 찾는다는 것은 개죽음을 장려하는 뜻이 아니
라, 목숨을 걸고 일에 임하라고 하는 무사나 인간으로서 삶의 자세를
가르치고 있는 것이다.

어머니의 가르침은 좀 더 구체적이었다. 마을에서 벗어난 오두막
에 사는 늙은 거지에게 음식을 갖다 주는 일은 고타로의 역할이다. 어
머니는 항상 "사람의 일생은 물건을 베푸는 때만이 아니다. 물건을 줄
수 없을 때에는 아낌없이 마음을 주어라"고 말씀하셨다.

거지에게 음식과 옷을 베푼다 하더라도, 가정 형편이 풍족하다고

---

3) 하가쿠레(葉隱): 에도시대 중기, 야마모토 쓰네토모(山本常朝)가 무사로써 가져할
   마음가짐을 쓴 책,

말할 수 없었다. 아버지는 소학교에 근무하며 봉급을 받고 있음에도 불구하고, 어머니는 늦은 12시까지 밤일을 하고, 아침에는 새벽 4시에 일어나 다시 일하셨다. 얼마 안 되는 논밭은 예전부터 하인이었던 자에게, 4할의 관행을 깨고 5할로 소작 일을 시켰다. 5할의 소작료 중에서 땅값의 0.3할 지세를 내야 했기 때문에, 하쿠타케 집의 경우 지주 쪽이 불리했다.

아버지가 돌아가시기 얼마 전, 소에지마 다네오미로부터 편지가 왔다. 의뢰한 휘호(揮毫, 글씨나 그림)는 귀경하는 사람에게 보낸다는 것이었다. 아버지가 봉직하던 소학교 강당에 장식할 편액이다. 어머니는 인사할 겸 그것을 받아오라는 일을 고타로에게 시켰다.

이전 마쓰카타 내각 때 내무대신을 그만두고, 추밀고문관이 된 66세의 소에지마 다네오미는 비록 몸은 야위었지만 고목과 같은 고담스런 풍모로, 고타로에게 많을 것을 묻지 않았다. 그것은 특히 사쓰마 번의 사족(士族, 무사의 가문, 메이지유신 이후 무사 계급 출신자에게 줬던 명칭)들을 마지막까지 배려한 것에 비해, 사가 번은 아무런 보호 조치하지 않은 것과 관계가 있었다. 사족의 몰락이 가장 비참했던 만큼, 유신정부 때 벼슬길도 마다하고, 고향에 정착하게 된 구(旧)사족들이 풍족하게 생활을 할 리가 없다는 걸 잘 알고 있기 때문일 것이다.

아버지는 사가 번 우마마와리(馬回り, 말을 탄 장수를 곁에서 경호하던 기마 무사)를 담당하면서 350고쿠(石, 무가 시대의 봉록의 단위)의 봉록을 받았지만, 폐번치현[4]이 되자, 봉록 액수가 줄어들어 결

---

4) 폐번치현(廢藩置縣): 1871년 메이지 정부가 전국의 봉토를 폐지하고 현(縣)을 설

국 7인부지[5], 즉 12, 13고쿠를 받게 되었다. 4년 전 아이즈 전쟁[6]에 출전한 은상(恩賞, 공을 기리어 영주가 주는 상)금을 받았지만, 그것은 중풍으로 고생하신 할아버지 약값과 그리고 할아버지의 죽음에 이은 할머니의 장례비로 탕진하고 말았다고 들었다.

징병령(徵兵令)이 내려지자, 각 번에서 무사를 거느리는 것은 무의미해졌다. 아버지는 어설프게 배운 지식으로 쉽게 전업을 결단할 수 없었다. 전업자 대부분이 새로운 일에 실패한 탓에 한 때 지급받았던 정부 하사금은 날리고, 봉록 공채증서에서 나오는 공채 이자로는 생활할 수 없었다.

마쓰하라 네거리에 있던 영주로부터 하사받은 저택을 반환하고, 하치만 네거리에 쵸닌 나가야(町人長屋, 도시에 사는 상인이 칸을 막아서 여러 가구가 살 수 있도록 길게 만든 집. 연립공동 주택)에다 시작한 것이 황한양(皇漢洋, 일본과 중국, 서양을 의미함)을 가르치는 에이죠 학사다. '에이죠(榮城)'는 사가의 별칭이다. 이름은 거창하지만, 빈약한 데레코야(寺子屋, 에도 시대 때 보급된 서당)다. 결혼해서 5년째, 장녀 사카에가 3세 되었을 때다.

서양식 반사로(反射爐, 광석의 제련이나 금속을 녹이는 데에 쓰는 용광로의 하나)를 설치한 것도, 화약 정련방[7]을 둔 것도 사가 번이

치한 행정적 개혁.
5) 7인부지(七人扶持): 부지는 에도시대 때 신분이 낮은 무사의 연봉을 나타내는 단위. 1인부지는 1년에 1.8고쿠, 7인부지는 12.6고쿠로 무사 중에서 가장 낮은 연봉을 뜻함
6) 아이즈(會津) 전쟁: 1868년, 아이즈 번 처우를 둘러싸고, 사쓰마 번과 도사 번(土佐藩)을 중심으로 한 메이지 신정부군과 아이즈번 및 이를 지원하는 도쿠가와 구(旧)막부군 간에 일어난 전쟁.
7) 정련방(精鍊方): 막부말기 사가 번에 설치된 이화학 연구 및 실험시설. 1852년 반

처음이다. 영내 나가사키에 치엔칸(致遠館, 사가 번이 1867년에 나가사키에 설립한 영어를 가르치는 학교)에서는 미국인 버백이 영어를 가르치고 있었을 만큼, 학문 평판이 자자한 마을이라고는 하지만, 실업자 무사들이 경영하는 데라코야가 30개나 난립하고 있는데다가, 소학교마저 개설되어 결국 데라코야는 폐쇄하는 수밖에 없었다.

아버지는 무사로서 무료한 일상생활에 "정한(征韓)"이라는 긴장감을 갖고자, 사가의 난[8]에 개입하려고 했다. 하지만 연판장(連判狀, 같은 서면에 이름과 도장을 찍음)에 서명을 하려는 순간 포기했다. 스승인 에다키치 난고[9]의 훈계가 떠올랐기 때문이다. 아버지는 그 후 순사가 되었다고 한다. 그때까지 나졸은 아시가루(足輕, 평시에는 잡역에 종사하다가 전시에는 병졸이 되는 최하급의 무사)였지만, 도쿄에 경시청이 설치된 이후, 순사는 사족 출신들이 수입을 얻을 수 있는 빠른 직업이었다.

아버지는 사가의 난 개입을 포기한 것이, 하가쿠레의 비겁미련한 행위가 아니었다는 것을 증명하기 위해서라도 학문 정진에 혼신을 다하였다. 3년간 일했던 순사직을 그만두고, 그보다도 수입이 적은 소학교 교원이 되었다. 장녀 사카에는 궁핍하기 이를 데 없었던 에이죠학사를 운영하던 시절에 죽었다. 아버지가 소학교원이 되어, 마을 서쪽 교외를 떠나 다후세가와 근처로 이사할 즈음, 장남 고타로가 태어났다. 1877년 봄에 일어난 세이난 전쟁이 끝난 다음 해였다.

사로에 의한 대포 주조에 필요한 초산이나, 류산, 염산 등에 대한 지식을 얻을 목적으로 사가 성(城) 북쪽에 있던 다카기시무라(高岸村)에 개설함.

8) 사가의 난(佐賀の亂): 1874년 사가에서 일어난 메이지 정부에 대한 사족 반란.

9) 에다키치 난고(枝吉南濠, 1821-1862): 에도막부시기 활약한 사가 번 사상가, 교육자.

소에지마 다네오미는 고타로에게 진학 얘길 했다. 아버지가 돌아가신 지 얼마 안 되어 아직 그것까지 생각하지 못했지만, 학비 원조를 해 줄 수 있다는 것과 사학(私學, 사립학교)이라면 중학교 졸업을 기다리지 않아도, 실력 여하에 따라 진학할 수 있다는 것도 덧붙였다. 소에지마 집에는 문지기와 정원 청소를 하며 학교를 다니는, 고향 사람이 세 명이나 있었다. 그날은 그들과 함께 갔다.

다음 날 고즈에서 찾아온 가미노 젠자부로도 같은 말을 했다.

아마도 여행을 떠나던 날, 여행 도중 무사하길 바라는 마음에 도미 생선(尾頭つきの鯛, 축하나 경사스런 날에 쓰이는 머리와 꼬리 등 다 붙어 있는 도미 생선) 요리로 축하해 주거나, 현관을 나설 때는 기리비(切火, 신불을 모신 단 앞이나 출행하는 사람에게 부싯돌을 쳐서 내는 정화(淨火) 의식)를 하며 보내 주셨던 어머니가 가미노 씨에게 미리 편지를 써 상담한 게 아닌가 생각이 들었지만, 한편으로 장래 목표를 정해야 한다는 생각이 절실하게 찾아왔다.

42세에 16살인 장남을 필두로 세 명의 아이를 두고 있는 어머니를 생각하면, 진학은 그다지 바람직한 일이 아니다. 비록 아버지가 봉급을 준다고는 하나, 어머니는 고타로가 철들기 전부터 양잠을 하고 있었다. 누에가 완전히 자라는데 한 달 반은 걸리지만, 누에가 커서 뽕잎을 소리내며 먹기 시작하면, 며칠이고 밤새며 이를 검게 물들일(お齒黑, 옛날 상류 여성 사이에 유행했으며, 에도시대에는 결혼한 여자가 했음) 틈도 없었다. 뽕나무 여하에 따라 봄누에 고치가 질이 좋다 하지만, 잠실(蠶室, 누에치는 방)을 그냥 두기엔 아까워 여름누에도 치게 되었다.

쌀 한 섬이 11엔 10전이나, 고치 한 섬은 25, 26엔에서 좋은 누에

는 30엔이나 하기 때문에, 여자의 부업으론 벌이가 좋다고 어머니가 아버지에게 말한 걸 들은 적 있다. 뽕잎 따는 일만큼은 소작인 딸에게 부탁했지만, 그 외는 남의 일손을 빌리지 않았기 때문에, 수확량에도 한도가 있었다. 채소를 심거나, 된장이나 간장, 엽차(葉茶)까지 자급자족하며 가족에게 다림질을 안 한 옷을 입힌 적은 한 번도 없었다. 고타로가 장가가면 그의 아내를 고생시키겠다는 게 마을 사람들의 소문이지만, 어머니는 그저 웃기만 할 뿐이었다. 메이지유신 이후 몇 년간 고생한 걸 생각하면 지금은 극락이라고 되뇌면서도, 이유는 말하지 않았지만 어머니는 2, 3년 동안 차다치(茶斷ち, 어떤 일을 성취하기를 기원하여 일정한 기간 동안 차를 마시지 않는 일)를 하고 있었다.

고타로는 진학보다 아버지를 대신해서, 얼마라도 돈을 벌어야 한다고 생각했다. 16세 나이로는 아직 현청(縣廳, 도청에 해당됨)에서 고용해 줄 수 없을 것이다. 자신의 처지에 가장 맞는 장사를 떠올렸다. 그랬더니 어머니가 일하는 곳에 오는 고치 중개인이 떠올렸다. 양잠하는 집을 이리저리 뛰어다녀 고치를 사서 팔면 이내 돈을 벌 수 있으리라 생각했다.

고타로는 어제 기차 안에서 만난 조선인이 생각났다. 고즈에 있는 가미노 집을 방문해 권유에 못 이긴 채 하루를 머물렀다, 다음 날 재차 도쿄 센다가야에 있는 소에지마 저택으로 가려고 할 때였다. 기회가 되면 말을 걸고 싶다고 생각한 건 평소 남에게 마음을 전하라는 어머니의 가르침을 잊지 않았다는 것과 우연히 김옥균을 알고 있었기 때문이다.

조선에서 정변을 일으키고 일본에 망명한 김옥균이 이와다 슈사쿠라는 일본 이름을 갖게 된 연유도 신문을 통해 알고 있었다. 갑신정변에 실패한 후 일본으로 도망치기 위해 인천에 가보니, 변란을 선동한 다케조에 신이치로가 김옥균 일행의 승선을 거부한 바람에, 그들은 선장과 직접 교섭을 했다. 도망칠 때 뱃삯이 없자, 마침 그 자리에 있던 와카야마 현 사람이 배편을 사주며 이와다 슈사쿠(岩田周作)라고 쓴 것을 보고, 오랫동안 은의를 잊지 않기 위해 그 이름을 쓰게 되었다는 것이다.

　고타로는 신문기사를 읽었을 때, 자신도 모르게 눈물이 글썽이는 것을 느꼈다. 다른 사람이 자신의 이름을 지어주었다고 하는 감격적인 일이 평생 한 번이라도 일어날 지 어떨지 모르겠지만, 자신의 이름을 알리는 게 불가능하다고만 여길 수 없다. 물론 고타로는 와카야마 현 사람인 이와다 슈사쿠처럼 경제적인 원조는 할 수 없지만, 일본여행을 하며 불안해하는 이방인의 말동무가 될 수 있을 자신은 있었다. 어차피 말이 통하지 않으니 필담할 생각이다. 상대는 고타로의 시선이 성가신 듯, 창문 밖 경치만 보고 있었다. 외국여행을 하고 있으니, 경치를 바라보는 것도 중요할 것이라 생각해서 말거는 걸 그만 두었다. 저 조선인은 일본에 공부하러 온 것일까. 아니면 구경하러 온 것일까 하고 생각하고 있을 때, 보잘 것 없는 고치 장사꾼이 되려는 자신의 처지가 슬펐다.

　겨울철인데도 여전히 녹나무 잎이 우거진 집에서, 어머니는 고타로의 귀가를 맞이했다. 집에 도착한 고타로는 도쿄에 있는 소에지마 집이나 고즈에 있는 가미노 집에 있었던 일을 이야기하면서, 진학 문제에 관해 말하기를 주저했다. 어머니를 난처하게 만드는 일이라 생각했기 때문이다.

"그래서 고타로는 앞으로 어떻게 할 작정이십니까?"

그리 높지 않는 예쁜 코가, 어머니의 아름다운 용모를 한층 기품있게 해 주었다.

"고치를 사서 파는 일은 저도 할 수 있습니다."

"무슨 말씀을 하십니까?"

장남에 대해 존댓말을 했지만, 노여운 기색을 띤 어머니의 목소리에 말문이 막혔다.

"무사의 집안에서 태어났다는 걸 잊으셨습니까?"

어머니는 이내 평정을 되찾고 고타로의 천박한 꿈을 나무라며 자리에서 일어섰다. 고타로는 어떻게 하면 좋을지 몰랐다.

그런 일이 있고나서 3일이 지났다. 고타로는 학교에서 돌아와, 아버지가 서재로 이용하던 사랑방에 들어갔다. 그리고 책꽂이에서 『효경(孝経)』을 꺼내 책상 쪽으로 갔다. 다다미 위에 엎드려 눕는 것은 어떤 때라도 허락되지 않았다. 효경은 이미 몇 번인가 읽은 책이다. 가문의 이름을 후세에 남기는 일이 효의 으뜸이라는 문장을 읽노라면, 어머니의 마음을 상하게 한 것은 이해했지만, 집안 경제사정을 모르니 어쩔 수 없는 노릇이다. 5세가 되는 여동생 시게루가 마당에서 공놀이를 하면서 놀고 있었다.

하나에 귤나무, 둘에 제비붓꽃, 셋에 내려앉은 등나무꽃, 넷에 사자와 모란꽃[10]…

---

10) 사자와 모란꽃이란 모란꽃에 사자 모양의 무늬로, 잘 어울리는 것의 비유한 것임.

예부터 사가 지방에서 전해오는 공놀이 노래[11]다. 거실에서 소작인 부인 후쿠와 얘기하는 어머니의 목소리가 들렸다. 어머니는 언제부터인지, 마을 사람들의 상담역을 맡고 있었다. 여자뿐만 아니라, 마을 유지들까지 아버지보다도 어머니에게 자신들의 고민을 털어놨다.

여섯 개 보라색이 잘 물들고, 일곱 개 남쪽 하늘, 여덟 개 천엽 벗나무…

공놀이 노래 사이로 대화는 계속 이어지고 있었다.
"장사꾼은 그만 두었는가?"
어머니의 말씀이다. 거실에서 들리는 이야기는 뽕잎 따는 일을 돕던 미츠의 혼담인 것 같다. 무사는 의(義)를 위해 사람을 죽인다고 하지만, 장사꾼은 타인의 어려운 처지를 개인 사욕에 이용한다…고 어머니는 말하고 있었다. 고타로는 마음이 찔렸다. 어머니가 자주 만나는 장사꾼이라면 고치 중매인이다. 고타로는 어머니가 가장 탐탁치 않게 여기던 직업을 선택하려고 했던 것이다.
열에 영주님 갑옷 장신구 문장(紋章), 열한 개에 쇼군님은 접시꽃 문장…
시게루는 거기서 몇 번이나 되풀이하고 있었다. 그 다음을 아직 외우지 못한 것이다.
"사카에가 살아 있었으면…"
딸 미츠와 같은 나이라고 후쿠는 말했지만, 어머니는 그런 말에 이

---

11) 여기 나온 공놀이 노래 내용은 모두가 가문(家紋)을 나타냄.

끌려 죽은 아이의 나이를 세거나 하는 법이 없다. 때로는 매정하게 보일 정도로 감정을 자제하던 어머니가 오늘처럼 특정 직업을 나쁘게 말한 건, 아들이 원하는 직업에 만족하지 않기 때문으로밖에 생각할 수 없었다.

그날 밤, 고타로는 부츠마(仏間, 불상이나 위패를 모신 방)에서 어머니와 얘기했다. 어머니는 아버지의 유언을 말했다. "장남 고타로는 아침에 일어나 자신의 포부를 펼칠 수 없다면, 들판에 나가 영재를 교육시켜라. 그리고 차남 에이지로는 의사로, 막내딸 시게루는 시집가기 전에 2년 간 반드시 소학교 교원을 경험시키라는" 것이었다.

"소에지마 씨가 학교에 관한 얘기를 말씀하지 않았습니까?"

어머니가 진학시키는데 뜻이 있음을 짐작한 고타로는, 잠시 말하길 주저하며 소에지마 씨와 가미노 씨 모두 학자금을 대 준다고 말한 것과 두 분 집에는 자신과 같은 처지의 서생이 있다는 걸 말했다.

어머니는 말없이 한 번 웃더니, 이윽고 고타로에게 사과했다. 부모를 얕보게 한 책임은 자기에게 있다는 것과 집안 살림을 걱정해 줘서 고맙다고 말했다. 어머니는 불단 옆에 있던 요로이비츠(鎧櫃, 갑옷이나 투구를 넣어 두는 궤짝)를 열었다. 금박에 고산노키리(五三の桐, 세 장의 오동나무 잎 위에, 오동나무 꽃을 좌우로 세 개씩, 중앙에 다섯 개를 배치한 가문) 가문(家紋)을 넣은 요로이비츠도, 갑옷의 각종 부속품을 팔아 치운 지금에 와선 서류상자로만 사용되고 있었다. 어머니는 그곳에서 통장을 꺼내 고타로에게 보여줬다. 예금 액수는 783엔 찍혀 있었다.

고타로는 잘못 본 게 아닌가 확인할 정도다. 아버지가 만년에 얼마만큼 수입이 있었는지 모르지만, 어머니의 부업이 없었으면 이 돈은 마련하지 못했을 것이다. 어머니는 생활이 어려워 부업에 온 정성을 쏟은 것이 아니라, 아이들의 장래를 대비하고 있던 것이다. 어머니는 사가 마을에서 오쿠마 시게노부가 세운 학교에 다니는 학생들의 학비를 알아 본 적이 있었다. 수업료 1엔 80전에 기숙사비 8엔 그리고 잡비로 3엔 합해 한 달에 12엔 80전이라고 한다. 고타로의 진학은 3, 4년 후에 일로, 어머니는 물가 오름세를 예측해 월 15엔, 1년에 180엔을 내다보고 있었다.

집에는 지금 1정보(町步, 1정보는 3,000평) 가량의 밭이 있지만, 땅값의 0.3할이라는 높은 지세를 지불하고 소작료는 5할로 하고 있기 때문에, 실제 수령액은 50엔을 밑지고 있다. 관행상 4대 6으로 해도 180엔을 얻기 위해선 3정 5, 6반(反, 1정의 1/10)의 밭을 가져야 하나, 그것은 아무래도 불안하긴 마찬가지다. 저금을 빚 등으로 조금씩 갚는데 쓰는 것도 계획성이 없기에, 우선 반(反) 값인 65엔으로 1정보를 매입해 수입을 늘려가기로 했다.

어머니는 헛간 안쪽에서 보자기를 가지고 나왔다. 갑옷의 각종 부속품은 헐값으로 팔았지만, 아무리 먹고 살기 힘들어도 팔지 않았다는 히젠 타다요시가 만든 명검이다. 만일 판다고 하면 천 엔이나 되는 도검이니, 진학을 위해 일부러 다른 집의 고용살이 따위는 하지 않아도 된다고 말했다.

3

신문에 나온 친린의숙 발기인 모임은, 이틀 후 히토츠바시에 있는 일본교육회에서 열렸다. 물론 이날 수많은 조선인이 모여 있었다. 박영효와 김옥균은 망명 이후 서로 만나지 않았다. 홍종우는 같은 나라 사람의 장거(壯擧, 장하고 큰 계획이나 거사)를 경축할 요량으로 왔다고 말하며, 접수처에 있던 조선인으로부터 솜씨 좋게 김옥균의 동정을 알아냈다. 현양사의 도야마 미쓰루 등의 노력으로 삿포로에서 도쿄로 되돌아와, 유라쿠쵸에 있는 기구레라는 집에 하숙하며 이와다 슈사쿠라고 개명해 있다고 한다.

보는 사람이 없었다면 홍종우는 혀를 찼음이 틀림없다. 하필이면 현해탄을 제패해, 대륙침략을 노리는 현양사와 연계된 김옥균의 마음을 가늠하기 어려웠다. 우두머리 도야마 미쓰루는 자신을 위해 죽음을 두려워하지 않는 남자들에 둘러싸여 있다고 들었기 때문에, 김옥균에게도 섣불리 손댈 수 없다. 다만 김옥균이 도야마 집에 살지 않는게 유일한 약점이다.

홍종우는 유라쿠쵸에서 가까운 간다 고급 하숙집에 머물며, 김옥균에게 접근할 기회를 노렸다. 밤이 되면 기구레 근처를 배회했다. 외출용 흰 두루마기는 눈에 띄기에, 일본식 남자용 외투를 사서 입었다.

며칠 간 망을 본 보람은 있었다. 안마사가 나오는 걸 발견하고 우연히 길동무가 되는 척하며 말을 건넸다.

"누가 좀 주물러 주었으면 좋겠는데."

능숙하게 발음할 요량이라 하지만, 어딘가 탁음이 시원치 않다. 일본에 있는 조선인은 돈사정이 좋은 자이거나, 아니면 꿈을 쫓는 빈곤자뿐이다. 홍종우는 자신이 돈 많은 부자라는 걸 맹인 안마사에게 알리기 위해 메일국수 집에 데려갔다. 추위를 녹이는 따끈한 술이 한 순배 돌자 안마사는 기분이 좋아졌다.

"조선 분들과 인연이 깊은 밤이군요."

맹인 안마사의 아첨 떠는 웃음에 홍종우도 득의의 미소를 지었다. 기구레 집에서 누굴 안마하고 왔는지 모르지만, 안마사는 김옥균이 부른 것이다. 홍종우는 맹인 안마사를 하숙집에 데려와, 안마를 부탁하며 계획을 짰다. 같은 조선인 중개는 금물인 만큼, 맹인 안마사의 등장은 행운이다. 이 안마사가 다시 김옥균을 안마할 때, 그가 조선인을 만났다는 화제를 꺼낼 걸 예상하고, 외국에서 돌아왔다는 자랑을 시작으로 관심 끄는 말로 이야기를 풀었다.

"만사 신(神) 덕분이군. 조선에 돌아가기 전에 존경하는 옥균 선생을 꼭 만나 뵙고 싶었는데, 자네 입에서 그 분이 계신 곳을 알다니…"

"나리는 오랫동안 일본에."

"아니, 일주일 전 프랑스에서 막 돌아왔다네."

프랑스에서 돌아온 것은 사실이지만, 한 번 조선에 되돌아갔다 다시 나온 것은 숨겨야 했다.

"그런데도 일본어가 대단하십니다."

"무슨, 프랑스로 가기 전 2년 간 일본에서 유학했었지. 5, 6년이나 외국에 나가 있었더니 요즘 조선 정세를 전혀 모르겠어."

"지당하신 말씀을. 이렇게 말씀드리는 것은 뭐합니다만, 나리나 옥균 선생이 빨리 조선에 귀국하셔야 하는 것 아닙니까?"

맹인 안마사는 남의 비위를 맞추면서, 민비의 악행을 늘어놓았다. 조선 정세를 모른다고 했으니, 잠자코 듣는 수밖에 없다.

"그런 중전이라도 죽은 궁녀의 망령에 줄곧 가위에 눌렸다고 합니다."

홍종우가 이해하지 못한 말도 있었지만, 대충 줄거리가 장빈을 가리키는 것이라 추측했다.

"서출 자식을 떠맡는 건 좋지만, 태어난 달을 써 인형에 못을 박아 저주한다는 소문이 자자합니다."

신문에 나와 있는 것을, 맹인 안마사는 부인을 통해 알았다고 말했다.

홍종우는 화제를 바꿨다.

"한데 이런 얘기해서 뭐하지만, 일본에서 맹인은 모두 안마사가 되는가?"

몸이 왜소한 맹인 안마사는 게와 같이 어깨가 넓은 남자로, 굵은 손가락에는 힘이 들어 있었다.

"글쎄요. 거문고나 샤미센(三味線, 세 개의 줄이 있는 현악기)을 켜는 선생도 있습니다만, 각자의 취향이 달라서… 그런데 조선에서는."

"기도사가 많지. 육안으로 볼 수 없는 사람은 마음의 눈이 뛰어나다고 하니 말일세."

안마사는 요란스레 놀랐지만, 홍종우는 그 이상 말하지 않았다. 인간의 화복길흉을 시작으로 정치 성향까지 무당이나 박수가 점을 쳐 결정하는 고국의 후진성을 퍼뜨리고 싶지 않았다.

장빈을 생각하고 싶지 않아 화제를 바꿨지만, 무당이나 박수 이야기로 홍종우는 재차 민비를 떠올렸다. 기도에 미치고, 남사당 미소년을 사랑하는 민비의 쾌락을 유지하기 위해, 자신이 목숨을 걸어야 하는 것일까. 이제와 망설여도 너무 늦었다.

"저도 조선에 건너가서, 기도사나 할까요?"

우쭐대는 맹인 안마사의 물음에 대답하지 않고, 홍종우는 자는 체했다.

다음 날 홍종우는 기구레를 방문했다. 도로에 인접한 여염집이지만, 안은 널찍했다. 그 날은 특별히 평민이 쓸 수 없는, 말총으로 엮은 탕건을 썼다. 두루마리에 탕건 복장인데도, 그 집 아내와 딸은 놀라지 않았다. 홍종우는 프랑스에서 돌아와 조선인이 그리운 것을 강조하며, 김옥균을 만나 뵙길 부탁했다. 물론 어젯밤 부른 맹인 안마사로부터 여기에 있는 걸 알았다는 것도 덧붙였다. 간단한 선물로 김옥균에게는 긴자 아오키도에서 산 프랑스산 포도주를, 기구레 주인집에는 부피가 큰 상자에 담긴 과자를 내밀었다.

정치 망명자는 사사로운 일에도 경계를 게을리 하지 않는다. 만에 하나 면회 실패도 예상했지만, 의외로 쉽게 2층에 올라갔다. 홍종우는 김옥균이 12년 전 31세의 나이로 수신사로 왔을 때 일본에서 찍었다는, 문관 예복 차림의 사진을 궁정으로부터 건네받아, 긴장하며 기다렸다. 이윽고 곁방에서 참발(斬髮, 상투를 틀지 않고 가지런히 잘라서 산발한 머리 모양. 특히 메이지 초 문명개화의 상징이 된 남자 머리) 머리로 일본 옷을 입은 남자가 나왔다. 하얀 주름이 진 비단 허리띠에 노란 바탕에 줄무늬 놓은 비단을 걸친 모습은 조선인으로 보이지 않았지만, 갸름한 얼굴의 미모는 사진에서 본 청년시절의 흔적이 여전히 남아있었다. 홍종우는 방구석까지 물러나 엎드리며 고개를 숙였다.

"어이, 그대가 홍종우 군인가?"

뜻밖의 김옥균 목소리에 홍종우는 기가 꺾였다. 조선에서 보낸 자객의 이름을 발표할 리가 없다고 마음을 달래보지만, 혹시나 고종이 상대를 두려움에 빠뜨리기 위해 그 사실을 과시할 수도 있었을 것이다. 최악의 경우, 어떻게 해서 여기를 빠져 나갈 것인가. 한순간 머리를 굴리며, 탕건 아래 머리카락이 곤두 선 홍종우에게 김옥균은 의외의 말을 건넸다.

"신문에서 알았네. 그대가 프랑스에서 공부한 사실을."

김옥균은 전부터 아는 사이인 것처럼 거리낌 없이 얘기했다. 홍종우도 짐작이 갔다. 파리에 있는 조선인은 매우 드문 일로, 자주 신문 기삿거리가 되었던 모양이다.

"김 선생은 프랑스 신문을."

한겨울임에도 불구하고 홍종우는 이마에서 흐르는 땀을 닦으며, 짐짓 젊은 놈의 허세인 양 가장했다.

"아니, 일본신문이네만, 프랑스 신문과 계약이 있었겠지."

"그리 말씀하시니, 이경방 씨도 신문을 봤다며 격려 편지를 써 주셨습니다."

홍종우는 타고난 대담함을 되찾더니 말도 안되는 허풍을 떨었다. 이경방은 청국 직예총독 북양대신 이홍장의 아들이다. 허풍을 크게 떨어 두면, 그것이 발각되기 전에 상대를 죽여야 한다는, 스스로를 몰아세우는 효과가 있다.

"저런, 이경방과는 친한가?"

"예, 프랑스에 가기 전에 2년 정도 일본 유학했을 때, 이경방 씨가 흠차대신(欽差大臣, 황제의 명령으로 보낸 파견인)으로 오셨습니다."

이경방이 일본에 부임한 것은 역사적으로 사실이다. 유학생 친구인 청국 사람에게 소개받았다고 거듭 거짓말을 했다. 게다가 홍종우는 스스로 우국지사임을 꾸미지 않으면 안되었는데, 김옥균이 말을 꺼낸 신문 이야기는 절호의 기회였다.

"실은 개탄해 마지않는 일이 있습니다. 그건 유럽의 천주교 연합입니다."

홍종우는 파리에 있었을 때, 지나(支那)의 강남(江南, 중국 양쯔 강 이남으로, 현재의 행정 구역상으로는 장쑤성, 안후이 성, 저장 성 지역)에서 일어난 천주교 교민 분쟁 이야기를 했다.

"유럽 신문은 하나같이 동양 이교국의 야만적인 행위를 비난했습니다. 게다가 10여 년 전 대원군이 수 명의 선교사와 3만 교도를 학살한 사건까지 덩달아 나왔습니다."

"그것은 참혹한 사건이었네."

김옥균도 맞장구 쳤다.

"어째서 그런 사태에 이르렀는지 생각하면…"

선교사가 포교의 범위를 일탈해 신자들을 선동하며, 한 나라의 정치에까지 말참견했기 때문이라고 홍종우는 강조했다.

"비록 강남 문제라 하더라도, 동양에서의 선교 사정을 아는 저는 화가 났습니다. 구미선교사들의 전도나 신자 포섭하는 재능에는 탄복합니다만, 입문자는 진정한 천주교인이 아닌 그 나라의 불평분자의 집합체입니다. 그들의 정치적 불만을 과신한 선교사는 정부의 실정을 비판하고, 요로에 있는 자들과 절충까지 한다고 합니다…"

김옥균은 조용히 홍종우의 말을 막았다.

"이따금 조선에서 행해지는 천주교 포교는 자네가 지적한 대로지만, 그런 기회를 준 우리도 문제라네. 남을 책망하기 이전에 나라를 다시 세우는 것이 선결문제일세."

"말씀은 잘 알겠습니다. 하지만 조금 더 말씀드리면, 결국 선교사들이 노리는 바는 그들 본국이 조선에 세력을 갖도록 하는 것입니다. 종교가로 일탈하는 행위에, 위정자나 비교도들이 반감을 일으키는 것은 당연합니다. 강남의 경우도, 현실을 모르는 유럽인이 황인종에 대한 우월감에서 이치를 바로잡기 전에 결론을 내버린 것입니다."

홍종우는 마치 연설이라도 하듯 위세 좋게 마구 떠들어댔다.

"저는 파리에 있는 신문기자를 만나, 동양의 선교 사정을 말했지만 헛수고였습니다. 대원군까지 끄집어내면서, 저의 과거 지식보다도 살아있는 정보가 현지에서 전해오면 일축해 버리고 맙니다. 동양 침략이라는 묵계 아래, 신문이 이구동성으로 똑같은 기사를 쓰는 것으로밖에 저는 생각할 수 없습니다."

홍종우는 점점 더 민족의식이 타오르는 것으로 이야기를 마무리했다.

"흥미로웠네. 나도 요사이 무료하다네. 가끔은 이리 와서 신지식을 들려주게나."

홍종우는 자신의 수다스러움을 사과하며 떠났다. 김옥균 정도의 거물이 자객의 정체를 꿰뚫어보지 못한 게 의외였다. 조선에서 건너 온 자나 일본에 있는 조선인을 경계하면서, 외국에서 돌아왔다고 떠벌리는 방랑객에게는 마음의 틈을 보였다고 밖에 생각할 수 없었다.

처음 대면에 성공한 홍종우는 3일이 멀다하고 방문했다. 무료하다고 말한 것을 있는 그대로 받아들인 건 아니나, 역시 기구레에는 사람들의 왕래로 빈번하였다. 김옥균의 친구들과는 얼굴을 마주치지 않으려고 주의했다. 행여 손님이 미리 와있어 문밖에서 돌아갈 때는 (일본인에게 이용당하는, 예컨대 미끼가 아닌가? 어디 두고 보자) 라며, 마음속으로 욕설을 퍼부었다.

만날 때는 몸을 굽혀 황송해 하며 정성껏 도와주면서, 흉금을 터놓은 것에 그다지 시간은 걸리지 않았다. 망명 당초에 일본정부로부터 얻은 월 100엔 생활비는 세상을 떠들썩하게 한 오사카 사건 이후로는 50엔으로 줄어들더니, 지금은 중지되어 일본인 동지들의 배려로 하루하루 보내고 있었다.

한 달이 지나고, 올해도 저물어가려 했다. 홍종우에게 양친이 없는 것은 사실이나, 아내도 유학중에 사망한 것으로 해 언제까지나 도쿄에 있는 건 부자연스러웠다. 김옥균도 의심을 품고 있음이 틀림없다. 지금 그를 헤치는 것은 쉽지만, 그래서는 자신의 목숨도 위험하다. 고종을 위해서 김옥균을 해치는 것이 아니다. 총리아문 독판이 되기 위해, 고종이 지명한 남자를 죽이는 것이다. 무슨 일이 있어도 살아남아 귀국해야 한다. 그렇기 위해서는 실행할 장소가 문제다. 일본이 아니라고 한다면 청국밖에 없다. 김옥균을 청국으로 유인하는 건 쉬운 일은 아니지만, 이대로 끝없이 가다가는 진척이 안되는 까닭에 시도해 보는 수밖에 없다. 계획을 세운 다음, 민영소에게 편지를 보냈다.

정월 15일, 조선에서는 약밥을 먹는 풍습이 있다. 찹쌀을 찐 다음 대추, 말린 감, 잣 등을 섞어, 꿀과 간장으로 맛을 내어 다시 찌어 낸 것이다. 홍종우는 여기저기 돌아다니며 재료를 구했다. 하숙 아주머니에게 만드는 법을 가르쳐 주며 장만한 약밥을 가져갔을 때, 김옥균은 고타쓰(炬燵, 숯불이나 전기 등의 열원 위에 틀을 놓고 그 위로 이불을 덮게 된 난방 기구)를 들여놓고 책을 읽고 있었다.

"이런 걸 보면 고향이 그립군."

김옥균은 뼈에 사무치 듯 말했다. 아버지는 구금되고, 남동생은 옥사, 어머니는 김옥균의 누님과 함께 음독자살, 아내 유 씨는 어린 자식을 데리고 방랑하고 있다는 걸, 홍종우는 경성에서 들어 알고 있었다. 김옥균은 이런 비참한 상황을 얼마나 알고 있을까.

"자네는 고향에 돌아가고 싶지 않은가?"

"예. 천애고아인 저는 어딜 가나 마찬가지입니다. 언제까지고 곁에 있고 싶습니다."

홍종우는 진지한 표정으로 말했다. 김옥균은 거기에 답하지 않고, 시선을 떨어뜨리며 두서없는 말을 했다.

"민영익은 홍콩에서 상해로 옮겼다 하더군."

"변함없이 홍삼을 독점 판매하여 재산을 축적하려나 봅니다."

그렇게 대답하면서도, 김옥균이 어째서 갑자기 민영익 이름을 말하였는지 몰라, 홍종우는 괜히 마음에 걸렸다.

민영익은 갑신정변에서 첫번째로 중상을 입고 도망쳤던 덕분에 목숨을 건진 남자다. 김옥균과 민영익은 갑신정변 때 원수지간이라는 것 이외에 관련은 찾아 낼 수 없다. 가끔 홍종우가 가져간 약밥이 타향에 있는 김옥균의 감상을 불러일으켰다고 한다면, 서로 사정은 다르다고 하나, 같은 고국을 떠난 민영익의 처지를 연상한 지도 모른다.

김옥균이 측간에 가려고 자리를 뜨자, 홍종우는 고타쓰 위에 펼쳐진 채 놓여진 책 제목을 보았다. 최근에 출간된 『가인의 기우(佳人之奇遇)』 제 10권이다. 중의원 의원 시바 시로가 도카이 산지[12]라는 필명으로 무려 8년 전부터 줄곧 써온 평판 높은 정치소설인 건 알았지만, 홍종우는 한 권도 읽은 적이 없었다. 펼쳐져 있는 곳을 훑어봤다.

"…옛말에 이르길, 꽃이 활짝 핀 정원 안 꽃은 빨리 피면 도리어 먼저 시든다. 아주 천천히 산골 물 흐르는 냇가에 있는 소나무는 늦겨울

---

12) 도카이 산지(東海散士, 1853-1922): 메이지, 다이쇼시대 정치가, 소설가. 본명은 시바 시로(柴四朗). 1885년 국권신장을 기조로 한 내셔널리즘 정치소설『가인의 기우(佳人之奇遇)』를 초판 발행, 1897년에 완결. 전 16권.

에도 울창함이 변하지 않고 그 푸르름을 머금는다. 타고난 운명엔 빠름과 느림이 있기 마련이다. 약진은 부질없는 짓이라… 부디 바라건대 발밑이 깊으니 이를 경계하길…"

홍종우은 이상한 예감이 떠올랐다. 그리고 기구레를 물러나 서점에 들러 『가인의 기우』 제 10권을 사서 집에 돌아와 단번에 다 읽었다. 주인공 이름은 고균(古筠)이다. 이는 김옥균의 아호다. 소설이라고 하더라도 지어낸 이야기가 아니었다.

구미 여행에서 돌아온 도카이 산지는 조선독립을 위해 고균거사 일행이 일으킨 갑신정변을 알고 있었다. 조국 독립을 위한 충정에서 일으켰다고는 하나, 많은 주요 요직에 있는 인물들을 죽인 것은 문명사회에서 용납할 수 없는 폭거라고 생각했지만, 후카가와의 누추한 집에서 기거하는 고균거사를 방문해 청조선(청국 속국인 조선)의 사정, 특히 민씨 일족의 학정을 상세하게 듣고 서로 공감했다. 이윽고 오사카 사건이 발각된 후, 도카이 산지는 재차 고균거사를 방문했다. 조급하게 경거망동을 해서는 안된다고 타이른 부분이 "…옛말에 이르길, 꽃이 활짝 핀 정원 안 꽃은…"인 곳에서 시작되고 있는 것이다.

홍종우는 상상의 끈을 있는 힘껏 연결해 보았다. 소설이야 최근에 나왔지만, 도카이 산지가 "조급하지 마라"고 실제로 타이르고 나서 7, 8년이나 지났다. 김옥균의 마음은 초조할 것이다. 갑신정변을 다룬 소설을 읽고 있던 차에, 홍종우가 약밥을 가져와 망향의 추억을 불러일으켰으니, 김옥균의 마음이 들떠 민영익 이름을 말한 것도 우연이 아니었을 터이다.

김옥균이 초조해 있다고 직감한 홍종우는, 짐짓 일주일이나 지나고 나서 **방문했다.**

"갑신정변을 일으킨 이래 10년, 그 동안 일본의 진보된 모습을 보면 선생의 심정을 이해합니다. 허나 재거(再擧)를 하시더라도 우선 당장은 자금이 필요합니다만…"

지난번에 민영익 이름이 나왔는데, 그에게 자금조달을 제의하면 어떤지 하며 말을 꺼냈다. 민영익은 갑신정변 때 죽으려고 했던 남자다. 김옥균이 당연히 거절할 걸 홍종우도 예상했다. 요컨대 좁은 일본에 망명해 유랑한지 10년이 지난 김옥균의 흉중에, 상해라는 별세계의 모습을 새겨 넣는 것으로 충분하다.

이윽고, 홍종우 집에 이홍장의 아들 이경방의 이름으로 편지가 왔다. 민영소가 미리 손쓴 것이다.

"…최근 조선 궁정에 러시아 세력이 널리 퍼져 있어, 아버지 이홍장도 김옥균 씨와 상담하여 조선 대책을 확립하고 싶다는 의향이…"

조금은 과장된 편지지만, 홍종우는 김옥균에게 보여줬다. 자세하게 검토하지 않도록 내용을 대충 얼버무렸다.

"이 편지 따위로 청국을 의지한다면, 나중에 꼼짝 못할 수가 있습니다."

그렇게 말한 홍종우는 빈틈없이 김옥균의 안색을 살폈다. 김옥균은 마음속으로 생각할 바를 표정으로 내비치지 않았다.

"어떻게 하시렵니까? 이번 기회에 이홍장으로부터 민영익에게 자금조달에 관한 말을 꺼내게 하는 것이… 러시아 군사교관을 초빙하려고 한 점이나 폐왕음모 배반으로 대등하게 맞설 수 없으니, 이홍장이 말한 대로 될 것이 틀림없습니다."

이것은 함정이었다. 민영익에게 쓸데없이 의뢰를 할 생각이 없는 김옥균에게, 이홍장을 중재시키는 것으로 혹시나 하는 희망을 갖게 하는 것이 목적이다.

"재거할 목표가 있으시면 미흡하나마 저도 조선에 돌아가 동지들을 규합해 보겠습니다."

그렇게 생각해서 그런지 김옥균의 표정이 희미하게 움직였다고, 홍종우는 생각했다.

"아무튼 도야마에게 상담해 봄세."

이제 조금만 더하면 된다고 생각한 차에, 홍종우는 비명을 지를 뻔했다. 처음부터 앞뒤가 맞지 않는 얘기지만, 김옥균을 심리적으로 몰아넣었음에도 불구하고, 도야마 미쓰루에게 상담해선 모든 걸 잃고 만다. 자금조달을 위한 것이라면 가망 없는 상해까지 가지 않더라도 일본에서 조달하면 그만이다. 그 이상으로 염려되는 건 모략이 탄로 나는 것이지만, 상담한다는 걸 괜히 서툴게 막아서는 오히려 의심받을 뿐이다. 어떻게든 김옥균의 마음을 딴 데로 돌려야 한다. 추운 날씨였지만 홍종우의 이마에선 식은땀이 흘렀다.

"갑신정변이 일어날 때, 저는 19살이었습니다. 어째서 민중을 궐기시키지 않으셨는지 원망스럽게 생각했습니다."

홍종우는 아랫입술을 깨물며 분한 표정을 지었다. 이것은 일찍이 그가 실제로 느꼈던 감정이었기 때문에, 말은 진실에 다가갔다.

"미안하게 생각하네. 나도 경솔했으나 그때 당시 궁지에 몰려 있었지. 이제와 실패한 이상, 자네가 느낀 바처럼 나중에 이어갈 사람을 바랬다네."

"다케조에가 인천에서 도망갔을 때, 선생 일행은 승선까지 거부당했다고 하지 않았습니까? 그런 일본인 따위를 신용하는데 부족하지는…"

"아니, 사람을 원망해서는 안되네."

홍종우의 일본인 불신 이야기에는 아랑곳하지 않고, 김옥균은 도야마 미쓰루를 방문하고자 했다.

두 사람은 함께 기구레에서 나왔다. 김옥균이 레이난자카에 있는 도야마 집을 향할 때, 홍종우는 자신의 운명을 생각했다. 김옥균이 밉다. 이 자만 사라지면 어떤 교환조건도 없이 고위직 자리를 얻을지 모른다. 이제 와 그를 죽이지 않고 돌아가면, 영원히 입신출세할 수 없다. 자신의 일생을 지배하게 된 김옥균에 대한 증오는 점점 더 심해질 뿐이었지만, 날을 잡지 않고 곧장 도야마 미쓰루에게 향한 건 이경방 편지에 반응한 증거라고 봤다. 아직 계획을 탄로 난 것은 아니기에, 도야마와 무슨 대화가 오갔는지 물을 필요가 있다고 생각해, 재차 김옥균이 머무는 기구레로 돌아가 기다렸다.

김옥균이 이경방의 편지를 가지고 나가지 않았다는 걸 알았다. 조급해 있다고는 하나 오랫동안 일본인의 비호를 받으며, 이제 와서 이홍장을 의지해 청국에 간다고는 말을 꺼내는 것은 도리가 아니다. 이경방 편지 따위는 오히려 도야마에게는 감추지 않으면 안될 입장이다. 그렇게 생각하니, 홍종우의 마음도 조금씩 진정되었다.

두 시간 정도 기다리니 김옥균이 돌아왔다. 도야마 미쓰루와의 대화에 계획 성패가 걸려 있기 때문에, 홍종우는 흥분한 나머지 안절부절 못했다.

"도야마는 반대하더군. 조선 궁정에서 내 신변을 노릴 때 움직이는 건 위험하다고 말이야."

김옥균의 안색은 해쓱한 몰골이었다. 홍종우는 숨결이 가빠랐다. 계획을 알아차렸는가 경계했지만, 김옥균은 조용히 말을 이어나갔다.

"허나 도야마는 결국 내게, 이렇게 말을 꺼내면서 밀어붙이는 남자가 아닌가? 그것도 괜찮겠군. 한 번 지나(支那)에 가서 정세를 보고 오는 것도 나쁘지 않겠지… 라고 말했다네."

김옥균은 스스로 규슈 사투리를 섞어 말해 놓고도 이상한 듯 웃었다. (때가 왔군) 홍종우는 들뜬 마음을 애써 감추며 말을 아꼈다.

"자네는 아라오 세이[13]라는 남자를 아는가? 도야마의 동생뻘 되는 사람이네만."

그런 사람에게까지 상해행을 상담했는가? 하고 홍종우는 기가 죽었다.

"지금으로부터 2년 정도 전 이야기네…"

아라오 세이가 상해에서 벌리던 청일무역연구소에 3천 엔이 필요했다. 상담을 받은 도야마에게도 돈이 없어, 친구 이마다 지카라에게 부탁했다. 이마다는 고리대금업자와 약속을 잡아놓고, 도리오 고야타에게 보증을 서달라고 했다. 그러나 조슈 번벌 중심세력이 아닌, 귀족원 의원이 된지 얼마 안된 도리오는 고리대금업자의 보증을 거절하는 대신 돈을 마련하는 계책을 세우기로 했다. 다만 도야마에게 그가 생각한 상대는 이노우에 가오루인데 괜찮은지 몇 번이고 확인했다. 도야마는 대범한 성격으로, 필요한 돈이니 누구든지 상관없다고 대답했다. 나중에 이러한 사정을 들은 아라오 세이는 친구들의 도움을 없던 걸로 했다.

돈은 빌릴 수 있는 상대와 빌릴 수 없는 상대가 있다. 예를 들어 고

---

13) 아라오 세이(荒尾精, 1859-1896): 청일무역연구소 설립자. 청일전쟁 중 「대청의 견(對清意見)」, 「대청변망(對清弁妄)」저술하며 청국에 대한 영토할양요구를 반대한 메이지시대 선각자.

리대금업자가 악독하더라도, 그것은 약속한 이상 상거래다. 자신도 고리대라면 당당하게 빌릴 생각이지만, 이노우에 가오루의 더러운 돈만큼은 죽어도 빌리고 싶지 않다고, 아라오 세이는 말했다고 한다.

이 이야기를 듣고 홍종우는 내심 기뻐했다. 아마도 도야마 집에서 상해행 얘길 하다 아라오 세이 이름이 나왔음이 틀림없지만, 빚 이야기는 김옥균을 동요하게 만든 것 같다. 이노우에 가오루는 악명이 높은 인물이다. 대장성(大藏省, 재경경제부 해당) 차관이란 자리를 이용하여 사리사욕을 채운 일이나, 미쓰이의 실세라든가, 오사카에 있는 후지타구미와의 부정도 세상에 알려진 사실이다. 민영익도 민비의 사주(私鑄) 관련해 오명을 남겼다. 묄렌도르프와 결탁해 공금인 해관세를 착복, 부정한 돈을 축적했다. 김옥균이 상해에 간다 하더라도, 민영익의 부정한 돈은 기대하지 않을 것이다. 홍종우에게 있어서도 절호의 기회다.

메이지 27년(1894년) 3월, 김옥균은 일본정부에 게이한(京阪, 교토와 오사카의 준말) 여행 신고서를 제출하고 오사카로 향했다. 그 때 홍종우와 도야마 부하 와다 엔지로[14]가 수행했다. 오사카에서 1박했다. 김옥균에겐 인연 깊은 도시다. 그가 망명해 처음 오사카에 와서 사귄 정부(情婦)인 야마구치 하나 사이에는 후사키치라고 이름 지은 아이가 있는데, 올해 9살이 되었다. 홍종우가 처음 김옥균에 관한 소식을 알지 못했을 때, 야마구치 하나를 첫 번째 단서로 삼았다. 주소

---

14) 와다 엔지로(和田延次郎, 생몰미상): 김옥균이 오가사와라에서 만난 9세 소년으로, 그 후 17세 때인 1894년 김옥균, 홍종우와 함께 상해에 건너감.

는 이쿠타마 도리이스지에 있는 시오마치에서 북쪽으로 더 들어간 곳
으로, 그녀를 김옥균에게 소개해 준 사람의 이름은 후나오카 사토히
로이고, 후사키치를 기른 부모는 이쿠타마 스지미나미에 사는 마쓰모
토 야스케라는 것까지 조사했다.

  오사카 사건과 관련해서는 일본 민권운동의 일환으로 화제를 낳았
지만, 그 일당들은 가바산 사건[15] 잔당이나 각지에서 모인 자유당 장
사로, 오사카가 발생지는 아니었다. 다만 일당들이 나가사키와 오사
카에서 체포되어, 오사카에서 재판을 받았을 때 그 이름이 나왔을 뿐
이다. 그들은 헌법 반포 때 일반 사면으로 출옥했다. 한문으로 '조선
자주 격문(朝鮮自主之檄)'라고 쓴 야마모토 바이가이는 지금도 오사
카에서 바이세이쇼 학원을 운영하고 있다.

  그들이 무슨 일을 하든 홍종우에게는 관심 밖의 일이지만, 조선인
상식으로 생각할 수 없는 것은 일당 중에 유일하게 여성이었던 가게
야마 히데코[16]이 있었다는 것이다. 처음엔 부(副) 수령인 고바야시 구
스오의 아내였지만, 수령인 아내와 자식도 있는 오이 겐타로의 정부
가 되더니 자식 하나를 낳고 버려지자, 현재 또다시 다른 남자와 결혼
했다고 한다. 음부라고 밖에 말할 수 없음에도 불구하고, 일본에서는
새로운 여성 출현인 것처럼 칭송받고 있다. 홍종우가 오사카라는 지
역에서 여러 가지 감회를 불러일으키는 것에 비해, 김옥균은 담담해
있었다. 과거에 집착하지 않고, 조국의 독립 외에는 염두에 두지 않는

---

15) 가바산(加波山) 사건: 1884년 9월에 발생한 도치기(栃木) 현령 미사마 미치쓰네
　　(三島通庸) 암살미수 사건.
16) 가게야마 히데코(景山英子, 혹은 후쿠다 히데코(福田英子), 1865-1927): 에도,
　　쇼와시대 사회운동가. 부인해방운동의 선구자.

김옥균을 보니, 홍종우는 아무 말도 할 수 없었다.

상해행 일본우선선박 사이쿄마루는 고베를 출항했다. 1500톤급 대형 기선이지만, 초봄의 파도는 매서웠다. 김옥균은 선실에서 독서에 열중했다. 와다 엔지로가 늘 곁에 붙어 있었다. 홍종우는 승객들과 장기를 즐겼다. 지루하기 시작한 5일째 밤, 배는 상해 외국선 부두에 도착했다. 여관은 공동조계지에 있는 일본인이 경영하는 동화양행이다.

다음 날 김옥균은 휴식을 취했다. 서두를 여행이 아닌 만큼 상해에 체류하면서, 천진에 있는 이홍장과 연락을 취하는 것이 도쿄를 떠날 때 계획한 예정이었다. 청일무역연구소의 아라오 세이는 현재 귀국해 없는 관계로, 김옥균은 낙선당 서점 사장인 기시다 긴코를 만날 것을 기대하고 있었다.

홍종우는 즉시 행동을 개시했다. 성내의 상해 현(縣) 경찰서에 가 보니, 이미 총리아문과 조선 궁정과의 연락도 취해진 걸 알았다. 최근 청국 외교는 직예 총독 이홍장이 지배하고 있었기 때문에, 북경 총리아문은 비록 쇠약해졌다고는 하나 각국과의 교섭 창구로서 역할을 하고 있었다. 상해 경찰서를 나온 홍종우는 휘파람이라도 불고 싶을 정도로 마음이 들떴다. 조선독립을 표방하며 강력한 지도자가 되고자 하는 김옥균을, 이홍장이 기꺼이 만나 줄 리가 없다는 사실을 눈치 채지 못한 건 10년간의 유랑으로 청국과 조선 정세에 대한 인식부족이던가, 아니면 초조한 끝에 내린 짧은 생각인지, 그런 생각을 하며 여관에 돌아왔다.

김옥균은 침대에서 독서를 하고 있었다.

"총리아문에서 선생의 상해 도착을 이홍장에게 전하도록 처리했습니다."

홍종우는 거짓 보고를 하며 건너편 자신의 방으로 돌아가려고 하자, 마침 그때 여관 직원이 김옥균에게 손님이 왔다고 전했다. 사이쿄마루 선장이다. 와다 엔지로가 접대하러 나간 사이 홍종우는 6연발 권총을 준비하고, 김옥균이 있는 방에 뛰어 들어왔다. 총을 쐈지만 손잡이가 흔들렸다. 탄환은 김옥균의 왼쪽 뺨을 스쳐 뒤쪽 기둥에 맞았다. 김옥균이 침대를 뛰어 내려와 홍종우와 맞붙기 직전, 2발 째가 복부에 명중해 앞으로 쓰러졌다. 복부 아래로 피가 흘러 흥건했다.

홍종우는 김옥균의 죽음을 확인하고 동화양행을 뛰쳐나왔지만, 도중에 미국 경관에게 체포되어 상해 경찰서로 인도되었다. 사전에 협의된 행동이었기에 형식적인 신병만 구속될 뿐, 김옥균 관계 정보는 상해 경찰서를 통해 자세히 알 수가 있었다.

도쿄에 있던 김옥균 동지들은 즉시 우인회를 조직해 오카모토 류노스케[17]를 상해로 파견했다. 오카모토는 일찍이 운요호사건[18]이 발생한 후, 구로다 전권공사를 수행한 이래, 조선에 관심을 가지고 있는 인물이다.

홍종우는 상해 경찰서에 의뢰해 밀정을 계속 내보냈다. 오카모토가 김옥균 시신을 일본에 가지고 돌아가려고 하자, 공동조계지 내의 일본 경찰이 시신의 승선을 막았다. 하는 수 없이 오카모토가 일본영사관에 교섭하러 간 틈을 노려, 밀정이 부두에서 김옥균 시신이 든 관을 빼앗았다.

---

17) 오카모토 류노스케(岡本柳之助, 1852-1912): 일본 국수주의자. 조선 궁내부 겸 군부고문 등을 역임했으며, 을미사변을 주도함. 신해혁명이 발발하자 상해로 건너가 그 곳에서 객사함.
18) 운요호(雲揚號)사건: 1875년 9월 20일 일본군함 운요호의 강화해협 불법침입으로 발생한 한일 간의 포격사건으로, 이후 강화도 조약을 체결함.

계절은 아직 초봄이라 쌀쌀했지만, 홍종우는 이미 시체 썩는 냄새가 나는 김옥균 시신을 고종에게 보내는 선물로, 청국 군함 위정호에 싣고 귀국했다. 궁정에서는 홍종우를 개선장군처럼 환영하는 것과 함께, 죽은 김옥균에게는 대역무도죄(大逆無道罪)를 물어, 각국 공사의 충고에도 불구하고 시신을 능지처참이라는 극형을 처해 한강 인근 양화진에서 며칠 간 효수했다.

홍종우는 아내 양영복에게 종로 시전을 그만두게 하고, 사직동에 집을 마련했다. 평소 생각해 두던 북촌은 아니었지만, 경복궁 앞 광화문 거리에 늘어선 의정부아문 서쪽에 위치한 서부에 해당된다.

조보(朝報, 관보)는 홍종우를 순국의 영웅으로 대서특필한 탓에 축하 방문객은 끊이질 않았다. 특히 야단법석을 떤 것은 갑신정변으로 부모 형제를 잃은 유족들로부터의 초대연이다. 그들은 김옥균에게 가혹한 형벌을 주장하고, 반면에 홍종우를 대관 고위직에 임명해야 한다고 고종에게 진언하였다고 전해졌다. 김옥균의 형벌은 그들의 요구대로 이루어졌기 때문에, 그 다음으로 홍종우를 위로하고 사의를 표하고 싶다는 것이다.

홍종우는 분연한 감정이 일었다. 김옥균 암살은 그들의 개인적 원한을 풀기위한 것이 아니다. 우국지사인 내가 그들의 아첨으로 관직을 얻어 성공한 것 같으냐고 생각해, 연회 초대는 일절 거절했다.

하지만 마냥 거절할 수 없는 사람들이 왔다. 그것은 각자 아내를 데리고 온 두 명의 친척으로, 아버지의 사촌 동생과 어머니 쪽 백부의 첩 아들인 사촌형이다. 친척들 중에 누군가가 수입이 있는 관직에 오르면, 몰려오는 친척의 생계를 책임지는 습관이 있다. 김옥균 암살이

의외로 빨리 진행되었기에, 준비금 일부를 남긴 상황에 게다가 은사금까지 생겨, 두 식구 친척을 부양할 여유는 있었다. 아버지의 사촌 동생은 50세를 훌쩍 넘겨 일을 안해도 어쩔 수 없지만, 백부의 첩에서 태어난 자식은 홍종우보다 3살 위인 32세다. 절름발이라는 이유로 일을 구하러 다니지 않았지만, 매일 어딘가 집 나가서 정보는 주워 들어오는 재주가 있었다.

어느 날, 다리가 불편한 사촌형이 입수해 온 일본신문을 펼쳐보니, 홍종우는 온몸에 소름이 끼쳤다. 신문엔 '김옥균 처형, 그 처참한 광경'이란 제목이 붙어 있었는데, 기사보다도 삽화가 눈길을 끌었다. 눈을 감고 싶은 생각을 억누르며 지면을 뚫어지게 보았다.

능지처참 형벌을 받은 김옥균 시신이 양화진에서 효수되어 있었을 때의 현장 그림이다.

그림 오른쪽 위에 관과 대역부도옥균(大逆不道玉均)이라고 쓴 관 뚜껑이 어질러져 있고, 그 아래에는 셔츠와 바지 한 벌이 땅위에 내팽개쳐 있는 것처럼 보이지만, 그것을 자세히 보면 머리와 사지가 제각각 떨어져 나간 몸이다. 시신은 엉덩이가 보이는 것으로 엎드려져 있는 걸 알았다. 상체와 하체의 잘린 부분은 흘러나온 피로 응결되어 있는 듯, 온통 검붉게 칠해져 있었다. 그 곁에는 상해 여관에서 입고 있었던 노란색 비단 잠옷이 개어져 있다.

시신의 왼쪽 옆에는 관의 길이 정도인 나무를 세 갈래로 엮어, 굵은 새끼로 묶은 사지를 달고, 그 아래에는 가로 세로 십자형으로 굵은 밧줄을 걸어 머리를 위쪽 방향으로 매달아, 처형 선고문을 쓴 목찰이 드리워져 있다. 세 갈래 효목 옆에는 한층 높게 '대역부도옥균'이라고 쓴 깃발이 세워져 있었다.

홍종우는 사촌형에게 일본신문을 모조리 가져오게 했다.

김옥균 암살의 결정적 순간을, 마치 보고 온 것처럼 삽화로 그려져 보도되었다. 같은 날 신문에는 박영효 암살미수사건도 게재되어 있었다. 박영효를 노리던 이일직이란 자가 사전에 발각돼 고문을 받고, 박영효와 함께 고우지마치 경찰서에 검거되어 사건이 세상에 알려지게 된 것이다. 이것을 본 홍종우의 얼굴은 갑자기 굳어졌다.

"…더구나 김옥균 암살사건과 미연에 막은 박영효 조난사건은 우연히 일어난 사건이 아닌, 이일직이 암살단 수괴로, 상해에서 김옥균을 죽인 홍종우는 그의 부하로 보여진다."

홍종우는 쥐고 있던 문구용 가위를 집어 던졌다. 망명자 암살 칙명을 받은 자가 자신 외에 있다 하더라도 이상하지 않지만, 자신이 이일직의 부하라고 지목받는 치욕에는 견딜 수가 없었다. 고종은 홍종우가 프랑스에서 배운 것을 신지식이라고 인식해, 성공하면 총리교섭통상사무아문 독판 자리를 약속한 다음 직접 명을 내린 것이다. 홍종우는 증인인 민영소에게 따져 물으려고 생각했지만, 신문의 오보라 하더라도 말하는 것이 비참했다. 암살 기사 이후, 일본신문에 김옥균의 이름이 나오지 않는 날이 없었다.

오카모토 류노스케가 빈손으로 귀국한 것이 김옥균 동지들의 분노를 더욱 격렬하게 만들었다. 우인회에서는 일본 외무성에 강경한 요구를 내놓았다. '오토리 공사[19]는 김옥균 시신 인수와 홍종우 인도를 조선정부에 제기할 것', '이번 오코시 상해 총영사의 만행을 엄중하게

---

19) 오토리 게이스케(大鳥圭介, 1833-1911): 일본 정치가. 에도막부 군대의 서양식 훈련을 담당했고, 뒤에는 중국 청국과 조선의 공사로 부임하여 추밀원고문이 됨.

징계 처분할 것'이라는 내용이다. 일본 외무성은 그 이전에 각의를 열어, 이번 사건에 관한 조선정부와의 어떤 교섭도 없다는 태도를 결정했기 때문에, 우인회의 요구는 받아들일 수 없는 모양이었다. 인도 요구가 있으면 응할 수밖에 없는 조선정부의 무대책을 알고 있는 만큼, 홍종우는 이 때 만큼 일본 외무성 의연한 태도가 고마운 적은 없었다.

그러나 이때부터 자신은 절대로 일본과 상종할 수 없다는 걸 깨달으니, 일본인마저 싫어졌다. 김옥균을 노리던 도쿄에서의 4개월 동안, 일본 동지와 김옥균과의 두터운 교분은 충분히 알고 있었다. 홍종우는 고종을 배알하고 초조하게 진언했다.

"김옥균 동지들은 반드시 복수를 계획하고 있음이 틀림없습니다. 청국, 러시아 어느 쪽이든 편중하지 말시고 적당하게 이용해 일본을 견제하는 것이 급선무라고 생각합니다."

홍종우는 고종으로부터 약속받은 자리를 슬며시 재촉했다. 일본을 적으로 돌린 이상, 서둘러 요충 자리에 올라 조선에서 일본세력을 제거하는 정책을 취해야 한다.

"당장 총리아문 독판에 기용하는 것은 일본에 의혹을 사게 될 것이다. 그러니 잠시 동안 형세를 살핀 뒤에 정하도록 하라."

고종은 그렇게 말하고, 승정원의 '승지' 자리를 주었다. 왕명 전달이나 출납 등이 주된 임무라고 말하면 듣기는 좋지만 그곳에는 향실 금루까지 포함되어 있는 자리다. 향실(香室)은 불당이다. 조선은 불교를 금지하였다고는 하나, 궁정에서는 불교 행사도 성대하게 행해졌다. 금루(禁漏)란 시간을 알리는 직무다. 남자가 한평생 포부를 갖고 있을 곳이 아니다.

김옥균 암살 공적이 아직도 생생한 지금, 홍종우는 고종에게 접근할 기회가 많았던 것은 정말로 행운이라 여겼다. 겨우 형조 재판소장 자리를 받은 건 귀국하고 나서 두 달째가 되던 때, 동학당 진압을 위해 청국 군대가 아산에 상륙했다고 들은 다음 날이었다.

김응식이 방문해 왔다. 입신출세에는 그다지 관심이 없는, 본성이 착한 김응식과 대화하고 있으면 홍종우는 마음이 편안해졌다. 민영소의 소개로 여명을 받는 기회를 만들어 준 사람인 만큼, 소홀히 대할 수 없었다.

"종우, 언제 자네에게 말한 적이 있었지. 녹두라는 별명의 남자…"

"아아, 대원군의 청지기였던 남자 말인가?"

"그렇다네. 역시 보통내기가 아니었어."

김응식은 커다란 코를 벌름거렸다. 녹두라는 별명인 남자를 보통내기가 아니라고 알아본 것이 자랑스러운 모양이다.

"그게 말일세. 그 자가 동학당의 전봉준이라는군."

"동학당은 대원군과 관련이 있는가?"

홍종우는 그렇게 말했지만, 그 순간 중대한 걸 떠올렸다. 홍종우는 이제까지 자신의 일밖에 생각하지 않았다. 주어진 자리에는 실망했지만, 고종에 대한 충절만은 틀림없는 사실이며, 총애만 얻어 둔다면, 언젠가 총리아문 독판은 물론, 영의정(정부수반) 자리 또한 바라볼 수 있다고 스스로 위로해 하고 있던 차에 중요한 정국 움직임을 잊고 있었던 것이다.

동학당 진압을 위해 청국 군대가 출동하는 것은 쉬운 일이 아니다. 외국 군대가 들어오는 것은 갑신정변 이후 천진조약 때로, 청일이 조선에서 철병한 이래 10년만이다.

"이보게 응식이, 동학당은 어찌 되었는가?"

홍종우는 조급하게 물었다. 인간의 자유와 행복을 자신들 손으로 쟁취하자는 동학 교의가 오랜 기간 악정에 시달린 민중들의 마음에 스며들어, 탐관오리의 사복을 채우기 위한 세금 징수에 응하지 않은 결과, 정부가 탄압을 계속해 왔다는 건 홍종우도 알고 있다. 최근 수년 간 고국을 떠나 있던 홍종우에게는 그러한 정세 흐름을 이해할 수 없었다.

"대표자들이 왕궁 앞에 앉아 있던 게 재작년이었나…"

김응식은 교조 신원과 탄압 해지 청원이었다고, 그 당시 일을 떠올리며 얘기했다.

유불선을 아우른 동학은 경상도 경주 유생인 40세 수운 최제우가 창시한 것으로, 남부지역에 널리 퍼져 있었다. 그가 말한 도(道)는 하늘에서 받은 것으로 천도교라고 이름을 지었다. 하지만 백성을 어지럽히고 치안을 방해한다고 하여, 정부는 교조 최제우를 체포하여 참수형을 시켰다. 고종 즉위 전년이다. 37세의 젊은 나이로 2대 교주가 된 최시형은 탄압에 맞서 싸우며 30년 동안 동학 포교에 힘써왔다.

"정부 탄압을 늦추기 위해서는, 우선 기세혹민(欺世惑民, 세상을 속이고 백성을 혼란시킴) 죄명을 받은 교조의 억울함을 푸는 것이 선결되어야 한다는 것에서 청원을 한 것이나…"

그 때의 청원은 받아들이지 않았던 탓에, 남부지역 일대의 소란이 점차 커져, 교조 신원과 탐관오리 규탄 외에 '척왜양창의(斥倭洋倡義)'라는 일본 및 그 외 외국을 배척하는 양이 명분도 더해졌다. 정부는 선무사 어윤중을 파견하여 해산시켰다.

"근본적 해결에는 미치지 못했지."

"그렇다고 한다면."

"그들의 요구를 무엇 하나 받아들이지 못했네…"

김응식도 뒷말을 흐렸다. 그것은 홍종우도 상상하던 바다. 돈으로 매수한 자리인 만큼, 본전을 회수하고 그 이상의 축재를 하기 위해 지방관은 가렴주구(苛斂誅求, 세금 따위를 혹독하게 징수함)한 것이 눈에 선했다. 관직을 판 궁정은 그것을 막을 도리가 없는 모순에 처지에 놓인 것이다.

"무기를 가지고 있지 않은 상대에게 군대를 파견해 해산했지만 이번엔 상황이 달라. 교도 외에 농민들도 무장봉기했는데, 그 총수가 바로 전봉준이라네."

"대원군과 관련이 있는가?"

홍종우는 아까부터 같은 질문을 되풀이했다.

"그건 잘 모르겠네. 큰일이 아니었으면 좋겠네만."

민씨 일족을 섬기는 김응식이 염려하는 것도 무리가 아니었다. 하지만 과거 민씨 일족 덕에 입신했던 홍종우 또한 마찬가지였다. 민란을 일으킨 것만으로 동학당 목적을 달성할 수 없을 것이다. 일찍이 군대를 부추겨 임오군란을 일으키게 한 대원군의 민씨 타도 집념과 동학당 목적은 일치했다. 동학난은 홍종우에게 무관하지 않다.

4

청일전쟁이 시작됐다. 홍종우가 김옥균 시신을 선물로 가지고 귀국한 지 5개월 만의 일이다.

일본은 메이지 27년(1894년) 8월 1일에 선전포고를 했지만, 그 이전에 이미 전쟁에 돌입해 있었다. 청국은 조선정부의 의뢰로 내란 진압을 위해 섭사성 인솔 하 군대 3천명을 보내어, 동학당이 소란을 피우는 지역에 가까운 충청도 아산으로 상륙한 것은 6월 5일이다.

6월 9일에는 일본군함 7척이 이미 인천에 입항했고, 귀국 중이던 조선공사 오토리 게이스케는 육군 3백 명과 함께 경성으로 진입했다. 3일 후에는 혼성여단(混成旅団, 서로 다른 여러 병종으로 구성된 부대로 약 4천명 이상) 선봉대가 입성했다.

천진조약을 생각해 봐도, 조선인으로서는 무슨 일인지 몰랐다. '청일 양국이 조선에 출병할 때에는 상호 통고할 것'만 기억할 뿐이다. 이홍장이 통고 없이 출병했다고 생각할 수 없으며, 한 쪽이 출병하면 상대편 또한 출병한다고 정해져 있는 것도 아니다. 청국이 조선정부의 의뢰로 내란진압을 위해 출병했다고, 일본까지 파병하는 것은 이해할 수 없었다. 조선침략이 메이지 정부수립 이후 일본의 숙원이라 하더라도 너무나도 불합리하다.

7월 23일 일본 해군은 풍도 앞바다에서 청국 군함을 격침시키고, 이틀 후 일본 육군은 경성 남쪽에 위치한 성환에서 청군을 격파했다. 조선 궁정은 사태수습을 위해, 오토리 게이스케의 터무니없는 내정간섭을 받아들여, 6월 23일 군국기무처[20]를 설치했다. 민씨 일족은 쫓겨나고, 대원군의 섭정 아래 김굉집이 17명 회의원의 총재가 되었다.

이보다 먼저 동학당에는 14명의 일본인이 가담했다. 어느 누가 수

20) 1894년 7월 23일 일본군이 경복궁을 점령한 다음 흥선 대원군을 추대한 친일파 정권이 수립. 조선 후기 갑오개혁을 추진하였던 최고 정책결정 기관으로 1894년 12월 17일에 폐지됨.

령이라고 할 것도 없이, 천우협[21]이라고 이름붙인 현양사 사람이다. 뭔가 계기를 잡고 싶어 했던 일본 군부가 사주한 교란부대다. 이전 오사카 사건의 자유민권론자들과 전혀 다른 흑막에 싸인 집단이다.

'척왜양창의(斥倭洋倡義)'이란 기치를 내건 동학당이 왜인의 응원을 받아들인 것은 그들이 가진 무기나 화약에 관심이 있어서였다.

민병과 농민이 합세한 혼성 동학당이 점차 전투에 지쳐갈 무렵, 청일 양국이 전쟁을 시작하려는 긴박한 상태에 놓여 있었다. 놀란 동학당은 일단 싸움을 그만두었다. 천우협 무리들도 동학당과 결별하고 경성으로 향했다.

일본군의 승리가 자신들에게 유리하다고 판단한 동학당은 세 번 진군했지만, 벽지에서 준동(蠢動, 불순한 세력이나 보잘것없는 무리가 법석을 부리는 것)하던 그들에게 예측도 하지 못할 만큼, 중앙 정세가 급변했다. 대원군은 일본군이 전승한 것을 이용해 경성으로 진격해 오려는 동학당을 토벌하라는 명령을 내렸다. 토벌군 뒤에 일본군이 있다는 사실을 알면 놀라지 않았을까. 동학당은 충청도 논산 격전을 마지막으로 패하고 말았다.

전쟁터가 된 조국에 박영효가 돌아왔다. 망명자 신분인 탓에 경성으로는 직접 가지 않고, 인천에서 편지로 고종에게 갑신정변에 관해 경위를 보냈다고 한다. 대원군은 부하인 이준필을 서둘러 인천에 보내, 복명(復命, 명령받은 일을 집행하고 나서 그 결과를 보고함)을 기

---

21) 천우협(天佑俠): 1894년에 발발한 동학난 당시, 동학당을 지원한다는 명목으로 부산 외국인 거류지에 있던 일본인들이 결성한 장사 집단.

다려 '박영효의 뜻'을 고종에게 아뢰었다. 일본세력의 도움으로 정권을 다시 잡은 대원군에게 박영효의 등장은 위협의 대상이었다. 고종에게 아뢴 내용은 이준필의 복명과 관계없이 이미 결정된 것이나 다름없다고 소식통들은 전했다.

인천에서 한 달이나 발이 묶인 박영효는 9월이 되어, 겨우 고종의 소명을 받았다. 이준필은 경상도 현감으로 임명되었으나, 그 날 밤 누군가에 의해 살해당했다. 대원군에겐 이준필이 인천에 심부름을 한 사실만이 필요했지, 부하 한 명의 목숨은 개, 돼지만도 못했던 것이다.

일본 육군은 북상해서 평양을 함락하고, 10월에는 압록강을 건너 만주로 진격했다. 황해 해전과 더불어 일본의 승리는 결정적이었다.

조선 국내에서의 전쟁이 가라앉을 즈음, 전권대사 이노우에 가오루가 '내정개혁안 20개조'를 들고 왔다. 국정 문란의 최대 원인인 궁중과 부중(府中, 의정부)의 혼란을 바로잡고, 민비의 정치 간섭을 경계하는 것이 주요 내용으로, 종래의 불투명한 일은 모두 일소하고자 하였다. 민비는 이노우에 가오루 공사를 접견하고 겉으로나마 개혁안을 찬성했다.

투지가 넘칠 것으로 보였던 대원군이 결국 운현궁으로 돌아왔다. 일본군에게 옹립되면서도 마지막까지 청국 승리를 믿고, 청국 장교 섭지성과 연락을 취한 증거서류를 압수한 이노우에 가오루 공사에게 면책당해, 경복궁에서 쫓겨난 것이다. 그리고 이노우에 가오루는 군국기무처를 해체한 제 2차 김굉집 의정부 내무독판에 박영효를 추천했다. 금릉위 박영효가 친일 의정부 독판이 되었으니, 눈부실 정도의 권세가 예상되었다.

의정부에는 각 부에 일본인 고문을 채용되었다. 일본제국이 20여 년 걸려 만들어낸 문물제도는 단기간 의정부에서 의논되어, 민정에 적합할지 어떨지는 둘째 치고, 마치 법령을 내는 것만이 목적인 양, 조선인에게 강요했다. 이즈음 이노우에 가오루와 법무고문 호시 도루 사이가 나쁘다는 소문이 들려 왔다. 불화의 원인은 알지 못하더라도 호시 도루 편이 되고 싶을 정도로, 조선인은 이노우에 가오루를 싫어했다.

명조(明朝) 시대 제도를 본받았던 행정 각 부도 새롭게 명칭을 바꾸었다. 홍종우가 기대했던 총리교섭통상사무아문은 외무아문이 되고, 각 아문의 장관은 모두 대신이라는 직명이 되었다. 홍종우가 소속된 형조는 법무아문으로 바뀌었지만, 그는 잠시도 버티지 못하고 재판소장을 그만두었다. 정계 밖에 존재하는 사법기관이라고는 하나, 친일개화당 의정부에 계속 있을 수가 없었다.

홍종우는 박영효가 경성에 왔을 때, 이미 대원군의 개인감정만으로 살해당한 이준필의 운명이 자신과 똑 닮았다는 걸 느꼈다. 세월은 흘렀다고 하나, 고종이 자객으로 보냈던 사람이 이제는 용서받아 대신이 된다면, 홍종우의 입장은 어릿광대일 수밖에 없는 일이다.

재판소장을 그만 둔 것에 미련은 없었다. 모든 일이 의정부에서 결정되어 재가를 올리는 새로운 형태의 군권 축소로 고종이 불만을 가지고 있다는 걸 들었을 때 홍종우도 결심했다. 외국으로부터의 내정 간섭에 구역질이 날 만큼 화가 난 것은 비단 홍종우만이 아니라 하더라도, 고종의 자객이 되어 유능한 인재를 암살한 과거를 가진 한, 입이 찢어져도 새로운 정치를 칭송할 수는 없었다. 기회주의자만은 되고 싶지 않다고 생각했다.

  박영효가 내무독판이 된 당초, 개혁의 일환으로 먼저 민비를 폐하
고, 여러 해에 걸친 학정을 전국 백성에게 사죄시킨다고 전해졌지만,
그것이 실현된다고는 누구 하나 믿지 않았다. 누가 지배자가 되든 지
금보다 편안해 질 거라고 생각하지 않았다. 학정에 익숙해졌다라고
말하려는 것일까. 이노우에 가오루 공사가 박영효를 민비의 감시 임
무를 맡겼다고 들었을 때, 홍종우는 실소를 금치 못했다. 서로 원수지
간이니까 박영효가 민비의 정치 간섭을 저지할 수 있을 것으로 생각
했다면, 개혁안의 미래는 뻔한 것이다.

  홍종우는 박영효 주변을 알아봤다. 민비는 소안동에 있는 거대한
저택을 박영효에게 주었다. 일찍이 민씨 일족을 모두 죽이려고 했던
남자에게 이러한 조치야말로, 민비답지 않는 술수다. 그것은 박영효
의 죄를 용서하는 것이 아니라, 그 이상 큰 보답을 위한 포석이다. 박
영효는 서둘러 몇 명인가 첩을 들여와, 유량 10년의 힘든 고생을 한꺼
번에 보상받으려는 듯했다. 문란한 사생활만으로 박영효의 정치적 신
념이 썩었다고 단언할 수 없지만, 민비에 회유되었는지 어떤지는 조
만간 알게 될 것이다.

  이 해 연말에는 독립서고(誓告, 임금이 중요한 국사를 종묘에 알
림) 식전이 있었다. 고종 스스로 종묘에 독립을 선포하는 날이지만,
정무는 홍범 14개조의 서고조항을 각 대신과 논의해 결정하되, 왕후
세자빈과 외척 간여는 허락하지 않아 왕실사무와 구분하였다는 등의
조항을 포함해, 징세 및 그 외 시정관련 모든 일은 이전에 이노우에
가오루 공사가 제시했던 20개조의 내정개혁안을 집약한 것이다. 고
종은 대군주 폐하, 민비는 왕후 폐하라고 존칭하게 되었다. 홍종우가
고종 옆에서 개인적 감정을 배제하고 객관적으로 본다면, 근대국가로

탈피하는 모양새는 갖추어졌다.

새로운 한해를 맞이했다. 일본거류지에는 전쟁 승리에 맞춰 일본에
서 건너온 사람들이 늘어나고, 호수(戶數)는 이백 수십 세대, 인구는
천 이, 삼백 명을 훌쩍 넘었다. 홍종우가 일본행을 정했던 때를 생각
해 보면 세 배의 증가다. 구마모토 현 사람 아다치 겐조[22]와 구니토모
시게아키[23]가 국한문 신문인 〈한성신보〉[24]를 발간했다.

봄이 되어 놀라운 사실이 밝혀졌다. 지난 해 11월 법무 협판(차관)
김학우를 암살한 범인이 체포되어, 취조가 진행되던 중에 알게 된 사
실이다. 동학난을 사주한 자가 대원군이며, 청국 공사 원세개와의 공
모 아래 시행된 것이다. 러시아공사 베베르가 귀국한 틈에 조선 궁정
으로부터 내란 진압을 청국에게 요청하게 해서 생색을 내게 하려는
계획이었다. 게다가 그것은 두 번째 폐왕음모사건과 연관되어 있었
다. 즉 김학우 암살은 계획의 시작에 불과하며, 대원군이 자신의 손자
이준용을 왕위를 올리려고 한 것이다. 동학당이 봉기해 경성을 습격
하면 고종이나 왕세자도 몽진할 걸 대비해, 고종 부자와 의정부 주요

---

22) 아다치 겐조(安達謙藏, 1864-1948): 1894년 동학난이 발발하자 조선에 건너옴.
   일본판 신문 〈조선시보〉와 국한문 신문 〈한성신보〉를 발행함. 또한 사장겸 신문
   기자로 청일전쟁에도 종군기자로 참여함. 1895년 민비시해 계획 및 참여로 투옥
   되었으나 나중에 석방됨.

23) 구니토모 시게아키(國友重章, 1861-1909): 신문기자로 오쿠마의 조약개정안에
   반대했다. 또한 1895년 〈한성신보〉 주필로 민비시해사건에 연좌되는 등 국권론
   자로 행동함.

24) 〈한성신보(漢城新報)〉: 일본 외무성의 기밀보조금으로 창간된 〈한성신보〉는 격
   일간 4면 가운데 3면은 국한문 혼용, 1면은 일어의 격일간으로 발행됨. 이 신문은
   일본의 조선침략을 위한 선전 기관지로, 당시 경성에서 발간되는 유일한 신문이
   었다. 을사조약 후인 1906년 8월에는 통감부에서 〈한성신보〉와 역시 일본인이 발
   행하던 〈대동신보〉를 인수, 통합하여 통감부의 일본어 기관지 〈경성일보〉가 됨.

인물을 죽이고 정부를 전복시켜, 왕위 찬탈을 계획하고 있었다. 하지만 실제 동학당은 청일군의 출병이라는 뜻밖의 상황에 해산했기 때문에, 계획만으로 그치고 만 것이다.

이러한 이준용 일당 관련자 처벌에 대해 미수사건이라 극형을 처할 필요는 없다는 의견이 많았으나, 박영효만이 가혹한 형벌을 주장하며 법관 회의를 몇 차례 거듭한 모양이다. 이것은 이전에 대원군으로부터 참소(讒訴, 남을 헐뜯어서 없는 죄를 있는 듯이 꾸며 고해바치는 일)당해, 인천에서 금족(禁足, 규칙을 어긴 벌로 외출을 금지하는 일)을 당한 원한도 한 몫 했음이 틀림없으나, 홍종우는 이 사실을 박영효가 민비에게 보답하는 첫 번째 선물이라고 보았다.

위해위[25] 총공격으로, 8개월 간 계속된 전쟁은 끝났다. 3월부터 시모노세키에서 시작한 강화회의로, 조선독립이 정식으로 확인되었다.

그 때 김옥균을 죽이지 않았다면, 홍종우는 그렇게 생각하는 것이 괴로웠지만 현재 세계정세로 보아 평화적으로 독립국이 되는 것은 불가능했다. 이번 독립만 하더라도, 결국 청국을 벗어나 일본 지배하에 들어갈 뿐이라 생각하며 미약하게나마 자신을 위로했다.

일본은 러시아, 독일, 프랑스로부터 삼국간섭 결과, 시모노세키조약 조인 후 일주일도 지나지 않아 배상으로 얻은 요동반도를 영구히 포기한다고 선언했다. 그것은 우연히도 이준용 일당 관련자 21명에게 극형 판결이 내려진 것과 같은 날이었다.

5월 13일, 조선 음력으로 4월 19일을 홍종우가 어째서 오래도록 기

---

25) 위해위(威海衛): 산둥반도의 북쪽 끝에 있는 항구도시. 3면이 바다로 둘러싸이고 전면에 류궁섬이 천연의 방파제를 이루며, 수심 12m의 부동항이다. 일찍이 청국 북양함대의 근거지였으나 1895년 청일전쟁 때 일본군이 점령함.

억하고 있는가 하면, 조만간 이 날을 기점으로 박영효 실각 조짐이
나타났다고 봤기 때문이다.

요동환부라는 일본의 수모와 대원군 일파의 실각은 둘 다 민후[26]에
게 낭보였다. 남은 한 가지, 일본세력 제거에 성공한다면 박영효는 이
미 이용가치가 없게 된다.

박영효는 홍종우의 예상대로 움직이기 시작했다. 이노우에 가오루
공사에 대한 배반뿐만 아니라, 친일개화당 의정부를 와해시켰다. 수
반 김굉집과 탁지부대신 어윤중이 연달아 사직한 것은 군부대신 조의
연을 실각시킨 박영효의 음험한 책모에 분개한 것이라고 한다. 이리
하여 결국 의정부 실권은 박영효 손에 들어왔다.

친일개화당이 쇠퇴했음에도 불구하고, 박영효의 변절은 또다시 홍
종우의 앞길을 막았다. 자신과 같은 하찮은 자의 부침이 시류의 정세
에 좌우된다는 것 또한 한심했다. 자신이 김옥균의 원한에 사로잡혀
있는지도 모른다 생각하니 온몸에 오한이 든 적도 있다.

이노우에 가오루 공사가 귀국하게 되었다. 삼국간섭에 가장 강경했
던 러시아가 조선에 세력을 뻗치려는 걸 알고, 그 대책 협의차 귀국한
것이 틀림없지만, 조선인들 사이에서는 이노우에 가오루가 조선개혁
에 실패하고, 더욱이 박영효에게 혼이 나서 도망간 것이라는 소문 일
색이었다. 그것은 이노우에 가오루가 일본으로 떠나기 전날에 독립기
념제가 개최되었기 때문이다. 독립서고 식전을 마쳤음에도 불구하고,
시모노세키조약을 기다리지 않고 개최한 두 번째 기념제는 져서 도망
가는 이노우에 가오루 공사에게 쐐기를 박는, 민후의 액막이였던 것

---

26) 본 원문에서는 민비 호칭과 관련하여 중궁(中宮), 민후(閔后)로도 쓰여 있다.

이다.

대규모 가든파티 회장은 동쪽에 위치한 창덕궁 안쪽 비원에서였다. 조선인과 일본인은 물론 모든 외국인에게 발송된 초대장 만해도 6천 장이라는 소문이 나돌았다. 일본인이 모여 있는 장소를 피하던 홍종우이지만, 민후의 통쾌한 모임을 경축하고 싶은 마음에 밖으로 나왔다. 몸치장한 군중이 창덕궁을 향하고 있었다. 그들은 독립기념제에 출석하는 손님들을 구경하러 가는 것이다.

종로거리와 정(丁)자형으로 된 큰 거리 북쪽에 창덕궁이 있다. 정문인 돈화문에 다가서니, 수만 명의 군중이 몰려있었다. 지체 높은 관리가 탄 말 네 마리용 마차나 양반이 탄 아름다운 비단으로 장식된 가마가 도착하면, 군중 사이에서 환성이 쏟아졌다. 독립이란 미명 아래 어떤 비판도 갖지 못한 군중들의 떠들썩함 속에서도, 이와 같은 민후의 울분을 푸는 송별회에 이노우에 가오루가 올지 안 올지를 내기하는 자도 있었다.

군중물결에 밀려, 홍종우는 커다란 아치형 문 근처까지 오게 되었다. 그곳엔 강렬한 아카시아 꽃향기가 떠돌고 있었다. 자세히 살펴보니 아치형 문은 아카시아 이파리로 만들어져, 지금은 한창 하얀 꽃송이를 늘어뜨린 채 가지런히 피어있었다. 5월 25일, 양력으로 6월 19일이다.

홍종우는 온몸 전체가 안타까운 심정에 들끓었다. 버젓한 벼슬자리에 안주하려고 안달한 지 몇 년째인지, 자연 속 꽃향기를 맡고 있으니 잊고 있었던 일들이 생각났다. 아카시아 꽃향기는 프랑스 파리를 떠올리게 했다. 꽃 이름 따위에 관심 없던 홍종우도 마로니에와 라일락만큼은 알고 있었다. 이 두 가지 꽃과 아카시아 꽃향기는 서로 닮았다.

그날이야말로 분노의 날이니,
세계를 재로 돌아가게 하리라,
다윗과 시빌라의 증거와 같이

홍종우는 '사자를 위한 대 미사'[27] 때 합창된 〈분노의 날〉 악장을 띄엄띄엄 생각해 냈다. 파리 성당에 있었던 1년간, 이교도의 노래를 부른 적은 없었지만, 머릿속 어딘가에 들어 기억하고 있던 것이다. 누구를 위한 미사인가. 아카시아 꽃향기를 핑계 삼아, 박영효의 죽음을 바라는 잠재의식이 악장을 떠올리게 한 것이라면, 비록 천주교인이 아니라 하더라도 김옥균을 죽여 더럽혀진 이 손은 더 이상 깨끗하게 할 수는 없다. 아니 이제 와 성인(聖人)의 흉내를 내는 것이 아니다. 다만 아카시아 꽃향기는 누구를 원망할 것 없는 안타까움과 애달픔을 자아낼 뿐이었다.

참석한 손님들이 모두 문 안으로 들어가자, 군중은 깊숙한 곳에 위치한 가든파티 회장까지 볼 수 없었던 까닭에, 흩어지기 시작하더니 일부는 종로거리로 향했다. 홍종우는 인기척이 드문 오른쪽 길로 빠져 나왔다. 그 곳은 창덕궁과 서쪽에 위치한 경복궁을 잇는 길이다. 두 개의 왕궁 중간에 운현궁이 있지만, 동학당 사주나 폐위음모 발각 이후, 대원군은 성 밖 공덕리 별장에 유폐되어 있다고 들었다. 저 화염목을 본 날부터 이미 10년이 지났다.

---

27) 프랑스 작곡가 베를리오즈가 만든「사자를 위한 대 미사」제 2곡 '분노의 날(디에스 이레)'로, 1836년 그가 33세 당시 내무대신으로부터 전 해 혁명 기념일에 일어났던 국왕 암살사건의 희생자 추도를 위해 작곡을 의뢰받고 이듬해 1837년 6월에 10곡으로 완성함.

"성대한 행사가 아닌가."

차분한 일본어였다. 홍종우는 뒤쪽에서 누가 자신에게 말을 건 것이 아닐까. 착각할 만큼 목소리가 가깝게 들렸다. 순간 뒤돌아보려 했으나 황급히 목덜미에 힘을 줬다.

"이노우에 가오루 손 따위 빌리지 않아도, 확실히 독립해 갈 거라는 암탉의 거센 울음소리라고 해야 하나."

좀 전의 목소리보다 다소 나이가 어린 장사인 듯한 느낌이 들었다. 홍종우는 턱을 안쪽으로 당기며, 재빨리 안경을 썼다. 사실 언젠가 안경을 쓰는 신분이 되어 보이려고 애쓴 적이 있었다. 하지만 이를 위해 피비린내 나는 일을 맡아 떳떳이 안경을 쓸 수 있는 신분이 된 것도 한 순간, 내정개혁 덕에 양반 이외는 안경을 쓸 수 없다고 하는 어처구니없는 습관이 사라지고 없었다. 지금은 아버지 유품도 양반을 과시하기 위한 것이 아닌, 도수 없는 변장용 안경이 되었다.

"일반적으로 그렇게 생각하고 있는 것 같네만, 우연이라네. 이노우에 가오루도 국가의 원로이지 않은가, 상갓집 개 신세를 면하려고 삿사 고쿠도[28]와 시바 시로가 박영효를 설득해 이 기념제를 연 것일세. 말하자면 독립감사제이지."

삿사 고쿠도는 현양사와 매우 닮은, 구마모토 자명회[29]의 우두머리라는 건 홍종우도 알고 있었다. 시바 시로는 홍종우가 김옥균을 상해로 유인해 내는데 도움받은 소설 『가인의 기우』의 작가 도카이 산지

---

28) 삿사 고쿠도(佐 克堂, 1854-1906): 원래 이름은 삿사 도모후사(佐 友房). 구마모토 출신 교육자, 언론인, 정치가. 고쿠도(克堂)는 호.
29) 자명회(柴溟會): 구마모토에 근거를 둔 국권주의 정당. 1881년 9월, 삿사 도모후사를 중심으로 결성함. 개인의 자유를 배척하고 국가주의를 표방, 교육에 힘씀.

다. 두 사람 모두 조선에 관심을 가진 일본 중의원 의원이다.

"박영효가 이노우에 가오루에게 감사의 뜻은 전했는지요?"

"바로 그 점일세. 감사인사 따위 싫다고 거절당해서는 창피하니 말이네. 그것은 오늘 기념제 위원장 김가진이 말한 것 같더군."

두 사람 일본인은 비밀을 요하는 얘기가 아니다 하더라도, 주위가 조선인뿐이라 그런지 개의치 않고 큰소리고 말했다.

"박영효가 조선에 귀국한 것이나, 관직을 얻은 것도 이노우 가오루 덕분이죠."

"겉보기엔 그렇지만, 모두가 왕비의 거래지."

"하지만 철천지원수…"

"그게 보통 우리들과는 다른 점이라네. 민비가 대원군과 이노우에 가오루를 멋지게 내쫓지 않았는가? 왕비가 암탉이라면 노인 양반은 싸움닭이지. 지난 30년 동안 조선역사를 보게나. 인물이나 역량 모두 싸움닭이 암탉보다 못한 걸…"

"일본은 꼬치구이에도 못 쓰는 싸움닭을 좋아 하잖아요."

"여자를 대등하게 다루는 걸 굴욕이라 여기는 국민성 때문이지. 박영효를 다루는데도 인천에서 금족 따위를 일시적 수단으로 부린 싸움닭에 비해, 왕비의 거래는 뛰어나지. 죽여도 성에 차지 않을 놈인 만큼 오히려 이용가치는 높은 법이라네."

"그럼 박영효는 전당포에 전당잡힌 물건이군요. 말년엔 어차피 물건이 넘겨 질 운명이란 걸 모르고, 이자를 지불하며 소중히 다루어져 있다고 착각하는 걸 보면 말이죠. 영악한 조선인에게 어울리지 않는 어리석은 놈입니다."

"허나, 그의 입장에서 보면 딱할 노릇이지."

홍종우는 자신의 귀를 의심했다. 조선인조차 질려버린 박영효의 변절을, 일본인 한 사람이 비호한다고 생각하지 않았기 때문이다.

"박영효가 어째서 이노우에 가오루를 배반하게 되었는가? 변절자란 단순한 말로는 이해할 수 없어. 내정개혁을 한다 해도 근본적인 문제는 손대지 않고, 지엽말절(枝葉末節, 하찮은 일)만 하니. 이는 이노우에 가오루가 자랑하는 로쿠메이칸처럼 속은 없고 겉으로만 번지르르한 것과 마찬가지야. 그러니 조선인에겐 울분을 풀 방법이 없는 거야. 그걸 박영효가 자신 한 몸에 떠맡아, 민중 대신에 이노우에 가오루에게 항변한 꼴이니, 조선인으로서는 마땅히 그를 성원해야지."

"그리 말하시니 그렇군요."

"박영효의 의중으로 추측할 수 있는 건, 내정개혁의 병폐를 제거하기 위해 왕비에게 접근하는 게 첫 시작임은 틀림없으나, 그것이 속 좁은 이노우에 가오루의 신경을 건드려, 박영효를 배은망덕한 놈이니, 배신자라고 믿어버린 걸일세. 적인지 아군인지, 흑인지 백인지를 확실히 구분하지 않으면 마음이 놓이지 않는 이노우에 가오루의 속 좁은 성격은 외교관으로서 부적절한 인물이야. 게다가 일본의 힘으로 독립시켰다는 생각이 온종일 머리에 박혀있지. 박영효 쪽에선 독립국이라면 독립국답게 하고 싶다는 생각에 사사건건 이노우에 가오루와 이견이 대립할 수밖에."

"우리는 두 사람이 서로 대립한다는 것만 알 뿐, 구체적인 사실까진 알지 못합니다."

"박영효는 제일 먼저 병력 정비, 두 번째 경찰력 확충, 세 번째 법률제정을 주안점으로 세웠지. 이노우에 가오루는 그걸 급진적이라 하며, 성가신 조직기구를 만들어 조선인을 괴롭혔다네. 박영효도 문물제도 개혁은 일본의 것을 모방할 계획이었지만, 사사로운 것까지 간섭해서야 일할 맛이 나겠는가. 자넨 이노우에 가오루가 일본정부에 신청한 조선개혁자금인 은화 5백만 엔 차관 경위를 알고 있는가?"

"아니요. 듣지 못했습니다만…"

"3년 후부터 돈을 갚을 것. 태환(兌換, 지폐를 본위 화폐와 바꿈) 지폐를 사용할 것. 조선에서 지폐를 발행해서는 안되며 조세와 해관세를 담보할 것 등등 일세."

"상당히 가혹한 조건이군요."

"박영효가 반대해 백지화됐지. 3년 후부터 갚을 돈이라면 빌릴 필요가 없고, 독립국이 자국의 지폐 발행을 중지하며 다른 나라 태환 지폐를 통용시키는 따위는 당치도 않은 일로, 담보 조건에도 응할 수 없었던 거야. 그러한 이치에 맞는 말이 이노우에 가오루의 마음에 들지 않았던 게지."

"과연."

"그 일로 박영효는 또 하나의 적을 만들었다네. 그건 바로 일본거류민일세. 전쟁 승리도 거듭되다 보니, 조선정부에 치외법권 요구를 부탁하러 갔지. 내무대신 박영효 소관 밖의 일이지만 일본통이다 보니 강요받았을 게야. 하지만 그는 국익이 되지 않은 일은 단호히 거절했어. 그렇게 거절당하자, 일본거류민은 배은망덕한 놈이라고 떠들어댔지. 그리고 이제 와서 박영효가 일본을 의지해 국정을 개혁하고자 했던 생각을 후회했는지도 몰라."

"왠지 서글픈 얘기군요. 말씀을 듣는 김에, 저도 경솔한 판단은 그만두겠습니다. 그런데 기쿠시마 씨, 가든파티는 시작도 하지 않았는데 어째 나오셨습니까?"

기쿠시마라는 이름을 듣고, 홍종우는 등줄기가 오싹했다. 김옥균이 효수되었던 양화진 현장 삽화를 보낸 신문기자 기쿠시마 겐조[30]로, 〈국민신문〉 통신원이다.

"접수처에 가 출석 확인시키고, 그 자리에 모인 참가자들을 보는 것만으로 됐네. 축사 내용 따위 듣지 않아도 뻔하지."

두 사람은 동시에 웃었다.

"그렇다하더라도 김옥균이 살아 있었다면…"

또 다른 일본인의 목소리다. 홍종우는 뒤에서 포승줄이 날아와 목을 조르는 것 같았다. 도망가고 싶다는 마음과는 달리, 가렵지도 않는 목덜미를 긁는 척하며 걸음을 멈춰, 일본인 두 사람과의 거리를 좁혔다.

"나도 지금 그걸 생각하고 있었네. 시모노세키에서 이홍장을 노린 멍청한 놈들은, 조선이고 일본이고 어느 나라나 있기 마련이야."

"김옥균이 살아서 박영효와 함께 정권을 잡는다면, 좀 더 훌륭한 조선이 되었을까요?"

"그건 모르지. 나야 김옥균을 만난 적이 없으니…"

기쿠시마는 오사카 사건과 관련해 고바야시 구스오의 김옥균 평에 대해 이야기했다. 고바야시는 김옥균을 경솔한 사람으로 판단해, 동료로 생각하지 않았다고 한다. 홍종우로서는 처음 듣는 얘기다. 전에

---

30) 본 작품에 등장한 기쿠시마 겐조(菊島謙三)는 실존인물인 기쿠치 겐조(菊池謙讓, 1870-1953)이라고 생각된다. 기쿠치 겐조는 구마모토 출신으로 도쿄전문학교(현, 와세다 대학)을 졸업하고 그 후 민우사에 입사. 그리고 〈국민일보〉 기자로 조선에 건너와, 청일전쟁 때에는 종군기자로 활약했다. 후에 '민비암살사건'에 관여해 한 때 일본에 돌아갔으나, 1895년 다시 아다치 겐조(安達謙藏) 등과 함께 〈한성신보〉 창간에 참여함.

읽었던『국사범 공판방청필기(國事犯公判傍聽筆記)』에는, 상해로 가는 비용이 많이 들어 함께 갈 수 없었다고 밖에 진술되어 있지 않았기 때문이다.

"생각건대, 김옥균의 조선개혁 신념은 틀림없지만, 약자를 동정하는 일본인이 너무 거물 취급한 경향도 있어. 그 점에 있어서 박영효는 달라. 철두철미하게 정권욕의 화신이지. 김옥균의 동지가 아니야."

"그러면 그 홍종우라는 경박한 놈이 한 짓은 일본에게 오히려…"

"일본은 둘째 치고, 아마도 박영효를 위해서도 좋은 기회였을 거야."

이게 무슨 말인가. 홍종우는 온몸에 모멸감이 치달았다. 목구멍에서 치밀어 오르는 처참한 비명을 지르며 앞으로 뛰쳐나갔다. 그리고 그대로 땅바닥에 몸을 내동댕이치고 싶었다. 김옥균 살해는 조선의 손실이라 여겨 주저하며, 자신의 출세를 위해 결행했던 것이 일본뿐만 아니라 박영효까지 기쁘게 한 결과가 되었다니, 홍종우는 지금 미쳐버리는 것이 도리어 행복할 거라 생각했다.

민후는 삼국간섭에 가장 강경했던 러시아와 한층 더 친밀한 관계를 가졌다. 민후에게 있어서 급선무는 일본세력 제거와 이전 대원군이 쫓아낸 민씨 일족의 부흥이다. 민씨 일족이 부활하면, 과거 그들을 모두 죽이려고 했던 박영효가 설 자리는 없다. 이용할 가치가 없는 남자를 처치하는 민후의 솜씨도 볼만하다.

홍종우는 박영효가 실각할 날을 기다렸다. 현재 세계를 둘러보면, 미개국 추장과 같은 조선왕 부부의 부활을 기대하는 건 시대에 역행한다는 통절한 마음을 금할 길 없지만, 이젠 자신의 활로가 열리는 방향으로 나아갈 수밖에 없는 체념에 가까운 기분도 갖게 되었다.

그 날은 생각보다 빨리 찾아왔다. 반역죄로 체포영장이 발부된 걸, 사전에 안 박영효는 또다시 인천에서 일본으로 망명했다. 독립기념제가 있고 한 달 후의 일이다. 그 이유를 들어보니 우습기 짝이 없었다. 사사키 도메조라는 일본 낭인(浪人, 무가 시대에 녹을 잃고 매인 데 없이 떠돌던 무사를 말함)이 금릉위 저택을 방문한 것이 계기였다. 박영효가 외출해 집에 없을 때, 사사키는 같은 저택 안에 사는 최흥익을 방문했다. 미리 온 두 사람 손님이 있었지만 금릉위 저택 안이라 안심해서인지, 사사키는 두 사람과 함께 필담을 나눴다.

"박영효는 가까운 일본인 유지의 힘을 빌려, 왕비 폐위운동을 일으킬 거라고 들었는데, 잘 진척되고 있습니까?"

문맹인 최흥익은 답변을 할 수 없었다. 하지만 또 다른 손님이 가져가 궁정에 밀고해 버렸다.

사사키가 썼다는 내용도 전혀 근거가 없는 것은 아니었다. 민씨 일족의 부활로 고립무원이 된 박영효가, 간신히 장악하고 있던 건 일본의 지도로 만들어진 훈련대다. 그런데 훈련대 대장 우범선과 한강에서 배를 타며 모의했다는 소문도 떠돌았다. 이를 일본 낭인이라는 자가 그냥 놓칠 리가 없을 것이다. 사실 일본인은 대원군이나 박영효가 아니면 마음이 놓이지 않기 때문에, 그가 이전의 죄를 뉘우치고 왕비 타도를 선언한다면 협력하는 것은 당연지사다. 그것은 사사키 도메조의 필담과도 이치가 맞는다.

박영효의 망명으로 의정부는 와해되고, 후속 수반은 의외로, 예전에 조의연 문제로 사직한 친일파 김굉집이 되었다. 이러한 인사 단행은 잔존한 일본세력과의 의리를 굳게 지켜 러시아를 견제하는 민후의 술수였다. 각 부의 일본인 고문들을 해고하고, 김굉집 의정부 조직을 약화시켜, 러시아공사 베베르를 새로운 의정부 고문으로 임명했다. 결과적으로 민비는 일본이 제안한 개혁안을 무용지물로 만들어, 관리 임명이나 면직, 징세 등의 정무 전부를 궁정이 장악하도록 하였다.

홍종우는 낙담했다. 더 이상 그가 나설 기회가 없었다. 이전에 김굉집이 사직하여 친일파 세력이 약해졌음에도 불구하고, 박영효의 존재가 홍종우를 막았다. 그러한 박영효가 망명했는데도 또다시 이런 몰골이다. 김옥균을 살해한 걸 부끄럽게 여기고 깨끗이 은퇴해 술집 주인이든 매음굴 주인이라도 되어, 쉽게 돈 버는 편이 분수에 맞다고, 스스로 비웃으면 비웃을수록 가슴 속에 묵직한 응어리가 쌓여 들어갔다.

5

그 끔찍한 을미사변이 일어난 건 이노우에 가오루 후임으로 미우라 고로[31]가 오고 나서 한 달이 지난 일로, 고종 32년(1895년) 10월 8일(음력 9월 20일) 새벽녘에 일어난 사건이다.

사실 을미사변은 어차피 일어날 예정된 사건이라 말할 수 있다. 이노우에 가오루 후임 공사로, 조슈 출신의 미우라 고로가 부임한 것이 9월 1일이다. 인수인계를 마친 이노우에 가오루는 9월 13일 조선을

---

31) 미우라 고로(三浦梧樓, 1846-1926): 일본 군인, 정치가. 1895년 주한공사로서 조선에 부임한 그는 10월 8일 민비시해사건을 주도함. 이러한 사실은 당시 궁궐에 있던 미국인 다이(M.W.Dye)와 러시아인 기사 사바틴(H.N.Sabatin)이 현장을 목격한 것에 의해 알려졌다. 이 후 미우라는 일본에 소환되었으나 석방됨.

떠났다.

러시아, 독일, 프랑스의 삼국간섭은 조선에게도 커다란 자신감을 주었다. 민후는 러시아의 위세를 빌려 일본에 저항했다. 이 때 삼국간섭으로 무기력해진 일본을 일거에 무너뜨리려고 했던 것이다. 러시아 공사 베베르가 조선궁정과 보다 친밀함이 더해졌을 뿐만 아니라, 이 시기에 정동구락부[32]라는 각국 간의 사교장이 만들어졌다. 연회장은 손탁 호텔이다. 경성에서 최고급 호텔로, 베베르 부인의 여동생 손탁 (Sontag)이 경영했다. 일류 일본여관의 특등 숙박료가 3엔 50전하던 것에 비해, 손탁 호텔은 일등 숙박료가 8엔이나 했다.

조선 정치가들은 빈번하게 정동구락부에 출입하기 시작했다. 각국 공사가 정동에 모여 있던 곳에서 나온 명칭으로, 영국영사 애스톤, 미국공사 실, 프랑스공사 블랑시, 독일영사 라인스도르프, 선교사인 언더우드와 아펜젤러, 초빙무관 제너럴 다이와 제너럴 리센들 그 외 경성에 살고 있던 서양인 기술자들이 주로 찾았다. 정동구락부는 사교장이라기보다 국제외교 창구이기도 했다.

각국 공사가 인접한 정동에서는, 이와 같이 화려한 사교가 널리 펴지고 있는데 반해, 멀리 남쪽 목멱산(남산) 아래 왜장대[33]에서 멀리 떨어진 일본공사관은 조선궁정으로부터 소외되어, 미우라 공사는 이노우에 가오루보다 11세나 젊은 49세임에도 불구하고 전쟁에서 사망한 장병들의 명복을 비는 경문 베끼는 데 여념이 없었다.

---

32) 정동구락부(貞洞俱樂部): 구한말 서울 정동에 있었던 서양인과 조선 개화파 중심으로 한 사교 모임.
33) 왜장대(倭將台 혹은 和將台): 임진왜란 때, 남산 북쪽 산허리에 왜장들이 쌓아올린 성채.

정동구락부가 날로 번영하는 것과 달리, 친일파 대신들은 배척당했다. 그런데 외교관 경험이 없고 경문 베끼기에 열중한 퇴역 육군소장인 미우라 고로를 자극시킨 건, 일본인 고문 해고에 이어, 일본 육군사관이 육성한 조선훈련대가 해산된 일이었다.

10월 7일, 궁중은 일본공사관에 군부대신 안동수를 보내어, 오후에 훈련대를 해산시킨다는 공문을 전달했다. 안동수도 친일파이니 훈련대 해산이 끝나면 어차피 해임될 처지였다. 안동수가 미우라 공사와 대화하는 중, 제2 훈련대장 우범선이 찾아왔다. 박영효와 한강에서 배를 타고 왕비타도 모의를 했다는 소문이 퍼진 차에, 결국 훈련대 해산으로 우범선은 궁지에 몰렸다. 우범선은 미우라 공사에게 훈련대를 해산시킬 것이라면, 대원군을 받들어 거사를 일으키자고 강변했다. 그리고 결행 시기를 앞당기자는 말에, 미우라 고로는 결심을 굳혔던 것 같다.

오카모토 류노스케는 대원군을 방문하여, 그가 정권욕을 버릴 리가 없다는 걸 이미 확인해 두었다. 결행은 10월 중순으로 예정되어 있었다. 대원군 별저에 온 방문자들의 이름은 주위를 감시하던 순검에 의해 즉시 궁정에 내통되었기에, 궁중 고문관에서 해고된 오카모토 류노스케는 귀국 인사라는 명목으로 방문을 끝내고, 그 길로 인천으로 가 10월 중순까지 기다렸다.

미우라 고로가 대원군 입성 시기를 서두른 건 훈련대가 해산된 상황에 경비대로 사용할 수 없기 때문이다.

미우라 고로는 인천에 있던 오카모토 류노스케에게 전보를 치고, 그 날 오후부터 활동 개시하였다. 일본인 유지 무리들은 아다치 겐조가 맡고 있는 한성 신문사로 모였다. 그리고 또 다른 무리들은 왜장대 근처 일본공사관 언덕 아래 위치한 파성관[34]으로 갔다. 파성관은 정치가들이 머무는 일식 고급여관이다. 일본거류민에게 눈치채지 못하도록, 평소에 사람 출입이 많은 곳을 집합장소로 선택한 것이다. 파성관에는 시바 시로가 머물고 있었는데, 그는 일본인 유지들의 참모격이다.

해가 저물고 나서 사람들의 눈에 띄지 않도록 출발했다. 오카모토 류노스케는 인천에서 한강 근처인 양화진까지 와, 대원군 입궐 취지서를 가져 온 공사 서기관 호리구치 구마이치를 만나, 공덕리 아소정[35]으로 향했다. 공덕리는 서대문 밖 서남 약 10리 떨어진 곳이다. 다른 길을 통해 온 자들도 합류해 수십 명이 집결, 감시하던 순검을 포박했다.

한밤중이 되자 그 자리에 모여 출발 준비를 하던 사람들 모두 '조선 만세'를 외치며 기세를 올렸다. 출발에 앞장 선 오카모토 류노스케는 가마를 따라오는 수십 명에게 궁중에서 폭거를 경계하도록 했다. 서대문에 도착하자, 성문에는 이미 준비된 '국태공 입성(國太公入城)' 현수막이 걸려 있으며, 훈련대는 대기하고 있었다. 이윽고 일본거류민 수비대 병사들도 서대문에 도착했다. 시민들이 들고 일어났고, 함성은 격렬해 졌다.

그날 아침, 문밖의 심상치 않은 낌새에 홍종우는 벌떡 일어났다. 집

---

34) 파성관(巴城館): 현재 충무로 2가에 있던 일식 고급여관으로 을미사변을 모의하던 곳.

35) 아소정(我笑亭): 흥선 대원군이 사용하던 별장으로 서울시 마포구 공덕리에 위치함. 참고로 '아소'란 대원군이 자신의 일생을 회상하며 너무나 덧없음을 스스로 조소한다(我笑)는 뜻에서 아소정이라고 붙임.

의 남쪽 서대문 방향에서 함성이 들렸다. 문 밖을 나가보니, 이미 절음발이 사촌형이 홍종우보다 재빠르게 뛰는 듯한 자세로 서대문을 향하고 있었다.

홍종우는 문뜩 발걸음을 멈췄다. 날이 밝아지려는 이 시각에 서대문 주변이 소란스러운 건 뻔한 일이다.

그것은 오직 대원군 입성이다. 민후가 일본 세력을 배격하고 군권을 옹호시킨 댓가로 러시아에게 함경도 항구 하나를 개설하도록 한 것은 공공연한 사실이며, 그것과 함께 조만간 대원군이 일을 벌일 것이라는 것도 항간에 자주 떠돌았다. 그 때문에 민후는 대원군의 공덕리 별장에 30명의 순검을 배치하여 감시한다고 들었다. 대원군이 경복궁으로 입성한다면 길은 하나, 서대문에서 동쪽으로 종로거리를 가는 수밖에 없다. 홍종우는 발길을 돌려, 사직동에서 광화문 거리로 내달렸다.

아니나 다를까, 흰 옷을 입은 훈련대가 구보로 종로거리에서 광화문 거리로 왔다. 카키색 군복을 입은 일본 군대가 이어지고, 대원군이 타고 있을 거라 생각되는 가마 양쪽을 병사가 아닌 일본인이 경호하며 그 뒤에도 훈련대와 일본 군대가 따라 오고 있었다. 총 백여 명 정도의 군대로 삼엄했다. 대원군 입궐 행렬인 것은 누가 봐도 분명했다. 도대체 무슨 일이 일어났지 모르는 군중은 환성으로 맞이했다.

가마가 광화문으로 들어올 즈음, 후속 군대가 잠시 멈췄다. 밖에선 보이지 않지만 실랑이가 있었던 모양이다. 하지만 그것도 아주 잠시였다. 마지막 후미에 있던 군대가 광화문 안으로 다 들어왔을 때, 궁전 안에서 총성 소리가 들렸다. 길가에 무리를 짓고 있던 군중은 총성에도 놀라지도, 물러서려고도 하지 않았다.

총성은 오랫동안 이어지지 않았다. 대원군은 필시 정권 탈환의 마지막 기회라고 생각했을 것이다. 홍종우는 임오군란을 떠올렸다. 대원군이 군대를 사주해 왕비를 죽이려고 했고, 생사도 알지 못하는데도 불구하고, 의복만으로 거짓 장례식을 치루었다. 민후를 죽이는 일이 대원군 필생의 염원이었다고는 하나, 지금은 그 때와 다르다. 지금 경성에는 세계 7개국 외교단이 있다. 말하자면 주요 열강이 지켜보는 가운데, 적어도 왕후 폐하께 해를 가하는 짓은 하지 않을 거라 여겼다.

홍종우의 예상과는 달리, 유언비어는 민후에 관한 불길한 소식뿐이었다. 누구도 민후의 모습을 본 자가 없다고 한다. 그날 밤 홍종우는 김응식을 찾아갔다. 그런데 김응식이 아직 귀가하지 않아, 그 길로 그의 상전인 민영소 저택을 들러보았지만, 굳게 닫혀진 문 안에서는 대답이 없었다. 민영소는 청일전쟁 중 대원군이 일시 정권에 복귀했을 때 쫓겨나 충주 조호원으로 도망가 있다가, 최근 다시 특진관으로 임용된 자다. 하지만 이번 일로 또다시 몸을 숨겨야 할 처지다.

"중궁이 죽었다는군."

어디서 소문을 듣고 왔는지 사촌형은 방 안으로 뛰어 들어와, 탄식하는 목소리로 말한 건 사건이 있은 지 3일째였다. 사촌형의 말을 들어보니 민후는 훈련대 출동을 미리 알고, 왕궁에서 고용한 미국인 제너럴 다이와 제너럴 리센들에게 경호를 부탁하는 한편, 일본공사관에 세 번이나 구원 요청 사신을 보냈다고 한다. 이제 와 부탁할 처지는 못되지만 일본공사에게 대원군 입성을 저지시켜, 이번 기회에 잘만 되면 대원군과 일본 세력 모두를 몰아낼 책략이 있었던 것 같지만, 명민한 민후에겐 처음 겪은 잘못된 착오였다.

일본공사관으로부터 구원병이 오지 않는다는 걸 알고 도망치려는 순간 죽음을 맞이한 듯, 방이나 복도 여기저기 피가 사방으로 흩날려 있었을 뿐, 시체는 발견되지 않았던 것이 오늘에 이르러 옥호루 뒤편에 있는 오래된 우물에서 찾았다고 한다.

"이학균이란 놈이 자신의 목숨을 부지하려고, 민후가 계신 장소를 가르쳐 줬다는 게야."

이학균은 정동구락부에도 자주 심부름을 보냈던 민후가 총애하는 신하였다.

"죽인 게 왜놈인가?"

홍종우의 질문에, 사촌형은 잠시 생각하고 나서 "그렇다네"라고 대답했다. 즉답을 피한 것은 들은 이야기라서 확증이 없어서였는지 모르나, 직접 지시한 것이 설령 훈련대 병사라 하더라도, 이번 민후 학살은 일본인 손으로 일어난 것이다.

사촌형은 그 날 아침 경복궁 안에서 일어난 상황도 자세히 듣고 왔다.

궁정 경비를 의뢰받은 제너럴 다이와 제너럴 리센들은 시위대 60명을 지휘하며 응전했지만, 상대방 숫자에 겁먹은 병사들은 이내 뿔뿔이 흩어졌다. 문 밖에서 홍종우가 들었던 총성은 이 때 일어난 소리였던 것이다.

태원전에서 소명을 기다리던 대원군은 오전 8시 30분이 되어, 건청궁에서 고종을 배알하며 "왕 측근의 간신이 큰 화를 불려 일으키는 것을 방관할 수 없어 예궐했다"는 취지를 아뢨다. 열어 젖혀진 궁궐엔 세수도 못한 흐트러진 모습의 시녀들이 시종하고 있을 뿐, 민후의 모습은 없었다.

그런 궁궐 상황을 듣던 홍종우는 분했다. 민후가 자약(自若, 침착하여 당황하지 않음)해서 왕 곁에 있었더라면, 대원군이나 무뢰한 일본인이라 하더라도 손 끝 하나 건드릴 수 없었을 것이다. 대원군 입성을 들은 것만으로 민후가 낭패한 건 스스로 돌이켜 봐도 이번만큼은 순순히 끝나지 않을 거라고 체념했던 것인가.

사촌형의 얘기는 계속됐다.

9시에 예궐한 미우라 공사는 고종에게 대원군의 국정 보좌를 경축했다. 그 직후 러시아공사 베베르와 미국공사 실이 예궐했지만, 고종 곁에 있던 대원군과 미우라 공사를 보고, 예사롭지 않은 일이라 여겼는지, 몇 마디 말도 없이 퇴궐했다고 한다.

대원군이 입궐한 날, 김굉집을 수반으로 한 의정부는 어윤중, 서광범, 조의연, 유길준 등 친일파로 조직되었다.

각국 외교단은 왕비 살해가 대원군의 필생 염원인 것을 알고 있으나, 실제로 칼을 지닌 일본인까지 궁중에 난입해 잔혹한 사건을 일으킨 일본 또한 책임이 있다고 추궁했다. 이에 당황한 일본 외무성은 고무라 쥬타로[36]를 변리공사로 보내는 것과 동시에, 육군성과 해군성, 사법성에서도 조사단을 파견해 미우라 고로를 포함한 48명 일본인들을 조선 퇴거명령 및 히로시마 감옥에 구류했다. 그들 일행은 둘로 나누어, 먼저 인천을 출항시킨 것은 사건이 일어난 지 11일째인 10월 19일이고, 뒤이어 출항시킨 것은 이틀 뒤인 21일이었다.

36) 고무라 쥬타로(小村壽太郎, 1855-1911): 일본 메이지시대 외교관. 일본 제국주의의 대륙 팽창정책을 추진한 인물로, 1910년 한일병합조약을 추진하는데 주도적 역할을 함.

을미사변이 발생한 지 10일도 지나지 않아, 고종은 전국에서 13세 이상의 왕비 후보자를 모집했다. 이는 각국 공사의 격심한 비난을 샀다. 민후 횡사 직후, 새로운 왕비를 모집하는 고종의 마음을 국민도 헤아릴 수 없었다.

대원군이 섭정에 복귀해, 죽은 민후를 상민으로 격하시키려고 했으나 의정부의 반대로 결국 이루지 못했다. 다만 간신히 빈 지위로 떨어뜨려 국상도 치루지 못했다. 황후황비 이하 나인은 측실인 탓에, 빈으로 격하된 민후를 국상으로 하기엔 적합하지 않다고 생각했던 것이다. 이러한 일련의 상황을 결부시켜 생각해 볼 때, 새로운 왕비 모집은 고종의 의지가 아니라, 빨리 정식 황후를 맞이하여 민후를 묵살하고 싶은 대원군의 의중에서 나온 것은 아니었을까 하고 홍종우는 어디까지나 고종 편에서 생각했다.

새로운 왕비 모집이 무산되자, 고종은 42세가 되는 과거의 연인 엄상궁을 불러들여 귀인으로 승격시켰다. 갑신정변 후, 장빈이 민비 때문에 감옥에 갇히자, 호색한 고종은 즉시 34세의 엄상궁과 관계를 맺었던 것이다. 민비가 이를 잠자코 있을 리가 없었고, 엄상궁은 이내 궁중에서 추방당했다. 사실 엄상궁은 상민 출신으로 9살부터 궁녀로 시중들었는데, 그녀의 친정 조카 엄주익이 종로에 있는 면직물 가게의 도제 일을 시작해, 20세가 되어 겨우 주인에게 인정을 받기 시작한 즈음이었다.

홍종우는 궁중에서 추방되어 조카에게 의지하러 온 엄상궁을 알고 있었다. 물장사를 할 당시, 그 면직물 가게에도 이따금 들른 적이 있기 때문이다. 첫 눈에 반할 만큼 장빈의 요염한 아름다움을 알던 홍종우는, 작고 아담한 코에 비해 피를 빠는 거머리와 같은 두꺼운 입술에 앞니가 드러난 엄상궁의 외모를 보고, 같은 남자가 사랑한 여성이라고는 도저히 믿을 수 없었다.

이처럼 새로운 왕비 모집의 무산과 엄상궁 재등장은, 대원군이 제대로 권력도 못 휘두르고 일찍 공덕리 별장으로 은퇴했기 때문이다. 76세의 노령으로, 숙적 민후를 영원히 매장했다는 데서 오는 마음의 해이함과 미우라 공사의 출국에 이은 일본세력의 후퇴로 나약해진 탓일까. 과거 홍종우는 장빈의 친분으로, 한 번은 대원군에게 부탁해 보려고 생각한 적이 있었지만, 고종에게 목숨을 바치고 나서 배신하지 않기로 다짐한 뒤로는 여태까지 변함없었다. 대원군의 행적을 돌아보면, 지금까지 30년 국정보단 줄곧 민비의 복수에 여념이 없었던, 게다가 완고한 양이주의자로 있으면서도 일본인에 붙잡히자 정권욕에 이용되기만 한 이 절조 없는 늙은이가, 홍종우도 이젠 싫어진 만큼 민후를 애도하는 마음은 깊어갔다.

신정부는 단발령을 공표했다. 고종 스스로 단발하여 모범을 보였지만, 학부대신 이도재를 필두로, 단발을 거부한 채 관직을 그만 둔 자들도 많았다. 집집마다 방문해 강제로 단발한 일반민중 사이에는, 시골로 도망한 자도 있었다. 지방에서 오는 행상인들도 성문에서 순검이 단속하는 걸 알아 들어오는 자가 없으니, 시장이 열리지 않는 성내는 이내 일용품이 부족하였다.

홍종우는 국풍(國風, 한 나라의 독특한 풍속이나 풍습)을 함부로 바꾸는 단발령이 몹시 싫었다. 파리에 있었을 때조차 자르지 않았던 머리카락이다. 이것만은 끝까지 지키려고 했다. 뭐 하나 뜻대로 되지 않는 상황에서, 단발령에 대한 저항만큼은 적어도 그의 시름을 달래주었다. 일본인이 경영하는 이발소가 단발령 덕분에 하루에 20엔이나 벌어들인다는 소문을 들은 것만으로 불쾌하기 짝이 없었다.

결국 단발령은 정부 실각의 원인이 되었다. 고종과 왕세자가 러시아공사관에 이례적으로 체류한 것은, 강원도에서 봉기한 민후의 복수를 다짐한 의병과 단발령을 반대하는 농민이 합류해 경성에 쳐들어와 일본인을 모두 죽이려고 한다는 불온한 소문이 떠돌았기 때문이다. 베베르는 러시아수병 백 명을 경성에 투입해 공사관에 주둔시키고, 대원군 입궐 때 의정부 경질로 해임당한 농상공부대신 이범진, 학부대신 이완용과 모의해 고종 부자를 대사관으로 데리고 왔다.

사실 이범진은 일찍이 남사당 미소년으로 민후가 아꼈으며, 갑신정변이 일어났던 밤에도 침실에서 시중을 들 정도로, 그 총애가 점점 더 심해져 지금은 친러파의 중진이 되었다. 그와는 달리 이완용은 처음엔 영미파였지만, 기회를 보는 데 재빠른 면이 있어 어느새 친러파로 전향했다.

아관파천으로 고종이 위급하다는 소식을 듣고 달려간 김굉집은 살해되고, 도지부대신 어윤중 또한 자객의 손에 죽었다. 게다가 다른 친일파 요인들은 일본으로 망명하니, 정권은 다시 친러파로 옮겨졌다.

민후를 잃은 조선 정계는 냉정함을 잃어버린 듯 했다. 고종이 외국 공관에서 머문다는 나라의 치욕적인 사태를 초래한 것도 결국은 민후의 죽음에서 발생한 일이다. 일본세력의 확충을 위해 대원군을 이용한 미우라 고로이지만, 왕비 살해에 의해 일본은 곤경에 처하게 되었다. 이는 국제적 신용을 실추하면서까지 대원군의 야망을 채우기 위해 저지른 것으로 그치지 않을 것 같았다. 일본에 있어 조선이 뜻대로 되지 않는 최대 원인이 민후의 존재였다고 한다면, 일본인의 민후 살해가 해결 방법이라고 생각했는지 모르나, 그로 인해 청일전쟁의 희생을 치루면서까지 얻었던 조선 지배는 1년도 가지 못하고 와해되고 말았던 것이다. 그리 생각하니 홍종우는 크게 웃고 싶었으나, 죽은 민후가 떠올라 간신히 참았다.

일본세력이 후퇴한 건 조선인에겐 고마운 일이다. 하지만 홍종우는 갑신정변이든 을미사변이든 조선을 지배하려고 저지른 일이 빈번히 실패한 일본 위정자들의 판단력을 의심하는 것과 함께, 한편으론 두 번의 실패에 대한 반격이 두려운 위구심도 있었지만 일본인을 멸시하는 마음을 굳이 감추려고 하지 않았다.

고종 부자가 1년 이상 장기 체류한 러시아공사관을 나온 것은 조선에서 세력균형을 유지하기 위한 러일 협상이 모스크바에서 체결되었기 때문이다. 고종 부자는 러시아공사관에 가까운 경운궁(현재 덕수궁)으로 환어했다. 경복궁도 동쪽의 창덕궁도 『예기(礼記)』에 규정된 대로 남면(南面, 임금이 앉던 자리의 방향)한 천자의 궁전이다. 경운궁도 경복궁과 마찬가지로 조선 태조 이성계가 조성한 것으로, 동쪽으로 향한 궁전이다. 황폐해져 있던 탓에 3백만 엔을 들여 수리와 증축을 시작했다. 다만 이채롭게도 조선에선 처음으로 르네상스식 석조전으로 지었다.

홍종우는 고종이 관례를 무시하며, 민후의 처참한 기억이 떠도는 경복궁에 돌아가고 싶지 않은 기분은 동정했지만, 그것은 단지 감상에 불과했다. 동쪽으로 향한 경운궁 정문인 대한문 동남쪽에는 청국과 일본공사관이 있었으나, 고종이 환어하고 나서는 종래의 후문이었던 서쪽 정동으로 향한 대안문을 장대하게 개축했다. 그리고 정동에 있는 외국공관 사신들은 대안문으로 출입할 수 있도록 했다.

이를 전후로 해, 고종은 경운궁에 가까운 남별궁을 개축해 환구단[37]
으로 고치고, 그곳에서 성대한 식전을 올려 황제라 칭하며, 조선국호
를 대한(大韓)으로 바꿨다. 연호는 일세일원(一世一元, 임금 일대에
연호를 하나만 쓰는 일)란 규정을 깨고 광무(光武)라고 개원했다. 그
리고 민후를 위해 청량리에 광대한 릉(陵)을 조성했다. 민후와 대원
군 두 사람의 폭군에게 조종당하며 위엄이 없던 고종이 실로 즉위한
이래 33년인 45세, 명실공히 국왕의 자리에 군림했다는 심경을 나타
내려고 한 것인지. 민중들은 입을 모아, 30년이 지나서야 고종이 민후
로부터 배운 외교술을 철저히 터득하게 되었다는 걸 화젯거리로 삼았
다.

궁정에서는 43세에 네 번째 왕자 은(垠)을 임신한 엄귀인의 세력이
대두되었다. 종로에서 면직물 가게를 경영하던 조카 엄주익이 궁정
어용상인들에게 위세를 떨치며, 엄귀인을 중전으로 만들기 위해, 궁
정에 돈을 뿌린다는 소문도 들려 왔다.

홍종우가 재판소장을 하고 있을 즈음, 법부대신 이근택이 엄귀인
일파로 중용되었다. 홍종우는 이근택에게 부탁해 보려고 했지만, 이
미 과거 때처럼 억척스런 마음은 사라졌다. 게다가 이근택은 원래 민
후에 의해 등용되어 출세의 끈을 잡은 인물이다. 임오군란 때 민비가
충주 도호원에 도망갔을 때, 같은 마을에 살던 애송이에 불과했다. 그
런 그가 벼슬길에 오르는 데는 높은 관리의 약점을 잡아 점차 관직을
올라가는 특출한 장기가 있었다. 민씨 일족 계열이었던 그가 엄귀인

---

37) 환구단(圜丘壇): 서울특별시 중구에 있는 대한제국시대의 제단. 현재 환구단은
   1897년 고종의 황제 즉위식과 제사를 지낼 수 있도록, 옛 남별궁(南別宮) 터에 단
   을 만들어 조성한 단지임.

에게 중용된 까닭 또한 타고난 장기를 휘두르며 얻은 자리임이 틀림없다. 홍종우는 격변하는 세상을 보니, 일개의 파벌과 더불어 흥망성쇠에서 오는 공허함을 느끼지 않을 수 없었다.

제3장
운명의 실

1

하쿠타케 고타로는 도쿄전문학교[1] 영어정치과에 다니게 되었다. 와세다(早稻田)라는 한문에서도 알 수 있듯이, 주위는 논밭뿐이었지만 기숙사와 두 동의 학교 건물을 서로 이웃한, 벽돌로 만든 2층 대강당은 학문의 중심으로 위용이 서려있었다. 창립자 오쿠마 시게노부로부터 사비 2만 엔 기부로 만들어진 것이라고 한다.

40세인 학장 시마야마 가즈오는 학생들에게 눈부실 만큼 훌륭한 존재였다. 대학남교(大學南校, 메이지 초기 정부관할 서양학교)를 졸업한 후, 미국 콜롬비아 대학에 진학해, 예일대학에서 법률 박사학위를 받았다는 것만으로도 학생들은 동경했다. 일본에 귀국하고 나서는

---

1) 도쿄전문학교(東京專門學校): 1882년 오쿠마 시게노부에 의해 도쿄에 설립된 사립학교로 와세다 대학의 전신.

도쿄대학 강사와 교수를 역임, 그 후에는 변호사가 되어 국회의원을
몇 번인가 당선되어, 개진당2)의 영수이자 학장을 겸임하고 있다. 그
는 청년들에게 큰 뜻을 품게 하는 이상상(理想像)과 같았다.

영어정치과는 영어 수업에 중점을 두었다. 플라톤이나 아리스토텔
레스, 아담 스미스, 리카르도도 처음에는 기초지식을 얻기 위해 번역
본을 사용했으나, 나중에는 원서로 읽게 했다.

자유교육(liberal education)이란 말이 학내에 퍼져, 문자대로 자유
로운 분위기가 넘쳐흘렀다. 엄격한 무사도 정신으로 철저히 주입된
하쿠타케 고타로에게, 새로운 세계는 상쾌하기 그지없었다. 그리고
제 2외국어로 불어를 배웠다.

학생 생활에도 점차 익숙해서 마음의 여유가 생기면 학업 병행과
더불어 현대사 이해에 힘쓰며 대부분 여름방학을 보냈다. 메이지유
신도 자유민권도, 새로운 정치형태로써 대략적인 이해는 가능했지만,
학문적, 역사적으로 규명하며 파악하는 일은 평소 틈틈이 읽은 두 세
권 책으로는 어림없었다.

학내 현민회(縣人會, 같은 현 출신의 모임으로 향우회)로부터 모임
소식을 들은 것은 신학기가 시작한 9월 하순이었다. 같은 고향 학생
들이 한 달에 한 번 센다가야에 있는 소에지마 저택에 모이게 되어 있
었다. 소에지마에게 도움받은 학생들이 어느 학교에도 있었기 때문에
빨리 연락되었다.

열렬한 애국자이자, 정치가인 소에지마 다네오미는 천하일로 서생
(天下一老書生)이라 자칭할 만큼, 나이가 들어도 여전히 젊은 학생들

---

2) 개진당(改進党): 메이지시대 자유민권운동의 대표적 정당 중 하나.

을 끌어당기는 매력이 있었다.

백작 저택이라 하더라도 호사스런 집이 아니다. 메이지유신 때부터 살았던 집은 지나(支那) 여행비용 때문에, 아리스가와노미야 일가에게 팔았고, 그 후엔 에치젠보리에 있는 나베시마 가(家)의 시모야시키[3]를 월세 17엔에 빌렸다고 한다. 비올 때 지붕이 심하게 새는 바람에, 이홍장의 아들 이경방으로부터 맡겨놓은 휘호용 지나(支那) 비단이 벽장 안에서 곰팡이가 피자, 소에지마는 일본 전국을 뒤져서 같은 물건이 찾아 보았지만 결국 지나(支那)에 주문해서 약속을 지켰다는 일화도 있다. 그리고 지금 여기 센다가야로 이사 온 지는 수년이 되었다. 모임 날은 평소와 같이 넓은 다다미방에 20명 정도의 학생들이 모여 있었다. 미타나 히토츠바시, 그 외 학생들에 비해 역시 도쿄전문학교 학생 수가 많았다.

직접 쓴 칠언절구 액자를 등지며 앉은 소에지마 다네오미는 나이든 탓인지 한층 야윈 몸을 통소매가 달린 기모노로 감싸고 있었다. 그의 모습은 넓은 이마가 벗겨져 올라가 더욱 넓어져 있었으며, 하얀 콧수염은 입술을 덮은데다 그 아래로 수염이 풍성하게 자라 있었다. 수염이 없다면 늘 웃는 얼굴 생김새라고 말하는 학생도 있었지만, 눈초리가 위로 치켜 올라간 눈은 강골한 기백을 나타내 늙었다고 느끼지 않았다. 학생들은 연회석과 같이 ㄷ자형으로 앉아 있었다.

"선생님, 좀 전에 문 앞에 지나간 사람은 혹시 아라오 세이 씨가 아닌가 생각됩니다만."

---

3) 시모야시키(下屋敷): 에도시대에 다이묘나 상급 무사들이 변두리나 교외에 지은 별장.

학생 중 한 명이 말했다. 당상화족[4]이나 새로운 화족[5]도 도노사마
(殿樣, 영주, 귀인에 대한 존칭)라고 불리면서, 에도막부시대에는 고
리대금을 하며 메이지유신에 정상(政商, 정치가와 결탁하고 있는 상
인)이 된 사람이나, 토지매매로 돈을 벌어 벼락부자가 된 사람에 이
르기까지 어전(御前, 귀인의 면전에 대한 높임말)으로 불리웠던 시대
에, 소에지마 백작만은 변함없이 선생님으로 불리웠다.

"자네는 아라오 군을 알고 있는가?"

"구마모토에서 자랐으니까요. 당시 아라오 씨는 13연대에 계셨고,
긴난성[6] 아래 이마 사이고(今西鄕, 지금의 사이고라는 뜻)로 불리며
매우 인기가 있었습니다."

"그렇고 보니, 옛날 사이고 다카모리 군과 닮았군. 하지만 생긴 거
야 아라오 군 쪽이 훨씬 잘 생겼지."

좌중에 웃음소리가 났다. 아라오 세이가 상해에 세운 청일무역연구
소는 청년들이 한 번쯤은 관심을 가진 곳이다. 수업 과정은 3개월로,
현(縣)이 제공한 돈으로 어학이나 무역에 필요한 지식을 습득할 수
있는 게 매력적이다.

"군대놀이할 때도 서로가 '내가 아라오 중위할거야'라고 말하며, 아
이들 모두가 아라오 중위가 되어싶어 합니다."

"그야, 남자가 반하고 싶어 할 정도니 그럴 만도 하지. 이번엔 대만

---

4) 당상화족(堂上華族): 원래 본디 구게(公家) 가문으로 메이지유신 후 화족이 된 귀
   족.
5) 화족(華族): 작위를 가진 사람과 그 가족을 말함. 메이지 초에 생겨 2차 대전 후에
   폐지됨.
6) 긴난성(銀杏城): 구마모토 성의 별칭으로, 가토 기요마사(加藤淸正)가 구마모토
   성을 지을 당시 성내에 은행나무를 심었다는 데서 유래.

에 간다고 인사하러 왔었네."

"대만에 가서 뭘 하십니까?"

"장뇌[7] 사업이라도 개척해 볼까 하고 말했네만…"

잠시 동안 아라오 세이에 관한 이야기가 무르익었지만, 소네지마 다네오미는 그간 사정을 별로 아는 바가 없어 학생들의 질문에 대답하는 식으로 들려줬다.

요컨대, 일본육군 참모본부 지나부(支那部)에 소속된 아라오 세이가, 이전부터 원했던 청국으로 파견된 것이 메이지 19년(1886년) 28살 때라고 한다. 그리고 상해로 건너간 아라오 세이는 공동 조계지 하남정(河南政, 중국 황하 중류 지역)에 있는 안약 세이키스이로 유명한 라쿠젠도 약국의 기시다 긴코[8]를 찾아갔다. 기시다 긴코는 헵번[9]의 일영사전 편찬을 도왔고, 일본 최초로 신문을 발행하거나, 대만 출병할 때는 종군기자를 한 인물로, 보통 약국이 아니었다.

아라오의 임무 중 가장 중요한 일은 작전계획을 용이하게 하기 위해 상대국을 조사하는 것이다. 물론 조사라고 하더라도 육군 중위의 급료로 조달할 수 없어, 설령 비용이 들더라도 누구에게도 아쉬운 말을 할 수 없다. 그래서 청국 관헌의 눈을 속이기 위해, 기시다 긴코의 호의로 한구(漢口, 중국 호북성 동부에 있는 무한시의 상공업 지구)에 라쿠젠도 지점을 열어 약제와 서적을 판매했다.

---

7) 장뇌(樟腦): 색이 없고 반투명의 광택이 있는 결정으로, 특이한 향기가 있는 물질로. 방충제, 방취제, 의약 따위에 쓰임. 대만이나 중국, 일본 등지의 특산물.

8) 기시다 긴코(岸田吟香, 1833~1905): 신문기자, 실업가, 교육자. 특히 안약 세이키스이(精錡水)를 판매하는 등 제약업계의 거물로 알려져 있음.

9) 헵번(Hepburn): 1859년 도일, 전도와 의료 사업을 벌이면서 일본 최초의 일영(日英) 사전을 편찬하고 헵번식 로마자 표기법을 고안.

또한 기시다의 조언으로 지나(支那) 낭인들을 모았다. 혼자서는 이 광막한 대륙에서 아무 것도 얻을 수 없다는 걸 알고 모집한 것이다.

아라오는 동지들을 변발에 지나(支那) 옷을 입히고 약 파는 행상인으로 꾸민 다음 잠복시켜, 3년에 걸쳐 18성(省)을 빠짐없이 조사했다.

"참모본부에다 기대 이상의 보고서를 보냈지."

소에지마의 말에, 학생 중 한명이 질문했다.

"선생님, 그 때부터 일본은 지나(支那)를 가상 적국으로 여겼던 것입니까?"

"그렇게 노골적으로 말할 수는 없지만, 동양 평화는 청국의 치란흥망(治亂興亡)에 좌우되었으니 관심을 갖는 건 당연한 일이야."

소에지마 다네오미는 그리 대답할 뿐 말끝을 흐렸다. 그 점에 관해서는 각자 스스로 알아보아야 할 점이라고 하쿠타케는 생각했다.

"아라오 군이 임무 수행 중에 절감했던 게 청일무역연구소 설립이었다네."

아라오 세이가 군적을 떠나 청일무역연구소를 착수하는 한편, 동업자 네즈 하지메에게 이전의 동지들이 조사한 자료를 편찬시킨 게 바로 『청국통상총람(淸國通商總覽)』[10]이다.

"내가 아라오 의견에 가장 놀라왔던 건 청일전쟁 후 처리에 관한 것이라네."

---

10) 『청국통상총람(淸國通商總覽)』: 1892년에 발행된 전 3권 2천 페이지에 이르는 대작. 주로 청국 상업사정을 언급하면서, 1편에는 상업지리, 통운, 금융, 교통, 생업, 잡기를 2편에는 공예품이나 수산품, 농산품 등 무역 가능한 상품을 소개하는 것과 동시에 3편에는 기후, 풍속, 교육, 종교 등 일본인을 위한 본격 청국지리서로, 일본이 처음으로 중국 실태를 소개한 글로 베스트셀러가 됨.

소네지마 다네오미는 그 때의 일을 자세하게 설명했다.

전쟁 상황이 일본에게 유리하게 되자, 요동반도를 분할해야 한다, 산동을 점령해야 한다, 4백 주(州)를 말발굽에 유린해야 한다는 등 떠드는 게 당시 일반 사람들의 풍조였다. 하지만 강화(講和)에 관한 아리오 세이의 의견은 일반인들이 주장하는 것과는 정반대였다.

"일에는 선후와 완급에 맞는 적절한 조치가 있어야 한다고 말했어. 이 말은 나 또한 찬성이었네. 이게 무슨 말인가 하면…"

이제 막 창업 시기를 맞이한 일본인만큼, 이번 청일전쟁으로 받게 될 배상은 매우 중요하지만, 많은 돈을 욕심내서는 안된다. 하물며 영토 분할은 더욱 그렇다. 현재 서세동점(西勢東漸, 서양 세력을 차차 동쪽으로 옮김)이라는 말이 일상다반사처럼 사용되고 있지만, 그것을 글자 그대로 믿어 일본처럼 요행으로 전쟁에 이겨, 황급히 영토를 빼앗으라고 말한 것은 아니다. 서구제국은 국교(國交)나 군비, 무역 등 청국으로부터 얻어 낼 수 있었던 것은, 매 순간 방심하지 않고 20여 년 세월 동안 축적되어 온 결과로, 이렇듯 지나(支那) 전역에 걸쳐 진중하게 포석해 나가는 중에 갑자기 일본이 끼어들어, 한 개의 성(省)이라 하더라도 영토를 침범하려는 건 선후완급(先後緩急) 조치에서 얻은 것이라고 말할 수 없다. 더구나 그러기 위한 일본의 각오나 준비도 되어 있지 않다. 물론 청국은 전승국인 일본의 요구를 거부할 수 없을 것이다. 그러나 그것은 청국과 최혜국 조약을 맺은 열강을 의미하는 건 아니다. 열강은 간섭하여 일본의 이익을 저지하던가, 아니면 일본이 청국으로부터 받은 것과 동등한 이익을 요구할 것이다. 일본이 한 개의 성(省)을 차지한다면, 그들도 그 즉시 하나의 성을 그대로 빼앗게 두진 않을 것이다. 하물며 일본이 청국의 일성 일군(一省一

郡)을 획득하는 날에는 청국의 16개 성(省)이 사분오열하여 서구제
국의 먹잇감이 되는 날이다. 대부분 홍모벽안(紅毛碧眼, 붉은 머리털
에 푸른 눈. 서양사람) 백인들의 손에 들어간 청국에, 일본이 얼마 안
되는 한 개의 성(省)을 얻은 들 무엇을 하겠는가. 이번 전쟁으로 일본
은 청국에게 한조각의 토지라도 요구해서는 안된다고 소에지마 다네
오미는 장황하게 아라오의 소신을 소개했다.

"물론 우리 동방협회[11]에서도 아라오 군의 의견에 찬성했지만, 애
석하게도 적은 수로는 흥분한 국민을 납득시킬 수 없었네. 많은 병사
들도 죽었으니 말이야."

아라오는 그와 같은 의견을 정리해 『동방의 평화(東洋の平和)』라
는 이름으로 출판했는데, 시모노세키에서 강화 회의가 시작하려는 직
전이었다.

"제군들도 아는 바와 같이, 회의 결과는 삼국간섭과 요동환부였지.
이것으로 아라오 군의 마음속을 헤아리고도 남을 거라 보네."

학생들은 감동한 듯 듣고 있었다.

하쿠타케는 소에지마 다네오미가 말한 동방협회에 관해 물어 보고
싶은 것이 있었다. 일본에서는 자유민권운동 이후, 일부 지식인들에
게 아시아인의 아시아라는 것이 인식되어, 이웃 조선을 민씨 일족의
압제로부터 구제하려 하거나, 백인에게 침략당한 남양[12]을 해방시키
기 위해 일본과 지나(支那)가 서로 제휴할 것을 주장하였는데, 그 구

---

11) 동방협회(東邦協會): 1891년 7월에 창립된 아시아, 태평양지역 연구단체. 당초엔
    남진(南進)론자, 아시아주의자, 무역입국론자가 혼재되어 있었지만, 점차로 아시
    아주의, 국수주의 단체로 성격을 가짐.
12) 남양(南洋): 말레이 군도 필리핀 군도를 비롯하여 태평양 적도 둘레의 해역을 말
    함.

체적인 모임이 바로 동방협회 결성이었다. 통렬한 정치비판을 해내는 가쿠슈인(学習院) 원장 고노에 아쓰마로[13], 남양 전문가 후쿠모토 니치난[14], 오사카 사건의 오이 겐타로, 남양 곳곳을 돌아다닌 적이 있는 국수주의자 시가 시게타카[15]와 〈일본신문〉의 구가 가쓰난[16], 조선에 관심을 가지고 있던 오카모토 류노스케 등이 모였고, 회장으로 소에지마 다네오미가 취임되었다.

미개국 지도와 불행한 나라를 돕는다는 것이 동방협회의 취지였지만, 메이지 정부는 부국강병을 국시로 삼고 군비확충에 힘을 쏟을 때였다. 동방협회의 취지가 어디까지 본심인지, 학생인 하쿠타케로서는 알 수 없었다.

그러한 의문을 갖게 된 것도, 고노에 아쓰마로와 같은 독일 신지식인이 있다고는 하나, 전 세계에 비판의 표적이 된 민비시해사건에 오카모토 류노스케까지 참여했기 때문이다. 그러한 점에 관해 소에지마 다네오미의 의견을 듣고 싶었지만, 신참 하쿠타케에게는 아직 나설 자리가 아니었다.

---

13) 고노에 아쓰마로(近衞篤麿, 1863-1904): 메이지 후기 정치가로, 1903년 현양사의 도야마 미쓰루와 흑룡회의 우치다 료헤이와 함께 대러동지회(對露同志會)를 결성하였고, 이후 추밀고문관으로 임명됨.
14) 후쿠모토 니치난(福本日南, 1857-1921): 일본 저널리스트, 정치가. 1891년 아시아 국가 및 남양군도와의 통상, 이민을 위한 연구단체 동방학회 설립. 그 후 손문의 중국혁명운동에도 관여함.
15) 시가 시게타카(志賀重昂, 1863-1927): 일본 지리학자, 평론가, 교육자, 중의원 의원 역임.
16) 구가 가쓰난(陸羯南, 1857-1907): 일본 국민주의 정치평론가, 〈일본신문〉 사장 역임.

다음 날 일찍 하쿠타케는 학교 도서관에 가, 『청국통상총람』을 찾아봤다. 조사하는 과정에서 희생자가 나올 정도로 어려운 사업이었던 만큼 자료는 상세히 적혀 있었다. 자료에 의하면, 청국과 모든 외국 간의 무역 액수는 8억 엔을 상회하고 있음에도 불구하고, 일본과의 무역 액수는 그 중 2천만 엔에 불과했다. 이러한 사실에 자극받은 일본은 거상들의 출자로 청일무역상회를 만들어, 청일 상품을 진열하고 시판했다. 이는 무역 활성화의 계기를 만드는 것과 동시에, 연구소 학생들 간 실습의 장으로 활용되었다고 한다.

2천 페이지나 되는 방대한 책을 끝까지 독파할 마음은 없었기 때문에, 하쿠타케는 대충 훑어보고는 사서에 반납했다. 이 때 책을 반납하러 온 학생이 하쿠타케가 가져온 책을 바라봤다. 다른 이의 독서에 관심을 갖는 건 흔한 일로, 하쿠타케는 그다지 신경쓰지 않았지만, 출입문에서 좀 전의 본 학생이 불렀다. 하쿠타케는 그가 2학년 상급생이다 요지라는 걸 알았다.

이다 요지는 학내에서도 눈에 띄는 학생이었다. 왜냐하면 스모 선수가 군살을 뺀 듯한 체구나, 평소 청국 유학생들과 지나어(支那語)로 말하며 교정을 걷고 있었기 때문이다. 하쿠타케는 대화한 적은 없지만, 이다의 남자다운 용모에는 호감을 가지고 있었다.

"넌 동양에 관심을 가지고 있니? 아니, 이거 실례했군. 동양인에 대한 질문이 아닌데."

이다를 따라 하쿠타케도 웃었다. 이다는 조금 걷자고 말해, 하쿠타케도 그와 함께 학교 밖으로 나왔다.

"넌 아라오 세이를 알고 있어?"

"해박한 지나(支那)통으로…"

"통(通)이라고 말할 만큼 경박한 사람이 아니야. 아라오 선생님은 1급 동양인이야."

"그럼 알고 있습니까?"

"내 은사님이야."

이다는 그렇게 말하고 스스럼없이 자신의 과거를 말해 주었다. 청일전쟁 당시, 에다지마에 있는 군사학교에 다녔지만, 도중에 퇴학했다. 해군사관이 되어도 언제 전쟁에서 죽을지 모를 뿐더러, 살아남더라도 기껏해야 해군대장이라는 뻔한 진로가 싫었기 때문이라고 한다.

"전쟁 때문이야."

휴가를 받아 교토에 있는 쇼코쿠지에서 좌선하고 있을 때, 늙은 스님으로부터 아라오 세이를 소개받았다.

"아라오 선생님은 청일전쟁으로 곤경에 처했을 때, 교토에 칩거 중이었거든."

"곤경이란 청일무역연구소의…"

"물론 그것도 있지만, 여러 복잡한 일이 생겼어."

이다는 걸으면서 말했다.

청일무역연구소는 발족하고 나서 3년 만에 백 명에 가까운 졸업생을 배출했다. 일본에선 동방협회 등의 활동으로, 동방진흥에 관심을 갖기 시작했다. 아라오는 그 기회를 잡아 상해에서 사업을 확장시켜 남양 방면과의 통상을 기반으로 하는 동방통상협회(東方通商協會)를 만들려고 생각했다.

아라오는 도쿄에 돌아가 개진당의 오쿠마 시게노부, 자유당의 이타가키 다이스케[17], 국민당의 시나가와 야지로[18] 세 당수와 상담해 찬성을 얻고, 총리대신 이토 히로부미의 동의도 얻었다. 보조금 하부(下

付, 정부에서 국민에게 증명, 허가, 인가, 면허 따위를 내려 줌. 내려
보냄)도 내정되어, 나중에는 의회의 정식결정을 기다리기만 하면 되
었다.

그런데 의회에서는 처음부터 불평등조약 개정안이 제기되어 옥신
각신했다. 정부가 발족된 이후 현안인 만큼, 분규가 일어난 끝에 의회
는 해산되고, 동방통상협회의 조성금 지급안은 상정도 되지 않은 채
무기한 연기되었다. 아라오 세이는 내친 김에 결판을 낸 다음 상해에
돌아가려고 일본에 체류하고 있었다.

"그때, 조선에서 동학난이 발생해 청국이 출병한 거야."

군부의 개전론과는 반대로, 이토 히로부미는 국론 통일을 기다려
신중한 태토를 취하고 있었다. 소에지마 다네오미의 동방협회에서도
청일 양국의 제휴를 주장했지만, 한편으로 언젠가는 일전을 벌여야
한다는 마음의 각오 또한 정한 것 같았다.

동방협회의 후쿠모토 니치난이 조선 사정을 정탐하러 갔다. 어떻게
해서든 청일전쟁으로 계기를 잡고 싶었던 군부는 육군참모차장 가와
가미 소로쿠[19]가 현양사의 마토노 한스케[20]에게 동학당 사주를 명했
다. 그들은 천우협이라 칭하고, 후방 교란에 성공한 모양이었다.

후쿠모토 니치난의 눈에 비친 조선 현지의 실정은, 청국은 충청도

---

17) 이타가키 다이스케(板垣退助, 1837-1919): 자유민권운동 주도자로 알려진 정치
   가로, 서민파 정치가로서 국민들로부터 압도적인 지지를 받음.
18) 시나가와 야지로(品川弥二郎, 1843-1900): 초슈 번 출신 정치가.
19) 가와가미 소로쿠(川上操六, 1848-1899): 일본 육군군인, 화족. 참모총장, 육군대
   장 역임.
20) 마토노 한스케(的野半介, 1858-1917): 메이지, 다이쇼 시대 정치가. 현양사 일원
   으로 자유당 입당. 1908년부터 중위원 의원 역임.

아산에 교착상태이고, 일본의 오시마 여단은 인천에서 경성으로 진입하고 있었다. 오토리 공사는 청국과의 국교를 단절해서는 안된다는 일본정부의 훈령 전보와, 혈기에 치우친 오시마 여단 사이에서 곤혹을 치루고 있었다. 후쿠모토 니치난은 민씨 일족이 청국 원조를 의뢰한 까닭에, 이제 와 그들의 입으로 청국 철병 신청은 하기 어려울 것으로 보고, 백성들 손으로 대원군을 옹립해 사태를 수습시켜, 이번 기회에 일본 세력을 확장해야 한다고 판단, 귀국했다.

아라오 세이와 상담한 지 일주일이 지나, 조선에 갈 2백 명을 모았다. 총대장은 아라오 세이로, 참모는 후쿠모토 니치난, 별동대로 현양사의 도야마 미쓰루, 〈일본신문〉 사장 구가 가쓰난, 삿사 고쿠도, 후루쇼 카몬[21], 시바 시로 등 야당의원들이다. 망명중인 박영효도 권유했다.

2백 명이 일거에 움직일 수 없었던 이유로, 8월 3일에 나가사키에서 출범하기로 정하고, 제 1진이 도쿄에서 막 출발하려는 찰나, 8월 1일 청일전쟁 선전포고되었다.

정부는 낭인들의 준동을 달가워하지 않았다. 그래서 일반인의 조선 도항금지 포고를 내리는 것과 더불어, 박영효를 경시청에 강제 연행했다. 정부가 직접 그를 조선에 송환시킨다고 했지만, 실은 낭인들이 박영효를 등에 업고 조선으로 건너갈 구실로 이용되는 걸 막기 위한 조치였다.

"잠깐 들르지 않을래?"

---

21) 후루쇼 카몬(古莊嘉門, 1840-1915): 메이지부터 다이쇼 시대 내무관료, 정치가, 중의원 의원 등을 역임.

이다 요지가 대화중에 멈추어 섰다. 아직 해가 저물지 않았지만, 선선한 바람이 일기 시작했다. 생울타리 끝에 하얀 싸리꽃이 흐트러진 풍아한 집이 있었다. 문 입구에는 이미 먼지가 일지 않도록 물 뿌려져 있다. 이다는 마치 하쿠타케가 오기로 약속한 것처럼, 그를 맞아 들었다. 그 곳은 이다 요지가 사는 집이었다. 와세다에서 그다지 떨어져 있지 않는 메지로 다카다 마을이다.

소개받은 부인 또한 이다를 닮아서인지 몸집이 컸다. 그리고 이다의 서재로 가는 길에, 문이 열려진 방에는 모기장 안에 갓난아이가 잠들어 있었다. 이다는 부인과 아이를 가진 학생이었던 것이다.

서재 안 책상은 방구석 벽을 향해 놓여져 있었다. 공부하면서 고개를 들 때면, 눈 위치가 고정된 곳에 40세 전후의 남자 사진이 걸려 있었다.

사진은 머리카락을 7대 3 비율로 가르고 눈썹이 진한, 게다가 콧수염과 구레나룻을 새까맣게 기른, 풍채가 좋은 양복 차림의 상반신 얼굴이다. 온화하고 포근한 눈이 남에게 뭔가를 말하려는 듯한 감동을 주었다. 이 사진이 긴난성 아래 이마 사이고로 불린 아라오 세이라는 걸 하쿠타케는 단번에 알았다.

이다는 늙은 하녀가 가져 온 차를 한 모금 마시더니, 또다시 이야기를 이어나갔다.

"가장 손해를 본 건 아라오 선생님이야."

불과 일주일 사이에 2백 명의 사람을 모은 건 현양사의 도야마 미쓰루와 자명회의 삿사 고쿠도의 도움이 있었기 때문이다. 모인 사람이라 하더라도 정부 군대가 아닌 까닭에, 정정당당하게 조선에 건너갈 수 없는 건 처음부터 알고 있었음에도 불구하고, 도항금지 포고로

좌절된 것에 화가 나 참을 수가 없었다. 아라오 세이로서는 전쟁을 하기 위해 조선에 건너간 것이 아니기 때문에, 전쟁이 일어난다면 목적은 사라지고 만다. 2백 명의 일행이 정부의 금지를 어긴다면 폭도가 될 것이다. 모인 자들은 그런 미묘한 점을 이해하지 못한 탓에, 사람들을 모아놓고 이러지도 저러지도 못하는 아라오만 곤경에 처한 꼴이 되었다.

아라오 세이는 책임을 지고 교토에 칩거하기로 결심했지만, 그 전에 상해의 청일무역연구소 졸업생 70명과 직원 25명 모두를 정부에 추천하고, 통역 장교대우로 종군시켰다. 아라오의 마음속에는 전쟁이 끝나면 현안의 조약개정을 한꺼번에 해결해야 하기 때문에, 여러 나라가 주목하는 청일 전쟁에서 야만스런 행위가 있어서는 안되었다. 말이 통하지 않아 양민을 괴롭히거나, 잔학행위가 있어선 안된다는 배려 차원이었다.

"아라오 선생님이 교토에서 칩거해 계신 건 그러한 뜻이야."

식사 준비가 되었다는 말에, 이다는 하쿠타케를 데리고, 정원이 보이는 객실로 자리를 옮겼다. 하쿠타케로서는 흔하지 않는 청일전쟁 뒷얘기이나, 한 나라가 전쟁에 돌입할 지 어떨지 결정할 때, 주제넘은 짓을 하는 인물들의 행동에 다소 의문을 느꼈지만, 이다 요지는 전체적으로 긍정하는 말투였다.

조개와 땅두릅 절임을 안주로 맥주를 마셨다.

"아라오 선생님은 도야마 미쓰루, 삿사 고쿠도와 의형제를 맺은 사이지…"

그들이 의형제를 맺은 것은 아사쿠사혼간지에서 김옥균 장례식을 올린 후, 정진 기간(육식을 금하고 채식하는 기간)을 마친 자리에서였다. 이 때 삿사 고쿠도는 41세, 도야마 미쓰루는 40세, 아라오 세이는 36세였는데, 나이로 치면 막내인 아라오 세이가 맏형이 될 것을 주장했다.

"아라오 선생님이 말씀하시길, 삿사는 기껏해야 3백 명 의원 중 한 명이고, 도야마는 아무리 부하가 많다 하더라도 석탄캐는 광부의 우두머리다. 그것에 비해 나는 청국을 상대로 대사업을 하고 있으니 당연히 맏형이다… 그렇게 말하고 두 사람을 설득시켰다고 하더군."

이다 요지는 기세 좋게 웃어댔다.

"아라오 씨도 현양사와 자명회의 뜻을 같이 하셨습니까?"

하쿠타케가 젓가락을 놓으며 질문했다.

"역시 진보적 청년이라면 그런 일당에게 호감을 가질 리 없지. 나도 선생님에게 지금 자네가 말한 것처럼 미심쩍어 물어봤었네."

이다 요지는 그렇게 말하고, 잠시 침묵한 다음 말을 이어나갔다.

"선생님이 말씀하시길, 물론 의형제를 맺은 정도이니 서로 마음을 터놓고 사귀어야지. 나이어린 내가 굳이 맏형을 고집한 건 이유가 있기 때문이야. 나는 동양의 장래를 생각하고 있어. 그들과 주장이나 입장은 서로 같지만, 국력을 외국에 미치게 하고 싶다는 혈기가 너무 왕성하지. 친구로서는 얻기 힘든 그릇인 만큼 난 그들을 설득할 생각으로 맏형을 고집한 거야. 도야마 미쓰루나 삿사 고쿠도 한 사람의 감화는 현양사와 자명회에 있는 몇 천의 젊은이들로 이어질 테니, 긴 안목으로 봐 주게 하고 말씀하셨지."

이치에 닿는 말이기에 하쿠타케도 납득했다.

"내가 선생님의 가르침을 받은 건 교토에서의 반 년 간이야."

시시가타니에서 가까운 냐쿠오지에서, 동방제(東方齋)라고 이름붙인 곳에 임시 거처했다. 이다 요지가 21세, 아리오 세이가 37세 때의 일이다.

"나이 차는 있지만, 진짜 형과 같았어. 아라오 선생님과 6개월 동안 같은 집에서 살며, 밥 먹고, 그의 포부를 들으면서 흥겨우면 라쿠세이 (洛西, 교토의 서쪽 지역)이나 구라마와 같은 명승지를 방문해 시를 지어 보였네. 그 당시 『법화경(法華経)』의 가르침을 내가 어떻게 얻었는가 하면, 전생에 땔나무를 하며, 채소를 심고, 물을 길러 아사선 (阿私仙, 선인 이름)을 섬기며 얻은 것이라는 옛 사람이 지은 노래의 경지를, 그 때 터득하게 되었지."

아라오는 자신에게 인간으로서 눈을 뜨게 해 주었다고 한다. 언제 생각해도 눈물이 날 정도로 그리운 사람이라고도 말했다.

"그렇게 생각하고 있는 건 나 혼자만이 아니야. 몇 백 명의 사람이 선생님에게 그런 감정을 가지고 있으니, 나만 독점할 수 없다는 게 유감이지."

이다는 어느새 흘린 눈물을 손등으로 닦았다.

가을벌레들이 울기 시작한 밤거리를, 하쿠타케는 9시가 통금인 기숙사에 늦지 않으려 서두르면서, 문득 3년 전 기차 안에서 본 조선인을 떠올렸다. 잠든 척하며, 때론 날카롭게 빛나던 눈을 가진 용모를 지금도 똑똑히 기억하고 있다. 그 때 낯선 이방인에게 말을 걸어 보려고 생각했던 건 김옥균이 이와다 슈사쿠라는 이름의 유래를 알고 있었기 때문이다. 누군가 자신의 이름을 불러주는 것과 같이, 감격할 만한 일이 평생 동안 일어날 지 어떨지 모르겠지만, 남들이 자신의 이름을 부르는 게 꼭 불가능한 것만은 아니라고 생각한 것도 기억났다. 오늘 이다 요지의 이야기를 들으면서, 하쿠타케는 그러한 생각이 한층

더 명확해졌다. 이다 요지는 만일 허용된다면 이라오 세이의 이름을
대고 싶은 만큼 심취해 있는 것은 아닐까 생각하니, 두 사람의 교류가
부러웠다.

그 날의 인연으로 하쿠타케 고타로와 이다 요지는 교재하기 시작했
다.

두 달 후 아라오 세이는 대만에서 페스트에 걸려 사망했다. 미완의
영웅으로, 신문은 큼지막하게 애도기사를 실으면서 사망 광고료를 받
지 않았다. 광고에는 소에지마 다네오미나 도야마 미쓰루 이름도 실
려 있었다. 장례식에는 이다 요지도 문상하러 갔었다.

2

삼국간섭으로 일본에게 청국 산동성을 환부하게 한 러시아, 독일,
프랑스 삼국은 뻔뻔스럽게도 각자의 형편에 맞는 조차[22]를 성공시켰
다. 특히 러시아는 청러 카시니 밀약[23]을 체결하여, 시베리아 철도를
연장하는 남만주철도 부설권과 광산채굴권을 얻고, 관동주[24]를 조차
해 달니(Dal'nii, 현재 대련) 도시를 건설하고, 여순에는 군함을 배치
했다.

---

22) 조차(租借): 한 나라가 다른 나라의 땅의 일부분에 대한 통치권을 얻어 일정한 기
간 지배하는 일.
23) 카시니 밀약: 1896년에 제정 러시아 외상 로바노프와 청국 이홍장이 맺은 비밀
조약. 청국 주재 제정 러시아 공사 카시니의 이름을 따서 잘못 알려진 것으로, 제
정 러시아는 동청(東淸) 철도의 이권, 광산 채굴권, 여순과 대련 사용권을 얻음.
24) 관동주(關東州): 대련과 여순 지역을 말함.

조선에 대해서는 함경북도 무산과 강원도 울릉도 삼림벌채권을 획득했다. 또한 러일 협상 영향으로 조선 정계는 친러파를 물리치고, 과거 일본에 방곡령으로 이름을 날린 보수파 조병식을 내세워 겉으로는 친일을 표방했지만, 고종이 러시아공사관에 오랫동안 체류할 때 약속한 일들이 점차 실현되었다.

베베르 다음으로 부임한 러시아공사 스피에르는 러일 협상을 무시하고, 한러 합동조약을 체결, 러시아 사관을 군사교련에 맡게 하고, 당시 태평양함대 사령관이었던 알렉세프를 탁지부고문 겸 해관 총판으로 임명했다. 한러은행 설립은 10년의 역사를 가진 일본 제일은행 경성지점에 상당한 피해를 주었다.

대원군이 79세 고령의 나이로 사망했다. 민후가 죽은 지 3년 반만의 일이다. 고종은 오랫동안 축적해 온 외교술을 종횡으로 구사하기 시작했다. 러시아뿐만 아니라, 여러 나라에도 이권을 주는 것으로 경쟁시켰다.

이 때 러시아에 맹렬하게 대항하기 시작한 나라가 미국이다. 씰을 대신 부임한 미국공사 알렌은 교회 소속의 의사로서 조선에 십 수 년간 머문 조선통이다. 조선인을 사주하여 독립협회를 결성시켜 러시아의 폭압을 비난하는 논조를 부추겼다. 과거 민비가 청국과 일본을 견제하기 위해 러시아를 이용한 것과 마찬가지 수법이다. 고종은 독립협회 총재로 왕세자 척의 취임을 허락했다. 미국은 감쪽같이 고종이 쳐놓은 덫에 걸려들었다.

궁정에는 미국문화로 가득했다. 미국은 그 댓가로 운산의 금광채굴권과 경성시내의 정기철도 그리고 수도 부설권을 얻었다.

각국 또한 그냥 있지 않았다. 영국은 지나(支那)에서의 최혜국약관을 조선에도 적용시켜 수안 금광채굴권을 얻었다. 프랑스는 경의철도 부설권과 평양 무연탄 채굴권을, 독일인은 금성 금광채굴권, 일본은 경부, 경인 철도 부설권을 얻었다. 그 외 셀 수 없을 정도 이권이 거래되었다.

외국인 사업은 궁정과의 거래다. 특허에 관해선 외국인과 터무니없는 거래로 이루어지고 있었다. 계약을 성립한 안건은 궁정에서 정부로 보내진다. 정식 계약은 양자 합자지만, 외국인은 궁정에 막대한 권리금을 바친 까닭에 출자하지 않는다. 사업 설비자금은 정부 부담이나, 재정이 힘들기 때문에 진척되지 않았다. 외국인은 사업상 좌절을 주장하며 정부에 많은 위약금과 여비를 청구해, 처음 궁정에 바친 돈의 몇 배를 빼앗고 사업을 포기한다. 정부가 손해를 입을 뿐, 궁정은 아무런 영향을 받지 않는 구조이다. 사업이 궤도에 오르면 궁정도 배당금을 받지만, 외국인의 이익이 훨씬 크기 때문에 실제로는 계약을 파기하는 것이 바람직하다. 같은 사업을 새로운 희망자에게 차례로 돌릴 수 있기 때문이다. 다만 일본인과의 계약이 마냥 좋을 수 없는 것은 사업을 철저하게 완성시키기 때문에, 궁정이 원했던 거래와는 매우 달랐다.

미국은 얻을 수 있을 만큼 얻게 되자, 독립협회를 외면했다. 독립협회도 미국인의 지지가 없게 되자, 과격한 언동을 일삼는 무뢰한 집단에 불과하게 되었다. 왕세자 척이 물러나고, 정부는 치안유지라는 명목으로 독립협회를 해산시켜, 간부 수십 명을 투옥했다. 그러자 잔당은 만민공동회 통칭 민회를 결성하여 대대적인 반정부운동을 전개했다.

조선에서 러시아의 방약무인한 행동으로, 도쿄에서는 제 2회 러일 협상이 정해졌다. 탁지부고문 알렉세프는 파면되고, 영국인 브라운이 총세무사로 취임했다. 일본공사는 고무라 쥬타로 이후, 하라 다카시,[25] 가토 마쓰오[26]가 연임하고 하야시 곤스케[27]가 부임했다.

러시아 세력이 약화되기 시작할 무렵, 러시아 통역인 김홍륙이 처형되었다. 김홍륙 처형은 궁정과 관련된 일로, 소문은 이내 세간에 전해졌다.

얼마 전 독립협회 총재로 추대 받았던 왕세자 척은 28세가 되었다. 어느 날 왕세자는 부왕과 차를 마시고 있었다. 부왕은 커피에 섞인 이물질을 눈치채고 토해 냈지만, 다 마신 왕세자는 몸 안에 독이 퍼져, 몸은 물론이고 정신마저 이상하게 되었다. 김홍륙이 커피에 독을 탄 범인으로 처형된 것이다. 그가 고종 부자에게 독을 넣은 이유는 러시아에 유리한 통역을 한 것이 발각되어, 유배가 언도된 걸 분하게 여겨 일으킨 소행이다. 민중은 물론 김홍륙에게 통역상 잘못이 있었음이 틀림없다고 알면서도, 다른 일과 연관지어 생각했다.

즉 민후가 죽고 난 후, 궁정 내에 재물을 뿌리며 왕후승격 운동을 했던 경선궁 엄귀인이 3살 된 은을 왕세자로 하기 위한 음모가 실패

---

25) 하라 다카시(原敬, 1856-1921): 일본 외교관, 정치가. 〈유빈호치〉 신문기자를 걸쳐 외무성에 입성. 후에 농상무성으로 옮겨 무츠 무네미쓰(陸奧宗光)와 이노우에 가오루로부터 신뢰를 얻음.
26) 가토 마쓰오(加藤增雄, 1853-1922): 메이지시대 외교관. 1896년 모스크바에서 주러공사 민영환과 러시아 외상 로마노프 사이에 체결한 한러밀약 내용을 입수했고, 또한 경부철도부설권 획득에 전력을 다하는 등 수완을 발휘하여 고종의 신임을 받았다. 그 후, 1902년 한국 정부의 요청으로, 고문으로 임명되었고, 이토 히로부미가 통감취임 후에는 한국 측과의 원활한 의사소통 역할을 했다. 1907년 사임하고 일본에 귀국함.
27) 하야시 곤스케(林權助, 1860-1939): 메이지, 다이쇼 시대 외교관.

한 까닭에, 그 죄를 김홍륙에게 덮어씌웠다는 것이다.

　박영효가 두 번째 망명한 지 4년이 지났다. 박영효마저 없어졌으면
하고 내심 바라고 있던 홍종우에게 운은 따라주지 않았다. 벼슬을 그
만둬도 친척들은 집을 나가지 않았다. 처음엔 정보를 수집하기에 편
리했지만, 집안은 이미 초췌해져 있었다. 고종에게 가상(嘉賞, 아랫사
람이 한 일을 윗사람이 칭찬함)받은 과거를 잊을 수 없는 상태로, 어
중간한 벼슬을 할 마음이 없었던 것이다.
　김응식 집이 있는 이동(泥洞)에 찾아가 봤다. 집 주인인 민영소는
특진관으로 궁중에 복귀했지만, 과거의 영광은 사라져 고향 충호원에
내려가 있었으며, 김응식도 처신에 고민하고 있어 홍종우과 의논할
상황이 아니었다.
　김응식 집에서 종로거리로 나와, 13층 파고다가 있는 곳으로 갔다.
언제인지 모르나 지나(支那)로부터 전해 온 불탑이다. 나이 젊은 서
양인이 지휘하고, 인부들은 그 주위를 파서 일구고 있었다. 서양인은
소문으로 들은 총세무사 브라운의 조수 데이비슨이다. 공원을 만들려
는 것이다. 경성에는 공원이 없다. 홍종우는 파리의 튈르리 공원이나
블로뉴 숲을 떠올리며 하릴없이 걷고 있으니, 종로거리에 인파가 에
워싸고 있었다. 무슨 연설회인지 청중은 열렬히 박수를 보내고 있다.
홍종우도 사람들 뒤로 연설을 들었다.
　"…특정국이 우리나라에서 부당한 이익을 취하고, 침략의 독수를
뻗치고 있다. 그것에 반해 선처할 수 없는 정부의 실정은 언어도단으
로, 이러한 사항에 관해 우리 민회는 세론을 환기해 정치 개혁을 정부
에 요구하고자 하는 바이다…"

연설 내용은 러시아에게 편의를 도모한 정부를 탄핵하는 것이다. 환성과 박수가 아우러진 청중 또한 흥분해 있었다. 이것은 말로만 듣던 민회의 가두연설이다. 미국으로부터 버림받아 해산된 독립협회에서 새롭게 성립한 만민공동회가 일본인 후원을 받고 있다는 건 홍종우도 알고 있었다.

최근 그들은 연설이나 상소 등으로, 조병식 이하 4명의 대신을 오적(五賊)이라고 지명하고 처벌을 요구하고 있었다. 조선인이 정치에 눈을 뜬 것은 기쁜 일이나, 그것이 친일단체라는 걸 안 홍종우는 격심한 증오를 느꼈다. 제 3국의 이권 착취를 의연하게 물리친 전례가 없는데, 일본인은 자신의 권리를 위해 조선인을 사주해 러시아를 지탄한다고 생각하자 홍종우는 모처럼 머리에 피가 거꾸로 치솟아 뭐라고 말할 수 없는 흥분에 사로잡혔다.

만민공동회는 오적 처분을 건의하는 한편, 친러파 폭탄 암살을 노렸다. 도쿄에서 가진 러일 협상으로 조선에서 러시아 세력은 한 때 후퇴했지만, 스필을 대신해 부임한 마튜닌은 활발한 대 조선 방안을 추진해, 함경, 강원, 경상 3도(道)에 포경기지를 획득하며 세력만회에 힘쓰기 시작했다.

경무청에서는 폭탄 제조과정을 포착하지 못해 애태우고 있을 때, 금릉위 저택에서 대폭발 사고가 일어났다. 박영효 망명 후 금릉위 저택에는 그와 친했고, 일찍이 궁중고문관으로 일한 적 있는 일본인 쓰네야 모리후쿠[28])가 살고 있었다.

---

28) 쓰네야 모리후쿠(恒屋盛服, 1855-1909): 청일전쟁이 발발하자, 망명중이던 박영효와 함께 조선에 건너와 조선 내정개혁에 관여함. 동아동문회 간사를 하며 도야마 미쓰루 등과 국민동맹회를 조직, 러일 개전을 촉구함.

사고 현장에는 폭탄 제조를 하고 있던 것으로 보이는 조선인 3명이 사망했고, 그들을 지도하던 쓰네야는 도주하고 없었다. 상당량의 폭탄은 만민공동회의 손에 넘어갔다고 보아야 한다. 정부는 민심안정을 위해, 민회가 신청한 오적 처벌에 대해 심의한다는 취지의 회답을 보냈다. 오적의 필두 조병식은 사직하고, 황국협회[29]를 조직했다.

홍종우는 주저 없이 황국협회에 가입했다. 고종이 자신과 밀접한 연계를 가진 만민공동회에 대립하려는 걸 알았기 때문이다. 홍종우는 사적 감정이라고 해도 일본인이 싫었다. 아니 일본인과 친한 무리에게는 침을 뱉어주고 싶을 정도였다. 하물며 민후를 잃은 고종이 얼마나 두려운 마음을 갖고 있었는지 헤아리고도 남지만, 황국협회 세력은 만민공동회만 못할 것 같았다.

경복궁과 경운궁의 차이는 있지만, 홍종우는 과거 승지로 출사한 적이 있는 궁정으로, 5년 만에 발을 들여놓았다. 고색창연한 경복궁과 다르게 경운궁은 산뜻한 석조전으로, 고종은 홍종우를 접견했다. 5년 만의 대면에 홍종우는 가슴이 막막했지만, 고종은 당면한 문제 이외엔 안중에 없었다.

고종은 보부상 이야기를 했다. 보상은 포목점이나 갓, 구두 그 외 장신구 등 잡화를 보자기에 싸서 이동하는 대상(隊商)이다. 부상은 도기 등 일용품을 지게에 실어, 보상과 마찬가지로 각지의 장날을 돌며 행상하는 상인이다. 그 수는 전국에 2만을 헤아리고, 민중 생활과 밀착해 있었다.

---

29) 황국협회: 1898년 경성에서 조직되었던 어용단체로, 당시 궁정수구파가 보부상을 앞세워 독립협회의 자유, 자주, 민권운동에 대항하기 위해 조직된 단체.

"일찍이 청국 아이신지오라(愛親覺羅, 청 왕조 임금의 성씨)가 침 공했을 때, 그들이 우리군 군수품 직무를 맡아, 조정이 가상(嘉賞)한 역사가 있다. 그 후에는 상병 조직을 만들어 만일의 경우 유사시에는 급히 달려와 주었다."

계속해서 고종은 스스로 군주가 된 후의 보부상 흥망성쇠를 말했다. 그것은 지금으로부터 33년 전, 프랑스 함대가 인천에 입항했을 때, 섭정 대원군의 명으로 양이(攘夷)의 결실을 올린 공적으로 경성에 상리국을 설치해 특권을 주었다는 것이다.

"그것이 갑오경장으로 결사가 금지되어, 특권이 박탈된 것은 알고 있으리라."

고종의 말에 홍종우는 깊이 고개를 숙였다. 갑오경장이란 청일전쟁후, 이노우에 가오루에 강요되었던 내정개혁이다.

"알겠는가? 상리국을 부흥시켜야 한다."

48세의 고종은 아랫볼이 늘어진 턱에 힘을 주며, 장중히 홍종우에게 지시했다. 상리국을 부흥시켜야 한다는 고종의 한마디가 의미하는 바를, 홍종우는 사명으로 행동으로 옮겨야 한다. 그것은 착실한 상인으로 돌아오려는 보부상을 사주해, 만민공동회를 해산시키려는 것이다. 홍종우는 이에 더욱 분발해야 한다고 단단히 마음먹고, 즉시 보부상 간부 이기동과 길영수에게 연락했다. 친일파 만민공동회를 적으로 만들어, 마지막까지 고종에게 충절을 다하는 게, 더 이상 빠져 나갈 길이 없는 자신의 운명이라 생각했다.

만민공동회는 이미 오적에다 홍종우, 이기동, 길영수를 세 간신으로 지목하고 정부에 처벌을 요구했다.

보부상의 본거지는 성외에 있는 마포다. 홍종우는 돈의문(서대문)

에서 마포로 향한 길로 말을 몰았다.

경성 가을은 하늘이 파랗다. 공기는 황금빛이다. 성벽을 이은 가운데 우뚝 솟은 서대문이 찬연히 허공을 가르고, 솔개가 유유히 원을 그리고 있다. 하얀 사크테쾨르(파리에 있는 대성당)가 언제나 자줏빛 연무가 깔려 흐리게 보이는 파리의 하늘과는 대조적이다. 파리를 떠난 후 이미 6년의 세월이 흘렀다.

보부상 본진은 울타리가 쳐 있고 거기엔 천막이 몇 개가 드리워 있다. 노숙에 익숙한 사나운 사내들은 두려울 것이 없었다. 천막 뒤로는 장사도구인 지게가 2, 3천개나 마치 무기처럼 어마어마하게 줄지어 있다. 홍종우는 보부상 본진과 궁정 내에 있는 황국협회 본부 사이를 몇 번이나 오갔다.

친위대인 체하는 그들에게 있어서 상리국 부흥은 바라지도 않던 좋은 먹잇감이다. 그들은 기뻐서 어쩔 줄을 몰랐다. 홍종우는 새삼스레 고종의 사려에 경탄했다.

첫 시작은 청원 데모다. 지게를 가져갈 지 안 가져갈 지 다퉜다. 데모가 끝나면 신금(宸襟, 임금의 마음)을 괴롭히는 만민공동회를 습격하는 전투부대로 빨리 바뀌어야 한다는 작전계획이었기 때문에, 홍종우는 안가져 갈 것으로 생각했다. 그러나 그들은 상대를 속여 넘기기 위해서라도 지게를 지고 가야한다고 주장했다. 결국 무기인 몽둥이나 돌멩이를 천에 말아 지게에 싣고, 짊어지고 가기로 했다.

약 4천 명 가량의 보부상이 서대문으로부터 대오당당하게 입성했다. 종로거리 동쪽으로 나아가, 광화문거리에서 경복궁 방향으로 돌았다. 홍종우가 일찍이 목격한 을미사변 때의 대원군 입성과 같은 경로였지만, 그 때보다 몇 배나 위풍당당했다.

보부상 행렬은 경복궁 앞에 위치한 농상공부아문에서 멈췄다. 미리 의논해 두었기 때문에, 상리국 부흥 소원(訴願)은 바로 허가되었다. 그들은 재차 정연하게 종로거리까지 되돌아갔다. 그곳에서 맹렬하게 지게를 벗어 던지더니, 몽둥이와 돌멩이를 손에 들고 일시에 몰려가 광화문거리와 종로거리 교차점 인근에 있는 만민공동회 사무실을 습격했다. 몽둥이를 가지고 있지 않던 상대는, 조선인의 전투 기술인 박치기 육박전으로 맞섰다. 날아오는 돌멩이가 싸라기눈처럼 날라 들었다.

중과부적으로 무기도 없는 만민공동회 사람들은 비명을 지르며 일본거류지 왜장대 주변까지 도망쳤다. 울분을 삼킨 만민공동회는 동지를 규합하고, 다음 날 마포에 있는 보부상 본진을 기습했다. 이틀간으로 두 진영에 많은 사상자를 냈다.

소동은 점차 커져가는 한편, 주민들은 불안에 떨었고, 외국공사관에서도 격심한 항의가 쏟아져 의정부는 경질됐지만 사태를 수습할 사람은 없었다.

신정부는 폭동을 진압하는 수단으로, 오적과 세 간신 처벌, 그리고 보부상 해산을 만민공동회에 약속했다. 다만 가라앉지 않는 것은 보부상이다.

마포 본진에서 협의했다. 고종의 뜻이라 듣고 홍종우의 지휘로 움직였지만, 상리국 해산은 의외였다. 과연 그것이 참말인지 어떤지, 직접 고종의 생각을 앙청하고 싶다는 말이 나오기 시작했다.

홍종우는 대원군의 부하로 살해된 이준필을 생각했다. 이준필은 허위 보고를 하여 대원군과 박영효 사이 이간질을 꾀한 자다. 보부상 처리가 곤란하다면, 궁정은 홍종우를 사주한 자로 처단하면 끝난다. 다행히 이번 사태에서 모면할 수 있던 건 황제폐하의 친유(親諭, 임금이나 군주가 몸소 가르쳐 타이름)로 분쟁을 해결하는 것을 각국 공사단이 권유했기 때문이다.

그 다음 날, 성대한 친유 식전이 거행되었다. 11월 말로 북한산에서 내려오는 바람이 거칠게 불어, 이가 덜덜 떨릴 정도로 추운 날씨였다. 경운궁 정문 대한문 앞 광장에, 한 계단 높은 왕좌 그리고 하단 좌우에는 각국 외교관과 의정부 관리의 자리가 마련되었다. 그 전방 멀리 떨어진 땅에 명석을 깔아, 간부가 인솔한 만민공동회 대표와 홍종우가 인솔한 보부상대표 그리고 두 진영 다 합쳐서 3백 명 정도의 사람이 앉았다. 그 주위를 병사와 순검이 경비하고, 호기심 많은 수 천 명의 구경꾼이 에워쌓았다.

고종이 마련된 자리에 앉자 식전이 시작되었다. 법부대신이 만민공동회에 보낸 칙어를 대독했다. 너무 멀어 칙어 내용은 들리지 않았다. 칙어 대독이 끝나자 만민공동회 측에서 '오적과 세 간신 처벌', '독립협회 부활', '보부상 결사 해산'을 청원했다. 만민공동회 간부가 고종 자리에 가까이 불리워지는 걸 보니 어전회의가 시작된 모양이다. 법무대신이 고종과 만민공동회 간부 사이를 몇 번이나 오갔다.

멀리서 보이는 이러한 무언극은 온몸에 스며드는 추위에, 연일 벌어진 전투에서 오는 피로감이 더해져 보부상과 만민공동회 양 진영으로 수마가 퍼져 나갔다. 꾸벅꾸벅 고개를 흔드는가 생각하면, 깜짝 놀란 듯 고개를 들어 얼빠진 눈을 비비고 보는 우스꽝스러운 동작을 반복하고 있었다. 그래도 "뜻에 따르도록 하라"는 고종의 말에 만민공동회 간부가 득의에 찬 표정을 지었을 때 보부상 측은 술렁거렸다.

다음으로 농상공부대신이 다가와, 보부상에 보낸 칙어를 대독했다.

"…자신들 마음대로 선동하여 소요를 일으킨 죄는 가볍지 않으나, 충절에서 비롯된 행동이니, 이번만은 정상 참작하여 죄 있는 자도 벌하지 말 것이며, 모두가 퇴거하여 상업에 염려하고 충군애국에 힘써라."

라는 의미였다. "자신들 마음대로 선동하여"라는 표현은 아무리 중재 방편이라 생각해도, 고종에 대한 충절만을 줄곧 지켜온 홍종우에게 있어 잘 납득이 되지 않았다. 만일 각국 공사단의 충고가 한나절이라도 늦춰졌다면, 홍종우는 역시 자기 마음대로 선동한 이유로 처벌되었을 것이 뻔했다.

홍종우는 감상에 빠질 틈도 없이, 보부상 측을 대표해서 '상리국 부흥', '심금을 괴롭히는 만민공동회 해산', '까닭없는 오적과 세 간신 무죄 증명' 세 조항을 소원했다. 이에 고종의 좀 전과 같은 애매한 회답이 전해졌다. 이것으로는 어느 주장도 받아들이지 않는 것과 같다. 물론 당장 해결될 리 없겠지만, 황제폐하의 위엄에 압도되었다는 것과 수마에 판단력을 잃은 머리가 서로 어우러져 두 진영 모두 논쟁을 하지 않았다.

그러던 차에 비가 내리기 시작했다. 비를 싫어하는 조선인은 식전 종료 알림도 기다리지 않고, 앞 다투어 흩어졌다. 날씨가 청량하다면 고종이 자리를 뜬 다음에 한바탕 소동이 있었겠지만, 비로 인해 이런 익살극은 흐지부지하게 끝나버렸다.

3

결국 홍종우는 제주도로 오기에 이르렀다. 막상 와서 주위를 살펴보니 낙담하기 그지없었다. 전라남도와 일본 5개의 열도 중간에 있는, 한국[30]에서 제일 큰 섬이지만 예상했던 것 이상으로 황량했다.

대한문 앞 친유로 보부상을 해산시킨 뒤, 조병식이 알선해 준 목사(牧使, 지방 행정 단위의 하나인 목을 맡아 다스리던 관리) 자리다. 요즘처럼 세상이 어지럽게 돌아가서는 김옥균의 숙적으로서 홍종우의 존재 따위는 이미 일본 낭인들의 안중엔 없다고 생각해도 좋을 듯하다. 경성에 있었던 괴로운 기억이 점차 사라져 갈 무렵, 친일 정치결사 만민공동회로부터 세 간신 중 한 사람으로 지목되어 신변의 위협을 느끼지 않을 수 없었다. 게다가 그 원인을 제공한 궁정으로부터도 참살될지 몰랐으니, 그것은 때가 때인지라 고종을 원망할 마음의 여유도 없었다. 다만 김옥균 암살이든 보부상 사주든 둘 다 고종을 위해 몸 바친 답례가, 겨우 국사범 유형지로 알려진 육지 맨 끝인 제주도라든 게 납득할 수 없었다.

잠자코 있던 홍종우에게, 조병식은 제주목사 자리를 추천했다. 제주목사는 사법과 행정 실권을 쥔 최고 권력자이며, 행정권밖에 없는 육지 관찰사(지방장관)보다 당당한 자리로, 직임(直任) 3등 대우라고 한다. 직임관은 1등부터 4등까지다. 직임 1등 영의정 연봉은 5천원, 직임 2등 각부 대신은 4천원, 직임 3등은 2천 5백 원이다. 일본 돈으로 환산하면 1250엔 정도일 것이다. 조선 사회에서 문벌도 없이, 관료를 했다고는 하나 일찍이 두 달 정도의 재판소장을 근무한 경력이 전부인, 부랑인과 마찬가지인 자가 직임 3등 목사에 임명된 것은 확실히 이례적인 발탁이라고 할 수 있다. 죽을 지도 모르는 자가 살아남아

---

30) 원문에는 조선과 한국 표기 섞여 있으나, 변역 상 앞으로 1897년 대한제국 선포 이후 국호는 가급적 한국으로 표기하고자 하였다.

매우 궁색하다면 모를까 제주목사가 되는 건 너무나 극단적이다. 이는 단순히 논공행상(論功行賞, 공로의 있음과 없음, 크고 작음을 논하여 그에 합당한 상을 내림)이 아닌, 고종을 위해 목숨을 바친 자의 마음에 아로새긴 인사 조치가 아니라면 무엇이란 말인가.

그렇게 생각했건만, 사방이 끝도 없는 바다로 둘러싸인 고도의, 화산암만 있는 개발 안된 불모지 목사 따위가 되고자 하는 사람은 없을 것이라 생각을 고쳐먹었다. 돈으로 사는 관직을 거저 받은 것만이 특전일 뿐, 허울 좋은 좌천이다. 그렇게 생각해도 따질 상대가 고종이다 보니 울분만 더욱 쌓였다.

섬은 제주, 정의, 대정 세 군(郡)으로 나뉘어 있고 인구는 10만 정도이지만, 섬 중앙을 동서로 뻗은 한라산을 중심으로 산들이 서로 이어져 있는 까닭에 사람이 사는 곳은 대체로 남북 해안지대로 한정되어 있다. 그래도 육지에 면한 제주군에 많이 살고, 목사아문도 제주에 있다. 목사아문은 목사 아래로, 주임 참사관, 경무관 등이 일을 분담하고 있으며, 관리 수는 50명도 되지 않았다.

섬에는 본토에서 운항하는 정기선이 없으며, 우편물도 배편이 있을 때 실어올 뿐이다. 수도 경성은 멀고 벼슬길도 어렵기 때문에, 약간의 재능이 있는 자는 신분이 낮은 목사아문의 관리가 되니, 관존민비는 어딜 가나 짓누르고 있었다. 하지만 그런 신분이 낮은 관리들조차 신임목사가 순국의 영웅으로, 고종으로부터 외부대신을 약속받은 적이 있는 인물이라는 걸 알지 못했다. 오히려 육지에서 쫓겨나 여기 섬 목사로 올 정도라면, 평소 지난 목사들처럼 무거운 세금이나 뇌물을 부과해 빼앗을 것이라 여겨 반항심만 커졌다.

더욱 귀찮은 것은 섬 주민들 중에 일본인이 있다는 점이다. 일본인이 이 섬에 살게 된 것은 청일전쟁 이후지만, 지금은 70호 정도나 이주해 있고 대부분 어민이다. 섬 남쪽 연안의 일본에 마주한 서귀포, 동쪽 연안의 성산포 등에도 분산되어 있지만, 이주자 반 수 이상은 제주 성내 산지항에 모여 있었다.

　돈벌이 하러 온 일본인 어부들이 홍종우의 과거 신분을 알 리가 없다 하더라도, 마음이 무거운 건, 좋은 어장인 만큼 조일어민 분쟁이 연중행사처럼 반복된다는 사실이다. 제주도민은 옛날부터 어업에 뛰어나다고는 하나, 최근에는 일본인의 진출로 점차 밀리고 있었다. 홍종우는 언젠가 불시에 혼내주어야 한다고 생각하고 있었기에, 일본에 관한 자료를 모조리 모으게 했다.

　부임하고 얼마 안되어, 정의군 김모가 보낸 하인이 면회를 요청해 왔다. 김모는 말을 기르는 자로, 많은 사노비를 소유하며 인근에 사는 양반이다. 조선의 말 산지는 북쪽의 함경도와 남쪽의 전라도다. 그 전라도산 수 천 마리 말 중에, 9할까지를 제주도가 차지하고 있던 까닭에, 말을 기르는 일은 어업 다음으로 주요한 산업이다. 목사로서도 관심을 가져야 할 일이라, 홍종우는 김모 하인을 접견했다.

　하인이 온 이유는 목장 확장을 위해 국유림에 인접한 소유지를 개간하고 싶다는 청원이었다. 관아를 통해야 하는 사항임에도 불구하고, 직접 목사아문에 찾아온다는 건 고액의 납세자가 유세를 부린다 하더라도 엄연히 기강문란이다. 게다가 소유지 개간이 국유림에 인접해 있다는 이유로 목사아문의 허가를 받으러 왔다는 것은, 마치 "우는 아이와 마름에게는 못 당한다"(도리를 모르는 사람에게는 이치가 통하지 않는 법이라는 뜻)고 말하려는 수법이었다. 홍종우는 부아가 치밀었지만, 아마도 과거에도 핑계를 대서 뇌물을 받았던 전례가 있었으리라는 걸 알았다.

"목장을 확장할 필요가 생겼습니다만…"

홍종우의 침묵에 40세가량의 작은 체구를 가진 남자는 음흉하게 용건을 조금씩 내놓았다.

"말 사육을 늘려야 하기에…"

홍종우도 대충 의미를 파악했다. 소유지 개간을 빙자해 뇌물을 바치려는 이면에는 흥정이 있기 마련이다. 하인은 본말전도하며 가장 중요한 걸 말하지 않고 끝내려고 했다. 홍종우는 완고히 침묵을 지키고 있었다.

"말이 일본 규슈지방에 있는 탄광 갱내 운반용으로 수급계약이 성립되었습니다만."

하인은 곰보 얼굴에 땀을 번질거리더니, 마침내 본심을 말하기 시작했다. 말 수출은 어차피 드러나기 때문에 일찌감치 뇌물을 주어 세금을 줄일 계산이었던 것이다. 홍종우는 하인이 국유림에 인접해 있다는 구실로 털어놓은 말에 화가 났다.

"자신의 토지이니 마음대로 개간해도 좋을 것이다."

그러면서 홍종우의 내치는 한숨의 의미를 하인은 알지 못했다. 그리고 나서 하인이 꺼낸 두 번째 청원은 말 사료를 쓰기 위한 국유림 인접 잡초 불하(拂下)다. 나무를 함부로 베거나 훔쳐 민둥산이 된 육지에 비교해, 겨우 자급자족할 수 있는 제주도에는 삼림지대가 남아 있었다. 물론 잡초도 있지만, 말 사료는 단순히 잡초만 있으면 되는 것이 아니다. 초보자라도 아는 사실을 굳이 불하하기 희망하는 건, 정지(整地, 작물을 심기 전에 땅을 고르고 부드럽게 함) 신청으로 목사가 한 번에 승낙하지 않는 것을 대비해 뇌물 액수를 올릴 걸 예상한 것이다. 즉 하인이 잡초 불하를 말한 것은 뇌물 액수를 꺼내기 쉽게 하려는 속셈이다.

"잡초는 거저 베어도 좋다. 다만 너희 주인은 천민보다 못난 놈이다."

홍종우는 욕을 하며 하인을 내쫓았다.

신임이 되자마자 이와 유사한 청원이 많았다. 각지의 양반들은 신임 목사의 요구가 손목만으로 좋은지, 팔까지 원하는지, 혹은 어깻죽지까지 가혹한 것인지 하인에게 알아보게 했다. 홍종우는 불만스런 자리에 초조함까지 더해 그와 같은 어리석은 방문자들로 인해, 연일 피곤해 하며 귀가했다.

목사공관은 목사아문에서 조금 떨어진 낮은 언덕 위에 위치해, 오가는데 가마를 이용할 것까지 없었다. 토담으로 둘러싸인 웅장한 저택으로, 밖에서도 울창하게 우거진 안뜰 소나무나 단풍나무가 보일 만큼 제주 제일의 위용을 자랑하고 있었다.

돌계단을 올라 문에 들어서면 넓은 마당이 있고, 주춧돌을 충분히 사용한 건물은 추녀달린 기와지붕 집이 여섯 개나 행랑으로 연결되어 있다.

종자가 큰 소리로 홍종우의 귀가를 알렸다. 겸종과 두 어린 심부름꾼[31]이 달려 나와 맞이했다. 여자들은 내방(內房, 안방)에 있을 것이다. 6명의 남녀 고용인이 있지만, 홍종우는 사노비를 소유하고 있지 않았다. 갑오개혁으로 노비 매매는 금지되었지만, 여전히 소 한 마리

---

31) 원문에는 소동(小童)으로 쓰고 발음을 '총각'이라고 되어 있다. 총각은 말 그대로 장가 안 간 미혼 남자를 말한다.

값도 안되는 돈으로 거래되고 있었다.

김옥균이 살아있다 하더라도, 저들과 같은 민후나 고종을 상대로 어디까지 조선개혁을 추진할 수 있었을지 의문이라 여기고 싶은 건 자객의 심리인지 모르나, 노비 매매라는 인습만이라도 타파하는 것이 그나마 자신의 잘못을 면해 주었다.

사랑채에 들어가 관복을 벗자, 첩인 김계화가 뒤에서 짧은 적삼을 입혀주었다. 집안은 한양(韓洋) 절충식이다. 놋쇠 장식으로 한 실내는 군청색 융단과 조화되어 차분한 분위기를 자아내었다. 방 한쪽에 둘러쳐 놓은 8폭짜리 병풍에는 홍종우가 스스로 지은 7언 율시를 써 두었다. 그는 글이나 시에도 자신이 있었다.

조선인이 평소에 그렇듯 홍종우도 목욕을 즐기지 않기에, 바로 저녁 식사를 했다. 육각 밥상에 세공된 나전(螺鈿)은 석유램프 빛에 비춰져 야릇한 아름다움을 내고 있다. 놋쇠와 백동(白銅) 그릇에 올려진 요리엔 정성들인 솜씨가 한 눈에도 알 수 있었다. 놋쇠 수저와 젓가락을 사용하며, 홍종우는 천천히 음미했다. 특히 명태조림과 소고기 훈제는 술맛을 돋우었다. 일본을 싫어하는 홍종우도 술만은 청주 '니와쓰루'를 즐겼다.

새하얀 치마에 비단 윗옷을 입은 계화는 한쪽 무릎을 세워 앉으며, 묵묵히 술을 따르거나 밥상 위 반찬을 가지런히 했다. 조선 미인은 주로 유미반액(柳眉半額)이라고 비유한다. 가는 눈썹에 각진 이마다. 머리카락이 난 언저리 털은 기름을 발라서 비단실로 말아 뽑아낸다. 그리고 모난 이마 가운데로 가르마를 가른 계화의 검은 머리카락은 향이 좋은 기름으로 한 올도 빠짐없이 빗질하여 곱게 매만져 있다. 계화는 상아색 빛 하얀 손을 움직이지 않을 땐 조각 부인상처럼 단정히

모으고 있었다. 두 사람은 딱히 말을 주고받지 않아도 서로 통하는 게 있었다.

지방장관은 원래 단신 취임이 관례다. 부임한 곳의 기생을 관노로 총애하는 풍습이다. 이러한 풍습이 지방정치를 한층 타락하게 했다고 말할 수 있다. 지방청은 기생에게 특별 보호를 내려, 장관의 마음에 든 여자들이 잠자리 정담을 통해 여러 가지 흥정을 성립시켰다.

홍종우는 정치를 문란시키는 현지 기생을 가까이 하고 싶지 않아, 목포 기생집에서 만난 김계화를 이 섬으로 데리고 왔다. 계화는 더할 나위없이 홍종우의 마음에 들었다. 연상인 아내에게 쥐어 살아온 홍종우가 여자를 사랑하게 된 것은 처음이다.

계화는 홍종우보다 7살 아래인 28세로, 평양 다음으로 유명한 진주(경상남도) 기생학교에서 기예를 닦았다. 가무와 노래는 물론, 옛 시조 낭독도 시를 짓는 교양도 있었지만, 무엇보다 진실로 남자에게 헌신하는 성품 또한 지니고 있었다. 그녀는 부모도 없는 고아로, 기생 생활을 하면서 언젠가는 기생집 장사밖에 할 게 없음을 한탄하던 즈음, 홍종우에게 낙적(落籍, 기생의 명단에서 이름을 뺌)된 것을 진심으로 감사했다.

"계화야. 술은 됐다. 가야금이라도 한곡 연주해 보지 않겠느냐?"

"알겠사옵니다."

계화는 상냥하게 대답하더니 자리에서 일어나, 몸종에게 가야금을 가져오게 했다. 신라에 멸망당한 가야 시대에 만들어진 12현금이다. 일본에는 신라금으로 전해져 왔다고 들었다. 계화는 가야금 머리 부분을 무릎에 놓고, 바라는 곡명을 기다리듯 미소지었다. 작은 입술이 복숭아 꽃봉오리처럼 아름다웠다.

"네가 좋아하는, 즐겨 부르는 것으로 하려무나."

홍종우가 바라던 노래에, 계화는 현을 손가락으로 울리며, 기러기발(금주(琴柱), 거문고, 가야금 따위 현악기의 현을 괴는 작은 받침)을 움직여 음정을 맞추었다. 옛날 노래나 요즘 노래의 독주곡은 수없이 많지만, 김계화는 가야금을 반주로 하여, 자신이 지은 『춘향전』을 부르는 걸 좋아했다.

『춘향전』은 조선중기에 만들어진, 가장 유명한 소설이다. 전라남도 남원 군수의 아들 이도령은 아버지의 전근으로 서로 사랑하던 춘향이와 슬픈 이별을 해야했다. 이도령의 아버지 후임 군수는 춘향의 아름다움에 빠져 수청을 들라고 했지만, 순종하지 않아 그녀를 투옥시켰다. 한편, 경성에 가 과거에 급제한 이도령은 암행어사가 되었다. 암행어사는 지방정치를 사찰하기 위한 비밀 관직이다. 그리고 이도령은 그리운 남원에 와 군수의 악정을 파헤치고, 춘향을 구해내어 경성에 데리고 간다는 줄거리이다.

김계화는 가야금 반주로 부드럽고 탄력있는 목소리로 노래를 불렀다.

분홍빛 복숭아나무여   푸른 그 잎 무성하네
이 아가씨 시집가니   집안사람들 화목하리

춘향의 젊음과 아름다움을 상징하기 위해 『시경(詩経)』의 시 구절을 차용한 것이다.

홍종우는 책상에 팔꿈치를 기대 노래를 들으며 취해 갔다. 계화에게 있어서 홍종우는 춘향전에 나오는 나쁜 군수가 아니라 오히려 이

도령 역할에 비견된다는 말은, 제주도에 와서 이 노래를 처음 불렀던
밤, 그녀가 고백했다. 그녀와 함께 한 달을 살고 보니, 그 마음이 거짓
이 아닌 걸 알았다. 그녀에게 경모받는 것이 태어나서 처음 있는 일이
니 만큼, 홍종우도 더욱 사랑스러워졌다.

　무궁화에 맹세한 임을 잊지 않으려고…

　계화의 노래는 계속되었다. 홍종우는 문뜩 이런 행복이 언제까지
이어질까 생각했다. 생각하면 경성에 두고 온 양영복도 불쌍하다. 결
혼하자 이내 병에 걸린 시아버지 수발을 든 것이나, 북촌 집을 팔아
남대문 밖으로 이사오고 나서는 자수 부업을 하며, 홍종우가 일본이
나 프랑스를 방랑하고 있을 5년 동안 종로 시전에서 먹고 살았다. 김
옥균을 죽이고 귀국해, 겨우 함께 살 수 있게 되었는가 생각하면 또다
시 두 식구 친척을 억지로 떠맡기게 된 채로 별거했다. 불우한 인생을
살아온 자에게 원만한 가정생활 따위 바랄 수 없으니 각자 짊어질 운
명이라 체념하며, 현재를 즐길 수밖에 없다고 홍종우는 염치없는 생
각에 빠졌다.

　하쿠타케 고타로가 이다 요지와 알게 된 지 얼마 안되어, 고노에 아
쓰마로를 회장으로 한 동아동문회[32]가 결성되었다. 이다 요지도 간사
가 되어 하쿠타케에게 입회를 권했다. 학생 정치운동은 금지되어 있

---

32) 동아동문회(東亞同文會): 1898년부터 1946년에 걸쳐, 일본에 있었던 민간외교단
　체 및 아시아주의 단체. 상해에 설립되어진 동아동문서원의 경영 모체였다. 현재
　가잔카이(霞山會)의 전신.

다. 동아동문회는 정치결사가 아니라고 이다는 말했지만, 하쿠타케는 지나(支那) 보전이나 개선을 조성한다는 발족 취지에 마음이 내키지 않았다. 지나(支那)의 치란흥망이 동양의 평화를 좌우한다는 것은 알고 있다. 각국에서 분할되고 있는 지나(支那) 영토를 보전하고, 개선을 조성하는 일은 일본의 의무인지도 모른다. 이다와 같이 아라오 세이의 유지를 이어가고자 하는 자와, 아직 장래 목표도 정하지 못한 학생 신분인 자가 실제로 특정 활동에 참가한다는 건 의미는 다르다. 이다 요지도 무리한 권유는 하지 않았다.

학업을 마친 이다 요지는 동아동문회 상해 주재원으로 일본을 떠났다. 아라오 세이가 기반을 다진 청일무역연구소는 네쓰 하지메[33]가 계승하여, 동아동문서원[34]으로 발족 준비가 진척되어 있었다.

2년 후 하쿠타케 고타로가 졸업증서를 받았을 즈음, 이다 요지는 동아동문회 서부아시아 주재원을 겸하며 오스트리아 빈 대학으로 유학길을 떠났다.

하쿠타케는 졸업 인사차 소에지마 다네오미 저택에 들렀다. 두 사람의 대화는 자연스럽게 하쿠타케의 진로에 관한 이야기로 흘렀다. 아버지의 유언은 정치가 혹은 교육자가 되라고 했지만, 하쿠타케는 아직 확고한 목표를 정하지 못했다. 정하지 못한 것은 아버지의 유언으로, 신문기자가 되고자 했던 하쿠타케에게 있어 정치가나 교육자는

---

33) 네쓰 하지메(根津一, 1860-1927): 일본 교육자, 군인. 군인으로 청일전쟁에 종군하는 한편, 아라오 세이의 친구로 상해 일청무역연구소 운영 및 동아동문서원 초대, 3대 교장으로 활동하며 인재 육성에 힘씀.
34) 동아동문서원(東亞同文書院): 중국 상해에 본부를 둔 일본 사립학교로 1939년에 개설되었다. 대학 약칭은 동문서원(同文書院)이다. 1945년 중국에 학교시설을 넘기고, 1946년 교직원과 학생들이 철수하며 폐교됨.

관심이 없었다. 하쿠타케는 소에지마 다네오미에게 그런 사정을 이야
기하자, 그는 무릎 치며 찬성했다.

"자넨 헨리 모턴 스탠리[35]를 아는가?"

"탐험가 말입니까?"

"자넨 스탠리를 탐험가로 기억하고 있군 그래."

"아닙니다. 뉴욕 헤럴드에서 아프리카 특파원으로 간 신문기자입
니다."

"그렇다네. 잘못 알아서는 안되네. 그는 탐험가로 유명하지만, 그것
은 어디까지나 기사를 쓰기 위해 견문하고, 알고자 했던 것이지."

스탠리는 아프리카 조사로 간 영국 수도사 리빙스턴 소식을 알아내
려고 떠난 신문기자다. 그리고 리빙스턴을 발견해 조사에 협조한 후
세 번이나 아프리카 오지를 찾아가거나, 북극탐험에도 간 적이 있다.
그를 탐험가로 불러도 이상하지 않았지만, 그것은 쓰기 위해 견문하
고, 알고자 했다는 소에지마 다네오미의 말은 신선한 충격으로 다가
왔다. 잊고 있던 걸 다시금 떠오르게 한 것이 아니라, 매사를 애매모
호하게 생각하던 것을 지적받은 느낌이었다.

"조셉 퓰리처는 알고 있는가?"

"예. 뉴욕월드 창설자입니다."

"월드를 읽은 적은 있는가?"

"읽은 적은 없습니다만, 한 번 본 적은 있습니다."

---

35) 헨리 모턴 스탠리(Henry Morton Stanley, 1841-1904): 영국의 탐험가이자 언론
인. 뉴욕 헤럴드 신문사의 특파원으로 활약함. 특히 1871년 신문사 사장의 부탁으
로 행방불명된 리빙스턴을 찾아 아프리카로 건너가, 탕가니카 호수 부근 마을에
서 리빙스턴을 만남.

하쿠타케는 그 때의 일을 얘기했다. 니혼바시에 있는 마루젠(丸善, 일본 유명한 서점)에서 점원이 외국에서 도착한 책 포장지를 버리려고 한 걸 집에 가져온 일이다. 학교 도서관에서 열람한 런던 타임즈 이외 영자지(英字紙)를 본 것은 그 때가 처음으로, 그것이 월드 일요판이었다.

"기억하고 있는 내용은 있는가?"

소에지마 다네오미는 꼬치꼬치 캐물었다.

"저, 코믹 섹션에 있는 컬러 풍자만화…"

말이 끝나기가 무섭게 소에지마 다네오미가 웃었기 때문에, 하쿠타케는 황급히 부연 설명을 했다.

"미국에는 컬러 인쇄기가 있다는 것에 놀랐습니다."

"옐로 키드[36]라네. 노란색 옷을 입은 아이가 전 세계 이곳저곳을 두루 돌아다니며 겪은 내용이지. 미국신문은 선정적으로, 월드의 옐로 키드 따위가 그 대표적이지만, 경쟁 상대인 허스트 뉴욕 저널이 작가와 함께 옐로 키드를 빼내가자, 월드는 옐로 키드를 다시 데려와 등장시켰어. 자네가 본 것은 두 번째라네."

그리고 나서 월드와 허스트에 관한 이야기가 계속되었다. 하쿠타케는 뉴스 페이퍼 메이킹(News paper making)이라는 최근 발행된 미국 신문발달사에 나온 내용을 자신의 생각인 양 말했다. 소에지마 다네오미는 고개를 끄덕이며 듣고 있다가, 옐로 페이퍼에 대한 하쿠타케의 의견을 구했다.

---

36) 옐로 키드(Yéllow Kíd): 미국의 만화가 리처드 펠튼 아웃콜트의 동명의 만화 (1896) 주인공. 최초의 컬러 만화로써 옐로 저널리즘 이름의 유래가 됨.

"신문은 사람에게 읽히는 게 목적이라면, 독자가 알고 싶어하는 기사를 제공해야 합니다."

"흥미본위라는 얘긴가?"

"흥미 대상은 사람에 따라 다릅니다. 추문이나 엽기는 사람의 흥미를 부추기지만, 모두가 그런 건 아닙니다. 그러니까 옐로 페이퍼 뉴욕 헤럴드가 스탠리를 아프리카에 보내 사람을 찾게 한 것이라 생각합니다. 이는 인명구조라는 숭고한 목적이기 보다도, 민중의 관심을 부르는 영리수단이 아니겠습니까?"

"하긴 자네가 말한 대로네."

"겨우 깨닫게 된 것은, 좀 전에 말씀하신 퓰리처 이름을 알고 나서부터입니다."

퓰리처는 뉴욕 월드라는 옐로 페이퍼를 만들어 두고, 인근 콜롬비아 대학에 신문학과를 설치하기 위해 기부하였다고 한다.

"사창가 주인의 신앙심[37] 따위 우스꽝스러운 이야기가 아니라고 생각합니다. 신문이 언제까지나 돈벌이 수단만으로 좋다면, 신문기자를 양성하는 대학 따위는 필요없을 것입니다. 이는 퓰리처가 신문의 향상과 발전을 바랐기 때문입니다. 우선 옐로 페이퍼로 대중의 관심을 끌고, 대중이 신문을 애독하는 습관을 가졌을 때, 사회교육의 결실을 이루려는 게 그의 목적이 아니었을까 생각합니다."

"과연. 지구 반대편에 있는 자네와 같이 이해해 주는 사람이 있으니, 필시 퓰리처도 만족할 것이네. 신문의 위력은 대단하니, 자네도

---

37) 사창가 주인의 신앙심(女郎屋の親爺の神信心): 나쁜 행위로 돈 벌면서, 한편으로 종교에 열중하며 착한 척하는 모순된 모습을 비유한 표현.

좋은 신문기자가 되게나."

소에지마 다네오미는 하얀 턱수염을 한 번 훑더니 방을 나갔다가, 얼마 안 돼 돌아와, 전별(餞別, 잔치를 베풀어 작별한다는 뜻으로, 보내는 쪽에서 예를 차려 작별하는 말)이라며 하쿠타케 앞에 하얀 봉투를 내밀었다. 학교를 졸업한 것만으로 되는 것이 아니라, 세상에 두루 쓰이는 학문을 배울 필요가 있다고 말하며, 우선 가까운 조선을 보고 올 것을 권했다. 봉투 안에는 100엔이 들어 있었다.

귀향해서 징병검사를 받았다. 고도칸[38]에서 검은 띠를 받았지만, 하쿠타케 자신도 몰랐던 각기병 때문에, 검사 결과는 제 2을종이었다. 그러던 차에 도쿄 동아동문회로부터 '일어학교 설립보조금'으로 300엔 소액 우편환이 왔다. 뭔가 착오라고 생각해 반송하려는 때, 이다 요지로부터 편지가 왔다. 일어학교 설립보조금은 그의 의도였다. 빈으로 출발하기 전, 하쿠타케 졸업 선물로 신경 써 주었던 것이다. 일어학교는 조선에서의 일본어 교육이다. 이다 편지에 의하면, 실제로 일어학교를 설립하지 않더라도 설립 장소를 찾아다닌다 치고, 조선 여행을 하라는 것이었다.

고등과 3학년이 된 남동생 에이지로는 의사가 되기 위해 내년부터 도쿄에 가기로 되어 있었다. 고타로는 하루라도 빨리 돈을 벌지 않으면 안된다고 생각했지만, 어머니는 웃으면서 고개를 저었다. 2년 전에 소작인 요시베가 죽었기 때문에, 밭은 관행대로 4대 6으로 다른 사람에게 경작하게 했다. 딸 미쓰는 소학교 교원에게 시집갔고, 어머니

---

38) 고도칸(講道館): 유도가이며 교육가인 가노 지고로(嘉納治五郎)가 창업한 유도 총본산.

는 과부가 된 후쿠와 같이 양잠을 하니 갑절로 늘어났다. 고타로는 집
안 근심없이 조선 여행을 할 수 있는 상황이었다.

동아동문회로부터 조선에서의 일어학교 설립에 관한 상세한 사항
을 써 보내 왔다. 조선에서의 일어교육은 경성을 경계로 북쪽은 동아
동문회, 남쪽은 해외교육회가 중점적으로 도와주고 있었다. 일어 교
육으로 조선에 일본문화를 보급시킨다는 것이다.

조선의 교육사정은 갑오개혁으로 일본교육령을 모방한 신교육령
을 반포하여, 소학교는 전국에 23개교가 설치되었다고는 하나, 갑자
기 설립된 경성사범학교에서 양성된 교사 인원도 부족한데다, 정치정
세가 안정되어 있지 않아 문화 교육정책은 사라지고 말았다. 학부형
쪽에서도 신교육을 까닭없이 싫어해, 자식들을 옛날 그대로의 유교
학당에 다니게 하는 걸 좋아했다. 이러한 때 비교적 활발했던 것이 외
국어 교육이다. 일어, 러시아어, 불어, 영어, 지나어, 독일어 등이 있지
만, 서양어는 경성이나 인천, 부산 등 개항장에서 밖에 필요하지 않은
까닭에, 그 이외에는 일본어 습득이 가장 많았다. 변변치 않은 소학교
신교육을 받는 것보다 외국어를 배우는 편이 실익이 있는 것이다.

적당한 장소를 물색하여 일어학교 설립이 정해지면, 교재와 그 밖
의 물건들은 즉시 동아동문회로부터 보내왔다. 300엔이라면 하쿠타
케의 1년 6개월 학비에 상당하는 금액이다. 그 정도의 돈을 보낸 것에
비해서 제약은 까다롭지 않았다. 그 만큼 이다의 추천이 크게 작용했
다는 것과, 하쿠타케가 모르는 곳에서 충분한 신원 조사가 이루어졌
던 것이다.

동아동문회에서 보낸 편지에는 부산, 공주, 강경, 경성, 평양 등 주
요 도시에는 이미 일어학교가 개설되어 있다는 자료와 더불어, 이들

경영자와 경성에 신문기사로 있는 기쿠시마 겐조 앞으로 소개장도 동봉되어 있었다.

하쿠타케 고타로도 기쿠시마 겐조의 이름은 알고 있었다. 〈국민신문〉 경성통신원을 하고 있으며, 민비시해 관련으로 히로시마 감옥에 갇혀 있었던 남자다. 두 달 후 증거불충분으로 전원 석방되었고, 이때 기쿠시마는 다시 조선에 건너와, 아다치 겐조와 구니토모 시게아키가 발행하고 있던 〈한성신보〉를 이어받았다.

하쿠타케 고타로는 그 해 여름, 나가사키에서 출발했다. 부산과 인천을 시찰하면서 석 달 뒤 경성에 도착했다.

경성 일본거류민은 약 500호(戶), 인구는 3천 명 정도로, 왜장대 아래쪽 진고개에서 북으로 이어지는 저동 주변까지 퍼져 있었다. 하쿠타케는 기쿠시마 겐조를 방문하고, 그의 집에 이웃한 사진관 2층에 하숙했다. 기쿠시마 겐조는 동아동문회 개회식 때 일부러 경성에서 참가하러 온 적이 있었다.

기쿠시마 겐조는 뭐라 종잡을 수 없는 외모를 풍기고 있으며, 4척 7, 8촌(寸, 尺의 1/10로 3.33cm)밖에 안되는 단신은 지략가라고 느낄 정도였다. 하쿠타케는 외국의 왕비 살해에 동참한 신문기자와 깊게 사귈 생각은 없었지만, 만나서 이야기 듣는 사이에 경성이라는 곳이 상상 이상으로 특수한 지역인 걸 알았다.

조선침략이 일본의 숙원이라는 걸 속속들이 알던 신문기자들은 필시 자신들의 행동에 어려움이 많았을 것이다. 일본거류민이라고 하면 고향에서 생계가 막막한 사람들이 와서 큰돈을 벌어 돌아가려는 영세업자뿐이다. 조선에 일본 세력을 부식(扶植, 영향을 주어 사상이나 세력 따위를 뿌리박게 함)시키려던 공사의 뜻을 알고, 누군가 대원군을 꾀어내어 오기 위해선 영세업자 이외에, 정치에 관심이 있는 민간인이 행동하는 수밖에 없다.

그것은 일본에서 한가롭게 학생시절을 보냈던 때와 달리, 경성에 와서 직접 보니 긴박한 국제정세가 직접 피부에 와 닿은 게 하쿠타케의 마음을 움직였는지도 모른다.

러시아는 청국에 관동주를 설치하고, 한국의 마산포 율구미만 조차를 신청했다. 러시아 동양함대의 겨울 계류장으로, 여순과 블라디보스토크 간 항로를 안전하게 하기 위함이다. 그리고 한국정부는 간단히 조차 신청을 받아들였다. 일본정부가 러시아에 항의할 것으로 예측했기 때문이다.

하쿠타케가 신문기자를 지망한다는 말을 듣고, 기쿠시마는 일감을 주며 취재에서 기사 쓰는 방법까지 가르치고 원고료를 받아 주었다. 그러면서 자신의 과거와 을미사변에 관해 이야기를 했다.

"신문기자는 방관자로 있지 않으면 안되지만, 나로서는 그렇게 할 수 없었지…"

다시 그와 같은 일을 겪는다면 신문기자를 그만둘 것이라 말했다. 그것은 붓을 내던지고 실력행사를 한다는 것이 아닌, 소용돌이 속의 인물이 되지 않겠다는 결의의 표시였다. 그 한마디에 하쿠타케는 기쿠시마에 대한 부정적 생각을 고쳐먹기로 했다.

경성에도 일본 신문통신원이 몇 명 있었다. 본사에서 온 특파원이 아니라, 그 지역에 살고 있는 자와 편의상 통신 특약한 것으로, 수당도 싼 편이다. 일찍이 조선에 처음 〈한성순보〉를 발행한 이노우에 가쿠고로도, 〈아사히〉나 〈지지〉와 통신 계약을 했다고 한다.

경성 통신원이 일본 본사 누구보다도 한국과 관련해 자세히 알지만, 조금만 살펴보면 조선에 무지한 기자가 단기간 여행하고 도쿄로 돌아가, 높은 관리와의 담화를 근거로 무책임한 기사를 쓰고 있는 걸 몇 번이나 발견하게 된다. 하쿠타케는 기쿠시마 겐조 자신이 그러한 일본 신문통신원으로써 했던 지난 일에 혐오감을 갖는 걸 왠지 이해할 것 같았다.

4

홍종우가 제주도에 취임하고 나서 3년째를 맞이했다. 처음 목마업 자의 뇌물을 받지 않았던 것이 순식간 섬 전체에 알려져, 섬 주민들은 이전 전임자의 공덕비를 세우지 않았다. 공덕비는 떠난 자의 덕을 기리는 것이 아니라, 신임자에 대한 암묵적 견제이다.

작년 여름, 북청(北淸)에서는 의화단 난[39]이 일어났다. 각국이 마음대로 조차한 것에 화난 민란이다. 열강 공사관이 습격당하고, 일본 공사관 서기관 스기야마 아키라[40]와 독일공사 케틀러도 의화단의 비도에 살해당했다. 각국은 서둘러 거류민 보호를 명목으로, 군대를 북경에 보냈다. 지리적으로 가까운 일본과 러시아가 연합군의 주요 병력이었다.

이 소란으로 러일 정면충돌은 피할 수 있게 되었지만, 일본은 한국

---

39) 의화단 난: 청조 말기인 1900년, 중국 화베이(華北) 일대에서 일어난 배외적 농민 투쟁. 북청사변, 단비의 난이라고도 함.
40) 스기야마 아키라(杉山彬, 1862-1900): 메이지시대 외교관. 1897년 청국에 취임. 1900년 의화단 난 때 북경에서 살해당함.

의 마산포 율구미만에 조차해 배치되어 있던 러시아 군대를 오랜 교
섭 끝에 철회시켰다.

이렇게 하여 러일 간은 소강상태를 유지하였지만, 제주도에서는 조
일어민 분쟁이 연중행사처럼 반복되고 있었다.

일본인은 어획법이 능할 뿐만 아니라 갖가지 궁리를 짜내고 있었
다. 물고기를 잡는 방법에 있어서도 조선인이 종래의 어구 방렴(防廉,
바다에 발에 세워 어류를 잡는 재래식 어구의 일종), 주목망(駐木網,
긴 원추형의 낭망 또는 대망 좌우 입구를 나무 말뚝으로 고정시켜 조
류의 힘에 의해 밀려 들어간 고기를 어획하는 어구)으로 어획하고 있
는 것에 비해서, 일본인은 대부망(大敷網, 정치망 자리그물의 하나.
고기떼를 길그물에서 바로 통그물로 유도하는 것)이나 호망(壺網, 길
그물과 포위망 및 각진 곳에 부착한 원추형 자루그물로 구성된 어구),
대망(台網, 규모가 큰 정치망) 등을 장치해 적극적으로 포획했다. 그
외 안강망(鮟鱇網, 긴 주머니 모양의 통그물), 조망(漕網, 어구를 투
입 후, 노를 저어 어구를 끌어올리는 방식), 유망(流網, 고기의 통로인
수류를 가로질러 그물을 쳐서 잡는 방식), 잠수기(潛水器, 물속에 들
어가 작업하는 사람에게 산소를 공급하는 기계) 도구에다, 물고기의
습성을 맞는 어획법을 취해, 제주도 주변의 물고기는 모두 다 잡을 기
세였다.

이에 대항하기 위해 강력한 자금 투자라든가 어획법 교육 등 국가
적 조치를 강구하지 않는다면, 제주어민의 힘만으로 일본어민과 경쟁
하는 것은 불안하기 짝이 없었다. 게다가 홍종우가 정부에 강력한 발
언을 가졌다고 하더라도 실현되기에는 곤란한 점도 많았다. 목사의
직무를 절감해도 방관하는 수밖에 없는 실정이다.

반복되어온 분쟁 원인은 일본인의 발달된 어획법에 대한 시기심에서 비롯되었지만, 이에 더해 최근 삼국간섭 이후 조선인의 일본 멸시감정이 더욱 사건을 유발시키게 된 것도 부정할 수 없다. 그렇지 않아도 난폭하게 구는 어부들이 이민족 동료와 이해관계가 얽혀 있었기 때문에, 어떤 경우라도 피를 보지 않고선 수습되지 않았다. 그러한 연중행사가 또다시 발발했다.

이번 사건의 원인은 제주 산지항을 본거지로 한 일본인 어부가 잡아 올린 물고기를, 조선인 어부가 계획적으로 빼앗아, 목포 어업조합에 출하해 버린 것이다. 주모자가 뭇매를 맞자, 조선인들은 보복 수단을 취하려고 했다.

홍종우는 분쟁을 방치해 뒀다간 인원이 적은 일본인 사상자가 늘어날 것이라는 그럴 듯한 이유를 대며, 일방적으로 거주 일본인 퇴거명령을 냈다. 물론 홍종우도 조일수교조규로 20년 전부터 이주를 인정받은 일본인들에게, 목사 한 개인이 퇴거명령을 낸다면 국교상 중대문제라는 걸 모르는 바가 아니었다. 그럼에도 굳이 퇴거명령을 낸 것은 "봉당을 빌려 주니 안방까지 달라"(속담으로 은혜를 원수로 갚는다는 비유)는 일본인에게 반성을 요구하기보다, 홍종우에게는 따로속셈이 있었다.

아마도 주한공사 하야시 곤스케는 조선정부에 엄중한 항의를 하는것과 함께, 목포영사 다카마쓰 우사부로를 제주도에 파견할 것이 틀림없을 거라 생각했다. 홍종우는 이미 이 섬에 싫증을 느꼈던 것이다. 그래서 이것이 탈출의 기회가 된다고는 생각하지 않더라도, 이렇게외교 교섭으로 끌고 나간다면, 목사 홍종우의 존재를 조선정부, 아니궁정에 알리게 된다고 보았다. 서로 의논하기 전에 폭력을 휘두른 일본인에게 퇴거명령을 낸 것에 고종의 노여움이나 세간의 비판을 받을 리는 없다. 일본으로서도 러시아 문제로 머리가 아플 지경이니, 조일 어민 분쟁 따위에 신경쓰지 않을 것이다. 온다고 해도 기껏해야 구축함 정도라고 얕보고 있었다.

"재미있어질 것 같군."

홍종우는 혼자 중얼거리고, 염소수염을 쓰다듬으며 자리에 일어섰다. 유생들이 주로 기르던 염소수염은 홍종우의 실제 나이보다 늙게 보이게 하지만 그는 아직 36세다.

퇴청하기가 무섭게, 그는 하인을 데리고 목사아문을 나왔다. 오늘 따라 한 달에 여섯 번 여는 장날이었기에, 복잡한 큰 거리를 피해 해안이 보이는 언덕길을 걸었다. 봄이 다가 왔는지, 하얀 살구와 노란 개나리꽃이 흐트어져 있었다.

항구 인근 어부 집은 초가집을 종려나무 새끼를 이용해 격자로 얽어 맨 것이 눈에 띄었다. 마치 많은 쥐며느리가 정지해 있는 듯한 느낌이었다. 북쪽에서 세차게 부는 바람에 대비한 것이다. 한 집마다 조잡한 돌담이 둘러싸여 있는 것도 바람과 방목한 소와 말 막이 때문이다.

맞은편에서 오던 여자가 땅에 엎드려, 홍종우가 지나가는 걸 기다리고 있었다. 육지에서처럼, 물 항아리나 식료품을 씩씩하게 머리에 이는 일도 없이, 꼴사납게 허리에 끼고 걷는 여자들의 습관마저 홍종우에게는 꺼림칙했다. 제주도 여자는 비록 전복이나 우뭇가사리 등을 채취하는 일에 좋은 솜씨를 가졌지만, 남자들보다 많아 절반 이상이 남의 첩으로 간다. 제주도 남자는 돈 잘 버는 아내와 첩을 가지며, 생활 걱정없이 노는 자가 많았다.

바닷바람을 타고 온 어유(魚油, 물고기에서 짜낸 기름)의 불쾌한 냄새가 역겨웠다.

촌락에서 떨어진 곳에 일본인 제비(製肥)업자가 있다는 건 홍종우도 알고 있었다. 잡어나 정어리를 펄펄 끓여 기름을 짜내, 그 찌꺼기를 건조시켜 어유를 만들지만, 일본인 사업이라는 것만으로도 속이 뒤집혔다. 원래 오던 길로 되돌아가려고 하자, 해안의 일본인 어부부락 쪽을 향해 황새걸음으로 가는 남자 모습이 눈에 띄었다. 서리맞은 신사복에 검은 중절모를 쓰고 있었다.

불안한 그림자가 홍종우의 뇌리를 스쳤다. 십 수 년이나 오래된 일이다. 조약개정 내용에 반대하며, 현양사 사람이 외무대신 오쿠마 시게노부에게 폭탄을 던지고, 자신 또한 외무성 돌담에 기대어 자결한 사건이 있었다. 홍종우가 처음 일본에 간 다음 해 일이다. 홍종우는 범인 구루시마 쓰네키 복장이 검은 무늬 신사복에 중절모였다는 신문기사를 지금도 기억하고 있다. 김옥균을 죽인 이후, 줄곧 현양사 사람들을 두려워해 오면서, 그 때마다 구루시마 쓰네키가 저지른 사건까지 생각이 미쳐, 이렇게 기억에 새겨 두고 있었던 것이다.

때가 때인지라, 어부부락으로 서둘러 가는 남자의 복장이 현양사 사람을 떠올리게 했지만, 하인의 말에 의하면 그는 제주 성내에서 일어학교를 경영하는 시오자키 류노신라는 걸 알았다.

일어학교는 일본거류민을 위한 것이 아니라, 한국인에게 일어 교육을 하는 곳이다. 섬 주민은 일본 멸시 감정을 가지면서도, 일어를 배우면 장사에 도움이 되고, 통역도 할 수 있기에 자식들을 다니게 하고 있었다.

"저 자가 시오자키 류노신인가."

홍종우는 불만스러운 듯 중얼거렸다. 시오자키 모습은 이미 보이지 않았다. 아직 만난 적이 없는 시오자키 류노신이 홍종우는 전부터 까닭 없이 싫었다. 섬 주민은 고사하고 목사아문 관리들조차, 홍종우의 과거를 모른다. 칭찬받을 만한 과거는 아니라고는 하나 상대가 김옥균이었던 만큼, 홍종우도 뛰어난 인물임이 증명된 셈이다. 만일 그 사실을 아는 자가 있다면, 제주도에는 비교적 지식인으로 생각되는 시오자키 류노신 정도다. 일본인 시오자키가 안다면, 한국인과 달리 신랄한 비난을 할 것 또한 알고 있다. 홍종우는 시오자키 류노신이 자신을 경멸할 것이라는, 피해망상을 떨치지 못했다.

홍종우는 아버지 유품인 안경을 떠올렸다. 경성에 있었을 때는 일본인을 피하기 위해 도수 없는 변장용으로 사용했지만, 최근에는 지니고 다니는 일조차 잊고 있었다. 그런 일을 떠올린 것도 일본인 시오자키 류노신을 본 흥분된 여파다.

섬의 최고 권력자는 일본인 이주자 한 사람을 꺼리는 그의 조바심이 채 가시기도 전에 목사공관으로 돌아왔다.

김계화는 점차 홍종우의 첩보단 아내로서, 게다가 해가 갈수록 아름다워졌다. 그녀는 결코 홍종우의 조바심 원인을 묻거나 하지 않았다. 다만 종이와 붓을 가지고 와 풍자만화를 그렸다. 그것은 홍종우가 이마를 찡그리며 열 개비에 4엔이나 하는 이집트 담배를 반도 피지 않고 재떨이에 나란히 꽂아 비벼 끈 광경을 그린 것이다. 홍종우도 쓴웃음을 지으며, 잠시나마 우울한 시름을 달랬다.

계화의 몸을 탐한 밤은 아침까지 숙면하는 것이 보통이었지만, 그날 밤만은 잠을 이룰 수 없었다. 시오자키 류노신은 김옥균의 모습을 다시금 선명하게 불러 일으켰다. 자신이 목숨을 걸고 수행한 김옥균 암살이다. 이 미개 불모지한 땅에서 헛되게 죽을 거 같으냐 하는 반발 심도 일어났다. 시오자키 류노신이 어민부락에 급히 달려 간 것은, 홍종우가 오늘 낸 일본인 퇴거명령과 무관하다고는 생각하지 않았다. 그들이 무조건 퇴거한다고는 생각하지 않지만, 궁정 생각을 환기시키기 위해서라도 이번 사건을 이용해 분쟁을 확대하는 편이 바람직하다. 조선인 측에는 일본인을 건들지 말도록 경고했지만, 사정에 따라서는 그들을 사주해 재외일본인의 마지막 수단인 본국에 구축함을 요청하는 사태까지 몰고 가려고 했다.

하루 왠종일 기분 나쁠 정도로 조용했다. 진정단[41]이 오지 않는 것으로 보아, 홍종우는 기대를 가질 수 있었다. 즉 어민들이 직접 분쟁을 해결할 의도 없이, 국가기관에 일임한다는 걸 알았기 때문이다.

하쿠타케가 제주도 일본인 퇴거명령을 안 것은 경성을 떠나려고 할 때였다. 한국에는 가볍게 견학 여행할 계획으로 왔는데 1년 반이나 지났다. 지금은 영주(永住)하려고 결심했으나, 어머니의 양해를 얻기 위해 막 귀국하려고 있던 찰나에, 〈오사카 마이니치〉 신문으로부터 의뢰를 맡아, 특파원으로 급거 목포로 향했다.

제주도 목사가 홍종우라는 이름을 안 하쿠타케는 깜짝 놀라면서도 한층 취재 여행에 열을 올렸다. 하쿠타케 마음속에는 홍종우보다도 암살당한 김옥균이 보다 깊은 인상이 남아 있었다. 그것은 김옥균이 이와다 슈사쿠로 불린 이유를 잊을 수 없기 때문이다. 하쿠타케는 과

---

41) 진정단(陳情団): 국민이 공적기관에 문제 사정을 진술하고, 요구하는 행위로 청원과 비슷함.

거 은혜를 입은 사람의 이름을 자신의 이름으로 사용하는 행위나, 혹은 다른 이에게 자신의 이름을 불리울 정도의 훌륭한 인물에게 깊은 동경을 품고 있었고, 지금은 그러한 일화가 실천윤리 덕목인 것인 양, 가슴 깊은 곳에 자리 잡고 있었다.

자객 홍종우는 한국을 위해서도, 혹은 사적인 감정에서도 호감을 가질 수 없을지 모르나, 현대사의 한 획을 긋는 인물을 만날 수 있다는 건 신문기자만이 맛볼 수 있는 특권이라 여겼다.

인천에서 배로 목포에 도착한 하쿠타케는 일본인 퇴거명령에 관한 교섭으로 제주도로 간 목포영사 다카마쓰 우사부로 배에 승선했다.

영사관이 세낸 발동기선은 비교적 빨라, 수 시간 만에 제주도 산지항에 도착했다. 통역인 사와무라 젠파치는 탈이 났는지 배 안에서 설사하기 시작하더니, 제주도에 도착해서는 일행의 숙소를 부탁한 제비업자 집에서 결국 쓰러지고 말았다.

하쿠타케 고타로는 운 좋게 사와무라 젠파치 대신 통역 일을 맡게 되었다. 학교 다닐 시절, 같은 기숙사에 구마모토 조선어학교에서 보충수업으로 조선어를 공부한 학생이 있었다. 지금 당장은 필요 없었지만, 하쿠타케는 그 학생으로부터 조선어를 배웠다. 거기다 경성에서는 기쿠시마 겐조가 운영하는 한성신보사에 일하는 조선인 문선공[42]에게 조선어를 습득했기 때문에, 사와무라 젠파치 대신 충분히 통역할 자신이 있었다.

제비업자 집에서 하룻밤을 지낸 다음날, 다카마쓰 영사는 서기 구마베 이치로와 하쿠타케 고타로를 대동하고 목사아문에 찾아갔다. 일

---

42) 문선공(文選工): 신문사나 인쇄 공장에서 원고대로 활자 뽑는 일을 하는 직공.

본인 퇴거명령이 나온 지 이틀째다.

창문이 작은 조선식 어두침침한 방에 들어갔다. 이윽고 상대방도 3명 들어왔다. 중앙에 앉은 목사 홍종우를 보고, 하쿠타케 고타로는 하마터면 놀란 비명을 지를 뻔 했다. 그 때의 이방인이었다. 중학생이었던 당시, 처음 탄 도카이도 선 안에서 본 조선인이다. 그 뒤로 몇 번인가 생각난 적이 있었기에, 하쿠타케는 그의 풍모를 잊지 않았다. 코 아래로 난 팔자수염과 턱에 염소수염을 기른 점이 조금 변했을 뿐, 졸린 듯한 눈도 그 때와 똑같았다. 이 사람이 김옥균을 죽인 남자인가 생각하자, 하쿠타케는 흥분했다.

형식적인 인사를 나눈 뒤, 바로 교섭에 들어갔다. 다카마쓰 영사는 저자세다. 원인은 물고기를 훔친 조선인에게 있다 하더라도, 폭력을 행사한 일본인도 잘한 일이 아니기 때문일 것이다.

"목사나 제주도민이 화내신 것도 당연합니다. 거류민 쪽에는 제가 충분히 잘 타일렀습니다. 아무쪼록 퇴거명령은 철회해 주시길 바랍니다."

"영사는 일본공사의 지령으로 오신 건가?"

다카마쓰 영사를 바라보는 홍종우의 눈은 빛났다. 하쿠타케도 차차 흥분이 가라앉았다.

"아닙니다. 퇴거명령은 중대한 일이므로, 사태를 시끄럽게 만들지 않기 위해서도 서둘러 영사인 제 생각만으로 왔습니다."

다카마쓰 영사는 도수 높은 무테안경 넘어 눈을 깜빡이지 않고 말했다. 홍종우와 마찬가지로 35, 6세이지만, 긴 얼굴 중앙에 눈이 붙어 있는 것처럼 보일 정도로, 넓은 이마가 벗어져 올라갔다. 물론 1등 영사 고등관 5등이니, 제주도 목사보다도 훨씬 격이 아래다. 얕보고 덤

비던 홍종우는 실없이 질문한 것에 혀를 차고 싶은 심정이었다.

경성 일본공사 하야시 곤스케는 즉시 조선 조정에 항의할 것이며, 아마도 목포영사에게는 일본인 퇴거명령의 부당성을 힐문하라고 말했을 것이다. 그럼에도 불구하고 공사 지령이 아니라고 들은 이상, 회의 그 자체가 무의미하게 된다. 사태를 시끄럽게 만들지 않기 위해서라는, 조일통상조규를 무시한 어리석은 목사를 마치 비호하기 위한 것이라는 말 속엔 왠지 모를 무례함을 느낄 수 있었다.

홍종우는 교섭 의욕이 사그라졌다. 현지 사정을 알고 있는 다카마스 영사에게 굴복당한 느낌이다. 그러나 일단 낸 퇴거명령을, 일본영사의 요청으로 간단히 철회하는 것도 목사의 위신이 걸린 문제다.

"진작부터 영사님이 섬에 오시길 바랐던 건, 소박한 어민을 선동해서 평화를 어지럽히려는 자가 있는 듯해…"

정확하게 통역하라고 말하려는 듯, 홍종우는 하쿠타케의 얼굴을 봤다. 처음 본 사람에게 대하는 눈짓이었다. 하쿠타케도 물론 홍종우가 자신을 기억하리라곤 생각하지 않았다.

"그건 무슨 말씀이십니까?"

다카마쓰 영사가 질문했다. 외교 교섭까지 확대되는 걸 기대할 수 없다면, 한바탕 말썽을 일으킬 요량으로 홍종우는 시오자키 류노신을 거론했다. 시오자키 류노신이야말로 황당하기 그지없겠지만, 일본어민 체류를 인정하는 대신에 그를 퇴거시키는 조건을 내걸었다. 이유 없는 트집에, 다카마쓰 영사의 격앙을 노렸지만, 영사는 시오자키의 생각을 확인하지도 않고 승낙했다.

홍종우는 불만스러운 듯 침묵했다. 일본인 어민이 어장인 제주도를 떠나는 것에는 사활을 걸고 있었지만, 일어교사라면 진도나 목포에도 일할 자리는 있게 마련이다. 일어학교 개설에는 동아동문회나 해외교육회가 아낌없이 자금 원조를 하고 있는 것을, 홍종우는 그때서야 떠올렸다.

분했지만, 완전히 홍종우 혼자 설치다가 만 것이다. 다카마쓰 영사 일행은 때마침 타고 갈 배편이 없어, 거류민 대표 제비업자 집에서 하루 더 신세질 것을 전하고 그 자리에서 물러났다.

약 한 시간이 지났을까. 통역인 하쿠타케 고타로가 방문해 왔다. 시오자키 류노신이 퇴거명령을 듣지 않아 회담 재개를 위해 온 것인가 홍종우는 내심 기대했다.

"홍 목사님, 저의 서투른 한국어에 잘 참아주셨습니다."

좀 전 회담에서 진중한 한국어로 통역했던 남자가 허물없이 말을 거는 일본어에, 홍종우는 순간적으로 겁을 먹었지만, 단정한 머리에 감색 신사복이 젊고, 눈부실 정도의 지적인 용모로 봐서는 현양사 풍의 비정함은 느낄 수 없었다.

"차라리 불어로 통역할까 생각했습니다."

하쿠타케는 그렇게 말하고 호탕하게 웃었다. 웃을 때마다 왼쪽 볼에 보조개가 생겼다. 태세를 재정비하기도 전에 추격을 당하는 느낌이라 홍종우는 깜짝 놀랐다. 과거 불어를 말한 것조차 잊을 만큼 세월이 흐른 지금, 그것을 떠올리게 한 일본인에게는 방심해선 안된다. 평소의 홍종우라면 엄숙한 태도를 취하겠지만, 무슨 일인지 하쿠타케의 말에 웃고 말았다.

"아니, 훌륭한 통역이었네. 근데 자넨 내 과거를 알고 있는 모양일세."

홍종우도 일본어로 대답했다.

"알고 있습니다."

하쿠타케는 이를 보이지 않고 웃어도 왼쪽 볼에 보조개가 생겼다.

"대체 자넨 몇 살인가?"

"25세입니다. 9년 전에 한 번 뵌 적이 있습니다."

"자네는 남의 의표를 찌르는 게 특기군 그래. 근데 난 자네처럼 잘생긴 자를 만난 기억이 없네만."

홍종우는 11살이나 어린 하쿠타케에게 이상하게도 마음이 통하는 걸 느끼기 시작했다. 하쿠타케는 웃으면서, 기차 안에서 있었던 일을 얘기했다.

"그렇게 말하니 생각이 나는군."

홍종우는 하쿠타케의 용모까진 기억하지 않았지만, 신바시 역에서 모자를 벗고 목례를 한 소년이 있었다는 걸 떠올렸다.

"나로서는 떠올리고 싶지 않을 때의 일일세. 그런 나를 경멸하는가?"

"경멸한다면 찾아오지 않았을 겁니다. 조선 현대사에 등장하는 인물로서 만나 뵙고 싶었는데, 공교롭게도 그것이 당신이었기 때문에 깊은 인연을 느끼던 참입니다."

홍종우도 전적으로 같은 생각으로, 나이 어린 하쿠타케에게 이끌려 가는 걸 느꼈다.

"흥미본위라 여기지 말아 주십시오."

하쿠타케는 신문기자를 지망하고 있지만, 쓰기 위해 견문을 넓히고, 익히며, 또한 최종 목적을 향하는 과정으로써 역사 철학을 연구하고 싶다고 이야기했다. 젊은이다운 서툴고 어색한 표현이지만, 홍종우도 하쿠타케가 방문한 이유를 어쩐지 알 것만 같았다.

홍종우는 그날 밤 하쿠타케 고타로를 목사공관에 묵게 하고, 지금까지 다른 사람과 말한 적 없는 지나온 삶의 궤적을 토로했다.

일본인을 싫어하는 홍종우가, 그 날부터 하쿠타케 고타로와 깊은 우정을 서로 갖게 되었다.

5

하쿠타케 고타로는 사와무라 젠파치 대신, 통역으로 목포영사관에 근무하게 되었다. 사와무라는 하쿠타케보다 3살 위인 28세이지만, 일본에 돌아가 공부해서 외교관 시험을 본다고 한다. 하쿠타케로서도 조선에 영주하고 싶은 생각이 있는 터라 사와무라 장래를 위해서도 흔쾌히 통역 일을 맡았다.

어머니로부터 남에게 물건을 줄 수 없을 때에는 아낌없이 마음을 주라고 줄곧 듣고 자란 하쿠타케는 이럴 때 결단이 빨랐다. 동아동문회로 돌려보낸 '일어학교 설립보조금'은 장려금으로 되돌려 받았다.

목포 거류지는 공매로 불하받은 일본인 토지다. 바다에 돌출된 황량한 5만평 구릉을 사서 개간하고, 개항장을 만들어 거류지로 정한 지 6년째다. 전관거류지[43]가 아니라 각국 조계지이지만, 일본인이 가장 많았고, 청국인의 15호에 비해서 332호, 1400명이 거주하고 있었

---

43) 전관거류지(專管居留地): 어느 한 나라의 영사에 의해 행정권, 경찰권이 행해지는 거류지.

다. 경성에 있는 일본인의 1/3이다. 한인 마을은 항구에서 북으로 2리
이상이나 떨어진 무안이 중심이다.

거류지 내에는 한국인 토지소유가 허가되지 않았지만, 항구가 번창
함에 따라 무안에서 거래하러 오가는 것도 불편한 까닭에 일본인 점
포를 그들에게 빌려주는 것이 묵인되어 있었다. 또한 정박 중인 한국
배 선원이나 거류지 일본인에게 고용된 한국인을 상대로 하는 식당
등도 영업하고 있었다.

목포에선 항구의 번창이 중요하다. 하역에는 일본인 중개인이 한국
인 인부 조장(십장)과의 계약으로 300명 정도의 노동력 공급을 받고
있다. 조장에는 무안 감리(監理, 감독하고 관리함. 촌장)로부터 권리
금이 붙은 허가증이 나온다. 조장은 자신의 돈벌이 외에도, 허가증을
계속 유지하기 위해 감리에게 바치는 뇌물까지 인부들 삯에서 착취하
지 않으면 안된다. 조장의 착취가 싫은 인부는 일본인 중개인과 직접
계약을 맺거나, 아니면 임금인상 요구를 둘러싸고 분쟁이 끊이지 않
았다. 그러면 조장은 즉시 파업을 지시한다. 인부뿐만 아니라, 거류지
에서 다른 일을 하고 있는 사람들까지 강제적으로 말려들어, 한인 마
을과의 교통은 차단된다. 입항한 배는 하역을 할 수 없기 때문에, 거
류지 상업은 휴업한다. 인부들은 일하지 않으니 밥을 먹을 수 없어 파
업은 폭동으로 번진다.

화물을 내리지 않거나, 다른 항구로 회항해서는 장사가 되지 않기
때문에, 목포 일본 상인은 한인 어음회수로 보복한다. 한인 어음은 정
식 어음법에 의한 건 아니지만, 똑같은 관례와 효력을 가지고 있는 것
으로 통용되고 있었다. 교역에는 일본 화폐와 한국 돈만 거래되기에,
환전의 불편함을 없애기 위해서다. 대부분 한국 상인이 일본 상인에

게 채무를 가지고 있었기 때문에, 어음회수가 시작되면 파업도 전부 붕괴된다. 이러한 일이 끝없이 반복되어 갔다.

사와무라 젠파치가 영사관에 근무하며 외교관 시험 준비를 할 수 없 다고 해 일본에 돌아간 사정을 들은 하쿠타케 고타로는, 쓴웃음을 지으 면서도 거류지의 말단행정을 알기에는 좋은 직장이라고 생각했다.

그러한 와중에, 러시아와 일본은 만주와 한국을 둘러싸고 위험에 치닫고 있었다. 의화단 난이 있고 나서, 영국은 일본에 접근하기 시작 했다. 변란을 체험해 보니, 영국이 동양에서 가진 권익을 지키기 위해 서는 지리적으로 가까운 일본을 이용해야 한다는 걸 알았기 때문이 다. 영일동맹이 체결되자, 러시아는 러불동맹으로 대항했다.

러시아는 의화단 난 이후, 철도연선 보호나 비적 토벌 구실로 많은 육군 군대를 만주에 주둔시켰다. 그리고는 일본, 영국, 미국의 경고로 한 차례 철병이 이루어졌을 뿐이다.

또한 한국에 대한 정책으로는 이전 마산포 율구미만 조차가 일본 의 저항으로 성공하지 못했기 때문에, 이번에는 북쪽 압록강 지역 용 암포에 조차를 신청했다. 한국정부는 마산포 율구미만 조차를 실패 한 전례도 있어, 일본의 처리를 예상하며 순순히 25만평을 빌려줬다. 러시아는 그곳에 포대를 구축해 남쪽, 즉 일본에 경계하고, 만주에 철 병은 커녕 길림과 봉천 방면에 있는 군대를 남하시켜 요양 부근에 집 중 배치, 여순과 호응해 만주점령 계획을 노골화했다. 일본은 더 이상 국부적 저항을 하지 않았다. 국내에서는 고노에 아쓰마로를 중심으로 대러동지회[44]가 결성되어, 중대한 결의를 할 태세였다.

---

44) 대러동지회(對露同志會): 러일전쟁 당시, 러시아와 조기개전론을 주창하며 활동

유럽에 있던 이다 요지는 하쿠타케 앞으로 종종 편지를 보내왔다.
빈 대학에서 식민 정책을 배우는 한편, 서부 아시아와 발칸 여러 나라
에 관한 조사를 하는 게 임무인 모양이다. 동방문제 해결은 동방만의
지식으로는 해결할 수 없다는 것이 동아동문회 간부의 생각이다. 만
주문제에 관해 러일 충돌이 회피하기 어렵다는 건 누구나 예측하고
있었다.

이다가 빈 대학으로 유학 간 이유는 오스트리아가 발칸 여러 나라
와 유럽 중간에 위치하고 있기 때문이다. 이다는 중앙아시아와 발칸
을 2년 간 두 번에 걸쳐 시찰했다. 3년째에는 독일 베를린 대학으로
옮겼다. 1년 후에는 영국 런던으로 갔다.

이다가 귀국 길에 오른다는 편지에는, 그가 오는 길의 나라 순서가
자세하게 적혀 있었다. 런던에서 베를린으로 되돌아가 러시아로 들어
가고, 흑해 북쪽 해안의 오데사에서 배로 콘스탄티노플로 간 다음, 에
게 해를 건너 그리스로 입국해, 살로니카로부터 북쪽으로 가 불가리
아를 보고, 국경인 다뉴브를 건너 루마니아를 횡단, 우크라이나에서
모스크바로 나와, 시베리아 철도를 타고 달니에 도착한다는 것이다.

하쿠타케는 이다가 보낸 편지를 보며, 지도상에 선을 그어 보았다.
러시아와 불가리아 주변이 중심이었다. 발칸 평화는 불가리아에서 무
너질 것이라는 게 많은 사람들의 생각이다.

유럽 정세는 크리미아 전쟁[45] 이후, 러시아가 터키 대신 발칸을 지

한 일본 아시아주의, 국가주의단체. 회장은 고노에 아쓰마로.
45) 크리미아 전쟁(1853-1856): 러시아와 터키, 영국, 프랑스, 프로이센, 사르데냐 연
합군이 크림반도와 흑해를 둘러싸고 벌인 전쟁. 러시아는 이 전쟁에서 패한 후 본
격적으로 근대화를 추진하게 됨.

배하려고 했다. 그러자 유럽 각 나라 대표들이 모여, 비스마르크 의장
으로 하여금 러시아 남하를 저지하기 위해 베를린 회의를 연 결과, 불
가리아가 불가리아 공국과 동 불가리아로 나누어지고, 오스트리아가
보스니아와 헤르체코비나의 행정권을 가졌다. 독립한 것은 몬테네그
로와 루마니아다. 이것으로 발칸 여러 나라는 터키 압제로부터 벗어
났다고는 하나, 국경 분쟁은 끊이지 않았다. 베를린 회의 협정은 10년
도 가지 않았다.

　우선 불가리아와 동 루마니아가 합병했다. 합병한 두 나라의 힘을
두려워 한 세르비아가 불가리아를 침략했다. 그 틈에 그리스가 터키
를 침략해 30일 전쟁을 시작했다. 이 때가 청일전쟁 무렵이다.

　청일전쟁을 경계로 국제적 대립이 동양으로 옮겨졌지만, 발칸 약소
국을 침식하려는 움직임 또한 노골적으로 드러났다. 그리스에는 영
국, 루마니아, 불가리아 그리고 세르비아 후견인은 독일과 오스트리
아다.

　게다가 이 지역은 러시아의 범슬라브주의[46]와 독일의 3B정책[47]이
충돌하는 지점이다. 이다 요지가 유럽으로 떠난 해에 바그다드 철도
는 개통해 있었다. 독일은 평소 동부국경이 불안했지만, 세계의 이목

46) 범슬라브주의: 슬라브 민족의 유대와 통일을 목표로 한 정치, 사회사상운동. 특히
　여기에서는 러시아를 중심으로 슬라브 민족들을 통합시키려는, 반동적인 방향으
　로 움직인 러시아의 범슬라브주의를 말하며, 크리미아 전쟁 이후 러시아 동방정
　책을 변호하는 이데올로기로 이용함.
47) 3B정책: 19세기 말부터 제1차 세계대전까지 독일이 행한 제국주의적 근동 정책
　으로, 베를린, 비잔티움, 바그다드를 연결하는 철도부설과 그 주변의 이권 개발을
　목표로 한 정책으로, 그 주요 지점의 머리글자가 모두 B이므로 3B정책이라 불렀
　다. 이러한 근동정책이 영국의 3C정책, 러시아의 남하정책, 프랑스의 권익옹호문
　제 등과 대립되어, 제1차 세계대전의 원인이 됨.

이 극동을 향해 있는 기회를 놓치지 않았다. 즉 베를린, 비잔틴, 바그다드를 연결한 철도를 건설하여, 페르시아 만에서 태평양으로 진출하려고 한 것이 바로 3B정책이다. 이것은 발칸에서 러시아와 정면충돌할 뿐만 아니라, 케이프타운, 카이로, 캘커타를 맺는 영국의 3C정책과도 복잡하게 얽혀있다. 보불전쟁으로 알사스 로렌 일부를 빼앗겨, 독일에게 할양된 적이 있는 프랑스는 러불동맹으로 대항하고 있었다. 극동에서 러일이 전쟁할 때, 프랑스의 형세에 따라서는 일영동맹 교의상 영국도 일본을 도와야했다. 발칸은 유럽의 화약고라고 알려진대로, 각국의 이해가 뒤얽혀 일촉즉발의 상황이었다.

일본 국내에서는 동아동문회의 주창으로 대러동지회가 결성되었을 때, 이다 요지의 발칸 관련조사는 상당히 의미있는 연구였다. 러시아가 왼손으로 극동을, 오른손으로 근동(近東, 유럽에 가까운 동방 제국)을 동시에 전쟁할 여유가 없다면, 어느 쪽이 먼저인가를 예측하는 판단 자료가 될 것이 틀림없었다.

신문 기사로 본 도쿄에서의 러일 교섭은 긴박하게 돌아가고 있었다.

일본 국내 분위기를 직접 알 수는 없지만, 한국에 있으면 대륙과 연결되어 있는 만큼 러시아의 수법에 대한 위협이 실제로 피부에 와 닿는 느낌이다. 한국인들은 일본이 러시아와 전쟁하는 걸 달걀로 바위치는 격이라 생각해, 러일 교섭이 오래 지연될수록 일본을 업신여기거나 배일 감정이 높아갔다.

경성에서는 일본인이 폭행을 당하거나, 가옥이 부서지는 사건이 빈번히 일어났다. 일본거류민 관청과 상업회의소는 외무대신 앞으로,

"대러 교섭 지체는 한국에서의 제국신민 이익을 감소할 따름이니, 가장 강력한 수단을 써서라도 조속히 해결되었으면 한다."

라는 전보를 보냈다. 민간인이 경솔하게 '가장 강력한' 따위의 말을 사용해도 뭐라고 할 말이 없을 만큼 시국은 긴박하게 돌아가고 있었다. 각지의 거류민들도 각오하고 있었고, 목포에서도 자경단이 조직되었다.

내장원경[48)]으로 탁지부대신과 군부대신을 겸임하고 있던 친러파 이용익은 러일이 개전하면 한국은 국외중립을 지킨다는 취지를 서둘러 프랑스공사를 통해 각국에 보냈다.

외교 실패가 이내 전쟁으로 이어진다고는 생각하고 싶지 않았지만, 하쿠타케도 사태를 인식하지 않으면 안되었다.

그 날 일본에서 보내온 〈요로즈초호〉 지면에는 고토쿠 슈스이[49)], 사카이 토시히코[50)], 우치무라 간조[51)] 세 사람 비전론자들이 쓴 퇴사의 글이 게재되어 있었다. 다만 일본 대부분의 신문이 주전론 필진을 펴고 있을 때, 〈도니치〉, 그리고 도쿄요코하마마이니치가 새롭게 이름을 바꾼 〈마이니치〉, 〈요로즈초호〉 세 신문사가 비전론을 주장하고 있었다. 그러한 요로즈초호도 비전론에서 주전론으로 주장을 바꾼 것

---

48) 내장원경(內藏院): 왕실의 보물이나 세전, 장원 등의 재산을 관리하는 내장원의 최고 책임자.

49) 고토쿠 슈스이(幸德秋水, 1871-1911): 메이지시대 저널리스트, 사상가, 사회주의자, 무정부주의자. 1903년 러일전쟁 개전 이전에는 전쟁 반대를 주장하던 신문도 있었지만, 러시아와의 개전 이후 세론에 밀리는 가운데, 〈요로즈초호〉도 사설을 비전론에서 개전론으로 전환시켰기 때문에, 사카이 토시히코, 우치무라 간조 등과 함께 퇴사함.

50) 사카이 토시히코(堺利彦, 1871-1933): 일본 사회주의자, 사상가, 저술가. 〈요로즈초보〉 기자로 활약하며 사회개혁을 주장하는 논설이나 언문일체 보급에 노력함. 또한 사회주의 사상으로 비전론을 주창함.

51) 우치무라 간조(內村鑑三, 1861-1930): 일본 기독교사상가, 문학자, 성서학자. 1897년 〈요로즈초보〉에 들어가 영문판 주필이 되었으며, 1900년에는 잡지 『성서연구』를 창간하며 무교회주의를 표방함.

이다. 고토쿠 슈스이와 사카이 토시히코는 사회주의자, 우치무라 간
조는 기독교라는 입장에서 전쟁을 부정하고 있었다. 전쟁을 피할 수
없다면 거국일치해 나아가야 한다고 선언한 요로즈초호에, 더 이상
적을 두고 협력할 수 없다는 것이다. 선언도 당당하게 했지만, 그것을
뉴스화하여 제재한 요로즈초호 또한 공정하다 할 것이다. 비전론자
선언이 나왔다는 건 그 만큼 전쟁이 가까워졌다는 의미이기도 하다.

비전론이란 말은 흥분한 하쿠타케의 머리에 냉수를 끼얹는 듯 했
다. 그들은 만주가 어떻게 되어가고 있는지, 한국이 어떻게 될 것인지
알지 못하는 게 아닐까 생각했다. 그러나 비록 적은 사람이라고 해도
지식인의 반대가 있는 것에 대해서는 같은 세대의 청년으로서 마음의
동요를 억누를 수는 없었다.

하쿠타케 고타로는 소에지마 다네오미에게 편지를 썼다. 소에지마
다네오미가 개전론자라는 것은 물을 것까지도 없지만, 역시 확인해
둘 필요가 있었다. 그리고 이내 답장이 왔다.

“…현재 한국 소식은 의외로 널리 펴져 더할 나위 없다네. 늙은 내
귀나 눈이 점점 더 건강해, 이대로라면 백세까지도 살 수 있을 듯하
니, 일절 걱정하지 말길…”

이며, 마지막엔 “러시아에게 죄를 묻지 않으면 안된네”라고 덧붙였
다.

또한 일본에 귀국한 이다 요지로부터도 편지가 왔다.

“한국은 동양의 발칸이라고 말하지만, 복잡한 발칸에 비교해 대륙
으로부터 튀어나온 반도일 뿐이야. 그것조차 다스릴 수 없어 세계의
여러 나라와 만주를 경쟁하는 건 터무니없는 얘기지…”

라고 쓰며, 유럽에서 구상했다는 ‘조선 처분안’의 요점을 열거했다.

러일 간 전쟁이든 평화든 어느 쪽이라 하더라도, 한국을 일본의 보호 국에 둔다는 것이다. 화폐개혁이나 우편행정 그리고 경찰 확충, 교통 개발, 학문과 교육 진흥, 위생시설, 외국인 기득권 처리 등 자세한 구 체안에 관해 동아동문회에 제출한 보고서는, 고노에 아쓰마로로부터 고위 관리 사람들에게 통지되었다.

이다의 편지를 읽다보면, 비전론으로 전쟁에 회의를 품고 있던 것 이 유치하게 여겨질 정도다. 하쿠타케의 머리를 혼란시키는 것과 비 례해, 전 세계는 점점 시끄러워져 갔다. 모든 것이 전쟁과 관계있다고 는 할 수 없지만, 일본인의 한국 출입은 더욱 잦아졌다.

인천으로 오가는 오사카 상선은 4척으로 한 달에 16번 왕복하고 있 으며, 대련을 8번 왕복, 그 외 진남포(鎭南浦, 남포로 평양의 외항)로 오가는 일본 우선 등 모두가 목포를 기항하기 때문에, 그 어수선함을 잘 알고 있었다. 목포에 있는 일본인들은 본국에서 온 사람을 붙잡고 정보를 얻어 서로 전달했다. 외국에 있는 일본인들은 본국에 있는 사 람보다도 열렬히 국위 선양을 바라고, 국제정세의 흐름에 많은 관심 을 가지고 있다. 국가의 이해가 직접적으로 생활에 영향을 미치기 때 문이다.

기쿠시마 겐조가 목포에 온다는 연락을 받았다. 이번 분쟁이 경성 국제외교로까지 파급된 모양이다. 무안 감리는 그 날 밤의 일을 조선 정부 외부대신에게 보고했다. 내용인 즉 일본상민 백여 명이 하역 인 부를 데리고 무안 감리서에 난입, 감리를 위협하고, 죄인을 탈취하는 폭동에 이르렀다는 것이다.

동시에 영국인 홉킨스도 이러한 문제를 총세무사 브라운 앞으로 보고했다. 조선의 해관사무는 청국에 예속된 이후부터, 조일 무역이 가장 많은 현재까지도 계속 영국인이 장악하고 있었다. 총세무사 신분은 한국정부에서도 참견할 수 없을 만큼, 경성 정계에 거대한 세력을 가지고 있었다.

경성에 있는 하야시 공사는 사전에 목포영사로부터 보고를 받지 않아, 이번 사건을 모두 일본영사의 실수로 보고 있었다. 목포 거류지회로부터는 두 사람의 진정(陳情, 사정을 진술함) 위원이 경성으로 올라갔고, 무안 감리도 한국정부의 외부⁵²⁾에 소환되었지만, 일본공사관이나 한국정부도 관계자로부터 사정을 청취했을 뿐 대책을 강구하지 않은 채 목포 치안은 한층 혼란스러워졌다.

폭민들은 거류지와 한인 마을을 차단하는 것만으로는 성에 차지 않았는지, 해상에서도 배가 목포에 입항할 수 없도록 했다. 처음에는 일본영사관의 실수로 판단해 줄곧 한국정부에 사죄해 왔던 하야시 공사는 해상 교통까지 차단되자 태도를 바꿨다. 이미 쟁의를 일탈한 불법행위다. 하야시 공사는 다카마쓰 영사의 청원을 기다릴 것 없이, 인천에 있던 경비구축함 사이엔을 목포로 급파시켰다.

이 무렵, 러시아 함대가 인천에 집결했다. 일본이 목포사건을 조선 출병의 구실로 하는 것은 아닐까 염려한 러시아의 방어 태세라는 소문이 퍼졌지만, 그것은 이전에 조차한 용암포 개항을 위한 시위운동이었다.

기쿠시마가 탄 배는 아침 일찍 입항했다. 날씨가 추운 탓인지 외투

---

52) 외부(外部): 1895년 외무아문(外務衙門)의 후신인 관아. 1906년 의정부 외사국(外事局)이 됨.

옷깃을 세운 기쿠시마는 왜소한 몸을 움츠리며 배에서 내렸다. 그리고 철제 난로가 있는 거류지 식당에서 아침밥을 먹었다. 하쿠타케는 지금까지의 경위를 간략하게 이야기했다.

"일본거류민이 하고 있는 행동은, 마치 나니와부시의 고징야마(浪花節の荒神山, 의리와 인정을 앞세우는 행동을 비유)가 아닌가?"

"처음부터 그럴 생각은 없었지만, 우연이 겹쳐져…"

"어떤 사정이 있다하더라도, 우연이 겹쳐졌다면 해산해야 하지 않나. 한밤중에 백 명 이상이나 외국관청에 우르르 몰려갔다면 폭민일세."

그 사건 이후에도 거류민들은 홉킨스에게 반성을 촉구했지만 잘못을 깨닫기는커녕, 사정도 듣지 않고 해산을 명령한 것에 화가 나 "앞으로는 귀하를 존경하지 않겠다"고 공개장을 보냈다고 한다. 하쿠타케는 그 사정까지 일러바칠 생각은 없었지만, 기쿠시마는 알고 있었다. 홉킨스는 경성에 있는 브라운에게 하나하나 자세히 보고하고 있었던 것이다.

한국정부에서 보낸 관리가 오늘 목포에 온다고 했으며, 브라운이 파견한 인천 해관장 프랑스인 라포르가 중개자로 내일 도착한다. 그들을 기다리는 다카마쓰 영사와 3자회담이 열릴 예정이기 때문에, 기쿠시마 겐조는 그 취재차 온 것이다.

"앞으로 문제가 커질 사항은 납득할 만한 해결을 하지 않으면 안되지. 난 촌뜨기 일본거류민에게 충고 차 원고를 쓸 참이네."

기쿠시마는 뭐라 종잡을 수 없는 풍모를 가졌지만, 말하는 것은 신랄했다.

영사관에는 먼저 온 손님이 있었다. 하쿠타케도 경성에서 만난 적 있는 아유카이 후사노신[53]이였다. 아호는 가이엔(槐園)이다. 다카마쓰 영사의 거주는 영사관 2층이나, 아직 개관할 시간이 아니었다.

"힘들었지?"

기쿠시마가 말을 걸었다. 하쿠타케도 경성에 있는 아유카이 집 앞으로 애도편지를 보냈지만, 재차 위문의 말을 전했다. 아유카이는 당뇨병으로 죽은 형 오치아이 나오부미[54] 장례식에서 돌아왔다.

"배가 2시간 정도 정박한다고 해서…"

아유카이는 경성으로 돌아오는 중이었다.

43세의 젊은 나이에 죽은 오치아이 나오부미를, 기쿠시마는 한동안 슬퍼했다. 기쿠시마가 오치아이 나오부미를 만난 것은 도쿄에 있을 무렵으로 10년이나 되었다.

"기치조지 정원이 연결된 듯한 고마고메 아사카초에 있는 하기노야로 옮기고 나서였을 거야. 나는 후쿠모토 니친난에게 붙잡혀 처음 방문했지."

후쿠모토 니친난이 시에 별 관심이 없던 기쿠시마를 무리하게 데려온 것이다. 오치아이 나오부미에게는 "가을 싸리꽃 흐트러진 들판 저녁 이슬에 젖은 밤은 깊어만 가는구나 라는 훌륭한 시가 있으며, 그 노래대로 밤늦게 찾아오는 것도 꺼리지 않았다. 하물며 시모임은 낮에 있다. 니친난은 기쿠시마가 시를 짓지 않는 사람이라도 환영한다는 말에 따라왔다고 좌중을 향해 떠들었다.

---

53) 아유카이 후사노신(鮎貝房之進, 1864-946): 일본 언어학자, 역사학자, 가인(歌人). 또한 조선어학자로, 조선 고대의 지명이나 왕호(王号) 등의 고증을 하였고, 또한 민속학적 연구에도 힘씀.
54) 오치아이 나오부미(落合直文, 1861-1903): 일본의 가인(歌人), 국문학자.

"좀 전에 자네에게 가르친 시는 만요슈(万葉集, 일본에서 가장 오래 된 시가집)에 있는, 여자가 남자에게 보낸 뜨거운 사랑의 노래야라고 말해, 좌중을 크게 웃게 했지만, 이상하게도 싫지는 않았어."

오치아이 나오부미의 인품과 후쿠모토 니치난의 인덕이라 기쿠시마 겐조는 술회했다.

"생각났네. 나도 아직 일본에 있었을 때군."

아유카이도 기쿠시마와 같은 25, 6세로, 몸이 야위어 볼이 홀쭉한 것에 비해, 큰 귀모양이 인상적이었다. 신사복에 검은 넥타이를 매고 있었다. 그는 청일전쟁 후, 조선학부가 설립한 을미의숙(乙未義塾)의 총장으로 취임되었다. 아유카이 가이엔과 함께 새로운 단가(短歌, 5, 7, 5, 7, 7 운율의 시로 와카라고도 함)운동을 추진한 천향사의 중심인물인 요사노 뎃칸[55]도 조선에 건너와 을미의숙의 교사로 근무하게 된 걸, 하쿠타케도 들어 알고 있었다. 그의 가집 『천지현황(天地玄黃)』이나 『동서남북(東西南北)』은 조선에서 얻은 수확이다. 을미사변 때에는 행인지 불행인지 두 사람 모두 금강산 여행을 하고 있어 연루되지 않았다. 일본세력이 쇠약하여 을미의숙은 폐쇄되고, 뎃칸이 조선을 떠난 뒤에도 가이엔은 경성에 머물며 조선인에게 일본어와 한자를 가르치는 동양학교를 경영했다. 일찍이 경성에서 친러파를 노린 폭탄소동이 있었을 때, 이용익은 아유카이 집으로 도망쳤다. 그리고 그곳 또한 위험하게 되자 기쿠시마 겐조가 보관을 위탁받았던 군용 창고에 몰래 숨겨 주었다. 친러파 이용익도 일본인 아유카이 가이엔과 기쿠

---

55) 요사노 뎃칸(与謝野鐵幹, 1873-1935): 일본 가인(歌人). 게이오의숙 교수. 문화학원(文化學院) 주임 역임.

시마 겐조만은 친교를 맺었다.

하쿠타케는 경성에서 아유카이 가이엔 집을 방문했을 때, 작게 표구된 오치아이 나오부미가 지은, 「조선에 있는 동생에게」라는 제목이 붙은 "집에 오라고 말씀은 하지 않으시지만 어머님이 이따금 그리울 때가 있구나"라는 시를 보며 망향의 그리움에 젖은 적이 있었다. 기쿠시마 겐조는 '효녀 시라기쿠 노래'[56]를 읊조렸다.

"아소에 있는 산골 마을은 가을이 깊어가고/ 적적한 저녁노을을 바라보니/ 어느 절인지 울리는 종소리가/ 제행무상이라 산 가득 전하네 ··· 선생님은 학자이자 대시인이였지. 그러니 가이엔, 뎃칸, 군엔 등과 같은 큰 시인을 육성하신 걸세."

"나 따위는 그들과 비교 상대도 안되지. 형 군엔도 있었지만, 그들 자신이 강렬한 시 생명력을 가지고 있었어."

아유카이 가이엔은 요사노 뎃칸이나 가네코 군엔[57]을 칭찬했다. 기쿠시마가 화제를 바꿨다.

"고노에 씨도 어쩐지 위험할 것 같군. 40세의 젊은 나이인데 말이야."

"대학병원에서 퇴원했다고 해 병문안하러 갔는데, 면회사절이었네. 꽤 어려운 병명이더군."

---

56) 효녀 시라기쿠(白菊) 노래: 이노우에 테츠지로(井上哲次郎)가 지은 한시「효녀백 국시(孝女白菊詩)」에 감동한 오치아이 나오부미가 자극을 받아 쓴 신체시 형식 의 시로, 1888년부터 1889년에 걸쳐 만들어진 시다. 내용은 세이난 전쟁 때, 행방 불명이 된 아버지를 그리워한 효녀의 이야기다. 이 시는 당시 사람들에게 감동을 주어, 독일어나 영어로 번역되었다. 또한 현지인 아소(阿蘇)에는 허구임에도 불 구하고 비석이나 전설이 생겨남.

57) 가네코 군엔(金子薰園, 1876-1951): 일본 시인. 1893년 오치아이 나오부미가 설 립한 천향사(淺香社)에 입문, 와카혁신운동에 참여하며 와카보급에 공헌함.

"방선균증[58]라는 거야. '악혈(惡血)을 들이마셨다'고 기억(actinomycose 의 발음이 아쿠치오 노미콘다 〈악혈을 들이마셨다〉와 유사하기 때문임)하면 잊지 않을 거네."

"병명은 잊어도 좋은데, 병세는 누구에게 물어봐도 요령부득이야."

"일본인에겐 희귀한 병인 모양인지, 세균이 온몸에 퍼져 곪은 부위가 괴사된다고 하네. 이미 20군데 절개했다더군."

"왠지 수상한 병이지 않은가?"

아유카이의 지적에, 기쿠시마는 씁쓸히 웃었다.

"잠복기가 있었다고 하니, 코쟁이(서양인의 속어) 여자라도 아내로 맞아들인 게 아닌가. 그런데 얼마 남았다던가?"

"정확한 시간은 누구도 모를 거야. 그러나 그다지 길지 않을 걸세."

"결국 전쟁이군."

두 사람에게 고노에 아쓰마로의 임종 얘기를 들은 하쿠타케는 박정하다고 생각하는 한편, 그것이 러일 국교의 단절 시기임을 깨닫고 침을 삼켰다. 기쿠시마는 팔짱을 진 채로 잠자코 있었다.

---

58) 방선균증(actinomycose): 방선균에 의해 발생하는 만성 화농성 육아종성 질병으로, 주로 얼굴, 폐, 배 등의 부위에 발생한다. 특징은 농양과 누공, 두터운 반혼을 형성함.

제4장

오늘 날씨는 청량하여도

1

마침내 일본은 러시아에 선전포고를 했다. 메이지 37년(1904년) 2월 10일의 일이다. 10일 후, 6개조로 된 한일의정서가 체결되었다. 요지는 일본은 한국을 보호해 주는 대신에, 한국도 일본이 전쟁을 쉽게 할 수 있도록 협력하라는 것이었다. 6개월이나 이전부터 한국이 선언한 국외중립은 어떤 의미도 이루지 못했다. 한일의정서를 체결한 외부대신 이지용 저택에는 이내 폭탄이 던져졌다.

홍종우는 러일 개전 이후, 한국 사정은 경성에서 발행된 〈한성순보〉로 알았고, 전쟁 상황은 일본에서 보내온 신문으로 확인했다.

예상을 뒤엎고 일본군은 연승했다. 압록강 일대의 러시아군을 격퇴하고, 만주로 공격해 갔다. 요양, 사하, 봉천에서 계속 이겼지만, 여순 공략에는 고전을 면치 못했다. 일본군이 유리하다고 보이기 시작할 무렵, 한국도 간신히 한러 국교 단절을 선언했다. 그때까지 한러 간에 맺었던 조약은 파기되고, 궁정 내 친러파는 추방당했다.

현해탄에서 러시아 함대에 의해 히타치마루가 침몰되었다. 배 안에 타고 있던 건 고노에 사단의 후비병이었다. 개전 4개월 만에 고노에 사단이 출동하게 된 것은 일본 동원병력도 한계에 이른 것이 아닌가 의심케 했다.

8월에는 한일협약이 체결되었다. 한국정부는 외국과의 조약체결 외에 중요사항을 미리 일본정부와 협의한다는 약정이다. 재무부에는 일본인 고문 1명, 그리고 외부에는 일본이 추천한 외국인 고문 1명을 초빙하게 되었다. 이 협약으로 대장성 주세(主稅) 국장 메가타 다네타로[1]가 한국 재무고문관으로 경성에 취임한 것이 9월 말로, 그 달 초 요양이 함락되었다. 홍종우는 하쿠타케가 보낸 편지를 통해 메가타 다네타로 고문관보다 한 달 늦게 이다 요지라는 인물이 재정고문부에 들어간 것을 알고 있었다.

요양 전투에서 용맹을 떨친, 조슈 파벌의 육군대장 하세가와 요시미치[2]가 한국 주차군사령관으로 만주에서 곧장 경성에 들어왔다. 그리고 일본이 추천한 외교고문으로 미국인 화이트 스티븐슨이 왔다.

일본군은 8개월이 지나 간신히 여순을 함락시켰다. 홍종우는 일본 거류민들의 제등행렬[3]을 복잡한 심경으로 바라보고 있었다. 일본이 진다고는 생각하지 않았지만, 당시 일본정부는 7억 엔이나 웃도는 외

---

1) 메가타 다네타로(目賀田種太郎, 1853-1926): 일본 정치가, 남작. 각료 및 법학자 이며 재판관, 변호사 등 귀족원의원. 국제연맹 대사 역임.
2) 하세가와 요시미치(長谷川好道, 1850-1924): 일본 육군 출신으로, 한국 주차사령 관 및 참모총장, 조선총독 역임.
3) 제등행렬(提灯行列): 전쟁 승리나 각종 경사 등이 있을 때, 축하의 의미로 밤에 많은 사람들이 등을 들고 줄을 지어 돌아다니는 행사.

국 채권을 모집하고 있는 중이었다. 전쟁 비용 외에 외채 이자만해도 어마어마한 돈이다. 전쟁이 확대할 때마다 첫째도 돈, 둘째도 돈, 셋째도 돈이 필요했다. 여순 함락으로부터 한 달이 지나, 한국인 명절인 구정이 다가왔다. 광무(光武)라 개원하고 태양력을 이용하게 된 지도 어느덧 8년이 지났지만, 민간 사이에는 아직도 태음력이 통용되고 있었다.

러일 개전 이후 홍종우는 마음이 초조한 날이 많아졌다. 목사로서 일에 전념하지 않았고, 시름을 달래기 위해 짓은 싯구도 변변치 않았다. 묵을 갈아 화선지를 폈다. 정월인 만큼 '입춘대길(立春大吉)'이나 '광무다경(光武多慶)' 등 대문에 장식할 축사 몇 구절을 썼건만, 마음에 들지 않아 찢어 버렸다. 제주도 목사직도 길지 않을 것이라 하찮게 여긴지도 이미 5년, 중앙복귀는 물론이고, 일본이 러시아에 이기면 지금의 자리마저 위태로울 것이다.

홍종우는 취임 이후, 해마다 열리는 경성 영춘(迎春) 행사에 참석하기 위해 은밀히 목포로 떠났다. 경성에 가려면 목포에 기항하는 일본배로 인천에 가서, 경인철도를 타야 한다.

홍종우는 목포에 올 때마다 일본의 외국 항로뿐만 아니라, 목포를 기점으로 일본인 경영의 연안 항해선 수가 늘어난 것에 놀랐다. 한국 연안 항해선은 해마다 정부에 바치는 쌀 수송을 위한 관유선(官有船, 관청이 소유한 배)뿐이었지만, 그것도 러일전쟁 후에는 일본우선에 위탁되어, 연안 항해는 일본인 손에 넘어갔다. 삼면이 바다로 둘러싸인 한국에서 연안 항해가 발달되지 않았던 걸 왜구의 책임으로 탓하는 자들도 있지만, 왜구가 소멸한 지 3세기가 지난 지금, 그것을 말하는 건 옳지 않다. 모든 것이 정치적 빈곤에서 유래하기 마련이다.

해상 수송뿐만 아니라, 지금은 육상 수송 또한 일본인에게 빼앗겼다. 개전 후에 긴급명령 아래 지난달부터 개통한 경부철도는 무수한 문명 혜택을 한국에 가져다준 건 틀림없지만, 많은 일본인이 위세를 부릴 게 뻔한 일이었다. 한국의 힘으로는 될 리가 없는 대사업인 만큼 한층 복잡한 심정이었다.

홍종우는 오사카 상선 목포지점에 갔다. 그리고 인천행 배편을 사 내일 출항시간을 확인하고, 바다가 보이는 황량한 겨울 언덕길을 걸으며, 하쿠타케 고타로가 머무는 하숙집으로 향했다. 제주도에 있으면서 하쿠타케라는 일본인 친구를 얻은 것만이 의외의 수확이었다. 서로 안 지 2년 반, 하쿠타케는 제주도에 수차례 왔다. 홍종우도 경성에 왕래할 때마다 일부러 시간을 내 하쿠타케를 방문했다. 처음에 하쿠타케는 연장자인 홍종우에게 존칭을 써서 말했지만, 홍종우가 부탁한 이후부터 서로 격식없이 지냄에 따라 친밀함은 더욱 커졌다.

물론 하쿠타케와 친하게 지낸다고 곧 친일감정으로 이어지는 것은 아니지만, 미묘한 감정에는 변화가 있었다. 아니 친하게 지내게 될수록, 척추에 뭔가가 들러붙은 것 같았다. 설령 대신이나 재상이라 하더라도, 그들의 변절이 반드시 후세의 역사에 남겨진다 말할 수 없거늘, 한낱 이름 없는 평민이 자신의 동포를 암살한 사건만큼은 영원히 잊혀지지 않을 것이다. 자신과 일본 사이에 김옥균 시체가 가로막는 한, 홍종우는 온몸이 묶인 것과 마찬가지다. 실제로 일본에 다가가기 어려운 사태가 또다시 새롭게 발생하고 있었다.

그것은 다름 아닌 김옥균의 아들 영진이 들불처럼 퍼지기 시작한 친일파 일진회(一進會) 운동에 참가해, 아버지의 원수인 홍종우를 노린다는 소문을 전해들은 것이다. 스스로 매사에 빠져나갈 수 없는 운

명의 늪을 마주한 사람처럼, 하늘은 홍종우 한 사람을 빠져나가지 못
하게 하려고 겹겹이 삼엄한 그물을 쳐 두었구나 싶어, 허공을 마구 쥐
어뜯고 싶었다.

영사관원은 대부분 영사관 구내를 벽으로 칸막이 만든 나가야에 살
고 있었지만, 독신자 하쿠타케는 거류지에 위치한 간장 양조업자의
집 별채를 빌렸다. 원래는 주인집 내외가 살고 있던 방으로, 가게와는
별도로 출입구가 있었다.

홍종우는 무턱대로 별채를 방문했다. 휴일인지 하쿠타케는 집에 있
었다.

"오늘밤은 여기서 묵어도 되겠나?"

홍종우는 거두절미하고 물었다.

"좋다마다, 대환영이네만…"

"벼슬을 관두고 온 건 아니네."

홍종우는 하쿠타케의 미심쩍어하는 눈을 보며 대답했다.

"그렇다면 안심이군."

"언제까지 안심하고 있을 수 있다면야."

하쿠타케 또한 홍종우의 말을 쉽게 부정할 수 없었다. 전쟁 중에 장
래의 일은 누구도 알 수 없는 법이다. 홍종우는 대바구니에 넣어 가져
온, 1척 가량의 도미를 하쿠타케에게 내밀었다.

"이거 굉장하군. 목사공관에서 대접받은 만큼은 환대할 수 있을 것
같네."

하쿠타케는 한국인 어머니(여기선 늙은 노비(老婢)라 쓰고 어머니
라고 말함)를 불러 대바구니를 건넸다. 그리고 한국어로 안채에 딸린
부엌에 가져가라고 시키더니, 독서용 책상으로 사용하고 있는 짧은

다리 나주 소반을 재빨리 방 한가운데로 가져왔다. 목포 하구로 흐르는 영산강 상류 나주산 느티나무로 만든 탁자다.

"그런데, 식사는 하셨나?"

"배고프지 않으니, 천천히 하게나."

"그럼 조그만 기다려 주게."

하쿠타케는 도기로 만들어진 화로에 숯을 집어넣더니, 쇠주전자를 들고 나갔다. 방바닥은 막 다다미로 바꾸었는지 밝았고, 벽에 늘어선 책장도 훌륭했다. 지금까지 하쿠타케가 읽었던, 나주 소반을 가져올 때 책장 옆에 아무렇게 놓인 책은 쥘 미슐레[4]가 쓴 『프랑스 혁명사(Historire de La Revolutiou franceaise)』 원서다. 하쿠타케가 쇠주전자를 들고 왔다.

"이번엔 무슨 용무인가?"

하쿠타케는 차 준비를 하면서 홍종우에게 물었다.

"구정이라 상경한 도중이었네만, 그 전에 자네의 의견을 듣고 싶어서 말이야."

"무슨 일이라도 났는가?"

"아직 일어나지 않았지. 근데 혹시 일진회라는 단체를 알고 있는가?"

"대단한 세력인 것 같네만."

"김옥균의 아들도 가담해서 날 노리고 있다더군."

하쿠타케는 자리를 고쳐 앉아 홍종우의 얼굴을 응시했다.

---

4) 쥘 미슐레(Jules Michelet, 1798-1874): 프랑스의 역사가로 국립 고문서보존소 역사부장, 파리대학 교수, 콜레주 드 프랑스 교수 역임. 역사에서 지리적 환경의 영향을 중시하고 민중의 입장에서 반동적 세력에 저항함.

"좋은 기회이지 않은가. 황제폐하가 시켰다는 증언을 받으시게."

"농담은 그만 두게."

홍종우는 힘없이 눈길을 돌렸다.

"어처구니가 없지 않은가. 자네는 고종의 흉기에 불과해. 증오는 흉기의 사용자에게 향해야 하네."

하쿠타케는 뜨거운 물을 부은 사기 주전자를 찻잔에 따르면서, 혼잣말인양 "차라리 영진을 만날지 않을 텐가?"라고 중얼거렸다.

"나도 도망가거나 숨는 짓을 하고 싶지 않네. 다만 자네가 생각한 것처럼 상대를 설득해서 원한을 잊도록 하는 게 한국에선 통용하지 않아. 만난다는 건 불 속에 뛰어드는 여름 벌레나 하는 짓이지. 그건 그렇고 오늘 방문은 이별의 의미도 있다네."

"이별이라니. 놀리지 말게나. 죽을 각오라면 뭐든 할 수 있지 않은가?"

하쿠타케 고타로는 현재 한국에서 홍종우의 담력과 정치 감각 그리고 유창한 일본어를 살려야 한다고 강조했다.

"부질없는 짓이네. 내 과거는 영원히 사라지지 않아."

"아직도 그렇게 말할 텐가. 좀 전의 말한 건 농담이 아니네만, 폐하가 자네의 산증인일세. 폐하의 비호가 있다면 일진회조차 손가락 하나도 건들지 못하네. 죽을 각오로 다시 한 번 한국 정계로 재기해야지."

"그렇게 부추기지 말게나. 남의 선동에 놀아나 평생 잘못을 저지른 사람일세."

하쿠타케는 홍종우의 말에 대답하지 않고, 현재 한국 정계에 활약하고 있는 이완용에 관해 말을 꺼냈다. 이범진, 이용익과 함께 친러의

세 이(李) 씨로 명성을 떨친 남자가 지금은 친일파이다. 그 동안의 경
위는 홍종우도 익히 알고 있었다. 이완용의 아버지 죽음이 그의 진로
에 영향을 주었던 것이다. 한국에서는 부모가 돌아가신 후 3년간 상
복을 벗어서는 안된다. 이완용도 3년간 벼슬에서 물러나 칩거했기 때
문에, 친러파로서의 초기 활동은 어느 샌가 사라지고 없었다.

"역시나, 그러한 사정이 있었군."

"글쎄 무엇이 행운인지 모르겠어."

"어떤 사정이 있더라도 자넨 군자표변(君子豹變)임에 틀림없네. 군
자표변이란 군자는 잘못을 고치는 것이 빠르고, 기회를 포착하는 데
매우 빠르다는 말도 있지 않은가. 자네의 수완이라면 이완용에게도
지지 않아."

하쿠타케는 한결같이 홍종우의 기운을 복돋아 주었다. 홍종우는 팔
짱을 낀 채 생각에 잠겼다. 김영진에게 죽임을 당해도 좋다고 여기는
한편, 고종에게 받친 목숨이 사사로운 원한의 칼에 당할 비참한 운명
을 생각하니 몸을 둘 곳이 없었을 때, 일본인 하쿠타케 고타로의 우정
은 눈물이 날 정도로 고마웠다.

"어떤가? 홍 선생."

"그렇군. 자네의 우정에 보답하기 위해서라도 힘내야겠군. 하지만
고종에게 배알한 길이 없네."

"자네는 직임관이지 않은가?"

"그리 말해도, 일본 천황이 일개 현(縣) 지사를 쉽게 만나겠나?"

"그것도 그렇군."

"게다가 제주도는 자급자족으로 세금도 면제되어진 곳이지. 특별
히 따로 다룰 만큼 내세울 것도 없다네."

고종의 첫 대면을 알선한 민영소가 농상공부대신으로 복귀했지만, 홍종우는 더 이상 김옥균 암살을 처세의 수단으로 하고 싶지 않았다.

"고종에게 알현할 수 있는 길은 내가 만들도록 하지."

하쿠타케는 자신 있게 말하며, 고종도 신뢰하고 있는 신문기사 기쿠시마 겐조의 이름을 꺼냈다. 홍종우는 순간적으로 시선을 피했다. 홍종우에게 있어 기쿠시마 겐조는 능지처참 당한 김옥균 시신이 양화진에 방치되어 있을 때, 현재의 참상을 삽화로 그려 보도한 기자로 뇌리에 각인되어 있었다. 독립기념제가 있던 날엔 뒤에서 그의 목소리를 들으며 걸었다. 그 후, 민후를 죽인 도당과 섞여 한국에서 강제 퇴거당했지만, 무죄가 되어 다시 한국에 와서는 같은 일당의 아다치 겐조가 주재하던 〈한성신보〉를 이어받은 자다. 이런 사람을 고종이 신뢰하는 건 이용 가치가 있기 때문이다. 친러파 내각은 조선 남해안 마산포 율구미만과 북쪽 간도 용암포에 대한 러시아의 조차 요구를 정면으로 거절하기 어려워, 기쿠시마 겐조를 이용하려고 한 적이 있다. 즉 〈한성신보〉에 떠들썩하게 기사를 쓰게 하여 일본 주한공사를 자극해, 한국 정부에 항의를 하게 만들어, 결국엔 일본이 격렬히 저지한 탓에 러시아의 요구에 응할 수 없다는 교활한 방법을 사용하려고, 기쿠시마 겐조에게 특종 기사를 제공했지만, 그가 한 글자도 쓰지 않았다는 건 정계 소식통에 있는 사람이라면 누구나 알고 있는 사실이다. 하쿠타케가 말한 대로, 기쿠시마의 알선이라면 아마도 고종을 만나는 것은 어렵지 않을 것이다.

"기쿠시마 씨라면 곤란하네. 그는 나에게 호감을 가질 리가 없어."

홍종우는 힘없이 고개를 저었다.

"무슨 얘길 하는가. 자네 일은 이미 말해 두었네. 그리고 소개장을 쓸 테니, 오늘 밤은 자네의 재출발을 위한 작별회가 아닌 축하연을 여세."

하쿠타케의 신신당부하는 말에, 홍종우는 눈물을 억누를 수가 없었다.

안채에서 가져온 성게 알과 어묵을 술안주로 술 한 병을 비울 무렵, 도미회가 나왔다. 홍종우는 함께 가져온 고추장을 듬뿍 떠서 간장에다 녹였다. 한국 근해에서 잡힌 도미는 일본 도미보다 감칠맛은 없지만, 신선했다.

순무 조림은 홍종우가 처음 맛보는 것이었다.

"생선회는 그렇다 하더라도, 이게 왠지 진짜 일본 요리같군."

홍종우는 입 안에서 녹아드는 순무를 음미하며 먹었다.

"그렇지도 모르겠군. '도미와 순무'는 원래 설탕에 절여 맛을 내는데, 자네는 한국인이니 안채 주인마님이 신경 쓴 모양일세."

한국인은 조미료에 설탕을 사용하지 않는다.

"아니, 생선회에 고추장을 내온 것도 그렇고, 아까부터 음식에 신경써 준 걸 알았다네."

요리는 차례차례 내왔다. 같은 재료이긴 하나, 조갯살과 함께 버무린 초무침과 소금구이, 소금만 넣고 끓인 맑은 조갯국이 서로 절묘한 맛을 내어 질리지 않았다. 요리를 다 내오자, 하쿠타케는 어머니를 집에 보냈다.

"오늘 밤과 같은 감격은 일찍이 내 일생에 없었네. 그러고 보니 삭막하기 그지없는 인생이었지."

홍종우는 통절히 느끼며 말했다.

"벗이 있어 멀리서 찾아오니, 이 또한 즐겁지 아니 한가."

장단을 맞춰 부르며, 하쿠타케는 측간에 가려고 일어섰다. 잠시 후 홍종우도 다녀와서 원래 자리에 앉자, 하쿠타케는 일진회에 관한 것을 물었다. 홍종우는 이미 조사해 두었기 때문에, 기다렸다는 듯 고개를 끄덕였다.

"언젠가 자네에게 말하려고 생각했네만, 내가 보부상 단체를 이끌고 싸운 적이 있었지…"

"아, 친일재야당 만민공동회 말이군."

"순서상으로 보면… 윤시병이 그 잔당들을 모아 만든 유신회[5]가 일진회의 모태지."

요양에서 전투를 끝내고, 육군대장 하세가와 요시미치가 한국 주차군 사령관이 되었을 즈음, 일본에서 송병준이 귀국해 군사령부 통역을 맡았다. 그는 을미사변 이후 일본에 망명해 귀국의 기회를 엿보고 있었다. 송병준은 군사령부의 뜻을 받아 윤시병의 유신회에 손을 써서, 스스로 고문이 되어 강력한 친일단체를 만들어 냈다.

때마침, 청일전쟁을 유발한 끝에 물러나 일본에서 망명하고 있던, 동학의 잔당 이용구도 귀국하여 진보당을 결성했다. 이용구의 후원자는 우치다 료헤이[6]다. 우치다는 동학난이 일어났을 때, 그들을 지원한 천우협 일당으로 현양사 사람이었다. 현해탄을 제패한다는 강령으로 출발한 현양사는 이미 과거의 집단이다. 다음 목표인 지나(支那)

---

5) 유신회(維新會): 송병준이 러일전쟁 발발과 함께 국내로 들어와 독립협회의 회원이었던 윤시병, 유학주, 염중모 등을 포섭하여 1904년 8월 18일 조직한 것으로, 황실의 존안, 인민의 보호, 외교상의 절충을 통한 중흥의 위업달성 등 구국 의지를 표방한 친일단체.

6) 우치다 료헤이(內田良平, 1874-1937): 일본국수주의자, 우익운동가. 아시아주의자이며 흑룡회 간부.

대륙을 향해 진출하기로 맹세한 그들은 3년 전에 흑룡회[7]를 결성했고, 우치다는 그 우두머리였다.

"유신회의 윤시병과 진보당의 이용구를 하나로 묶는 것이 일본으로 간 송병준일세. 송병준에게는 전 국회의원 사세 구마테쓰[8]라는 참모 역할을 하는 자가 따라 다녔다네. 그리고 이 정도의 인물들이 갖춰지면 합류하는 편이 나아."

이리하여 일진회가 생겨나고, 이용구는 회장으로 추천되었다.

"이용구는 송병준 같이 남의 밑에서 일할 자가 아니야. 합류한 것은 정부의 탄압을 피하기 위해 송병준의 배후에 있던 일본군 사령부를 이용한 것뿐이지…"

송병준은 이용구에게 동맹의 증표로 백만 회원의 단발을 요구했다. 한국인에게 있어 목을 치는 것만큼이나 싫어하는 단발을 할 수 있다면, 백만 회원의 생명은 보증하는 것이다. 과거 고종의 명령에도 단발하지 않았던 자들이 아무런 미련 없이 단발했다. 이용구가 얼마나 많은 사람의 신망을 얻고 있는지에 대한 증거이기도 하다.

더욱이 송병준은 참모인 사세 구마테쓰에게 일진회에 일본인 고문 추대를 의뢰했다. 사세는 대러동지회에서 강경파 외교의 거물 고무치

---

7) 흑룡회(黑龍會): 1901년에 설립된 국가주의(우익)단체. 중국, 만주, 러시아 국경에 흐르는 흑룡강에서 이름을 따옴. 러시아와의 전쟁을 주장했으며, 현양사의 해외공작 센터라고 불리웠다. 1931년 대일본생산당(大日本生産党)을 결성, 1946년 GHQ 당국에 의해 해산됨.

8) 사세 구마테쓰(佐瀬熊鐵, 1866-1929): 메이지, 다이쇼 시대 의사, 중원의원. 1895년 민비암살사건에 연좌되어 히로시마 감옥에 투옥됨. 그리고 1896년 다시 조선에 건너와 친일당 책동을 원조했고, 러일전쟁 때 조선에 와서 송병준, 윤시병, 이용구 등과 왕래하며 일진회 조직을 도와 고문이 됨.

도모쓰네[9]를 추천했다. 그런데 〈일본신문〉 경성특파원 가미야 다쿠오[10]가 도쿄까지 설득하러 와 그만두었고, 그 대신에 고무치가 추천한 모치즈키 류타로[11]를 데리고 돌아왔다.

"대충 이러한 상황이라네."

홍종우는 말을 마치자 이집트산 담배에 불을 붙였다. 하쿠타케에게도 권했으나, 그는 열 개비에 5전하는 일본담배 히어로를 피웠다.

"잘 알았네. 근데 제주도에 있으면서 꽤나 자세히 조사해 두었군."

연기를 내뿜은 하쿠타케의 볼에 깊은 보조개가 생겼다.

"나는 경성에서 식충이를 두 식구나 부양했네. 한국인의 숙명이니 어쩔 수 없는 일이지. 하지만 난 그들을 공짜로 놀고먹게 할 수 없어 정보 수집을 하게 시켰지."

홍종우는 담배를 왼손으로 바꿔 들더니, 오른손으로 큰 찻잔을 들었다. 조그만 술잔에 서로 따르는 것이 귀찮아서 두 사람 모두 큰 찻잔으로 바꿨다.

"원한다면 얼마든지 이야기하지. 난 자네와 대화할 때는 이상하게도 일본인이라는 거리낌이 없다네. 자네나 나나 모두 일본과 한국 이외의 제 3국민과 같은 기분으로 얘길 할 수 있어."

---

9) 고무치 도모쓰네(神鞭知常, 1848-1905): 메이지시대 관료로 중의원의원. 대일본협회, 국민동맹회, 대러동지회 등 조직 결성에 참가함.
10) 가미야 다쿠오(神谷卓男, 1872-1929): 1893년 미국으로 유학가 스탠포드대학 및 콜롬비아대학에 각각 2년간 재학, 귀국 후 〈일본신문〉 기자가 됨. 1904년 한국에 와서 일진회 고문으로 활동, 그 후 정부에 초빙되어 재무관이 되었고, 계속해 함경북도 서기관이 됨. 한일합방 후에도 조선총독부에서 평안북도 내무장관 등 역임.
11) 모치즈키 류타로(望月龍太郎, 1864-1934): 정치 활동가. 친일파 단체인 일진회 창립에 관여했으며, 일진회와 함께 한국병합에 진력함.

"그럼, 나도 객관적으로 소박한 질문을 하지. 일본군에 이용당하고 있는 일진회의 궁극적 목적은 뭔가?"

"뭐가 소박한가. 신랄한 질문이지 않은가."

홍종우는 잠자코 생각하다가, 이윽고 심각한 표정으로 대답했다.

"일본에게 있어 한국은 전위선(前衛線)이라는 게 첫 번째 이유라네. 한국 민족을 행복으로 인도하겠다는 따위는 과거 몇 년 동안 일본이 계속해 온 주장이지만, 요컨대 그것은 남을 위하는 체하며 자신의 실속을 채우는 일이야."

홍종우는 일단 말을 멈추고 하쿠타케를 지켜봤다. 하쿠타케의 표정에는 움직임이 없었다. 홍종우는 이야기를 계속했다.

"유감스럽게도 한국은 독립국으로서 실력이 없어. 이렇게 된 바에야, 동학 천도교의 뜻을 따라, 민족의 행복을 염원한다는 이용구의 열의를 믿을 수밖에 없지 않은가."

"민족을 행복하게 하기 위한 수단은…"

"지도자에게 일임하지 않으면 어쩔 수 없을 일일세."

의외의 대답에, 하쿠타케는 얼떨결에 마시던 큰 찻잔을 멈췄다. 홍종우는 계속해서 말을 이었다.

"이름뿐인 독립을 하더라도, 국민이 행복하게 될 수 없는 건 지난 10년 간 충분히 증명됐다네. 한국의 사활이 걸린 중요한 10년 간, 위정자는 뭘 했는지 나는 묻고 싶다네. 발본(拔本, 근원을 뽑아버림)적 정책은 무엇 하나 없고, 현상만을 쫓아다닐 뿐이야. 그 예로 일진회 대책이 그렇지 않은가…"

한국정부는 내심 러시아 승리를 믿고 있었기에, 일진회를 굳이 동학 잔당으로 체포하지 않았다. 한일의정서를 체결하기 전, 친일파 일진회를 탄압할 수 없었기 때문이다. 일진회는 사무실을 종로 거리에서 일본거류지로 옮겼다. 그것을 또다시 한국 군대가 포위했다. 거류지 안에서 발생한 사건인 탓에, 일본 관헌도 출동해 서로 간 혼란을 일으켜, 군부대신 이윤용은 사직했지만 정부의 일진회 탄압은 완화될 것 같지 않았다.

"하쿠타케 군, 한국정부는 러시아 승리를 믿고 일본에 협력하지 않지만, 나는 일본이 진다고는 생각하지 않아."

"무슨 근거로 그리 말하는가?"

"일본이 이기길 바라는 나라가 있지 않은가?"

"일본을 만주 권익의 파수견 역할로 여기는 영국 말인가?"

"영국뿐만 아니네. 러시아가 만주에서 손을 떼길 바라는 나라가 어디 어디인지."

"역시."

"이러한 국제정세 예측이 한국 관리들에게는 전혀 보이지 않는가 보군."

"그곳에 가면 나도 장님이 되네. 일본 패전을 걱정하는 만큼, 다른 힘을 빌려 무조건 이길 수 있다는 판단을 가질 여유가 없었지. 여순 공략에 8개월이나 걸리고 그 이상으론 버틸 수 없을 것이라 생각할 즈음, 러시아에서 혁명이 일어나 안심했다네."

"안심하긴 아직 일러. 장래를 생각해 주게. 만주에서 러시아를 몰아내고 싶어 하는 나라가 러시아 대신해 일본을 언제까지 내버려 두는가 하는 점일세. 앞으로 세계는 더욱 복잡해 질 거야."

밤이 깊어갔다. 두 사람은 옆방 온돌에 나란히 깔아놓은 잠자리에 들었다.

"그런데 송병준은 어째서 망명가게 되었는가?"

"그걸 잘 모르겠어."

송병준은 군수의 아들이었다고 말하는 자와, 아버지는 함경도 천민이고 어머니는 갈보(매음녀)였는데, 그가 두각을 나타내기 시작할 때부터 석학 송우암 가문을 샀다는 두 가지 설이 있다.

"거물이 되면, 으레 훼예포폄(毁譽褒貶, 세상 사람들의 칭찬이나 비방하는 말과 행동)은 붙기 마련이지만, 훌륭한 가문이 아닌 것은 분명하군."

홍종우는 이치에 맞게 말하기 위해선 어느 정도 상상력을 섞는 것 또한 염두해 두고 송병준의 경력을 얘기했다.

어린 시절에 기생방 허드렛일을 했던 송병준은 시중들던 기생이 민영익의 애첩이었던 연고로 출세의 길이 열렸다. 민씨 집안의 겸종에서 시위대 상관으로 기용되었지만, 이내 좌절되고 만 원인은 기생방에 있었을 때, 대원군 이하응 집에 출입했기 때문이다. 그 당시 이하응은 왕족이라고는 하나, 난(蘭) 그림을 팔아 생계를 꾸릴 정도로 어려웠다. 이따금 철종의 죽음으로 왕위계승 결정권을 가진 선왕 익종의 미망인 대왕대비와 가깝게 지내, 아들 이희에게 왕위를 물려주고, 자신은 고종의 아버지 대원군이 되었던 것이다. 민비에게 기용되었던 송병준은 대원군에게 있어 배신자다.

"그래서 민후가 죽은 후 일본으로 도망쳤지만, 10년의 망명 생활에 관록이 붙었는지, 귀국할 땐 당시 권력이 막강한 주차군에 들러붙은, 빈틈이 없는 녀석일세."

술기운과 온돌의 따스함에 하쿠타케는 이내 코골기 시작했다. 하지만 홍종우는 도리어 머리가 맑아지면서 잠을 이룰 수 없었다. 송병준을 떠올리며 '일본병에 걸린 미친놈'이라고 중얼거렸다. 이전에 상경했을 때 일이다. 일본 옷인 하오리(羽織, 일본옷의 위에 입는 짧은 겉옷)와 하카마로 인력거를 탄 송병준을 언뜻 봤다. 이치무라 가키쓰(가부키 배우의 가명(家名) 중 하나)처럼 생긴 미남자다. 일본에서 쫓아 온 첩 오카쓰에게 거류지에다 청화정이라는 요정을 차려주고는, 스스로 일본 옷차림에, 노다 헤이타로라고 부르는 게 화제가 되었다.

일진회 동지에게 단발을 명한 건 새로운 문명세계를 향해 구체제를 탈피하고자 하는 사상의 표현이라 하더라도, 홍종우는 한국인이면서 나라의 풍습을 경시하는 남자에게 호감을 가질 수 없었다. 같은 동족을 일본병에 걸린 미친놈이라고 통렬히 비난하는 건 홍종우의 본심이긴 하나, 한편으로 자신은 결코 일본당이 될 수 없다는 소외감 때문인지도 모른다.

다음 날 아침 홍종우는 목포를 떠나, 밤이 되어 경성에 도착했다. 섣달 그믐날에는 집 전체에 등불을 밝혀, 밤새 신년을 맞이하는 습관이 있다. 홍종우는 숙부와 사촌 형을 방으로 불러, 최근 경성 정세를 상세히 물어봤다. 한국 주차군이 헌병대를 확충해 한국 경찰을 대신하게 되었다는 것 외에도, 군사령부와 일본공사관이 서로 반목하기 시작했다는 걸 알았다. 아마도 일본공사관은 한국 주차군 때문에, 자신의 존재를 무시당한 모양새가 되었던 것이다. 그 결과, 일본인이 일진회와 관련있다는 건 외교상 불확실하다는 정론이 일본공사관 측에서 나왔다.

정월에는 하루 쉬고, 다음 날 하쿠타케 준 소개서를 가지고 일본거류지 한성신보사를 방문했다. 기쿠시마 겐조는 이틀 전부터 충청도 방면으로 취재하러 나가, 그 날 밤 회사에 돌아올 예정이라고 했다.

홍종우는 다시 방문할 마음은 없었다.

반년만의 상경이지만, 일본 세력이 휩쓴 경성에 오랫동안 있고 싶지 않았다. 목포에서 하쿠타케와 이야기를 나눴을 때는 민족을 행복하게 이끌기 위한 수단은 지도자에 맡기는 것이라 단언했다. 지도자가 친일당인 이상, 앞으로의 형세도 정해져 있다고 말해도 과언은 아니지만, 역시 감정적으로 견디기 힘들었다. 홍종우는 이틀 간 머물고 인천에서 목포를 경유해 제주도로 돌아갔다.

홍종우는 기쿠시마 겐조 방문 건에 관해 편지로 하쿠타케 고타로에게 전하고, 다음과 같이 덧붙였다.

"모처럼 자네의 호의를 무시하고 싶지 않았네만, 나는 기쿠시마 씨와 만나는 걸 하나의 도박으로 생각했네. 일이 순조롭게 흘러갈 땐 방문한 상대가 여행 중과 같은 엇갈림은 없을 거야. 역시 나에게는 운이 없나 보네. 흥하든 망하든 입신을 위해 자객이 된 날세. 천성이 승부사인지도 모르지. '성미가 급하군. 인생은 도박이 아니야' 그렇게 말할 자네의 목소리가 들리는 듯하네…"

여순 공략으로 일본의 피해가 크다는 것은 러시아 태평양 함대가 전멸에 가까운 것을 의미하기도 했다. 그런데 작년 10월 중반부터 움직이기 시작한, 러시아 해군 주력부대 발틱 함대가 주목받았다. 아무리 빠르다 해도 발트 해에서 대서양을 나와, 인도양을 돌아서 태평양에 오는 데 반년은 걸린다.

일본 함대와 발틱 함대와의 대결은 각국 군사평론가들에게 좋은 논의의 대상이기도 했다. 영국 군사평론가 윌슨의 『러일함대 대세론(日

露艦隊對勢論)』이 데일리 메일(Daily Mail, 영국의 일간신문)에 실리더니 〈도쿄 아사히〉 신문에 다시 게재되었다. 윌슨의 주장은 일본 유리설이다. 전략적으로는 가능한 일본 근해에 가까운 지점까지 유인하게 한 다음 포를 쏘아야 한다. 전술적으로는 태평양으로 나온 발틱 함대는 필리핀에서 북상하여 대만해협을 통과하지만, 일본은 조급히 서둘러서는 안된다. 그대로 북상시키고, 포를 쏘는 건 조선해협에서 일본해(日本海, 동해)로 들어오는 블라디보스토크로 향할 때라고 윌슨은 지적했다.

교전 지역인 만주 외에는 중립유지 협정을 맺고 있다. 일본군이 만주를 진압하고 있는 상황에서 발틱 함대는 어디까지나 동해를 종단해 블라디보스토크로 가지 않으면 안된다.

한반도보다 빨리 찾아온 제주도의 봄은 끝나고, 초여름이 다가오려는 시기였다.

"적함을 발견하고 전보 보냄/ 연합함대는 즉시 출동/ 이를 격멸할 것임/ 오늘 날씨는 청명하지만 파도는 높음"

관보에서 신문에 다시 게재된 연합함대 사령관장 도고 헤이하치로 [12] 보고다. "오늘 날씨는 청명하지만 파도는 높음"이라는 표현은 일본 해군 승리를 상징하는 말이라고 홍종우는 확신했다. 현해탄의 거친 파도를 몇 번이나 체험한 자만이 피부로 느낄 수 있는 감각이다. 일본

---

12) 도고 헤이하치로(東鄕平八郞, 1848-1934): 에도막부 때부터 메이지시대 사쓰마 번 무사, 군인. 러일전쟁 때 연합함대 사령관장으로 지휘, 동해해전에서 승리함. 동양의 넬슨이라 불리며 세계 3대 제독 중 한 명으로 평가됨.

해군이 오키노시마 부근에서 바라볼 때, 발틱 함대는 현해탄의 성난 파도에 나뭇잎처럼 흔들리고 있었음이 틀림없다.

스칸디나비아 반도와 덴마크 반도 요충을 장악한 발트 해는 지도상에서 보는 것만으로도 호수처럼 조용한 바다일 것이라고 상상할 수 있다. 게다가 겨울철은 결빙되는 바다다. 그곳에서 훈련을 받은 발틱 함대에 대한 일본해군의 도전은 절호의 기회라고 생각할 수 있었다.

신문은 연일 쓰시마 앞 바다 해전을 보도했다. 전쟁 결과는 예상외로 컸다. 윌슨으로부터 책략을 받은 듯 일본 해군의 대승리였다.

홍종우는 전쟁의 허무함을 느꼈다. 발틱 함대가 패한다고 생각하지 않았더라도 완벽한 승산이 있었다고는 말할 수 없다. 승산은 없더라도 가야 하는 것이 전쟁인 것이다.

두 달 전부터 강화(講和) 조짐이 있었지만, 이번 동해 해전을 계기로, 러일 양국은 미국대통령 루즈벨트 제의를 수락하여, 9월 포츠담에서 강화회의가 열렸다.

2

포츠담 회담에서 러일 담판은 예상대로 평탄하지 않았다. 일본 측이 제시한 12개조 항목 중, 러시아 회답은 만주를 독점하지 않는다는 것에만 동의했을 뿐이다. '사할린 할양', '전비 배상', '중립항 억류 러시아 함대 교부', '극동에서의 해군력 제한' 등 4개 항목에 대해서는 절대로 동의할 수 없다고 표명했다. 이 4개 항목이 러일 교섭의 중점이지만, 첫 번째 회답에서는 러시아가 평화조약 체결을 원하지 않고,

교섭 결렬로 끌고 가려는 것으로 받아들일 정도였으니, 회담은 교묘하기 짝이 없었다.

제 1차 회담에서 한국문제가 토의되었고, 러시아는 일본의 우선권만 승인했다.

하쿠타케 고타로가 신문을 읽고 이내 깨달은 건 러시아전권대사 비테[13]의 언론 책략이다. 비테 측으로부터 나왔다고 여겨지는 정보뿐이었다. 강화에 대한 러시아 주장은 독자를 심리적으로 압박했다. 일본전권대사 고무라 쥬타로로부터 나온 정보는 한 줄도 없었다. 영사관 통역자가 외교관의 수완을 비판하는 발언을 할 수 없기 때문에, 하쿠타케는 뭐라 말할 수 없었지만, 명백히 일본전권대사의 비밀주의를 알아차릴 수 있었다. 원래 신문을 외교 흥정에 이용하면 일본 국내에서는 즉시 '입이 가벼운 전권대사' 등등 그의 실언을 잡고 늘어질지 모를 풍조가 있는 탓에, 고무라 전권대사는 신중을 기했던 것이다. 신문 하나를 예로 들어도 신진국과 후진국의 차이, 나아가 외교 능변가와 외교 초보자 차이를 드러내 보이는 것 같은 기분이 들었다.

국내에서는 강화문제 동지연합회가 열려, "외교상의 담판은 한쪽에선 싸우며 서로 호응하지 않으면 효과가 오르지 않는데, 휴전상태에 있는 것은 유감이다. 출정군의 활약을 갈망한다"고 하면서, 전권 일행에게 "국론은 일치되어 있다"는 취지의 전보를 보냈다.

외교단을 격려하여 사태를 호전시키려는 의도는 알겠으나, 교섭이

---

13) 세르게이 비테(Sergei Yulievich Vitte, 1849-1915): 러시아의 정치가. 재정을 강화하는 한편 금본위제 실시로 외자유입을 촉진해 이 시기 러시아 공업 발전에 크게 공헌했다. 아시아로의 경제적 진출을 모색했으나 군사적 모험정책에는 반대했고 러일전쟁 후 일본과의 강화회의에서 러시아 전권대사로 활약함.

결렬되면 전쟁 계속이라는 술책은, 지금 일본으로서는 할 수 없다는 걸 서구 열강들이 알고 있기 때문에, 어린 애들이 으스대는 것보다 우습기 짝이 없는 짓이었다. 게다가 불과 천 여 명 정도의 집회를 열어 놓고 8천만 국민이 일치했다고 떠드는 것은 오만이다.

'사할린 할양', '전비 배상', '중립항 억류 군함 교부', '극동에서의 해군력 제한'과 같은 4개 항목은 교섭의 난항이자, 동시에 회담결렬의 열쇠이기도 했다. 사할린에 관해 미국의 타협안도 나왔다. 사할린은 원래 일본 영토다. 일본인과 러시아인이 섞여 살면서 말썽이 끊이지 않았기에, 메이지 초기에 지시마와 교환한 것이다. 사할린을 되찾는 건 역사적으로 봐도 당연한 것으로 분할 따위는 생각할 수 없지만, 외교단은 다른 항목을 해결하기 위해 부득이 양보할 수밖에 없다고 판단했는데도, 러시아의 입장은 강경했다.

하쿠타케는 강화관련 인사이동으로 경성에 있는 다카마쓰 영사로부터 일본공사관 근무 제의를 받았다. 그리고 그 날 이다 요지로로부터도 한국재정고문부의 권유가 있었다. 하쿠타케는 하룻밤을 심사숙고했다.

조선에 와서 뜻하지 않게 6년이란 세월이 흘렀다. 소에지마 다네오미가 돌아가신 것은 여순 함락 승리의 기쁨이 채 가시기 전인 2월 초였다. 희수(喜壽, 77세)를 넘게 사셨으니 부족함은 없다 하겠지만, 하쿠타케는 떨리는 손으로 신문에 나온 조문을 읽었다. 〈오사카 아사히〉는 나이토 고난, 〈도쿄 니치니치〉는 시마다 사부로, 〈요로즈초호〉는 구로이와 루이코가 조문관련 기사를 썼다. 〈일본신문〉에서는 미야케 영사가 '삼대(三代) 이상의 인격'이라 하여 아낌없는 추도문을 올렸다. 여기서 삼대란 당우삼대(唐虞三代)로, 요순시대로부터 하나라,

은나라, 주나라 그리고 각 군주들의 치세를 말한다. 그 삼대 이상이라고 한다면 최고의 조문이다. 하쿠타케는 한국에서의 견문도 실은 소에지마에게 보고하기 위한 것이었으나, 이제는 무의미한 것이 되었다는데서 오는 깊은 허탈감이, 반년 지난 지금도 가끔 엄습해 오곤 했다.

그나마 하쿠타케에 있어 약간의 위안은 어머니의 노고가 결실을 맺어간다는 사실이다. 남동생 에이지로는 도쿄 의학교를 나와, 사가 마을 의사 견습생으로 진료하고 있다. 원장은 고즈에서 고향으로 돌아갔다. 그는 돌아가신 아버지의 친구이신 가미노 젠자부로다. 여동생 시게루는 결혼 전 2년간은 반드시 소학교 교원을 경험하라는 아버지의 유언대로, 사범학교를 다니고 있었다. 수업료는 필요 없을 터였다. 이제 와서 하쿠타케 고타로가 고향에 가야할 이유는 아무 것도 없다.

문제는 이다 요지와의 우정이다. 메가타 다네타로가 한국 재정고문관으로 온 것은 어디까지나 대장성의 유능한 관리이기 때문이다. 이다 요지가 한국에 건너 온 것은 우연이 아니다. 게다가 그의 '조선 처분안' 구상을 알고 권유에 응한 건, 그의 사상에 공감한다는 뜻이기도 하다. 하쿠타케는 그것이 괴로웠다. 처분안 따위의 고압적인 말을 좋아하지 않는 하쿠타케는, 그것이 이다와의 우정에 금이 가는 원인이 되지 않을까 두려웠다. 그러나 이다가 그 정도로 도량이 좁은 인물이 아니라는 건 하쿠타케도 충분히 알고 있었다. 기쿠시마 겐조는 과거 하쿠타케에게, "신문기사는 사건이나 분쟁 속 사람이 되어서는 안된다, 관찰자가 되어라"고 가르쳤다. 한국 재정고문부는 기사를 쓰기 위해선 절호의 직장이다. 하쿠타케는 관찰자로 시종일관하겠다고 마음먹고, 이다 요지의 권유를 받아들인다는 답장을 보냈다.

러일 강화회담은 8월 말 회의에서 결정되었다. 결과는 일본이 낸 12개 항목 요구 중, 중요 항목은 거부당하고, 5개 항목만 수락되었을 뿐이다.

일본이 한국의 보호권을 가진 것 외에 얻은 것은 '러시아의 관동주 조차지'와 '동청철도[14] 남만지선(南滿支線)을 청국 승인 하에 양도받을 것', '사할린은 북위 50도 이남과 부속도서 양여', '연해주의 어업권 획득'이란 5개 항목이다.

강화문제 동지회 등도 이 사태를 예측하여 과격한 결의를 하고 있었기 때문에, 조약이 결정되자 일본 전체가 분노와 반감으로 들끓었다. 각지에서 전쟁 계속을 요구하는 시민대회가 열리고, 소동은 날이 갈수록 과격해져 가는 양상이었다.

고향을 떠나 있으니, 이러한 불온한 분위기도 피부로 느끼지 않은 때문인지 하쿠타케는 객관적인 판단이 가능해졌다. 신문은 일부러 국민감정을 선동하는 것처럼 보였다.

〈오사카 아사히〉의 논조가 가장 과격했다. 우선 천황에게 화의(和議) 파기를 바라는 글을 게재하는 것 외에도 국무대신 원로들을 책임 추궁해, 전쟁 계속을 요구하는 격문을 띄워 국민에게 호소하고 있었다.

"러일전쟁은 두, 세 명 국무대신 원로들의 전쟁이 아니라 국민의 전쟁이다…"

---

14) 동청(東淸)철도: 하얼빈 철도의 옛 이름. 중국 동북지구(만주)의 동서와 남북을 연결하는 주요간선. 19세기 말 러시아가 일본에 대한 삼국간섭의 댓가로 부설권을 획득해 만주에 건설한 철도로써 현재 중국의 장춘철도.

라고 모두(冒頭)에 실린 글이다. 뻔한 일을 쓰는 건 분노의 표현이라고는 하나 문장엔 매력이 없었다.

"…국민은 전쟁을 위해 몇 배의 세금을 내어도 마다하지 않을 것이다. 병사는 부모나 자식, 아내, 형제자매, 친구와 헤어져, 기꺼이 적지에 뛰어가 웃으며 총탄을 맞으리라. 이 더할 나위없는 비참함도 모두 군주를 위해, 국가를 위해 그리고 선조와 자손을 위한 것이니, 만일 출정한 사람이 싸워 죽음을 맞이한다면 여전히 2천만 남아로, 혹은 여성들 또한 물러서지 않아 시체를 넘어 피를 내딛어, 그 뒤를 따를 자들에게 각오를 심어주니…"

하쿠타케는 아연해졌다. 남자 장정들이 싸우다 지친 전장에, 후방의 국민이나 여성들, 다시 말해 부녀자가 나가 어떻게 하란 말인가. 물론 열성을 표현하는 문장임이 틀림없으나, 설령 예로 들었다 하더라도 적절하지 않다.

어떤 신문이든 모두가 거친 용어들을 남용해, 오히려 공허한 글이되고 말았지만, 다음 날 〈호치〉에 실린 글은 차마 읽고 버릴 수가 없었다.

"…일본에는 외교가 없다. 아니 일본의 외교다운 것은 가쓰라[15] 내각 및 고무라 전권에 의해 멸망되었고, 국민과 군대는 완전히 그들의

---

15) 가쓰라 타로(桂太郎, 1848-1913): 육군군인, 정치가. 대만총독, 육군대신, 내각총리대신 역임.

손에 의해 넘어갔다. 우선 정부가 한국 보호, 만주 개방으로 러일전쟁의 목적을 달성하였다 하여, 사할린 분할, 철도, 조차지 양여는 목적이상의 수확이라고 말하는 걸 보며, 양심과 상식이 결여됨을 의심하지 않을 수 없다. 그리고 분할과 전비는 당연히 평화조약에 넣어야 함에도 불구하고, 시종 굴종적인 모습을 보인 내각 및 고무라 전권의 매국적 행위는 하늘도 용서할 수 없는 죄악이다. 또한 몇 만 동포가 전쟁의 위험을 감수하며, 게다가 혈세와 과중한 전비로 힘들었던 부모형제의 통한을 헤아리기에 부족할 따름이다. 지금은 언론의 시대가아니라 실행의 시대이니, 만일 국민으로 하여금 그러한 원로, 내각, 전권을 용서한다면 국가의 화근은 그 뿌리를 뻗어 틀림없이 망국의 길로 이를 것이다."

라는 줄거리다. 언론인이 언론을 부정하고, 국민의 실력행사를 부추길 만큼 긍지를 잃은 것일까. 다른 신문도 서로 약속이나 한 듯이 몇만 동포의 전사자 희생을 호소하며, 그 영혼을 위해서라도 이번 강화는 받아들여서는 안된다고 글을 맺고 있었다.

이토록 한결같은 신문 보도를 보자, 하쿠타케는 자신의 생각이 잘못된 것은 아닐까 하고 스스로 물었다. 전쟁은 힘과 힘의 대결이다. 전사자가 발생하는 건 당연하다. 하쿠타케는 자신이 전쟁에 나가지 않았던 까닭에, 이처럼 냉혹한 판단을 하는 것인가 반성해 봤지만, 설령 만주 들판에서 총알을 맞았다 하더라도, 싸우러 적진에 간 이상 미련은 남아있지 않았을 것이다.

전사자를 내고 싶지 않다면 전쟁은 피해야 한다. 전쟁 전 거국적으로 러시아를 향한 분노를 기억한다면, 지금과 같은 결과론은 나오지 않았을 것이다. 전사자가 많다고 해서 이번 강화를 받아들일 수 없다는 건, 바꿔 말해 적다고 해서 만주문제 해결만으로 좋다는 말과 마찬가지다.

하쿠타케의 마음속엔 고토쿠 슈스이나 사카이 고센(枯川, 사카이 토시히코의 호)이 주장했던 비전론 기억이 여전히 남아 있었다. 전쟁이 시작되고, 영령이나 유족들이 신문 지상으로 전해질 때마다 비전론에 찬성하지 않았던 것에 마음이 아팠다. 그 아픔을 견딜 수 있었던 건 한국에 있었기 때문이다. 러시아의 남진으로 압박을 받아, 아무 것도 하지 않으면 국가가 망할지도 모른다고 피부로 느꼈기 때문이다. 문제는 전사자의 많고 적음이 아니라, 이번 전쟁의 목적을 한 사람 한 사람이 인식하지 못해서 많은 사람 목숨이 개죽음 당하게 된다는 것이다.

하여간 주위에 있던 신문을 대강 훑어 볼 생각으로 〈국민신문〉을 펼쳤다. 순간 하쿠타케의 눈은 '전승의 효과'라는 제목으로 쓰인 사설란에 멈췄다. 도쿠토미 소호[16]의 논설 대요는 다음과 같은 것이었다.

"전쟁은 실력의 다툼이다. 이번 러일전쟁으로 일본은 세계 제일의 러시아 육군을 연전연패로 몰아넣었고, 세계가 두려워했던 러시아 해군을 전멸시켰다. 이것은 천고불멸의 사실이다. 일본은 평화를 바라고 있었다. 세계 제일을 자랑하는 육해군을 거느리며 극동에 임한 러시아에게 항상 압박을 느꼈던 일본은 육해군 확장에 힘썼다. 그리고

---

16) 도쿠토미 소호(德富蘇峰, 1863-1957): 메이지부터 쇼와에 걸쳐 일본 저널리스트, 사상가, 역사가, 평론가. 〈국민일보〉를 주재(主宰)했고, 『근대일본국민사(近世日本國民史)』(1952)를 저술한 것으로 유명함.

마침내 러일전쟁이 일어났다. 원인을 상기해 보면 만주로부터 러시아를 몰아내고, 한국문제를 수습하여 극동의 평화를 유지하는 것에 있었다. 이러한 두 가지를 해결한 지금, 일본의 주의나 주장은 완전히 관철되었다. 군비 배상을 얻을 수 없었던 것은 유감이지만, 그 때문에 이번 전쟁을 무한정 계속하려고 하는 것은 조리에 어긋난 바다. 요사이 세상 무책임이란 말을 하는 자가 많지만, 당국자가 국민 대중에 영합하여 전쟁을 계속하려고 하는 일이 생긴다면, 그들은 마음에도 없는 전쟁을 찬양하지 않으면 안될 것이다. 그리하여 나라와 국민의 생명을 위험에 빠뜨리고, 세계 국민의 동정을 잃고도 무턱대로 나아간다면 어떻게 될 것인가. 한심하기 짝이 없다. 더 이상 쓸데없이 지난 일을 한탄하는 것은 그만두고, 기성사실로 만족하여야 한다. 이것은 조금도 전승의 효과를 훼손하는 것이 아니니, 이번 강화를 굴욕이라 말하고, 실패라고 부르는 것이야말로 자신을 속이는 일이다.”

라는 뜻이 담겨 있었다. 하쿠타케는 감동했다. 신문 불매운동이라도 일어날 법한 상황에서, 감연히 자신의 신념을 주장하는 인물에게 존경심까지 일었다.

　이 논설에 흥분한 다음날 〈오사카 아사히〉는 ‘추잡스러운 어용신문, 국민신문을 베다’라는 제목으로,

“어용신문 국민신문이 있는 바, 옛날에는 평민주의를 주창한 도쿠토미 소호의 소유라 해서인지, 기사 전체가 아첨으로 가득하고 읽기도 역겹지만, 세상에 그릇된 자가 많은 탓에, 그 사설에 약간의 짧은 평을 붙이니, 독자는 우선 본문에 침을 뱉고 이를 읽으시길…”

라는 말을 시작으로, 〈국민신문〉 사설의 전문을 인용하며 매리참방
(罵詈讒謗, 큰 소리로 욕설을 퍼부음)을 퍼부었다. 전문을 게재한 건
읽지 않은 사람에게도 읽게 함으로써 국민신문을 향한 증오를 마구
부추겨, 그와 같은 생각이 틀렸다고 하는 세간 여론을 고조시키려는
의도인 것이다. 올해 2월 소에지마 다네오미의 죽음을 애도하며 '신
비한 사람 소에지마 백작'이라는, 후세에 남을 만한 명문장을 쓴 사람
의 글이라고는 믿을 수 없었다.

　하쿠타케의 뇌리에 갑자기 '상혼(商魂, 이익을 추구하려는 상인의
심리)'이라는 문자가 떠올랐다. 신문은 파는 물건이라는 걸 새삼스레
깨달았다. 야당 정신이라는 미명하에 정부의 무기력한 외교를 매도
하며, 거기에 위로를 느낀 영령 유족과 영합하기 급급한 나머지, 신문
지상의 비뚤어진 논조를 눈치채지 못하는 게 아닐까 하고 생각했다.
게다가 신문은 강화 불만에 대해 떠들썩하게 써낼 뿐, 성립한 조약 내
용에는 언급하려 하지 않았다. 내용을 해설하는 것은 조약에 찬성한
다고 해석되는 걸 두려워하는 느낌마저 들었다.

　9월 5일, 포츠담조약 조인식이 있던 날, 도쿄에서는 히비야 공회당
에서 국민대회가 열린 가운데, 흥분한 군중은 국민신문사에 불을 지
르고, 시내 전체는 대혼란에 빠졌다.

　하쿠타케 고타로는 한국 탁지부대신 민영기가 보낸 편지로 임명장
을 받았다. 한국 재정고문부에 재무관으로 고용, 월급 2백 엔, 사택료
35엔 지급, 육로로 10일에 취임할 것이라는 내용이 국한용으로 쓰여
있었다. 월급은 목포영사관 통역인 수당의 5배나 높은 액수다. 월급
은 고등관 수준이지만, 소속장관 임명은 일본식으로 생각하면 최하급
판임관(判任官, 최하급의 관리 계급)이다. 재정고문부는 한국정부의

임시기관인 까닭에, 외국인 초빙은 소속장관이 임명한 것이다.

경성까지의 교통을 육로로 지정한 것은 아마도 취임 여비 규정과 관련이 있다. 목포에서 부산으로 가서 경부철도를 이용하는 건 불편하다. 하쿠타케는 해로인 인천에 간 다음 경성으로 가기로 했다.

제주도에 있는 홍종우에게 작별 인사할 겨를도 없어 편지로 대신했다. 홍종우가 언제까지 제주도에 있을지 몰랐지만, 일년에 두 번 상경한다고 하니 두 사람의 교류는 지금과는 크게 다르지 않을 것이다.

문뜩 하쿠타케는 홍종우를 생각하다 박영효가 떠올랐다. 일본에 두 번째 망명한지도 10년이 지났다. 미이케 탄광에 한국인 노무자를 알선하며 생긴 수수료로 생활하거나, 혹은 수 년 전부터 고베에 아사히의숙(朝日義塾)을 열고, 함께 망명한 과거 훈련대장 우범선이 교장으로 운영하고 있다 하지만, 지금은 양계장을 운영하며 생계를 유지하고 있는 듯하다.

한국이 일본의 보호국이 된 지금, 홍종우나 박영효도 은혜와 원수를 잊고 현재 상황이 나아지길 바라마지 않았다.

기차는 정오 넘어 남대문 역에 도착했다. 여행자로 온 것이 아니므로, 오랫동안 머물지도 모른다고 생각하니 감개가 깊었다. 역 앞은 4년 전과 마찬가지로 빈약한 건물들이 어수선하게 늘어져 있고, 그 사이로 버섯처럼 한국가옥(초가집)이 쓰러질 듯 뒤섞여 있었다. 하쿠타케는 남대문 쪽을 향해 걸었다. 당시는 성벽이 남대문과 연결되어 있던 걸 몰랐다. 4년 전 처음 왔을 때, 1898년 미국인 콜브란과 보스트위크[17]에 의해 전기철도가 개통되면서, 성벽은 허물어져 버렸기 때문

---

17) 콜브란과 보스트 위크(H. Collbran, H. R. Bostwick): 1898년에 경성 일대의 전력

이다.

성벽이 없더라도 남대문은 충분히 고도(古都) 정취를 띠고 있었다. 아치형 문 아래를 통과하자, 한쪽에는 하얀 옷을 입은 남자들이 지게에 기대어 낮잠을 자고 있었다.

남대문을 빠져나와 전차 궤도를 따라 길 양쪽을 꼼꼼히 바라보며 걸었다. 일본 회사 '한국총대리점'이라든지 '경성지점', '경성출장소'라는 간판만 허울 좋을 뿐 건물은 빈약했다. 일본에 있는 모회사는 경성지점을 가질 만큼 대규모 회사라고 그럴 듯하게 보이기 위함인지, 아니면 간단한 지점을 세우고 상황 판단을 위해 관망하고 있는 것인지 외관상만으론 알지 못했다. 건축재료 가게 간판도 많았지만, 그 가게 자체가 목조 지붕 아니면 기껏해야 싸구려 슬라이드 지붕이다.

광장을 가로질러 일본거류지가 형성된 진고개 거리에 들어섰다. 지금은 혼마치라는 번화가가 되었다. 맞은 편 가게에서 물건을 사는 손님의 지갑 안까지 다 보일 만큼 좁은 골목 양쪽엔 일본인 소매점이 즐비하게 늘어서 있다. '일본백화점'라든가 '일본과자계의 자존심' 따위의 과장된 간판이 눈길을 끌었다.

이다가 숙박한 천진루는 혼마치에서 오른편 산 쪽에 위치한 고급여관이다. 이다로부터 연회 때문에 여관에 늦게 올 것이라는 전언이 왔다. 인사차 나온 여관 주인의 말로는 이다가 하쿠타케를 위해 여기 여관에 방 하나를 장기체류 예약해 두었다고 한다.

하쿠타케는 여기서 숙박할 생각이 없었다. 경제적인 이유 때문만이

공급권 사업권을 취득하고 한성전기회사를 개업. 고종황제로부터 전차선 사업 허가와 투자를 받아 서대문에서 종로, 동대문을 거쳐 청량리에 이르는 약 8km 길이의 단선궤도 및 전차선을 설치함.

아니라, 선배이며 그의 추천으로 취직된 사람이, 그와 같은 고급 여관에 숙박하는 몰상식한 행동을 할 수 없었다. 한차례 목욕을 하고 나서다시 양복을 입은 하쿠타케는 그 뒤로도 한참을 기다렸다. 이다가 돌아온 것은 12시 가까워서였다.

이다는 맥주를 주문하며 하쿠타케를 맞이했다. 하쿠타케보다 3살위인 32세다. 웃고 있는 얼굴은 6년 전 그대로다. 하쿠타케 눈앞에 6년이란 세월이 한순간 펼쳐졌지만, 이다의 체구는 상당히 커진 느낌이었다. 몸도 얼굴도 옛날부터 컸지만, 그 거대한 몸에는 동양과 서양의 지식이 넘쳐나 있는 듯했다.

"결국 또 만나게 되는군."

이다가 말문을 열었다. 두 사람의 볼에는 눈물이 흘러내렸다. 서로움켜 쥔 손을 놓고 바로 앉자, 하쿠타케는 정식으로 인사했다.

"6년 동안 보람된 내 생활은 모두 자네 덕분이네. 이번에 재차 뜻하지 않은 관리 추천을 받아…"

하쿠타케는 정중하게 머리를 숙였다.

"격식을 차릴 거 없네. 근데 용케 결심해 주었군."

"티베트 건도 자네의 권유라는 게 정말인가?"

"정말이라니, 이런 기회가 있는가?"

"아니, 아라오 선생님이 돌아가신 지 10년이 지났네. 전기(伝記) 편찬도 손에 잡히지 않아 걱정하던 차에, 자네가 티베트를 권유하니까말일세."

이다는 잠시 눈을 감았다. 하쿠타케는 이다와 처음 만나, 메지로 다카무라 마을에 있던 그의 집에 놀러간 날을 떠올렸다. 그로부터 햇수로 10년이나 지난 것이 마치 꿈과 같았다. 아라오 세이의 영혼은 동아동문서원으로 결실을 맺고 있었다.

"동문서원의 네즈 하지메 씨가 보낸 편지에도 항상 '아라오가 그립
다'고 쓰여 있더군. 난 말일세. 늦은 밤 빈에 있는 숙소에서 몇 번이나
울었는지 모른다네. 아라오 선생님을 추모하며 우는 건 젊은 감상에
서 나온 것만이 아니야."

호쾌한 성격의 이다가 눈을 내리뜨며 잠긴 목소리로 말했다. 하쿠
타케는 이다 요지의 인격이 형성될 젊은 시절에 위대한 인물을 만난
게 부러웠다.

"분위기가 가라앉았군. 오늘 밤은 자넬 위해 건배하세."

이다는 하쿠타케의 잔을 들어 맥주를 따랐다. 하쿠타케가 이다의
잔을 채웠다.

"고맙군. 근데 내가 할 일은…"

잔을 입에 대기 전에 하쿠타케는 물었다.

"변함없이 모범생이시군. 수업료를 내는 학문이나 월급을 받는 일
도 우선은 사전답사가 중요하네만…"

재정고문부가 발족한 지 만 1년, 사전이나 참고서는커녕 다이후쿠
초(大福帳, 매매 장부)조차 없었기 때문에, 암중모색으로 장부를 만
드는 일부터 시작했다.

"메가타 씨가 처리했다면 쾌도난마(快刀亂麻, 복잡하게 얽힌 사물
이나 비꼬인 문제들을 솜씨 있고 바르게 처리함)일걸…"

가장 애를 먹인 것은 세계가 통용하는 금본위 제도에 맞게 화폐개
혁을 하는 일이다. 일본에서 3백 엔을 차관해 4가지 종류의 보조 화
폐를 새로 주조하고, 종래의 관제(官製) 16종과 사제(私製) 즉 위폐
560종 보조 화폐를 회수할 당시 혼란을 이다는 우스운 얘기처럼 말했

다. 1전의 구 화폐에 2전 5리 비율로 신 화폐를 주었지만, 위폐의 경
우 여전히 많이 통용되어, 나중에는 한 개당 1전으로 매수하였다고
한다.

"1년 만에 개혁의 기초를 완성했지. 그리고 재정을 궤도에 오르게
하기 위해선 정부의 세입 및 세출을 정하지 않으면 안돼. 세제 확립이
…"

종래의 약육강식 폐해를 고치고, 다음 단계에선 국민에게 납세의
의무를 다하도록 산업개발을 해야 한다고 한다.

"각지에 농공은행이나 금융조합을 만들어야 했지만, 미개한 땅에
근대시설을 세우는 것은 쉬운 일이 아니라네."

"한국 대신들은 예산요구서 쓰는 방법도 몰랐다고 하더니만."

"그랬지. 세입도 모르면서, 위쪽에서 더 많은 돈을 요구하면 아마도
필요하니까 그러겠지 라는 식이야."

"재원 조사도 큰일이군."

"브라운이 장악한 궁정에 들어온 해관세도 국고수입으로 해야 해.
항만을 방치해서는 무역도 발달하지 않으니까 말이야. 죄다 없는 것
뿐이니, 손 봐야 할 게 무진장으로 있다네."

어디선가 새벽 2시를 알리는 종소리가 났다.

"이런 얘길 하면 끝도 없지만, 그건 그렇고 자네 일은 관청에 가서
얘기하도록 하지."

이야기를 마무리할 때라 생각했지만, 하쿠타케는 아무래도 여기서
묻지 않으면 안되는 것이 있었다. 다만 어디부터 핵심을 짚어야 할지
몰랐다.

"자네의 '조선 처분안'은 러일 간 평화든 전쟁이든 상관없이 한국을

보호국으로 하자는 방침이네만, 만일 전쟁에 지면 어떻게 보호국으로 할 수 있는가?"

"그거 말인가. 자넨 포츠담조약으로 한국 보호가 정해졌다고 하는, 단순한 생각을 하는 건 아닐 테지."

이다는 그렇게 말하며, 포츠담조약 성립을 위해 일영동맹이 체결되었다는 것을 강조했다

"그러나 만주에서 일본이 러시아를 대신한다면, 동양의 발칸은 만주로 옮기게 된 것이 아닌가?"

"그러니까 일본이 독점한다면 러시아의 전철을 밟는 거와 같네. 적당히 문호개방을 하고, 동청철도와 조선철도를 연결해 후방을 견고히하는 거지. 만일 전쟁에 졌으면 결국 한국은 일본의 최전선이 되어야만 했어. 전쟁에 이겨서 보호국이 되는 것보다, 질 때 보호국이 되는쪽이 중요하다네. 이해해 주게나."

"논리적으론 이해하네만."

"머지않아 한일합방을 하는 게 일본의 방침이야."

이다는 아무렇지도 않은 듯이 말했다. 하쿠타케는 팔짱을 낀 채 시선을 내리깔았다.

"어째서 망설이는가?"

이다는 추궁했다. 하쿠타케도 결심했다.

"자네의 처분안대로 정책을 펴서, 민생안정과 국토개발을 한다면 한층 더 독립국으로써 공존공영(共存共榮)할 수는 없는가?"

"자네는 세계 대세를 알지 못해 그와 같은 낭만적인 말을 하는 거라네. 한국을 독립시켜 두는 건 일본이 먹느냐 먹히느냐 하는 운명의 갈림길에 놓인다는 걸 어째서 모르는가?"

"모르는 바가 아닐세. 나도 한국에 6년 동안 살고 보니, 민족의 독립이 실없는 감상인 건 알고 있어."

"그럼 무슨 이유로 머뭇거리고 있나?"

"한일합방은 일본의 궁극적 목표인지는 모르나, 그것을 추진시키는 것이 나의 사명이라고 생각해 한국에 온 것은 아니라네."

"에둘러 말하는군. 그렇다면 앞으로 어떻게 할 셈인가?"

"글쎄, 쉽게 말할 순 없지만, 난 언젠가 역사를 만드는 사람이 되려고 생각한 적이 있다네. 지금과는 다르지. 역사를 쓰는 신문기자가 되고 싶다는 나의 의지는 자네도 잘 알 걸세. 한일 융화를 증진시키기 위한 가교 역할을 할 생각이니, 긴 안목으로 지켜봐 준다면 자네에게 큰 도움을 줄 수도 있을 걸세."

"다시 말해 느긋하게 교화시켜 융합한다는 뜻인가?"

"그것을 받아들이지 않는 민족이니 헛수고로 끝날지 모르지만 노력은 해 볼 요량이야."

하쿠타케는 말을 마치자, 요 며칠 사이 꽉 막힌 가슴이 쓸려 내려가는 기분이었다.

"알았네. 요컨대 자네와 내 생각도 궁극적으로 같다고 생각하네만, 지금은 자네와 같은 역할을 할 사람도 많이 필요해."

이다는 상냥히 웃으며 말을 이었다.

"사실 자네가 생각하고 바는 나도 염두해 두고 있으니, 아무쪼록 그 뜻을 소중히 여기게."

하쿠타케는 일말의 앙금도 남기지 않은 이다 앞에서, 무릎 꿇고 사죄하고 싶은 마음이 일었지만, 이것으로 막연했던 자신의 앞길이 명확히 정해졌다는 안도의 마음이 앞섰다.

"일은 자네의 추천을 욕되지 않도록 열심히 하지. 그런데 숙소 문제인데…"

설명하지 않아도, 이다는 하쿠타케의 마음을 읽고 있었다.

"여기에 머물고 싶지 않다고 말하려는 겐가. 예절바른 것이 자네의 장점이지만, 사회에 나가면 나와 대등하지 않은가?"

"그렇지 않아. 천성이 그러니 어쩔 수 없지."

"자네의 의지는 존중하지. 메가타 고문이 사는 관사 뒤에 총각 구락부[18]가 있는데…"

"관사는 손탁 호텔[19]이라고 들었네만."

"메가타 영부인이 온 후 호텔에서 옮겼어. 관사는 원래 독일공사관이 있던 자리야. 다만 총각 구락부는 가지 말게."

"어떤 곳인가?"

"한국정부의 어용 일본인 총각 일당이 모인 양산박과 같은 곳이네…"

이다는 이젠 학생이 아닌 만큼, 외국에서 총각 구락부와 같은 집단생활을 그만두고, 힘들더라도 자신의 생활 규칙은 지켜야 한다고 말했다. 하쿠타케도 이다의 의견에 찬성했다.

"메가타 씨는 어떤 사람인가?"

"한마디로 걸출한 인물이지. 술이면 술, 여자면 여자, 연회면 연회를 좋아하니 남자로 태어나 더할 나위 없이 행복하다고 할까. 부인도

---

18) 총각 구락부: 구락부는 취미나 친목 따위의 공통된 목적을 가진 사람들이 조직한 단체를 말하는 것으로, 클럽의 일본어 음역어다. 여기서 총각 구락부는 결혼 안 한 젊은이의 사교모임으로 볼 수 있다.

19) 손탁 호텔: 1902년 10월, 현재 서울 중구 정동에 있던 우리나라 최초의 서구식 호텔. 1922년 철거.

사교계의 꽃이야."

"가쓰 가이슈[20]의 따님이지."

"핏줄은 속일 수 없지. 오늘 밤도 메가타 저택에서 파티가 열렸는데, 부인은 파티의 여왕이라네…"

메가타 다네타로는 하버드 대학에서 공부한 최초의 일본인으로, 그 후 유럽 생활도 오랫동안 해서인지 파티도 서양풍이다. 일본인과 한국인이 모여 통역을 대동한 대화는 성가시지만, 함께 술을 마시거나 춤을 추고 있으면 자연히 친밀감이 솟아난다고 이다는 말했다.

"메가타 저택의 파티는 외교적 역할을 꽤나 담당하고 있네. 자네도 사교술을 배워두는 게 좋아. 총각 구락부의 추레한 공동생활은 별의미가 없어."

대화는 숙소 이야기로 돌아가는 것을 끝으로, 하쿠타케는 자신의 방으로 물러났다. 그날 밤은 목포 생활 이래 항상 잠 부족이었던 걸 만회할 작정이었으나, 한밤중에 고향 생각이나 전쟁이 끝나려는 마당에 소집영장 받는 꿈으로 몇 번이나 잠에서 깼다.

다음 날 천진루 여관 주인의 소개로, 근처에 있는 하나야 여관으로 옮겼다. 하루에 두 끼를 포함해 월 50엔으로 계약했다. 하루 숙박료는 특등 3엔 50전부터 4등 1엔 20전까지 5등급으로 나눴지만, 2등 2엔 50전 방을 3등 수준의 1엔 50전으로 할인받았고, 5엔은 전기료다.

---

20) 가쓰 가이슈(勝海舟, 1823-1899): 에도시대 말기부터 메이지시대 초기 정치가. 추밀고문관 역임.

제5장
자객의 댓가

1

배편 사정으로 한꺼번에 들어오는 며칠 분의 신문을 가지고 홍종우는 양지 바른 툇마루에 있는 의자에 앉아, 김계화가 가져온 커피를 마시며 잠시 동안 정적을 즐겼다.

서리를 맞아 시들해져 갈색으로 변한 정원 잔디에는 움돋이(자른 초목의 뿌리나 그루터기에서 움돋은 싹)가 나온 그루터기가 비스듬히 굳은 모양으로 분재 선반 구실을 하며, 잎사귀가 두꺼운 오엽송 화분이 놓여 있다. 잔디 앞 연못 맞은편에는 벚꽃도 몇 그루 심어있고, 마가목(장미과에 속하는 낙엽 교목)과 만주 단풍도 아름답게 물들어 있었다.

홍종우는 신문을 펼치는 순간 무심결에 숨을 멈췄다. '한국 외교권을 일본에 위임'이라는, 큰 제목이 눈에 들어왔다. 어처구니없는 일이라고 말을 꺼냈지만 읽으니 그것은 정부의 의향이 아닌, 일진회 선언서였다. 광무 7년(1905년) 11월 8일 신문이다.

9월에 조인된 러시일 강화 포츠담조약에서는 '일본은 조선에 정치, 군사, 경제상 우선권을 가지며, 동시에 필요에 따라 지도, 보호, 감독을 행할 권리를 가질 것'이라는 항목이 있다. 포츠담조약에서 한국의 운명이 정해졌다고 생각하는 건 어리석다. 미국이 미서전쟁(米西戰爭, 1898~1898 미국과 스페인 간 전쟁)으로 필리핀을 영유할 때부터, 영국은 영일동맹[1]을 체결할 때부터 자국의 권익을 침범당하지 않기 위해 일본에게 한국을 적당히 할양할 생각이었다. 강대국의 흥정에 이용된 한국 국민으로서는 애끓는 심정이었을 것이다.

포츠담조약을 기반으로 한일신협약(보호조약)을 체결하러 전권대사 이토 히로부미는, 이미 일본을 출발해 한국을 향하고 있었을 즈음 일본 국내에서 어떤 사태가 일어날 거라 예견했으나, 역시나 예상 밖의 일이 일어났다.

선언문은 러일 강화조약을 시작으로,

"…이것들에 의해 한일 양국 관계에 일대 변화가 생긴다는 말이 느닷없이 일어나니, 우리 한국의 상하 모두가 일본의 태도에 위구심을

---

1) 영일동맹: 1902년 영국과 일본이 러시아를 공동의 적으로 하여 러시아의 동진(東進)을 방어하고 동시에 동아시아의 이권을 함께 분할하려고 체결한 조약. 동맹 협약문은 전문 6개조로 되어 있으며, 주요 내용은 다음과 같다. 1. 영일 양국은 한국과 청국 양국의 독립을 승인하고, 영국은 청에, 일본은 한국에 각각 특수한 이익을 갖고 있으므로, 제 3국으로부터 그 이익이 침해될 때는 필요한 조치를 취한다. 2. 영일 양국 중 한 나라가 전항의 이익을 보호하기 위해 제3국과 개전할 때는 동맹국은 중립을 지킨다. 3. 위의 경우에서 제 3국 혹은 여러 나라들이 일국에 대해 교전할 때는 동맹국은 참전하여 공동작전을 펴고 강화(講和)도 서로의 합의에 의해서 한다. 4. 본 협약의 유효기간은 5년으로 한다.

갖는 바이며, 유언비어가 남발하고 와전되어 사람들의 마음이 떠들썩하는 걸 보며, 창우백출(瘡疣百出, 언행에 잘못이 많음을 이르는 말)이 은밀히 꾸미고 잠입해, 모두 시끄럽고 어수선해 오히려 국운이 위태함을 초래할 우려가 있으니, 이런 시기에 맞서 우리 일진회는 바야흐로 큰 목소리로 꾸짖어 시국 방침을 만천하에 선언하고자 한다…"

선언문 발표 취지에 이어 일진회 강령을 말하고, 성에 차지 않는 한국 정치에 대해 논하면서, 궁중 외교의 폐해 또한 언급한 다음, 이러한 상태로는 외교권을 일본에 위임하고 그들의 지도 보호를 받음으로써 국가의 영원 무구한 독립을 유지해야 한다는 마무리로 몰아 가고 있었다.

당당한 문장이기는 하나, 홍종우는 분노를 금할 수 없었다. 외교권 위임이라는 중대사보다도 일진회의 선언이란 월권행위를 용서할 수 없었던 것이다. 동학당 이용구가 통솔하고 있다고는 하지만, 일본군 사령부와 밀착하고 있는 이상 친일 정치결사임은 틀림없으나, 일국의 운명을 좌우하는 사항에 관련한 선언문 발표 따위는 바보 같은 짓이다. 아직 보호조약도 조인되지 않고, 구체적인 외교권 위임 문제도 일어나지 않을 때 주제넘게 나선 행동을 취한 일진회에 향한 분노는 꺼지질 않았다.

〈대한매일신보〉가 가장 통렬하게 그러한 매국노적 글에 필주(筆誅, 허물이나 죄를 글로 써서 내리침)를 가했다. 여러 종류가 발행되고 있는 언문(諺文, 한글) 신문은 일관되게 배일주의(排日主義)이지만, 그 중에서 가장 치열한 건 대한매일신보다. 사장 베델(Bethell, 한국식 이름 배설)은 고베 영국 상관(商館, 규모가 큰 상업을 경업하는 상점. 특히 경영주가 외국인인 상점) 직원이었는데, 반년 전 경성으로 돌아온 모양이다. 경성에 전기철도사업을 개발한 실업계의 거두인 미국인 콜브란나 배일 한국인과 친밀하여, 궁정에 다가가 고종으로부터 내탕금을 인출해 신문을 발행한 것이다.

일전의 한일협정으로 일본으로부터 초빙된 재정고문관 메가타 다네타로가 문란했던 한국재정을 재정비하기 위해, 처음으로 예산법을 제정하고 황실비를 계상(計上, 예산 편성에 넣음)했지만, 신문을 발행시킬 정도의 돈은 콜브란 일행의 헌금으로 간단히 비축해 두었던 것이 틀림없다. 외국인의 배일 활동은 과거 조국의 입장을 한국에 이롭게 할 목적도 있었지만, 지금 영국인 베델의 경우는 한낱 생계 수단이었다.

며칠 후 경성에 있던 하쿠타케 고타로로부터 여러 장의 편지가 왔다.

전략. 중대 뉴스는 이미 제주도에도 전해졌다고 생각하네. 나는 여기서 자네의 정보망으로 얻을 수 없는 사실을 전하도록 하지.

상경해서 한 달이 지났네. 자네가 만나지 못했던 신문기자 기쿠시마 겐조 씨에 이끌려, 야마토마치에 있는 청화정에 갔었네. 전에 얘기했던 송병준의 첩 오카쓰가 경영하는 요정이야. 저녁 무렵이었지만 술자리가 아니네. 경성에 와서 얼마 안 되었지만, 다행히 기쿠시마 씨가 나를 교토에서 온 조경가(造園家)로 거짓 소개해 주었어. 청화정 정원은 조경가가 감탄할 정도는 아니어서 괴로웠지만, 가까운 시일에 경성으로 일본인이 이주할 때 정원 조성에 참고한다는 말로 오카쓰를 속여 넘겼다네. 기쿠시마 씨는 그날 밤 청화정에서 뭔가 일어날 걸 예감하고 미리 사전 조사하러 온 것이지.

잣이 든 만두에 차를 다 마시자, 기쿠시마는 '한 번 둘러 보리다'라고 말하며 정원 쪽으로 내려갔지. 돌의 배치라든가 정원수 따위를 하나하나 설명하면서, 안채에서 복도로 이어진 별채로 접근했네. 근데 나와 기쿠시마는 안채 어디에서도 보이지 않은 각도에 둥근 창이 있는 걸 발견했다네. 그리고 기쿠시마 씨는 그 둥근 창에 다가갔지. 둥근 창은 가느다란 한죽(寒竹)을 세 개씩 교차해 끼워 맞춰 있었는데 안쪽 창문은 간단히 열렸지. 융단이 깔린 6조 크기의 온돌방은 양쪽이 벽으로, 둥근 창 맞은편이 안채와 연결된 복도 출입구였네. 방 한 가운데 퇴주(堆朱, 붉은 옻칠을 두껍게 여러 번 칠하고 거기다 무늬를 새긴 것)로 된 널찍한 탁자가 놓여져 있었지만 인기척은 없었어.

"확실히 여기야. 좀 전의 객실이 이 가게에서 가장 좋은 방이지만, 지금 이 시간에 굳이 우리를 맞이한 건…"

"뭐가 있습니까?"

기쿠시마 씨는 내 질문에 답하지 않고, 바깥 현관 옆 울타리로 다가갔어. 건인사(建仁寺) 울타리[2] 사립문은 경첩으로 되어 있고, 그 주변은 안뜰로, 측간 옆에 놓인 물그릇 주위로 남천 열매가 빨간 꽃송이를 드리우고 있었다네. 기쿠시마 씨는 재빠르게 보라색 경첩 문빗장을 열더니, 시치미 뗀 얼굴로 정원 반대방향으로 한 바퀴 돌아 아까 오카쓰와 대면했던 객실로 돌아왔네.

---

2)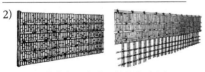

(건인사(建仁寺) 울타리 종류)

내게도 기쿠시마의 의도를 알 것만 같았어. 아마도 밤이 되면 다시 별채 주변을 숨어 들어갈 생각일 걸세. 그리고 나의 조경 연구를 진짜인 줄 알던 오카쓰를 적당히 구슬리고 두 사람은 청화정을 나왔네.

"오늘 밤, 이리로 송병준이 오는군요."

"저 별채는 밀담하기엔 안성맞춤이지."

"송병준이 누굴 만납니까?"

"이토 공이 보호조약을 체결하려고 온다고 하니, 놈들이 움직이지 않을 리 없지."

기쿠시마는 혼자 잠입할 계획이었으나, 나도 동행할 것을 간청했어. 기쿠시마 씨는 휴대용 위스키를 마시며 몸을 데우더니, 청화정에서 비스듬히 마주보이는 집 울타리 아래 주저앉았네.

무료한 시간이 흐르는 와중에 한 인력거가 멈췄어. 청화정 처마 등 불빛에 비춰진, 인력거에서 내린 인물은 검은 인버네스 코트를 입고 가죽장화를 신었지.

"사세 구마테쓰다."

기쿠시마 씨가 중얼거렸네. 후쿠시마 현에서 선출된 전 국회의원으로, 송병준의 막후 인물인 건 언젠가 목포에서 자네로부터 들었지.

불과 5분도 되지 않은 사이에, 검은 탕건에 하얀 두루마리를 걸친 남자가 조용히 청화정으로 들어갔어.

"이용구다. 송병준은 이미 안에 있군."

기쿠시마 씨는 움직이기 시작했어. 그날 밤 청화정은 손님을 맞지 않은 것인지, 현관 앞은 죽은 듯이 조용했다네. 우리들은 발소리를 죽이고 사립문 경첩을 열고 안뜰로 잠입했어. 가게 카운터나 주방은 반대편에 있었기 때문에, 발견될 염려는 없었지. 별채로 통하는 복도에도 전등불이 들어오고, 여성 종업원들이 음식을 나르고 있었어. 갑자기 안채 복도에 있는 유리문이 열리고, 가게 잡일을 하는 듯한 남자가 정원으로 나왔네. 혹시 정원 앞을 순찰하는 건 아닐까 순간 긴장했지만, 남자는 복도 옆에 있는 온돌 아궁이로 가더군. 그리고 불쏘시개로 안쪽 불씨를 들쑤시자, 아궁이 주위가 밝아졌네. 그곳에 무연탄 두 개를 때더니, 안채로 돌아가 유리문을 닫았지. 기쿠시마 씨는 온돌 아궁이로 가서 대담하게도 좀 전의 하인처럼 무연탄을 두 개나 더 던져 넣었다네.

주위를 경계하면서, 건물에서 떨어진 정원 끝을 돌아 별채로 다가간 두 사람은 둥근 창 바로 옆 벽에 달라붙었지. 하늘에는 어슴푸레한 하현달이 나와 있었지만, 다행히 둥근 창 옆은 가려져 있었어. 12월 초순의 밤공기는 차가웠으나, 긴장해서 그런지 한기를 느끼질 못했네. 어느덧 방안의 술렁거림도 조용해 졌지.

"오늘 밤 용건은 다름이 아니라…"

유창한 일본어는 사세 구마테쓰였어.

"이토 공이 보호조약을 체결하러 오게 되면, 일진회 입장도 바뀔 걸세."

"하긴, 언제까지고 군사령부만 믿고 있을 순 없지."

대답한 것은 송병준인 듯 했네. 그는 전쟁 중 일진회를 이용해 경의철도 부설이나 선무(宣撫, 정부의 의사를 흥분된 민중에게 전하여 복종하도록 함) 공작 따위를 해서, 군사령부의 신뢰를 쌓았던 게 여전히 기억에 남는 모양이야.

"이토가 군사령부와 일진회 관계를 단절시키는 것보다, 이쪽에서 먼저 끊는 편이 좋네만."

사세 구마테쓰는 자못 모사꾼과 같은 말투였어.

"허나 군자금이…"

군의 신뢰를 얻어, 군자금을 받는 송병준으로서는 미련이 남는 모양이야.

"돈은 돌고 돌기 마련이네. 걱정하지 않아도 활로는 마련될 걸세."

사세 구마테쓰는 득의의 표정을 지며 말을 이었다네.

"돈 걱정은 차후의 문제네. 이토 공이 뛰어든 이상, 이번이야말로 단단히 손쓰게. 한국에서 꽤 애먹게 될 테니 말이야."

사세 구마테쓰와 송병준 목소리는 들렸지만, 같은 자리에 있을 이용구의 목소리는 들려오지 않았지.

"사세 선생, 앞으로 전망은…"

재차 송병준의 목소리였어.

"외교권 위임 사태를 피하기 어렵다면, 일진회 쪽에서 먼저 기선을 잡는 것은 어떤가?"

"역시 피하기 어렵다 말이군. 이에 이 군은 어떻게 생각하는가?"

송병준은 이용구의 의견을 물었지만, 여전히 침묵이 이어졌지.

"이토 공의 내한은 일진회로서도 국면타개책이 필요하나, 이 군의 생각은?"

이용구의 발언을 재촉하려는 듯, 사세가 다그쳐 물었다네.

두 사람으로부터 의견을 받은 이용구는 간신히 입을 열었어.

"난 두 사람의 의견과 조금 다르다네. 러시아와 청국이 한국 내에서 세력을 잃은 이상, 일본의 독무대가 아닌가? 외교권 따위 새삼스레 위임하지 않아도 일본이 의도한 대로 넘겨받을 걸세."

이용구도 일본어가 능숙하였네. 이 때 송병준이 이용구를 제지했지.

"허나, 이대로 물러나서는 일진회가 나설 기회가 없지 않은가?"

"내 생각을 끝까지 들어 주게. 일본의 가르침이 있어야 한국도 발전하지. 사민안도(四民安堵)를 얻고, 만물이 제자리를 찾아야 돌아가신 스승님이 남긴 동학천도의 가르침을 달성할 수 있어. 이는 일진회의 목적을 달성하는 것과 마찬가지로 언제 해산하더라도 좋다고 생각하네."

방안에 또다시 침묵의 시간이 흘렀어.

홍 선생. 이용구의 이치에 닿는 말에, 난 목포에서 나눴던 자네와의 말을 떠올렸다네. 동학 천도교의 뜻을 따라, 민중의 행복을 염원한다는 이용구의 열의에 의지할 수밖에 없다고 자네는 말했었지.

나도 이 순간 이용구의 말을 듣고 자네의 의견에 동감했지만, 지금 그는 무대의 주인공에서 내려오려고 한다네. 평소 자네가 권세에 빌어붙어 사는 빈틈이 없는 놈이라 평한 송병준이 주인공 자리를 차지하려고 하니, 이것으로 과연 괜찮을런지 모르겠네.

송병준의 권력욕을 사세 구마테쓰가 뒤에서 조종하고 있는지, 송병준이 일본에 비위맞추는 중개역으로 사세 구마테쓰를 이용하는 것인지 경솔한 판단은 할 수 없지만, 한 나라의 운명을 결정하는 대화가, 지금 여기 청화정 온돌방에서 오가는 건 사실이야.

"일진회를 해산하여 무거운 짐을 내려놓으면, 난 전국을 떠돌며 동학천도의 가르침을 널리 보급하며 수운 선생님과 해월 선생님의 유업을 관철하고자 하네."

"그건 안되네."

송병준은 격렬한 어조로 이용구의 말을 막더니 말을 이어나갔어.

"우리나라 정세는 여전히 낙관할 수 없어. 러시아로 바꾸려는 여지를 갖지 않게 하기 위해서라도, 일본에 외교권을 위임해 의연한 정책을 명확히 세우지 않으면 안심할 수 없다네. 역사와 현실에 비추어 보아도 자명하지 않은가."

"그것은 인정하네만, 몇 번이나 말한 것처럼 종래 일본은 여러 나라와 한국을 다투는 입장이나, 이번엔 제 3국의 개입을 허락하지 않을 걸세."

"그러기 위해서도 우리나라 스스로 마음가짐이 필요하다네. 비근한 예로 경의철도 부설은 어찌 됐는가. 한일협정을 맺기 직전, 일본에 협력을 약속하면서도 뒤로는 방해만 했지 않은가. 일진회가 철도를 완성시키길 망정이지, 그렇지 않으면 정부는 국제신의를 지킬 수 없었을 것일세. 앞으로도 일진회의 역할이 더욱 크다고 보네. 아직은 사민안도를 얻지 못했어. 지금이야말로 사민안도를 어떻게 얻을지 중요한 시점이야. 만일 지금 해산하면 지금까지 한 일이 무위로 돌아가네. 외교권의 일본위임 문제는 한바탕 소동을 벗어나기 어려울 것일세."

송병준은 기를 쓰고 설득했지.

"그러니 이번에는 국민을 자극하고 싶지 않아."

"자극이 아닐세. 일본 보호를 성공시키는 윤활유와 같은 역할이야. 그것이 유종의 미라는 걸 왜 모르나?"

송병준과 이용구가 서로 열띤 논쟁 와중에 사세 구마테쓰는 잠자코 있었어. 소고기 삶은 냄새가 밖으로까지 퍼져 나왔지만, 실내에서는 젓가락 움직이는 소리조차 들리지 않았지. 세 사람 모두 팔짱이라도 끼며 생각에 빠진 모습이 상상되더군.

"오늘밤 온돌이 뜨겁군요."

남자뿐인 자리라고 생각했는데, 좌중의 침묵을 깬 것은 여주인 오카쓰의 목소리였어.

"바깥바람이 들어오게 문을 조금 열어 놓을까요?"

기쿠시마 씨의 온돌공작이 성공한 거야. 우리는 반사적으로 몸을 움츠렸네. 둥근 창 장지가 열리고, 송병준의 마구 지껄여 대는 목소리가 한층 선명하게 들렸지.

"나라 발전을 저지하는 게 무엇인가? 과거 몇 번이나 이런 악폐를 없애려고 했지만 실패했다네. 이는 특정 사람만이 하고, 대중의 지지가 없었기 때문일세. 이번엔 달라. 우리들 배후엔 백만의 일진회가 있어. 악폐를 없앨 절호의 기회일세."

"자네 의견은 지당하네. 나 개인적 마음으론 어디까지나 동학천도를 위해 온 정성을 다하고 싶으나, 이제는 나 한 사람의 일진회가 아니지."

이용구도 송병준의 말에 난감했어. 그리고 잠시 동안 정적이 흐른 후 이야기는 계속됐지.

"나라를 구하려는 수단은 반드시 정치결사에 의한 것만은 아니나, 만민의 행복을 바라기에는 정치 개혁이 제일 먼저라는 건 부득이 하네. 지금 전열을 이탈해서는 나의 참뜻을 이해 못하고 결속을 깨는 결과가 되지. 이렇게 된 바에야 자네와 사세 구마테쓰 선생께 맡기겠네."

송병준에게 시종 압도당한 이용구의 목소리는 침통했지만, 단호히 잘라 말했어. 좌중의 대화는 중요한 결정에 온 거야.

외교권 일본위임은 일진회가 제안하고 만천하에 선언할 것에 관해, 초안 집필자는 사세 구마테쓰로 정했다. 사세가 쓴 초안은 다음 날 아침 9시 송병준의 손에 전해져, 간부 토의를 거친 다음 발표한다는 순

서였지. 신문기자는 오후 1시 일진회 사무소에 소집, 여기까지 듣는
데 3시간이나 걸렸다네. 사세와 이용구가 돌아갈 준비를 하는 기색
에, 기쿠시마 씨와 나는 재빨리 청화정을 빠져 나왔다네.

　홍 선생. 내겐 감개무량한 하룻밤이었네. 후일 발표되는 건 결과일
뿐, 한국인 두 사람이 외교권 위임 선언을 단행한 심리과정까지 알 수
있었던 건 앞으로 사건 판단에도 도움이 될 것일세.

　그렇다더라도 송병준이란 인물은 좀처럼 이해하기 힘들었네. 일
본에게 외교권을 위임한다는 현실에 저항할 수 없다면, 수동적인 태
도를 취하려고 하는 것이 사람의 마음이 아닌가. 적극적으로 영합한
다는, 참을 수 없는 짓을 굳이 하는 건 그것이 한국 민족에게 최선의
방법이라 체념한 것이라면 더 이상 할 말이 없네. 하지만 이대로 해산
해서는 지금까지 일진회가 해온 일이 무위로 돌아간다는 말이 언제까
지고 내 귀에 남아 있더군. 그의 말과 행동이 한국 국민으로부터 매국
노라고 욕먹어도 어쩔 수 없는 입장이지만, 애국자라고 불리며 자기
집에 틀어박히는 것보다, 매국노라고 불리워도 정치 계급에 있지 않
는다면 국가 통치를 할 수 없지 않은가. 그렇게 생각하자 갑자기 흑과
백을 구분하기 어려워졌네.

　기쿠시마 씨는 사세 구마테쓰가 머문 파성관에 가까운 내 집에서
기다렸지. 목욕으로 원기를 회복하고, 따끈하게 데운 술을 몇 잔 걸치
고 자리에 누운 게 12시였지만, 4시에 기쿠시마 씨가 날 억지로 깨우
더니, 얼어붙은 거리를 둘이서 파성관을 향해 서둘렀네. 사세 구마테
쓰가 밤새 쓴 선언문 초안을 빌려 보기까지 물론 쉬운 일이 아니었어.
하지만 사세 구마테쓰도 기쿠시마 씨의 열의에 감동해 초안을 보여주
기로 했지만, 단 조건이 있었어. 시세 구마테쓰는 기쿠시마에게 이렇

게 말을 했지.

"생각들 해 보게. 일진회 사무실에서 검토한 후 세상에 발표할 초안일세. 간부가 수정할 부분도 있을 것이야. 게다가 이 초안을 쓴 자가 일본인 사세 구마테쓰라는 사실도 확실히 적혀 있지. 내가 초안한 글을 자네가 폭로하면 어떻게 될 지, 흥분한 한국인이 일본인의 음모라고 소란피우면 도대체 어떻게 할 셈인가?"

사세 구마테쓰의 말에 기쿠시마 씨는 낮게 탄식 소리를 냈어.

"미안하네. 특종 기사에 열을 올려 추태를 보였군."

기쿠시마 씨는 깨끗이 고개를 숙이며, 일진회의 발표를 기다리되, 호외로 배포한다는 약속한 다음 선언문 초안을 옮겨 쓰는 걸 허락받았다네.

선언문 초안은 괘지 7매에 쓰여진 약 2천자로 된 한문이었어. 두 사람은 분담해서 일사천리하게 베껴 썼네. 그리고 다 베껴 쓰니 8시 반이 되더군. 사세 씨는 초안을 가져가더니 미리 불러 두었던 인력거로 일진회 사무실로 향했어.

홍 선생. 자네도 틀림없이 읽었을 그 일진회 선언은, 이렇게 완성된 것이네. 발표된 것은 원문과 크게 다를 바가 없지만, 용어나 표현은 좀 더 과격한 것으로 고쳐져 있지. 일본의 한국 보호는 설령 전 세계가 타당하다고 보더라도, 비보호국으로서는 거국적인 큰 문제야. 그러한 때 한국인들 사이에 외교권 위임 선언이 나왔으니, 경성 전체가 어떤 소동이 일어났는지 자네도 쉽게 상상할 수 있을 걸세.

사태는 시시각각 변해가고 있어. 내일 11월 9일에는 이토 대사가 도착한다네. 이후의 상황은 다음 편지로 알려 줌세…

하쿠타케 고타로의 편지는 홍종우가 가장 알고 싶었던 내용을 생생하게 묘사했다. 신문에서 일진회 선언서를 읽은 후, 애가 타는 마음에도 이용구를 믿는 한 가닥 희망이 남아 있었다. 하쿠타케의 편지에서 두 사람의 지도자가 외교권 위임 선언을 단행하기까지의 심정을 상세하게 알게 되자, 홍종우의 실망은 일말의 미련도 없이 체념으로 바꼈다. 남몰래 한국의 운명을 부탁하고 싶었던 이용구가 결사적으로 양보한 걸 보면, 그조차 막을 수 없는 커다란 파도였다고 생각해야 한다. 감정상 참을 수 없었지만 너무나도 어리석고 못난 궁정 정치의 결과인 만큼 올 것이 왔다고 생각했다.

10일 정도 지나 하쿠타케 고타로부터 두 번째 편지가 왔다.

홍 선생. 일진회 선언 발표 이래, 경성 시내 혼란은 연이어 벌어졌어. 일진회에 대항한 공진회, 대한자강회, 서북학회 등 배일 단체가 궐기해 여기저기 사소한 분쟁이 일어나, 종로 상점가는 문을 닫았네. 소동은 이토 대사 도착 이후 한층 격화되었지.

이토 대사는 도착한 다음 날, 즉 11월 10일에 고종을 알현하고, 일본 천황의 친서를 봉정했네. 그리고 5일 후 두 번째 알현에서 동양평화를 유지하기 위해선 일본이 한국 외교권을 대행한다고 하는 보호조약 체결을 제의했다네. 한국 정부에서는 당황하여 허둥지둥하는 사이 3일 낮밤이 지났지. 간신히 17일 오후 3시가 되어 어전회의가 열리고, 무려 10시간 반을 낭비하고 말았다네. 고종의 조약체결 반대는 말할 필요도 없지만, 수반(首班, 행정부의 우두머리)은 다름 아닌 보수에 고집불통인 한규설이야. 체결하고 싶지 않은 조약을 체결하기 위한 회의인 탓에, 시간이 늦어지는 건 당연하지. 거부할 수 없는 조약이라면 한국에게 불리한 점을 개정하려 노력해야 한다고 이완용이 표명했다고 하나, 한국 측만으로는 진척이 되지 않았네. 마지막에는 이토 대사가 대신 한 사람, 한 사람의 의견을 묻고, 찬성과 반대로 나눴지. 그 결과 궁내대신을 뺀, 일곱 대신 중 두 사람은 절대거부, 외부대신 박제순, 학부대신 이완용, 내부대신 이지용, 군부대신 이근택, 농상공부대신 권중현은 찬성하여 다수결로 한일신협약 체결이 되었어. 외교권 위양과 외교 관리를 위해 통감을 둔다는 것을 중심으로 한 5개조 협약조문은 신문에도 발표되었으니, 여기에는 굳이 쓰지 않겠네.

조인이 마친 것은 새벽 1시 반이었다고 하더군.

이 한일신협약은 어차피 역사에 남는 사안으로, 함부로 말해선 안되기에, 이 날의 이야기는 후일로 미루고자 하나, 다만 여기선 에피소드 한 개만 쓰고자 하네.

한일신협약 체결 취지를 쓴 전문 중에 "한국이 부강한 결실을 맺을 때까지"라는 어구가 있지 않는가. 이것은 일본이 초안한 협약안에는 없었던 말이라고 하네. 양자 간 교섭으로 자구(字句) 수정을 마치고, 이토 대사 스스로 청서(淸書, 글을 깨끗이 베껴 씀)해 고종이 보길 바랬지. 고종으로부터는 궁내대신을 통해 한국이 부강한 후, 이 협정은 무효로 한다는 의미로 따로 어구를 더하라는 의견이 내려졌고, 그것을 받들어 삽입된 어구라네. 허둥지둥대며 이토 대사에게 농락당한 대신 무리들보다, 고종 쪽이 상당히 침착했다는 인상을 받았어. 이렇게 되면 "한국이 부강한 결실을 맺을 때까지"라는 말을 한국인이나 일본인 뇌리에 각인해야 되겠지.

조인 다음날부터 경성 시내는 전보다 한층 살기를 띠었지. 협약에 조인한 대신을 오적으로 탄핵되었네. 대한문 앞 광장에는 협약 파기를 원하는 군중이 북적거리며 소리를 외쳤네. 학부주사 안병찬은 폐하가 만일 조약을 파기하지 않으신다면 이것으로 신하의 목을 베어주소서 하고 도끼를 휘두르며 통곡했다고 하더군. 전 의정부 참찬(서기관) 이상설은 분에 못이겨 길가의 돌에 머리를 찧어 죽으려 했으나 이루질 못했네.

하지만 원로 조병세는 각국 공사에게 유서를 보내고 음독자살했어. 전 주영공사로 시종원경 민영환도 자결했네. 죽음으로 국가의 앞날을 걱정했다면 어째서 여태까지 직간(直諫, 윗사람에게 거리낌 없이 간함)하지 않았는지, 나는 유감스러워 견딜 수 없었네. 조인이 있던 밤에 일어난 상세한 사항은 경솔하게 말하고 싶지 않다고 말했지만, 그날 밤 이토 대신으로부터 의견을 요구받은 법무대신 이하영은 "우리나라 외교의 졸렬함 때문에, 이번 일본의 요구가 이루어진 것으로 한국이 스스로 불러일으킨 것 또한 알고 있다"고 말한 후 체결을 거부했어. 이러한 일은 예를 들 것까지 없이, 몇 십 년 전부터 직간했어야 할 상태에 있었다는 걸 누구라도 알고 있던 것이지. 죽은 자를 비난하는 건 참을 수 없지만, 결과에 대해 죽음으로 항의한다 해도 내게는 우국지정이라 받아들일 수 없어.

민영환에 관해 말하자면, 그는 마지막까지 일본과 한 번도 화친하지 않았던 민씨 일족의 거두로, 친러파였네. 자살의 직접적 원인은 굴욕적 조약에 대한 죽음으로 항의했다 해도, 결국 간접적 원인은 친러파 민씨 일족으로서 정치생명이 끝났다는 걸 깨달았기 때문이지 않겠는가. 다시 말해 정권과 연줄이 닿아 있는 동안은 처세를 위해 입을 다물더니, 이번과 같은 사태가 일어나자 이전의 정변과 같이 반대파는 암살당할 것이라 생각해 스스로 목숨을 끊었다고 비판받아도 어쩔 수 없었던 게 아닐까.

이렇게까지 소동을 일으키며 맺어진 신협약이었지만, 신문으로 보는 일본 여론은 이토 히로부미를 우유부단하다며 비난하고 있네. 과거 일본은 한국을 위해 쓴 잔을 삼키며 청일, 러일전쟁이란 희생을 치렀는데, 겨우 외교권뿐 내정권까지 함께 얻지 못한 게 불철저했다는 뜻이지.

신협정 결과, 내년 2월부터 통감부가 설치될 걸세. 일본정부 대표 통감(Resident general)은 한국 국왕의 다음가는 지위지. 상당히 거물이 아니면 안되는 자리라네. 때마침 일본에서는 야마가타[3]계의 무단내각이 문치(文治)계의 이토를 내쫓으려는 기운도 있다고 해서, 경성에서는 이미 그가 초대통감 자리에 오르게 될 것이란 소문이 파다하다네.

신협약 반대운동은 경성을 시작해서 단속이 허술한 지방으로 펴져 나가고 있어. 입장을 바꿔 본다면, 나 또한 내심 한국 국민의 아픔을 알기 때문에 가슴 아픈 적이 적지 않아, 오랜만에 귀형을 만나고 싶은 마음 간절하다네. 아무쪼록 자중하길 바라며…

2

목포 하구를 나온 발동기선은 영산강을 거슬러 올라갔다. 만조를

---

3) 야마가타 아리토모(山縣有朋, 1838-1922): 육군군인, 정치가. 메이지 정부 때 군정가(軍政家)로 수완을 발휘해, 일본육군의 기초를 쌓아 '국군의 아버지'라 불림.

이용하니 배 속도가 빠르다. 홍종우는 상경하는 길에, 김계화를 그녀의 고향 나주로 보내러 가는 중이다.

영산강은 굽이쳐 있는 탓에 목포에서 나주까지는 한봉선으로 10시간 이상 걸리는데다, 그녀의 친인척 또한 모두 죽고 없어 제주로 온 이후 한 번도 간 적이 없었다. 올해부터 일본인 선박회사 발동기선이 취항하게 되어 소요시간도 단축되었다. 곡물 매입 시기가 아니기 때문에, 그 날 기선 이용객은 홍종우와 김계화 두 사람뿐이었다. 머지않아 5월에 접어들려는 강바람은 여전히 차갑게 느껴졌다.

김계화와 헤어지는 건 견디기 힘들었지만, 결심하고 상경한 일이라 미련은 없었다. 상경해서 어떻게 될 지 알 수 없었던 까닭에, 경성에서 자리가 정해지는 대로 반드시 데리러 오겠다고 납득시켰다.

요사이 홍종우는 걱정거리가 많아 말수가 적어졌다. 보호조약을 거부한 한규설은 조인 후 사임하고, 외부대신이었던 박제순이 수반 참정으로 취임했다. 이는 임시조치로, 언젠가는 친일 의정부가 만들어지는 대로 지방장관으로 경질될 것이다. 그리 길지도 않았던 제주도 목사직을 반납하자, 홍종우는 후임을 기다리지 않고 섬을 떠났던 것이다.

외출용 하얀 지나(支那) 단자(緞子, 견직물의 일종) 장옷을 깊숙이 내려쓴 김계화는 침묵을 깨고 시를 읊었다.

고향을 떠난 지 10년
박을 볼 때마다 고향이 생각나네
오늘도 남호에서 고사리를 뜯으니
정과주(鄭瓜州, 친구인 정심을 말함)를 찾아줄 사람 없는가?

「해민(解悶)」이라고 제목 붙인 두보의 7언 시다. 고향을 떠나고 열 번 가을을 맞이했다. 가을 박을 볼 때마다 고향을 생각하며, 지금 또 봄이 되어 남호의 고사리를 캐며 친구 정심을 만날 것만 염원한다는 시의 감회가 그녀의 공감을 불러 일으켰던 것일까.

"나주에는 10년이나 만나지 못한 정과주들이 있는가?"

"아닙니다. 지금의 시는 나리께 바치는 것이옵니다."

그렇게 말하고 김계화는 긴 속눈썹을 내리 깔았다. 홍종우가 6년 만에 경성 사람이 되려 한다는 걸 진심으로 믿어 의심치 않으며, 이 시를 읊조린 김계화가 애처로웠다. 홍종우는 팔짱을 끼며 배의 횡목에 등을 기댄 채 눈을 감았다.

아무쪼록 자중하길 바라며…라는 하쿠타케 고타로의 편지 맺음말은 단순히 허울 좋은 말이 아니었다. 통감부가 발족한 지 3개월이 지났는데, 홍종우가 있는 곳에도 최익현이 보낸 격문이 도착했다.

최익현은 유학자이나, 평소 상소를 올리는 행동파 사람으로 이름을 날리고 있었다. 처음 상소는 40년 전 대원군 탄핵 때였다. 대원군은 당쟁의 온상이었던 서원을 철폐하여 여러 해 동안 폐해를 타파했지만, 학자 최익현에게는 견딜 수 없는 일이었다. 최익현은 그때부터 대원군을 미워하기 시작했다. 이어서 대원군이 백성의 어려움을 뒷전에 두고, 경복궁 대보수 공사를 시작하자, 재차 서둘러 중지를 바라는 상소를 올렸다. 민비는 고종에게 권하여 상소를 기꺼이 받아들이게 해 관직에 발탁되었으나, 정권을 잡게 되자 최익현에게 냉담했다. 완고한 애국자의 민씨 일족에 대한 배척 상소를 경계했기 때문이다.

최익현은 그 후에도 일이 있을 때마다 상소를 계속 올렸으나, 고종 부부의 존엄을 어기는 일은 없었다. 민후와 대원군의 죽음으로 정쟁이 일단락되자, 고종은 최익현의 우국지사에 대한 보답으로 영예를 주고자 하였지만, 굳이 사양하고 오로지 인재 양성에 몰두했다.

러일전쟁이 시작되고 한일의정서가 체결되자, 그는 또다시 매국노를 처단해야 한다고 상소했다. 전쟁 중에 민심을 혼란시키는 행위로, 일본 헌병대가 그를 경성 동쪽에 있는 포천 자택으로 송환해도 이내 되돌아 와서 상소 올리기를 반복했다. 이번 보호조약으로 침묵할 사람이 아니다. 조인한 대신 '오적'의 처벌을 요구했다. 고종은 이를 최익현의 충절에서 나온 행위로 보고 견책(譴責, 잘못을 꾸짖고 나무람)하지 않았다.

홍종우가 받은 격문은 상소에 만족하지 않고 의병을 일으키자는 내용이었다. 아무쪼록 자중하길 바라며…라고 하쿠타케 고타로의 말을 떠올릴 것까지 없이 경거망동할 마음은 없었으나, 홍종우는 어수선한 세상 추이를 듣게 되면서 태평스럽게 벽지에 틀어박혀 있을 수 없었다.

이 소란을 진정시킬 수 있는 건 고종 밖에 없다. 이때 문득 떠오른 건 보부상과 만민공동회가 연달아 충돌해 유혈사건이 수습이 되지 않았을 때, 고종이 몸소 대한문 앞에서 행한 친유로 기적처럼 해결된 일이다. 하여간 상경해 고종을 알현해야 한다고 결심하고, 제주도를 나왔다.

배는 나주의 건너편 강가 영산포에 도착했다. 영산포에서 나주까지는 나룻배를 이용했다. 하윤구리[4]라는 지나(支那) 말 그대로, 영산강

---

4) 하윤구리(河潤九里): 『장자(莊子)』(잡편) 제 32편에 나오는 말로, "황하가 물가 9리의 땅을 적셔 준다"는 뜻.

유역은 조선의 곡창이라고 불리울 만큼 풍요한 땅이다. 나주는 그러한 곡물의 집약지다.

　홍종우는 김계화에게 자그마한 잡곡 가게를 사 주었다. 이 가게를 꾸려 가면, 그녀가 생활하는데 어려움은 없을 것이다. 그리고 김계화와 마지막 밤을 보냈다.

　아침이 왔다. 홍종우는 최익현의 근거지인 순창으로 갈 생각이었다. 순창은 나주에서 북쪽에서 수 십리 떨어진 곳이다. 영산강 나루터와는 반대로 향하는 홍종우에게, 김계화는 의아해했다. 그녀에겐 순창에 간다고 말하지 않았던 것이다.

　"순창에 오래전 친구가 있네. 또 언제 만날 수 있을지 몰라서 말이야…"

　"어머, 순창이요?" 김계화는 반색했다. 혹시나 그녀에게도 순창에 오랜 친구가 있어 방문하고 싶다는 말을 꺼내지 않을까 순간 홍종우는 당황했지만, 그것은 기우였다.

　"이도령과 춘향이가 있던 남원 바로 근처이군요."

　김계화는 『춘향전』을 떠올린 것이다. 몇 년이 지나 춘향이 이도령을 만나는 것처럼, 김계화도 홍종우가 찾아와 줄 것을 의심치 않았다. 김계화는 마을 어귀까지 배웅하러 왔다.

　무궁화에 맹세하니 임을 잊지 않겠다고…

　김계화는 복숭아 꽃봉오리와 같은 입술로, 자신이 지은 『춘향전』 노래를 불렀다. 무궁화는 한국을 상징하는 꽃이지만, 아직 필 시기가 아닌지. 마을길에는 연한 노란색 차륜매와 짙은 노란색 개나리꽃이 널리 피어 있었다.

홍종우가 순창에 있는 최익현을 방문하려고 결심한 것은, 고종을 알현해서 자신의 의견을 자세히 아뢰기 위해서라도 지방 의병의 실상을 알아 둘 필요가 있었기 때문이다. 게다가 시종일관 고종에게 충성을 다하는 최익현을 만난다는 호기심도 있었다.

순창에 도착하기 앞서 주위로부터 얻어 들은 바로는, 그들은 관아를 습격해 약탈한 세금으로 군자금하고, 민중에게 피해를 주지 않아 지지는 받고 있지만, 의병을 일으키기에는 부족한 게 많았다.

그들의 본거지는 고찰 구암사다. 최익현은 아직 홍종우를 고종의 수족이라 여겼는지, 제주에서 의거로 서둘러 달려왔다고 생각해서인지, 눈물을 흘리며 기뻐했다. 홍종우가 가져온 술을 두 사람이서 나눠 마셨다. 74세 최익현은 얼굴이나 손등에 노인 특유의 검은 반점이 나 있었지만, 쇠약해진 육체에 비해 주량은 젊은이 못지않았다.

"최 선생, 의거로 모여든 사람은 몇 명이나…"

"천, 아니 8백 명 정도일세."

홍종우가 알기로는 5백 명도 안되는 인원이었다. 최익현은 홍종우의 마음을 엿본 것처럼, 지금 진행되고 있는 모병에 관해 얘기했다. 일본군과 내통하던 군수 이건용을 귀순시켰기 때문에, 그가 병사를 모으고 있다고 한다.

"한국 문제는 한국이 해결해야지. 왜놈의 간섭은 용서할 수 없네. 자네의 생각은?"

홍종우는 의견을 말할 생각이 없었다. 옛 책을 즐기는 유학자에게, 토요토미 히데요시 시대의 일본밖에 상상할 수 없는 인물이다. 어찌

하여 일본이 한국을 보호국으로 했는가 등의 국제정세를 섣불리 설명
하면, 불충한 놈이라고 단정받기 십상이다.

"어허 참, 최 선생의 충성에 따를 자가 없다고 마음 속 깊이 새기고
있습니다."

홍종우의 말에 최익현은 만족했다. 몸을 돌려 손을 뻗더니, 문갑 안
에서 꺼낸 편지를 펼쳐, 주저 없이 쉰 목소리로 읽기 시작했다.

"…왜적은 반드시 수 년 안에 멸망할 것입니다. 청국과 러시아는 밤
낮으로 적에게 이를 갈 것이며, 영국과 미국 등 모든 열강도 일본과
화합하는 일 없이, 조만간 전쟁을 일으켜 왜적은 곤경에 처할 것입니
다. 거듭된 전쟁에 백성은 굶주림에 허덕이고, 임금을 원망하며 내란
을 일으켜, 왜적 괴멸의 날은 가까웠다고 생각되옵니다. 그때까지 폐
하는 왜적의 허세에 두려워하지 마시고, 사력을 다해 원수를 크게 갚
아야…"

"이것은 무엇입니까?"

"유소(遺疏, 신하가 죽을 때 임금에게 올리는 글)라네."

고종에게 보내는 유서를 읽은 와중에, 홍종우의 말참견은 최익현의
흥을 깨뜨렸다. 홍종우는 개의치 않고, 유소라는 말을 기회로 재차 질
문했다.

"참기 힘들다고는 하지만, 새로운 정치가 순조롭게 진행되고 있는
이 마당에, 조약 반대로 의병을 일으킨다면 오히려 고종을 궁지에 모
는 것은 아니옵니까?"

홍종우의 말이 끝나기도 전에, 최익현은 건너 방에 가 30cm 가량의
네모진 나무 상자를 가슴에 품고 나왔다.

홍종우를 매섭게 쏘아보던 최익현이 나무 상자 안에서 공손히 꺼낸

건 동으로 만든 둥근 마패였다. 마패는 궁중 상서원[5]에서 내어준 것으로 따로 설명할 필요가 없다. 역에서 말과 포졸을 징발하는 감찰이다.

왕족의 여행이나 관리 출장에 나무로 만든 마패가 사용되었다. 동으로 만든 마패는 특별한 것이다. 지방관의 정무 사찰을 위해 궁정에서 파견된, 은밀히 암행어사에게 하사한 것이다. 『춘향전』에 나오는 이도령도 암행어사가 되어 남원군수의 정무를 시찰하러 가, 춘향과 재회한 것이다. 패에 새겨진 말의 수는 관등에 따라 다르지만, 암행어사로 임명된 자는 말 한 마리 마패가 보통이다. 말 한 마리 마패로 승마 한 필과 짐말 두 필을 얻을 수 있는 규정이다. 암행어사가 처음 당도한 역에서 마패를 내보이고 말을 징발하면, 그 역에서 서둘러 다음 역에 알려, 말과 포졸을 준비하는 편리한 구조이다. 역은 국유전을 받아, 그 수입으로 역마를 기르거나 역졸을 배치한다. 역마는 비상시에 군마로 징발될 수도 있다.

암행어사는 직무를 남용해 부정을 일으키는 사례가 많아, 이를 미행하는 제 2 암행어사가 필요했다. 청일전쟁 후 내정개혁으로 폐지되었지만, 고종은 폐지한지 얼마 안되어 이런 유치하고 음험한 제도를 부활시켰다. 관리로서는 궁정에 막대한 매관금(買官金)을 주고 얻은 관직이다. 그러니 암행어사를 매수하고 가렴주구에 전념한 탓에, 성과도 없는 이러한 제도와 더불어 자연히 폐지되었을 마패를, 고종은 본래의 목적과는 다른 비상사태로 이용하려 최익현에게 주었던 것이다.

---

5) 상서원(尙瑞院): 조선시대 국왕의 새보(璽寶), 부신(符信) 등을 관장했던 관서.

최익현이 내놓은 마패는 말 그림이 열 필이나 부조된 십 마패다. 홍종우가 마패를 집어 뒷면을 보니, 틀림없는 '상서원 인(尙瑞院之印)'이란 전각과 광무 10년(1906년) 윤달 3월 12일이라는 두 달 정도 전 날짜가 새겨져 있었다.

홍종우는 어이가 없어 마패와 최익현의 얼굴을 번갈아 봤다. 설마 하고 생각했지만, 최익현은 고종이 교부한 마패를 지니고 의병을 일으킨 것이다. 왕족 등의 국내여행에는 목제 십 마패를 부여한 적은 있다고 하나, 동제 십 마패는 전례가 없었던 만큼, 고종이 최익현에게 건 기대가 어떠했는지 짐작할 수 있었다.

"마패에는 칙유(勅諭, 임금이 몸소 이름. 또는 그런 말씀이나 그것을 적은 포고문)를 달아 하사하는 것이 관례입니다만…"

홍종우의 말이 마패의 진위를 의심하는 것처럼 들렸던지, 최익현은 분연한 표정으로 삼가 받은 칙서(勅書, 임금이 특정인에게 훈계하거나 알릴 내용을 적은 글이나 문서)를 홍종우 면전에 펼쳤다. 취지는 틀림없는 고종의 필적으로 "섬나라 오랑캐 신하 이토와 하세가와 두 사람을 처단하라"라고 놀랄만한 조목에다 그 위에 대군주라는 서명과 함께, 그 아래에는 옥새가 날인되어 있었다. 홍종우는 눈을 가리고 싶은 심정에 상투 언저리가 굳어지는 아픔을 느꼈다.

귀에 거슬리는 노인의 대언장어(大言壯語, 제 주제에 당치 아니한 말을 희떱게 떠드는 것)는 계속되었다. 홍종우는 술 취한 척하며 다른 일을 생각했다. 고종은 이 사회불안을 진정시킬 수 있는 유일한 사람인데, 신하를 사주한다는 게 한심스러웠다. 일찍이 보부상과 만민공동회 충돌에서도 고종은 방화(放火)와 소방(消防)의 두 가지 역할을 훌륭하게 해냈다.

최익현의 경우도 사주해 두고 내팽개칠 심산이다. 의병 수백 명에게 구식 대포 12, 3문으로 싸우게 하여, 괴멸하는 건 시간문제다. 설령 거국적으로 일본에 칼을 겨눈다 하더라도 당랑지부(螳螂之斧, 무력한 저항의 비유)에 불과한, 몇 명이 모였는지 모르는 반란군에게 마패를 주면서까지 막다른 궁지에 몰아넣는 고종이 애처로웠다.

밤늦게 자리에 들었지만, 홍종우는 잠을 이루지 못했다. 반란군이 절멸해도 마패만 남아 있지 않다면 문제될 게 없다. 고종에게도 기꺼이 목숨을 내놓는 충신이 있다는 것만으로 끝날 일도, 마패를 내어 준 게 발각된다면 해명할 여지가 없다. 그 마패가 일본군에 발견되면 어떻게 되는가.

홍종우는 자리에서 일어났다. 최익현을 억지로 깨워서, 의병 해산을 설득해 보려고 생각했지만 그만두었다.

끝까지 싸워 죽는 걸 숙원으로 여기는 완미(頑迷, 완강하여 사리에 어두움)한 노인을 번의(翻意, 먹었던 마음을 뒤집음)시키는 건 어려운 일이다. 일부러 요란스레 측간에 갔다. 소리에 눈을 뜬 최익현도 기침하며 측간에 갔다. 홍종우는 재빨리 최익현이 있던 거실에 숨어들어, 나무상자 안에서 마패를 훔쳤다. 다행히 칙유도 함께 들어 있었다.

더 이상 여기에 머물 필요가 없었다. 최익현이 돌아와 잠이 들 무렵, 홍종우는 방을 빠져나와, 말에 올라탔다. 보부상과의 연락을 위해 서대문에서 마포 거리로 질주했던 과거의 일이 생각나니, 오랜만에 피가 끓어올랐다.

때 아닌 새벽부터 달리는 말 모습에, 의심을 품은 척후병이 말을 타고 추적해 왔다. "게 섯거라. 아니면 쏠 것이다"라고 큰소리로 외쳤다.

신식 38총이 있을 리가 없지만, 무턱대고 쏘았다간 성채 전체가 잠에서 깨면 감당할 수 없었다. 홍종우는 말에서 내려, 훔쳐온 마패를 왼손에 치켜들고, 오른손에는 호신용 8연발 콜트 총을 쥐고 쏠 자세를 취한 다음, 상대가 다가오길 기다렸다. 달려오는 척후병이 탄 말 뒤로, 불그스름한 아침 해가 막 떠오르려고 했다.

"대군주 폐하의 사자에게 무례한 행동을 한다면 용서치 않겠다."

앞까지 온 척후병에게, 홍종우는 고압적인 목소리로 허세를 부렸다. 농민 폭동 차림의 젊은 의병은 정신없이 엎드리더니, 다음 역까지 호위로 데려가 줄 것을 청했다. 홍종우도 호위병을 대동하는 편이 나을 것으로 생각해 젊은이의 청을 받기로 했다. 경성까지는 60리, 목포로 돌아가면 12, 3리 거리다.

예상치 못한 마패를 얻고, 목포로 돌아가 기선을 이용하는 것보단 말을 갈아타고 북상하는 것이 경성으로 가는 지름길이다. 대전까지 말을 타고 가서, 경부철도를 이용할 수도 있다. 젊은이는 대전까지 따라왔다. 홍종우를 고종의 사자라고 믿고, 극진하게 종자의 노릇을 한 남자를 순창으로 돌려보낼 수 없었다. 돌아가면 싸우기도 전에 아군의 총살형이 기다리고 있을 터이다.

대전에서 헤어질 때 모든 걸 털어놓았다. 젊은 만큼 이해도 빨랐다. 홍종우는 젊은이에게 일본돈 10엔 지폐를 한 장 건넸다. 한국 재정고문부가 생겨 화폐개혁을 한 이후 일본지폐 통용도 공인되었지만, 10엔은 큰돈이다. 고액의 일본지폐를 가진 탈주병으로 의심할지도 모른다. 홍종우는 사례로 주었다는 걸 종이에다 쓰고, 신분증명을 위해 휴대하고 있던 '제주도목사 인(濟州道牧使之印)'을 날인해 주며, 싸움이 끝날 때까지 대전에 머물 것을 권했다. 젊은이가 10엔을 채 다 쓰기도 전에 순창 반란군은 토벌될 것이다.

"자넨 반란군 중에서 유일하게 목숨을 건진 게야."

그렇게 말하자 과연 젊은이의 얼굴에는 아군을 배반할 처지에 놓인 까닭인지 괴로운 표정을 지었다.

홍종우는 대전에서 경부철도를 탔다. 훔쳐온 마패는 그물 선반에 올려놓지 않고 무릎 위에 두었다. 드디어 마지막 때가 왔다고 생각했다. 홍종우는 고종을 위해 일생을 그르쳤다. 그것은 야망에 불타 있던 자신에게도 책임이 있는 탓에, 고종을 원망하진 않았다. 그렇기에 관직을 그만두고 경성에 가는 것도 "한국이 부강한 결실을 맺을 때까지"를 목표로 하여, 일본으로부터 더 이상 허점을 이용당하지 않도록 고종에게 마지막 간언을 하고 싶었기 때문이다.

한국인은 정권과 연줄이 닿아 있는 동안은 처세를 위해 입을 다문다고, 하쿠타케 고타로는 신랄하게 비판했다. 그러한 사람만 있지 않다는 걸 증명하지 않으면 안된다. 이번 계기로, 고종이 내어 줬던 마패를 돌려준 건 좋은 징조였다. 간언이 성공할지도 모른다고 생각했다.

의병을 일으킨 것은 전라도 최익현만이 아니다. 충청도에서는 전 서기관 민종식이 창의대장이라 칭하고 병사를 모았고, 그와 비슷한 자가 아직 여러 곳에서 봉기를 준비하고 있었다. 고종이 그들 모두에게 마패를 내어 주지 않았다고는 생각할 수 없다. 우선 최익현에게서 훔친 마패를 가지고 알현해, 고종에게 간언하여 마음을 바꾸게 하고, 형편에 따라서는 마패 회수 역을 맡아도 좋다는 생각이 들자, 홍종우의 마음은 들떴다.

일세일대(一世一代)의 충성이다. 젊은 혈기의 무분별한 탓에 저지

른 김옥균 암살은 자신의 출세 길인 동시에, 고종을 향한 충성이라 착
각했던 과실은 결국 평생을 따라다녔다. 이번이야말로 진실한 충성
으로 과거의 실책을 보상받고 싶었다. 고종이 서둘러 국내의 폭동을
진정시키지 않고서는 "한국이 부강을 달성했다고 인정할 수 없다"고,
쓸데없이 일본에 구실만 제공할 뿐이다. 그 점에 대해서 상세한 사정
을 밝혀 아뢰려고 생각했다. 고종이 마음을 바꿔 마패 회수를 명해 준
다면 다행이고, 반대로 불충한 신하로 처벌받는다 해도, 헛되이 분사
한 몇 명의 중신들과 같은 개죽음이 아닌 것만큼은 확실하다. 10년 전
에 이미 고종에게 받친 목숨이다. 언제 죽어도 후회는 없다.

기차는 5시간 만에 경성에 도착했다. 알현은 한시도 늦출 수 없다
고 생각한 만큼, 초조한 기분이었다.

기차에서 내려 출구로 가는 홍종우를 향해 하얀 장옷을 입은 여자
가 앞쪽으로 넘어질 듯 달려왔다. 다가와 멈춰선 여자의 얼굴을 보고
홍종우는 순간 자신의 눈을 의심했다. 그녀는 김계화였다. 나주로 그
녀를 보내러 간 것도, 순창에서 최익현을 만난 것도 꿈이었나 생각했
지만, 팔에는 묵직한 마패가 있었다.

평소 행실에 조심스러웠던 김계화에게서 처음 본 당돌한 행동이었
던 만큼, 홍종우는 더 이상 헤어질 수 없는 인연임을 알고, 두 사람이
같이 죽기로 마음먹었다. 김계화는 종로에 숙소를 마련했다고 말하
며, 홍종우의 손을 잡고 전기철도에 탔다.

종로에 있는 숙소는 상의원[6]과 가까웠다. 그곳에 숙소를 잡은 것

---

6) 상의원(尙衣院): 조선시대에 임금의 의복과 궁중에서 쓰이는 일용품 및 보물을 공
   급하는 일을 맡아보던 관청.

만으로, 홍종우는 그녀의 결심을 알 수 있었다. 김계화는 홍종우의 가정 상황은 물론이고, 경성까지 찾아와서도 함께 할 수 없다는 것도 충분히 알고 있었다. 그녀는 또다시 기생 등록을 할 생각이었다. 상의원은 시장 복판에 있는 궁정의 관제 중 하나로, 예비군을 써 부족한 관기(官妓)를 알선하는 곳이다. 관기라면 마음에 안드는 손님을 상대할 필요가 없으니, 그녀 나름대로 알아 본 것이다. 그 마음씨가 기특했다.

"모처럼 가게를 사 주셨습니다만…"

김계화는 홍종우가 묻기도 전에 해명했다. 잡곡 가게는 그 날 관아에서 근무한, 약간의 목돈을 갖고 있던 육촌오빠에게 팔았다고 말하면서, 일본 돈으로 환전한 집과 잡곡 대금 70엔을 홍종우 앞으로 내밀었다. 홍종우는 그 돈을 계화의 손에 쥐어주면서,

"상의원 따위에는 가는 데가 아닐세."

라고 말했다. 김계화는 부끄러운 듯 고개를 숙이며, 오늘까지 있었던 일을 작은 목소리로 이야기했다. 목포에서 배로 앞질러 가, 홍종우가 순창에서 육로든 해로든 남대문 역에 도착한다는 걸 알았기 때문에, 어제부터 경인철도와 경부철도 기차가 도착할 때마다 역에 나갔다고 한다.

(다시 만날 수 있어 다행이군) 하고 홍종우는 말해주고 싶었지만, 이별의 슬픔이 더욱 커질 것이라 여겨 간신히 참았다.

"일주일만 기다려 주게. 모든 걸 정리할 테니 말이야."

홍종우는 일주일 안에 고종에게 간언하여 결말을 볼 심산이었다. 간언을 받아들인다면, 김계화와 평생 같이 살 것이라 마음속으로 정하고, 반대의 사태가 일어나면 두 사람이 죽을 일 외에는 없다.

3

술의 도움을 빌려 잠들었지만, 눈을 떠 보니 하루가 참으로 긴 것 같았다. 홍종우는 깨어 있는 게 괴로워, 오전부터 또다시 술을 마시고 자다가 3시쯤 일어나 4시가 될 때까지 기다리다 지쳐 사직동 집을 나왔다. 종로 거리로 나가 동쪽으로 가면, 광화문 거리와 교차되는 네거리가 나온다. 왼쪽은 경복궁, 오른쪽은 경운궁 지점에서 홍종우는 발을 멈췄다.

북쪽으로 북한산이 솟아나 있다. 경성 거리 어디에서도 보이는 그 웅대한 산 위용은, 특히 눈덮힌 날이 많은 겨울철에 아름답다고 생각했지만, 눈 녹은 지금은 한층 장중한 음영이 더해갔다. 나무가 없는 바위산이지만, 몇 천 년을 바람과 눈에 씻겨오면서 더 이상 닳아 없어질 곳이 없을 정도로 노성한 모습이다.

일찍이 북한산 기슭 경복궁 앞 정면에는, 홍종우가 보부상을 이끌며 상리국 부흥을 청원한 농상공부아문 등, 각 아문들이 서로 마주보고 있다. 그리고 그 한 모퉁이 옥상에는 낯선 깃발이 석양 햇살에 반짝이며 펄럭이고 있었다. 푸른빛 창연한 하늘을 둘로 나눈, 흰 천에 히노마루를 칠한 통감기(統監旗)다.

5월 훈풍에 펄럭이는 통감기는 국제사회에서 한일관계를 말해 주는 듯했다. 남산 자락 왜장대에 있던 일본공사관은 폐지되고, 하야시 공사는 귀국해 구(舊)공사관 직원은 통감부 관리직 중 외무부에 흡수되었다고 들었다.

일본공사관 자리가 통감 저택이 되고, 인접한 통감부가 신축된 모양이나, 우선 당장 불필요하게 된 한국 구(舊)외부아문 건물을 사용하고 있다는 것 또한 신문은 전하고 있었다.

그 외무아문을 지배할 야망으로 가슴을 태웠던 기억조차 먼 과거의 일이다. 그렇게 생각이 든 순간, 어제부터 간헐적으로 홍종우를 엄습한 "짐은 홍종우라는 자를 모른다"는 치명적인 말이 그의 뇌수를 사정없이 짓밟았다. 차라리 대한문 앞 광장에서 '고종의 명에 따라 김옥균을 암살한 홍종우가 여기서 참사(慙死, 부끄러워서 죽음)'라고 높은 장대 끝에 매달아 세우고 할복하면, 이런 굴욕에서 벗어날 수 있을 것이다.

홍종우는 땅에 침을 뱉고, 교차로에서 남쪽으로 꺾인 곳에 위치한 조선요리 가게 명월관[7]을 향했다. 하쿠타케 고타로와 약속한 시간보다 한 시간이나 빨랐다.

명월관 주인 안순환은, 과거 궁중 전선사[8]에 있었을 때부터, 승지로 고종의 측근에 있던 홍종우와 알고 지내던 사이다. 명월관은 왕궁이나 의정부 각 아문에도 가까웠고, 안순환은 여전히 궁중 관계자들과 인연이 많아, 여러 정보를 얻고 있었다. 홍종우는 하쿠타케가 올 때까지 말상대나 할까 하여 일찌감치 왔지만, 외출하고 없었다. 사실 더 이상 만날 필요도 없었다. 이제 와 이런저런 정보를 얻어봤자 별의미가 없다고 생각하니, 오히려 안순환이 없는 게 다행이었다.

---

7) 명월관(明月館): 명월관은 1909년경 한말 궁내부 주임관 및 전선사장으로 있으면서 궁중 요리를 하던 안순환이 현재 서울특별시 종로구 세종로에 개점한 최초의 조선식 요리 가게. 1909년 관기제도(官妓制度)가 폐지되자 당시 어전에서 가무하던 궁중 기녀들이 모여들어 영업이 점차 번창하기 시작했다. 건물은 2층 양옥으로 1층은 일반석, 2층은 귀빈석이고, 매실이라는 특실도 있었다. 주로 일본과 조선의 고관대작이나 친일계 인물들이 자주 드나들었으며, 문인과 언론인들도 출입했다.
8) 전선사(典膳司): 대한 제국 때, 궁내부에 속해 대궐의 음식이나 잔치에 관한 일을 맡아보던 관청.

인기척이 없는 응접실 소파에 누워 눈을 감았다. 열린 창문에서 따뜻한 늦봄 바람을 타고 아카시아 꽃향기가 흘러왔다. 마음에 근심이 있을 때에는 감미로운 꽃향기마저 조바심을 치켜세우나 보다.

짐은 홍종우라는 자를 모른다··· 짐은 홍종우라는 자를 모른다··· 남해 어느 섬에서 들여오는 폭풍우 전야의 노도처럼, 간헐적으로 들려오는 이 말이 꺼림칙했다. 홍종우는 자신의 귀를 잡아떼고 싶을 만큼 굴욕감에 몸서리쳤다.

홍종우는 경성에 돌아온 다음 날부터, 고종을 알현할 방도를 강구했다. 직임관은 궁중 출입이 자유로웠다. 전관예우도 있지만, 통상적인 사임이 아닌 만큼 직접 알현을 청원하는 것이 망설여졌다.

과거 후원자였던 민영소가 특진관이라고는 하나, 간신히 명맥을 유지할 정도다. 홍종우가 재판소장을 하고 있던 당시 법무대신으로, 지금은 군부대신을 하고 있는 이근택에게 부탁할 수밖에 없지만, 그는 보호조약에 조인한 오적 중 한 사람으로 지탄받고 있다. 국민들로부터 지탄받는 한 고종 또한 그를 혐오할 것이 틀림없다.

홍종우는 이근택에 대한 고종의 신임을 알아 봤다. 조인에 앞장 선 이토 대사가 들었다고 하는, 각 대신의 의견도 외부로 흘러나왔다. 소문에 의하면 이근택은 '이 학부대신의 의견에 찬성하나, 만일 협정 체결의 찬반을 묻는다면 결단코 반대'라고 대답했다고 한다.

이근택이 찬성한 학부대신 이완용 의견은 하쿠타케 고타로가 보낸 편지에도 적혀있던 바와 같이 "거부할 수 없다면, 한국에 있어서 불리한 점을 개정해야한다"라는 것이다. 먼저 협정 체결에 찬성한 이완용에게 고종의 미움이 집중되었고, '협정 체결은 반대'라고 덧붙인 것만으로, 이근택은 이익을 봤다는 평판이었다. 홍종우는 고종 알현의 중개를 이근택에게 부탁했다.

만 이틀을 기다리다, 어제 이근택에게 가서 들은 대답이 "짐은 홍종우라는 자를 모른다"는 심장을 한 칼에 베는 말이었다. 그 날 밤 이근택은 자객의 손에 중상을 입고 일본거류지에 있는 병원으로 실려 갔다.

이근택의 암살 미수가 하루만 빨랐더라면, 지금 홍종우가 이처럼 비참한 굴욕감을 맛보지 않았을지도 모른다. 아니, 이근택이 살아 있는 동안 들어서 다행이라고 마음속으로 자문자답을 되풀이하는 사이, 이근택이 알현을 청원했을 때의 상황을 자세히 반문할 기회를 놓친 것이 후회되었다. 결과를 듣는 것만으로 굴욕적인 나머지 당황했던 것이다.

물론 사람은 누구나 순간적으로 잊을 수가 있다. 오랫동안 기억하지 못했던 사람의 이름을, 전후 사정없이 들었을 때 일어나기 쉽다. 순간적으로 생각나지 않았던 고종에게, 이근택은 홍종우라는 자를 떠오르게 하도록 노력했을까. 그래도 여전히 고종의 기억이 돌아오지 않았는지 어떤지, 그 점을 추궁해 보았어야 했지만 때는 이미 늦었다. "글쎄 홍종우가 누구란 말인가?"라고 말했는지 모른다. 그런데 이근택이 홍종우에겐 싫은 말이지만, 김옥균 이름조차 한 마디 덧붙였다면 고종의 기억이 돌아오지 않을 리 없다.

"큰일났군."

홍종우는 엉겁결에 소리를 냈다. 알현의 목적은 물론 마패 건도 함부로 다른 사람에게 말할 사항이 아닌 까닭에, 이근택에게는 말하지 않았던 게 이제 와 생각났다.

군부대신 이근택으로서는 현재 정세가 불온한 시점에, 과거 자객이

었던 자가 고종에게 접근해서 또다시 물의를 일으켜서는 곤란하다는
배려 차원에 "글쎄 누구란 말인가?"라는 반문을 "짐은 홍종우라는 자
를 모른다"는 말로 살짝 바꾸어 전한 건 아닐까. 어찌되었든 잊었던
것만은 사실이다.

아니면 자신의 부탁 따위는 묵살하고, 이근택 혼자만의 생각으로
처리했는지 모른다는 생각에, 홍종우는 머리가 아팠다. 만일 그러한
허황된 생각이 맞다면, 홍종우는 여전히 이근택을 적당히 다룰 자신
이 있었다. 고종을 알현해 간언한다는 목적에만 열중한 나머지, 이근
택에게 과거의 홍종우가 아니라는 걸 알릴 수 없었던 자신의 부덕과
부주의를 비웃을 수밖에 없다. 두 번 다시 없었던 기회였던 만큼 홍종
우는 비참한 기분이 들었다.

"이리 오너라…" 한국어로 부르는 목소리가 났다. 홍종우는 방금 꿈
에서 깬 듯 일어나 명월관 현관으로 달려 나갔다. 스탠드칼라에 무늬
가 희끗희끗한 프록코트(남자 예복의 하나)를 입어, 한층 산뜻한 느
낌을 주는 하쿠타케 고타로가 웃으며 손을 내밀었다.

"심부름꾼에게 무얼 물어도 몰라서 말이네. 언제 왔는가?"

홍종우는 대답하지 않고, 다만 하쿠타케의 손을 잡아 안으로 들어
갔다.

"이야기는 나중에 천천히 듣도록 하지."

나이 어린 소녀가 조용히 두 사람을 안쪽 손님방으로 안내했다. 집
외관은 서양식이지만, 널찍한 객실에 있는 융단 이외는 전부가 한국
식 실내 장식이다. 정면에는 수묵산수가 그려진 팔곡병풍이 둘러싸여
있고, 나전을 박아 넣은 화장대 위 백자 항아리에는 꼿꼿이한 모란꽃

이 환하게 피어 있었다. 중앙에는 자단(紫檀)으로 만든 세련된 큰 탁자가 있고, 오색 수자(繻子, 천의 면이 매끄럽고 광택이 나는 직물)로 가장자리를 꾸민 여름 방석용 돗자리가 화사하게 딸려 있었다. 그리고 병풍 오른쪽 아래에는 장구가 놓여 있다. 몸체 길이는 2척 이상이고, 직경 1척 5, 6촌은 될 것이다. 오른쪽 가죽은 채로, 왼쪽은 손으로 치며, 흥나는 소리에 노래 반주용으로 사용된다. 자리에 앉자 홍종우는 정식으로 인사했다.

"편지도 쓰지 못했지만, 건강한 것 같군 그래."

"고맙군. 몸만은 튼튼하다네. 근데 이번 상경은?"

"그리 서둘지 않아도 밤은 길다네. 가끔 어떤가. 기생이라도 부르는 게. 반주악기도 있고 하니 말이야."

홍종우는 장구를 턱으로 가리켰다.

"노래 따윈 관심 없네."

하쿠타케는 쌀쌀맞게 대답했다.

"그런가. 한국식으로 대접하려고 생각해서 말일세."

홍종우는 겸연쩍어 했다. 요리가 나왔다. 위아래 모두 꽃무늬로 수놓은, 바닥이 얕은 하나미시마(花三島, 꽃뚝배기 그릇)에 계란 요리가 보기 좋게 담겨 있었다.

"한국인은 배고파서 도적질을 한다네만, 일본인 중에는 생계가 곤란하지 않아도 손버릇이 나쁜 사람이 있는 것 같아."

하나미시마는 호사가들이 몹시 탐내는 그릇이다. 일본인의 나쁜 버릇을 왈가왈부할 생각은 없었지만, 그만 자리에 어울리지 않는 말이 홍종우의 입에서 나와 버렸다.

"무슨 얘긴가?"

하쿠타케는 다소 표정이 굳어졌다.

"이 가게에도 일본인 손님이 왔다 가면, 반드시 식기가 두, 세 개 없어진다고 하더군."

"부끄러운 얘기군."

"손님이 여기에 올 정도라면 쉽게 살 수 있는 사람인 듯 싶은데 말일세."

"돈 문제가 아니네. 오뎅 가게에 있는 값싼 도쿠리라도 남몰래 가져가는 것에 흥미를 느끼는 사람들이 있다네. 어떨 땐 방석까지 가져간다고 하더구만."

"그렇게 큰 물건도 말인가?"

"놀랄 일이지. 아마도 자넨 훔치지 못할 게야."

"그만 두게. 오랜만에 만났는데 기생이니 도적질이라니 대체 무슨 일이 있었는가?"

하쿠타케는 이미 홍종우가 평상심을 잃은 걸 예리하게 간파하고 있었다.

"요사이 느긋하게 남쪽지방을 한 바퀴 돌고 왔네."

"그럼, 자넨…"

"아닐세, 관직박탈 당하기 전에 물러난 것뿐이야."

"통감부가 그렇게까지는 내정간섭하지는 않을 걸세. 그렇지 않으면 일본의 녹을 먹지 않겠다는, 백이숙제(伯夷叔齊) 고사라도 흉내낼 셈인가?"

"그럴 만큼 결심이 선 것은 아니네만, 그런 섬에서 6년이나 있다 보면 슬슬 진절머리가 난다네."

소녀가 큰 나전 쟁반을 가져왔다. 쟁반 위에 있는 두 개의 부채는 주인이 보낸 선물이라고 한다. 또한 주인이 외출해서 돌아왔으니 인사하러 방문해도 좋을지, 작은 목소리로 홍종우에게 전했다. "손님도 왔으니, 좀 있다 오시게 하게"라는 대답에, 소녀는 가볍게 인사하고 물러났다.

홍종우는 소녀가 사라지자 부채 한 개를 하쿠타케에게 건넸다. 부채 손잡이는 다듬이질 방망이 정도나 되고, 좌우 겉살에는 정교한 투조(透彫, 판금, 목재, 석재 따위의 면을 도려내어서 일정한 형상을 나타내는 조각법의 하나)가 있다. 길이는 1척 이상이나 될까. 홍종우는 힘껏 부채로 왼쪽 손바닥을 쳤다.

"잊어버리고 있었군. 오늘은 5월 5일 단오절이네. 궁중에서는 절선[9]을 하사하고, 민간에서도 친척이나 지인에게 부채를 나누는 풍습이 있는 날이야."

홍종우의 말에, 하쿠타케도 부채를 펴 보았다. 부채종이에는 수묵으로 금강산 풍경이 그려져 있으며, 뒷면에는 "5월 5일 단오절이니, 위로는 하늘이 내려준 복록을 얻고, 아래로는 땅이 가져다준 복을 얻도다(五月五日天中之節 上得天祿 下得地福)" 등의 축사가 쓰여 있다. 홍종우가 갑자기 웃음을 터뜨렸다.

"왜 그런가?"

하쿠타케는 놀란 얼굴로 물었다.

"대단한 특사구먼. 단오절은커녕 좀 더 중요한 일을 잊고 있었네."

홍종우의 웃음은 자조 섞인 목소리로 바뀌어 갔다.

---

9) 단오절에 하사하던 부채. 부채를 만드는 지방에서는 단오절에 부채를 먼저 왕실에 진상하고, 또한 그 곳 지방관은 서울에 있는 여러 곳에 선물로 줌.

"단오절 날 궁중에서는 내관에게 절선을 하사하시네."

"그러고 보니, 일본에서도 있었던 것 같네만…"

대체로 습관이나 풍속은 지나(支那)에서 조선으로 경유하지만, 부채만은 일본이 원조라고 하쿠타케는 부연 설명했다.

"그것보다, 대단한 특사라니 그게 뭔가?"

두 사람은 평소와 같이 작은 술잔 대신 큰 찻잔으로 바꿔 마셨다.

"얼마나 목사로서 일할 마음을 잃었는가 하는 얘길세."

홍종우는 그렇게 말하며, 오늘 단오절 관례에 대해 이야기했다. 관찰사나 특사는 각각 지방의 특색에 맞게 공들여 만든 부채를 헌상하는 관습이 있는데, 그것을 잊어버렸다고 실토했다.

"그만 두었으니 괜찮지 않은가. 그것보단 앞으로 어떻게 할 셈인가?"

"아직 생각하지 않았네."

그것은 사실이었다. 경성에 돌아가 여러 가지로 애써 봤지만, 결과적으로 5일 째인 어제 모든 일이 수포로 돌아가고 말았다. 관찰사를 3년 하면 평생 먹을 걱정은 안해도 된다고 한다. 가렴주구를 하지 않았던 홍종우라도 제주도 목사를 6년 하면 당장의 생활은 걱정 없었지만, 그런 것은 더 이상 아무래도 좋았다.

"자네의 천성으론 무위도식은 견디기 힘들 걸세. 어째서 마음대로 그만두었나?"

"이젠 상관없는 일이야."

홍종우는 마침내 마음에 담아 두었던 말을 꺼냈다. 기침이 나오는 걸 참으며, 잠시 동안 침묵했다. 고종이 자신을 잊었다고 하는 게 사실이라면, 그것은 스스로 자초한 부주의다. 이근택이 홍종우의 알현을 청원했을 즈음, 고종 주변엔 각 지방으로부터 헌상(獻上)된 부채가 모여 들었을 것이다. 부채만 선사해 주었다면 기억하셨는지 모른다는 미련이 남는 한편, 과연 이근택이 전해 줄지 어떨지 모른다는 의문이 든 지금, 머릿속은 한층 더 복잡했다.

"어리석음을 부끄러이 여기며, 한 평생 말하지 않을 생각이었네만."

말이 채 끝나기 전에, 홍종우의 두 눈에선 커다란 눈물이 떨어졌다. 손등으로 눈물을 훔치며 마음이 진정되자, 홍종우는 제주도를 떠나고 나서 어제까지의 일을 빠짐없이 얘기했다. 하쿠타케는 요리엔 거들떠 보지 않고 열심히 들었다.

"일이 이렇게 됐으니, 난 이제 살아가는 게 괴롭다네. 고종에게 드리는 직간(直諫, 윗사람에게 거리낌 없이 간함)이 일생의 과오를 보답할 마지막 기회였는데 말이야."

"마음은 이해하나, 직간이란 모양새로 매듭짓지 않더라도, 그 후에 자네의 마음가짐으로 속죄한 게 아닌가. 게다가 만에 하나 고종이 직간을 듣고 청허(聽許, 듣고 허락함)할 것이라 생각하는 건가?"

"청허하시지 않더라도 내 할 도리를 다 한 것으로 만족하네."

"자기만족을 위한 것이라면 쓸데없는 짓이네. 나도 고종을 배알한 적이 있으니, 자네의 얘기가 눈에 선하다네. 미소 지으며 통감과 악수하고는, 뒤돌아선 이 녀석 죽여야 겠군 말일세."

"자네가 상상한대로 라네."

"그럼, 자네도 고종을 신용하지 않는군."

"그리 말하면 곤란하네만, 나에게는 아직 미련이 남아있어."

"자넨 결국 고종이 알고서 모른 체 했다고 의심을 품고 있는 게 아닌가."

"그러니 진정되지 않는다네. 나를 잊고 있었다는 건 괴롭지만, 혹시나 알고도 모른다고 말씀하셨다면 더욱 괴로운 일이지."

"그것으로 괴로워해서는 결론이 나지 않아. 이보게, 객관적으로 생각해 보게나. 자네가 중대한 과오라고 생각하는 일도 고종에게는 의미가 달라. 역적을 죽인 것만으로 과오가 되질 않네. 그것이 고종과 신하 간의 차이지. 자네가 고종과 김옥균 암살과의 연대감을 가진 건 단지 감상에 지나지 않아…"

하쿠타케는 과거 목포에서도 말한 것처럼, 자객은 고종의 흉기라는 것을 강조했다.

"박영효를 노린 이일직은 어떤가. 20년 동안 고종이 보낸 수많은 자객들은 지금 무얼 하고 있는가 말일세, 자객 현창회(顯彰會, 현창이란 숨어 있는 선행을 밝히어 알리거나, 공적 등을 알려 표창한다는 뜻)라도 있었는가?"

"한 마디로 없었다네."

"다 쓴 흉기인 걸 잊고 개죽음 당할 수는 없네. 게다가 좀 전에 자넨 잊혀졌다고 말했네만, 오히려 자네가 고종을 포기한 건 모른 것 같군."

"내가 포기했다니, 어째서인가?"

"이 부채 말이야. 고종에게 홍종우라는 자를 다시 한 번 확인시키고 있지 않은가."

간신히 그 의미를 깨닫고 고개를 끄덕이던 홍종우에게, 하쿠타케는 질문했다.

"헌상 부채에는 어떤 의미가 있는가?"

"단순한 습관으로 깊게 생각하진 않았네만."

"나는 자네의 이야기를 들으면서 생각해 봤네. 요컨대 이런 것은 아닌가 하고…"

고종은 지방장관이 보낸 헌상 부채를 하나하나 부챗살로 여기며 통괄하는 사북(가장 중요한 부분)이 아닐까 하는 게 하쿠타케의 생각이었다.

"역시, 그렇게 여길 게 틀림없네."

"부챗살이 하나 모자라서는 사북이 고정되지 않아. 고종은 부채를 늘어놓면서 국왕의 권위가 전국에 널리 퍼지고 있다는 기쁨을 만끽하고자 했던 순간, 자네는 고종의 존엄에 상처를 입힌 불충한 놈이었네…"

고종이 홍종우를 이용할 생각이라면, 부채를 헌상하지 않은 무례함을 용서하고, 자네로 하여금 황공해 몸 둘 바를 모르게 한 다음, 마패를 주어 제2의 최익현으로 만들 수 있었다고 하쿠타케는 말했다.

"그런데 지금의 자네는, 더 이상 그 수에 넘어가지 않는다는 걸 고종도 잘 아네. 6년이나 제주도에 방치되었다는 건, 바꿔 말해 자네가 고종에게 이용당하고 싶다는 기색을 내지 않았다는 증거야."

그 예로 하쿠타케는 이용익을 꺼냈다. 이범진, 이완용과 함께 친러파의 3이(李)라 불리며, 내장원경으로 궁정 사주계(私鑄係)를 혼자 떠맡았고, 탁지부와 군부 세 관직을 겸임하더니, 러일전쟁 전에는 남들보다 앞서 국외 중립을 선언한 인물이다. 광산 계발자였던 이용익이 출세하기 시작한 것은 헌금으로 궁중에 환심을 샀을 때부터다.

"응입(応入, 마땅히 들어올 물건이나 수입)라든지, 별진상(別進上, 정례 이외에 따로 진상을 올리는 일 또는 그 진상)은 지방장관 모두가 하고 있는 일이야. 자네가 그럴 마음이 있었다면 제주도에서 헌금

해 경성 인근인 경기도 관찰사 지위 정도는 살 수 있었을 거네. 그런
데 계속 외면해 오더니 이번엔 부채마저 헌상하지 않았잖은가. 더욱
이 고종의 자존심을 상하게 한 특사를 징계면직하려고 했더니, 미리
사직서마저 제출했네. 고종에겐 두 번의 굴욕이 아니고 무엇인가. 다
쓴 흉기는 고철로 처분하면 그만인 것을, 홍종우라는 자를 모른다
고 씻을 수 없는 치욕을 주어 산산조각 부순 것일세. 내 해석이 너무
지나친 비약일까."

하쿠타케는 식어버린 술을 들이켰다. 홍종우는 말없이 고개를 숙였
다. 하쿠타케가 분석한 이야기를 들어 보니, 짐은 홍종우라는 자를 모
른다는 말이, 고종의 본심인지 이근택이 꾸민 것인지 둘 다 상관없다
고 생각될 만큼 가슴 속 온기가 훑어 지나가는 걸 느꼈다.

"말한 김에 좀 더 얘기하겠네. 고종을 알현해서 만일 하사하신 마패
를 되돌려 주며 직간하면 어떻게 될 지, 자네는 죽어도 좋을지 모르겠
네만 그건 개죽음이네. 알현이 성사되어 개죽음당하는 것과 단념하는
것 어느 쪽이 좋을지…"

이용 가치를 못 받는 건 홍종우의 과오에 대한 보상이 이루어졌다
는 증거로, 이제 와서도 여전히 고종으로부터 기대하려는 마음으로는
평생 보상받을 수 없다고 하쿠타케는 극언했다.

"잘 알았네. 기분이 한결 나아졌네. 난 나잇값도 못하고 자네에게
배우기만 할 뿐이군."

홍종우는 고개를 들고 시원스레 말했다.

"좀 궤변을 늘어놓았네만, 이해해 주니 고맙네."

하쿠타케는 어린 아이처럼 수줍어하며 웃었다.

"난 나잇값도 못하고 통찰력도 부족한 것 같아."

홍종우는 불혹이 지난 자신의 나이를 부끄럽게 여겼다.

"다들 그렇다네. 누구라도 마음의 벽은 좀처럼 허물기 어렵지. 오히려 다른 이와 대화하면 의외로 돌파구가 생기는 법이야. 나 또한 고민되는 일이 있으면 자네에게 상담 받음세."

"난 틀렸네. 자네처럼 냉정함이 없어."

"자신의 일이 되면 누구라도 그럴 것일세."

어느덧 시간은 흐르고, 늦은 봄이라고는 하나 밤공기는 차가웠다. 홍종우는 손뼉을 치며 소녀를 불렀다.

"데운 술로 입가심이나 하세. 난 실업자이니 앞으로 성가실 정도로 술상대해야 할 거야."

"좋다 마다, 자네가 상경하니 나 또한 즐거움이 늘었다네."

손대지 않은 요리가 몇 가지 남아 있었다. 두 사람은 그것을 안주삼아 데운 술을 다시 마셨다.

일본인 인력거꾼을 부르자는 하쿠타케에게, 홍종우는 연신 밤거리 치안을 떠들어 댔다. 사실 둘이서 처음 경성 거리를 걷고 싶다는 감상에서 나온 것이다. 헤어지기 싫은 마음이 자리 잡고 있었다.

명월관을 나온 두 사람은 어깨동무하며 거류지 쪽으로 향했다. 대한문은 밤하늘에 검게 우뚝 솟아 있었다.

대동강 강변을 거니는…

갑자기 홍종우가 큰 소리로 노래를 불렀다. 일본 혐오로 똘똘 뭉친 그가, 술에 취했다고는 하나 일본의 서정적 애수를 띤 노래 '곤지키

야사[10]의 가사만 바꿔 부른다는 건, 하쿠타케로서는 미묘한 기분이
들었다.

함께 걷는 것도 오늘이 마지막…

하쿠타케가 뒤를 이어 계속 불렀다.
"오늘이 마지막이란 가사는 좋지 않군. 죽는다는 건 그만 두게나."
"죽다니 어림없지. 하쿠타케 고타로를 내버려두고 죽는 짓 따위 하
겠는가?"
홍종우는 큰소리를 외치며 몇 번이고 되풀이 말했다.
일본거류지 입구에서 홍종우와 헤어진 하쿠타케는 숙소를 향해 걷
다가, 천진루 옆을 지날 즈음 문득 이다 요지가 떠올랐다. 이다는 며
칠 전부터 수원에 재정고문부 지부를 설치하러 가 있었다. 중앙 제도
를 지방으로도 철저하게 시행하기 위해서다.
통감부의 한국보호 주안점은 국방, 외교, 시정 개선이다. 시정 개선
이긴 하나, 엽전 한 푼의 여유도 없는 국고를 대신해 자금 조달을 맡
은 게 메가타 재정고문관의 역할이다. 총세무사 브라운은 임기가 끝
나, 해관 사무는 아무 탈없이 메가타 재정고문관으로 승계되었다. 통
감의 시정 정책에 필요한 자금은 일본홍업은행으로부터 관세 수입을
담보로 천만 엔 차입 계약이 성립되었다.

---

10) 『곤지키 야사(金色夜叉)』: 일본 메이지시대 소설가인 오자키 고요(尾崎紅葉,
1867-1903)의 장편소설. 작가의 죽음으로 인해 미완성으로 끝난 작품. 메이지시
대 소설 중 가장 많은 독자를 얻은 작품이며 연극, 영화로도 많이 상연됨. 1913년
조일재가 『장한몽(長恨夢)』으로 번안함.

제일 먼저 착수된 것이 각지의 도로개발과 수도부설, 학교와 병원 개설, 농공은행 설립이다. 한국 국민의 복지를 무엇보다 먼저 염두해 두었다.

통감이 부임하자마자 이내 계획이 궤도에 오른 것도 재정고문부가 기초적인 준비를 정리해 놓았기 때문이다. 그 근원을 따라가 보면, 3년 전 20세 청년 이다 요지의 경륜에 의해 세워진 것임을 안 하쿠타케로서는 감개가 깊었다.

일본이 근대국가로 성장함에 따라, 사회의 일원으로서 개인을 생각하는 게 익숙해진 하쿠타케는, 발군의 역량을 가진 한 개인이 주축이 되어 세상을 움직이게 한다는 사실에 놀라지 않을 수 없었다. '머지않아 한일합방을 하는 것이 일본의 방침'이라고 말했던 이다의 말만이, 하쿠타케는 솔직히 받아들이기 어려웠다.

보호국을 바로 식민지로 하는 것이 19세기 말부터 세계의 풍조이긴 하지만, 도덕적으로 생각해 봐도 하쿠타케에게는 납득할 수 없었다. 보호통치가 성공하면 보호를 그만두어야 한다. 보호를 그만 둘 때는 장래의 친밀한 이웃 국가로서 제휴해 가고자 생각할 때까지 한국인을 심복(심열성복(心悅誠服)의 줄임말로, 마음속으로 기뻐하며 성심을 다하여 순종함)으로 시키지 않으면 안되지만, 그것은 극히 어려운 문제다. 보호를 그만둔다면 그 날부터, 그들은 일본인에게 총을 들이대지 않을까 하는 생각마저 들었다.

4

충청도 민종식이 일으킨 의병은 한국 주차일본군에 토벌되고, 전라도 최익현 무리가 한국 진영대(鎭營隊, 조선시대에 각 수영, 병영 아래 두었던 지방대)에 소탕된 것은 홍종우가 김계화와 함께 죽동(竹洞)에 살림을 차렸을 즈음이다.

민종식 진영은 만 이틀 동안 버텼고, 최익현은 수 시간 동안 응전했으나 파멸되었다. 경성으로 압송된 민종식과 최익현에 대해서, 궁정은 그들의 목숨을 구하기는커녕 참수형을 주장했다. 궁정은 그들과 관계가 없다는 측근들의 미봉책인지 모르나, 고종의 칙유를 본 홍종우로서는 복잡한 심경이었다. 동으로 만든 마패를 훔쳐 온 게 과연 고종을 위한 충절이었을까. 측근들의 미봉책으로 말미암아, 고종의 음모는 끊임없이 계속되는 건 아닐까 생각했다.

통감부는 궁정의 의향과 달리, 민종식을 전라남도 진도에 종신 유배했고, 최익현을 일본 쓰시마에 2년 간 유배를 보냈다.

홍종우가 죽동에 차린 집은 자신의 권세가 최고조였을 때 샀던 사직동 집의 반도 안되는 규모였지만, 김계화와 계집종 세 사람이 사는 데 적당한 크기였다.

고종의 알현에 관해 이근택에게 알선을 의뢰한 후 "짐은 홍종우라는 자를 모른다"는 말을 듣고 나서 한동안 마음이 착잡하여 무슨 일이든 손에 잡히지 않았다. 다만 하쿠타케 고타로와의 대화에 격려받아 간신히 살아갈 마음이 생겼다. 이 세상에 살게 된다면 가장 사랑하는 사람에게 비참한 생활을 시키고 싶지 않았다. 그렇다고 해서 아내 양영복을 버릴 수는 없는 노릇이다. 애정이라기보다 측은한 정 때문이다. 양영복과 헤어진다면 가진 돈을 전부 주더라도 부족하다고 생각하던 차에 아내에게서 연락이 왔다.

6년이나 독수공방하던 양영복은 어처구니없게도 때마침 홍종우가 제주도 목사를 그만둘 무렵, 함께 살던 절름발이 사촌형과 불륜을 저질렀다. 사촌형의 아내가 반 년 전에 죽고, 남겨진 두 아이를 돌보던 중 우발적으로 일어난 일이다.

양영복은 홍종우가 되돌아 온 이상, 단 한 번 일어난 불륜을 털어놓을 마음이 없었지만, 사촌형이 홍종우에게 폭로했다. 45세나 되는 여자 문제로, 그녀의 남편보다 우위에 서려는 사촌형이 마치 젊은이 간 아내를 차지하려는 듯 사납게 변한 건 신체장애라는 열등감에서 나온 것이리라. 지고 싶지 않을 것이다. 절름발이로 일감마저 없는 남자에게 후처로 들어 올 사람이 없는데다, 양영복을 놓치고 싶지 않은 이기적인 마음도 더해진 속마음이 훤히 보이는 만큼, 홍종우는 한층 아내가 가여웠다.

양영복이 당한 우발적 사고도, 사촌형의 계획인 듯하다. 사촌형은 김계화의 존재를 양영복에게 폭로했다. 종로 숙소에 숨겨두었다는 것까지 알고 있었다. 과거엔 실컷 정보 수집을 시키는데 이용했지만, 마지막 순간에 와서 그 재능을 역이용당한 게 화가 치밀었다. 김계화를 끌어 낸 건 사촌형의 흉정이다. 갖은 고생을 다 시켜온 조강지처를 버릴 수 없다고 생각한 홍종우의 진심을 헤아릴 수 없었던 것이다. 유교 사회에서 남자의 축첩은 묻지 않고, 아내의 정절에만 엄격하다. 아내의 부정(不貞)은 충분히 이혼 사유가 되며 폭력조차 너그러이 봐 줄 정도로, 물론 동전 한 푼조차 받을 수 없다. 사촌형은 자신을 위해서라도 그러한 결과를 초래하고 싶지 않았지만 오히려 긁어 부스럼이 된 꼴이다.

홍종우는 처음엔 돈도 줄 생각이었으나, 아내의 부정한 사실을 알고, 게다가 상대가 사촌형이라는 걸 안 지금은 사직동 집만 주기로 했다. 제주도로부터 매달 생활비를 보내준 것도 충분하거니와, 그녀의 기술에 반한 종로 시전의 부탁으로 자수 일은 계속 해 왔으니, 비록 얼마 안되더라도 재산은 모아두었을 것이다.

사촌형은 자못 생색을 내려는 듯, 오랫동안 동거해 온 사촌 동생을 돌보겠다고 말했다. 사촌 동생은 3년 전 아내를 잃고, 아이도 없이 60세에 병들어 죽을 날이 머지않은 걸 알았기 때문이다.

제주도에서 보내온 짐은 풀지 않고 죽동으로 옮겼다. 나주에서 보낸 김계화의 짐도 도착해 집안도 점차 자리 잡을 때였다.

김계화에게 손님이 찾아와, 홍종우는 방에서 신문을 뒤적이고 있었다.

〈한성신보〉에 '현민회와 통감 제복'라는 제목과 통감 제복으로 위엄을 갖춘 통감 사진이 눈에 띄었다. 가슴에는 대훈위국화장[11]과 욱일장[12] 그리고 그와 비슷한 훈장 세 개가 장식되어 있다.

이토 히로부미가 정치 외의 일로 신문 기삿거리가 된 것은 대체로 여자와 관련된 것뿐이었다.

매화에 질리면 복숭아 가지를 꺾고, 복숭아에 질리면 황매화, 싸리, 도라지 등 종류를 가리지 않고, 때로는 논두렁길에 피는 오갈피 꽃까

---

11) 대훈위국화장(大勳位菊花章): 원래 대훈위국화장경식(大勳位菊花章頸飾)은 일본 훈장의 하나로, 최고 훈장. 참고로 경식(頸飾)은 목걸이를 말함.
12) 욱일장(旭日章): 1875년 일본 최초 훈장으로 1등에서 8등까지 8등급 제정됨. 참고로 1888년 욱일장보다 상위인 대훈위국화장이 만들어짐.

지 손을 댄다고 신문에는 쓰여 있다. 홍종우는 가끔 이토 히로부미의 아내는 치매증이 아닐까 생각해 본 적이 있다.

통감이라는 지위에 오른 이토 히로부미를 한국인이 싫어하는 건 당연하지만, 홍종우가 이 남자에게 신물이 난 것은 개인적인 이유도 있기 때문이다.

홍종우를 여기까지 내몬 원흉은 이토 히로부미다. 김옥균에겐 평소 감언으로 꾀더니, 그의 필생 염원인 차관을 거절했다. 생각다 못해 김옥균이 고토 쇼지로 등의 도움으로 프랑스로부터 차관을 얻으려는 걸 알게 되자, 그것을 방해했을 뿐만 아니라, 승산도 없는 쿠데타를 일으키게 해 곤경에 빠뜨렸다. 그 때부터 홍종우의 운명은 꼬이기 시작한 것이다.

김옥균과 같은 자가 있어서는 대한 정책에 지장을 초래하기 때문에, 홍종우는 그를 실각시키고자 했던 일본의 덫에 감쪽같이 빠져든 형국이다. 일본은 직접 손을 쓰지 않고도 장애물을 처리했다. 하필이면 자신이 그 장례식 집행인 역할을 한 것으로, 홍종우는 이 세상에 태어난 것마저 혐오할 지경에 이르렀다. 그렇게 생각하기 시작하자 또다시 고종에게 알현해 직간할 수 없었던 분함이 몇 번이고 온몸을 뒤집어 놓았다. 홍종우는 분한 마음을 달래려고 신문을 훑어봤다.

'현민회와 통감 제복'이라는 제목만으론 내용을 알 수 없다. 현민회와 같은 편안한 자리에까지 위압감 주는 통감 제복으로 참석한 걸 야유한 것인가 생각했지만, 단순히 가십기사는 아닌 듯 했다.

이렇게 제목을 다는 건 〈한성신보〉의 상투적인 수단이다. 다른 신문은 제목으로 내용을 유추할 수 있으나, 〈한성신보〉는 결국 본문을 끝까지 읽어야 한다. 혹은 신문을 읽히기 위한 궁여지책인지도 모른다. '현민회와 통감 제복' 기사 또한 그러한 부류이다. 그렇게 생각하며 읽어 보니 역시 심상치 않은 기사로, 내용은 다음과 같은 것이었다.

야마구치 현민회에서는 연례 모임을 열어, 같은 고향출신인 이토 통감, 하세가와 군사령관, 오타니 참모장 세 사람 내빈을 초대했다. 하세가와 대장과 오타니 소장도 군복이 아닌 평상복을 입었는데, 유독 이토 통감만이 새롭게 제정된 통감 제복을 입고 출석한 것이다.

자리가 무르익어 감에 따라, 현민회라는 소속감에서 오는 느슨함 탓인지, 거류민회에서 평소 말하기 조심스러운 문제를 꺼냈다. 그것은 거류민회에서 경영하고 있는 소, 중학교 교육비다. 교육비가 거류민회의 무거운 부담이 되었기 때문에, 통감이 힘써줘서 불필요한 국유지 불하를 허가해, 교육기금으로 만들고 싶다는 바램이었다. 때마침 교육비 비용으로 골머리를 앓던 간사가 야마구치 현 사람이었다.

통감은 부임하자 한국 측 의무교육이나 각종 실업학교 설립자금으로 50만 엔을 지출한 걸 알고 있던 거류민으로서는, 당연히 거류민 교육을 위해서도 편의를 제공할 것이 틀림없으리라 기대했던 것이다.

하지만 거류민들의 기대는 벗어났을 뿐만 아니라 이토 히로부미는 "자네들은 내가 뭐하러 한국에 왔는지 아는가?"라고 정면으로 반문했다. 물론 재류 일본인 발전 대책을 실시하러 온 것이 아닌 건 누구나 잘 알고 있던 만큼, 거류민들은 한 마디도 못했다.

"…한국까지 먼 곳을 왔으니, 이젠 야마구치 현민도 아닐 것이다. 여기까지 왔다면 섬나라 근성은 버리는 게 좋다. 어느 현민이든 간에 같은 일본인으로 서로 친목해야 하지 않겠는가. 그런 의미로 나는 오늘 야마구치 현민이 아닌, 통감으로 출석한 것이다. 야마구치 현민이니까 뭐 해달라는 주문은 앞으로 입밖에 내지 말길 바란다.

거류민 교육비라면 이사청(理事廳, 통감부 산하 지방기관)이 알아서 할 일이다. 나는 월권행위는 할 수 없다. 국유지 불하라니 당치도 않다. 재류 외국인은 모두 자녀 교육을 위해 본국에 되돌려 보내든가 아니면 상해로 가든가 스스로의 힘으로 해결해야 한다. 하여간 일본인이라고 해서 너무나 염치없는 요구는 삼가해 주길 바란다.

다만 사적인 일은 별개이니, 이토 개인 자격으로 현민회에 50엔 기부를 하겠다. 야마구치 현민으로 생활이 곤란한 자가 있으면 여비 일부를 보태 귀국하는데 도움되길 바란다."

라는 훈사까지 덧붙였다.

홍종우는 코웃음쳤다. 관보를 단지 장황하게 늘어놓은 어용신문 〈경성일보〉도 그렇지만, 〈한성신보〉도 일본어와 한글로 인쇄되어, 마치 일반 독자들의 지지를 바라는 계산된 연출이다. 어느 현민이든 이라고 그럴 듯하게 말을 하면서도, 하세가와나 오타니도 조슈 파벌인 것은 널리 알려진 사실 아닌가.

통감은 재류 일본인 발전 대책을 촉진시키기 위해 온 것이 아니라는 건 그의 입버릇으로, 그들에 대해 냉담한 한국인들의 사이에서도 알려져 있었다. 재류 일본인들은 오랫동안 고생해 이제야 자신들의 천하가 되었다고 기고만장해 있었다. 게다가 한국에 가면 어떻게든 된다고 생각한 한탕주의자도 몰려 왔다. 그런 이유로 새로운 사업 경영에 대해서도 영사관이 새롭게 바뀐 각 이사청에 명령해 단속을 엄히 펼친 결과, 고리대금업자나 일정한 직업이 없는 낭인에게는 가차없이 퇴한 명령이 떨어졌다.

그러한 기사를 보면 볼수록, 홍종우는 속이 부글부글 끓어올랐다.

정작 김옥균이 조선의 시정 개선을 하지 못하도록 내버려 두고는, 결국 20년이 지나서야 자신이 그 기회를 잡은 게 아닌가.

내방의 손님이 돌아갔는지, 김계화가 계집종을 시켜 상화병[13]과 차를 가져오게 했다.

"벌써 유두절[14]인가? 세월이 참 빠르군."

홍종우는 6월 15일 유두절에 먹으면, 여름 내내 더위를 먹지 않는다고 알려진 기름에 지진 밀전병(一煎餠)을 한입 가득 넣었다.

"손님은 누구였나?"

"종로 상방(尚房, 상의원) 심부름꾼이옵니다."

김계화는 차분하게 상방이 전한 용건을 이야기했다. 최근에 관노 수준이 떨어져, 악기 또한 단지 켜는 법만 알고 있는 정도라 기생 재교육 기관을 만든다는 얘기가 나왔다고 한다.

"어째서 자네에게 그런 걸 말하러 왔는가?"

"옛날 진주 학교에서 가야금을 가르쳐 주셨던 분이 상방에 계신다 합니다."

"일을 맡은 건 아니겠지?"

홍종우의 말에 김계화는 끄덕이면서도 저고리의 옅은 녹색 영건(領巾, 옛날 귀부인이 정장할 때 어깨에 드리운 길고 얇은 천)을 만지작거리며 "하지만…"하며 머뭇거렸다.

홍종우도 김계화의 마음을 모르는 것은 아니었다. 홍종우가 아내와

---

13) 상화병(霜花餠): 밀가루를 막걸리로 반죽하여 발효시킨 뒤 팥소를 넣고 둥글게 빚어 쪄 낸 떡으로 고려시대 때 원나라로부터 전래됨. 주로 제주도와 남부 지방에서 즐겨 먹었다.

14) 유두절(流頭節): 6월 보름에 흐르는 물에 머리를 감는다는 뜻을 가진 전통 명절로, 여름 질병이나 더위를 물리치는 날.

헤어질 때, 김계화는 자신 때문에 경제적 희생이 꽤 컸으리라 짐작했던 것이다. 게다가 홍종우가 직업을 구하려고 하지 않아, 앞으로의 생계를 걱정하는 것도 알고 있다.

"자넨 걱정하지 않아도 되네."

홍종우는 그 이상 말하지 않았다. 말해봤자 그녀가 이해할 수 있을지 어떨지 모를 거라 생각했기 때문이다. 과거 비천한 물장사나 목욕탕 때밀이까지 했던 것처럼, 젊을 때라면 먹고 살려고 무슨 일이든 마다하지 않았으나, 재판소장이나 지방장관까지 지내며 불혹을 넘긴 지금, 다음 벼슬을 위해서라도 어설픈 직업 경력은 달고 싶지 않았다. 하물며 사랑스런 아내에게, 이전의 신분이 뭐건 간에 남이 취미로 즐기는 기예를 생활 형편상 보내는 일은 당치도 않았다.

"걱정하지 말게. 3년은 놀고 먹고도 살 수 있으나, 그렇게 오래 놀 생각은 없으니…"

"아이를 낳아도 괜찮으시겠습니까?"

뜻밖의 말에 홍종우는 나지막하게 탄식했다. 처음 있는 일도 아니었다. 제주에서도 두 번이나 남몰래 애를 지웠다. 당시엔 김계화도 평생 같이 살 수 없을 거라고 체념하고 있었기에 애를 지우는 걸 납득했으나, 지금에 와서 보면 당연한 소망이었다. 홍종우는 일찍이 아이를 갖고 싶다고 생각한 적이 한 번도 없었다. 평소 승부사와 같은 야망을 계속 품고 있는 자에게, 안정적인 가정이나 아이는 옴짝달싹 못하게 한다고 생각했던 습성이 굳어져 버렸던 탓이다.

"안되네. 34세에 초산은 위험해."

홍종우는 계화를 세차게 끌어안았다.

"계화가 죽어서는 아무 의미가 없어. 둘이서만 평생 즐겁게 살고 싶네."

홍종우는 계화의 귓전에 대고 몇 번이고 되뇌었다.

7월이 되자, 이토 통감은 궁중 숙청을 과감하게 단행했다. 고종 측근인 김승민의 음모발각이 계기였다. 통감부는 김승민이 고종으로부터 수여받은 "섬나라 오랑캐 신하 이토와 하세가와 두 사람을 처단하라"는 내용의 칙유와 마패를 빼앗았다. 평안, 황해 두 지방에서 배일 폭동을 일으키려고 했던 것이다.

김승민의 자백으로, 이전에 체포된 최익현과 민종식에게 칙유와 마패를 준 자가 명백해졌을 뿐만 아니라, 이외에도 몇 명은 고종으로부터 의병 군자금을 받은 채 행방을 감춘 것으로 판명됐다.

이토 통감은 칙유 진위에 관해 고종에게 추궁했지만, 대답을 얻을 수 없었던 모양이다. 통감은 고종의 침묵을 역이용했다. 몽매한 잡배들이 고종의 영민함을 가리는 자로 단정해 숙청을 착수한 것이다. 궁중 출입에는 문표(門票)를 제시하게 하고, 지금까지의 경호원을 대신해 통감부 경무부 일본인 순사가 궁중 경호를 담당하게 되었다.

이와 병행해 이토 통감은 재정고문부에 있던 이다 요지를 발탁해, 궁중재산 정리를 일임했다. 하쿠타케 고타로도 이다를 따라 궁내부로 전근했다. 궁내부는 고종과 그 친인척을 중심으로 대규모 조직 및 기구를 가진, 일사칠궁[15] 궁정사무를 운영하는 곳이다.

이다와 하쿠타케의 임무는 일사칠궁에 사는 왕족들이 착복한 재산을 정리해, 국고에 납입한 다음, 적정한 왕실 비용을 계상하기 위한

---

15) 일사칠궁(一司七宮): 조선시대 때 도성 안의 내수사 및 수진궁, 명례궁, 어의궁, 육상궁, 요동궁, 선희궁, 경우궁의 총칭.

조사가 목적이다. 긴 세월 왕궁에 기생해 온 관리들의 격렬한 저항과
도 싸우지 않으면 안되었다.

5

홍종우가 경성에 돌아온 지 1년이 지났다. 한국은 하루가 다르게
변모해 갔지만, 그것은 외형만 그러했다. 악덕이 번성할 수 없게 된
정치 구조가 되어, 사회가 개선되어 가는 것에 불만은 없지만, 국민으
로서는 감정이 복잡했다. 도로나 수도 혹은 학교나 병원이 없어도, 그
리고 금융기관은 전당포만 있어도, 결코 좋다고는 생각하지 않으나,
다른 나라에 의한 문명사회 출현은 부아가 치민다.

한국 보호통치에 온힘을 쏟는 건 이토 히로부미뿐, 통감부에서 근
무하는 일본인 관리의 거만함과 불친절은 이미 정평이 나 있었다. 게
다가 일본인 관리 간 알력도 상당했다. 높은 고관이 되어도 관료라는
인간들은 어쩔 수 없는 모양이다. 농상공부장관이 이와사키 재벌의
사위로, 한국에서의 이권문제에 관한 소문이 끊이지 않았다.

홍종우는 통감부가 발족한 당시 신문기사를 떠올렸다. 이토 히로부
미가 한국에 출발할 시기에 맞춰 열린 신문기자 초청연회에서, 마이
니치신문 시마다 사부로가 연설했다. 일본에선 전혀 알지도 못하는
인물을 통감부에 채용해서는 안된다는 것과 정실(情實, 사사로운 정
에 얽매어 공평한 처사를 못함)을 배제하라는 내용이었다. 이에 해당
하는 인물이 누구인지, 가리키지 않아도 일본인 사이엔 알고 있을 것
이다. 한국인들은 알지 못하지만, 이제 와 생각해 보면 짐작되는 인물

이 있다.

흑룡회 수령 우치다 료헤이도 통감부 촉탁이 되었다. 한국 국정조
사가 촉탁의 명목이지만, 실은 신협약 체결 이래 격렬해져 가는 배일
단체 조사가 그 목적이다. 그와 병행해 동학당 이후 이어져온 한국에
서 유일한 친일단체 일진회에게는 통감부로부터 매월 2천 엔 보조금
을 지급받고 있었다.

시부가와 파[16]의 유도 유단자 우치다는 통감의 신변 경호도 겸하고
있었다. 우치다가 위세를 부리고 있는 탓인지 어떤지 모르겠지만, 경
성 거리에는 또다시 검은 몬쓰키(紋付, 가문(家紋)을 넣은 일본 예복)
를 입은 남자들이 배회하고 있었다.

이러한 와중에, 무위도식하던 홍종우의 생활은 단조로웠다. 아침에
는 천천히 각종 신문을 읽으며 하루 종일 독서로 시간을 보내거나, 때
로는 하쿠타케 고타로나 옛 친구를 방문했다.

하루하루 지루한 생활은 김계화가 곁에 있는 것으로 위안 삼았다.
경성을 알지 못하는 그녀를 데리고 거리 구경도 했다. 부부가 같이 거
리를 걷는, 한국 관습에는 없는 일이다. 두 사람 사이에 아이라도 생
긴다면 어느 정도 생활의 활기가 생길지도 모른다고 생각한 적이 없
진 않았으나, 마음 한 구석에는 거부감 또한 있다.

"짐은 홍종우라는 자를 모른다"는 박정하기 짝이 없는 말이 아직도
그의 생사를 좌우하고 있던 것이다. 그것만은 살아있는 동안 어떤 방
법을 써서라도 해명해야 한다. 더구나 고종을 상대로 쉽게 해명할 수

---

16) 시부가와 파(澁川流): 시부가와 반고로(澁川伴五郞)가 제창한 유도. 전승 방식에
따라 다르지만 유도 이외에 거합(居合, 앉아 있다가 재빨리 칼을 뽑아 적을 베는
검술), 검술, 무기술도 포함한 계통.

있을지 어떨지 모른다. 목숨을 건 숙제를 안고 있는 몸이, 쉽게 아이를 만들 순 없었다.

태어난 아이에게 불행을 짊어지게 하고 싶지 않는 감정과 관련해, 김옥균의 아들 김영진에 대한 마음의 응어리도 남아 있었다. 하쿠타케는 홍종우를 신문기자 기쿠시마 겐조에게 소개했다. 기쿠시마는 홍종우와 김영진 사이를 중재했다. 김영진은 홍종우와 만나는 걸 거절했기 때문에, 화해할 순 없었지만, 돌아가신 아버지의 원망은 잊겠다고 기쿠시마 겐조에게 약속했다고 한다.

홍종우는 지나간 과거를 회상하며, 요즘처럼 조용하고 편안 날이 없었다는 감회가 들었지만, 42세라는 나이는 하쿠타케가 말한 것처럼 무위도식으로는 견딜 수 없었다. 한국이 근대국가로 탈피하고, 궁정이 정치에 개입하지 않는 시대가 온다면 벼슬길이 열릴 지도 모른다는 생각과 관련해 "한국이 부강한 결실을 맺을 때까지"라는 보호조약 전문에 기대를 걸 수밖에 없었다.

이런 생각이 너무 순진하다고 사람들이 비웃을지 모른다. 일본의 탐욕스러운 부국강병책은 청일전쟁에서 시험했고, 러일전쟁에서는 위험한 고비를 넘기면서도 자신감을 가지게 되어, 이제 한국보호는 대륙으로 향하는 발판이 된 것이다. 다음에 올 것은 절차상 한국병탄이라고 생각되었다. 이러한 무모한 억지를 막는 게 "한국이 부강한 결실을 맺을 때까지"라는 중요한 언질이다. 한국 국민은 그 시기를 앞당기기 위해 노력해야 한다. 그 시기가 오더라도 일본이 세계에 널리 알려진 신협약을 무시하고 반거(蟠踞, 뿌리를 내리고 근거지를 확보하여 세력을 떨침)하게 된다면, 그 때야말로 행동해야 한다고 홍종우는 생각했다.

홍종우는 죽동 집을 나와, 프랑스 교회[17] 쪽을 향해 걸었다. 교회 언덕 아래에 사는, 전부터 알던 이준을 방문하기 위해서다. 황태자 척의 재혼을 기념하여 행하여진 특별사면이 불공평하다는 이유를 들어, 그는 그 나이에 처음 법무대신 이하영을 탄핵하고, 평리원 검사를 그만두었다. 평리원은 과거 홍종우가 소장으로 근무한 적이 있는 재판소 후신이다.

커피 독극물 사건 이후, 거의 죽은거나 다름없는 황태자 척은 황후를 먼저 떠나보내고, 3년 전 30세의 나이로 13세의 새로운 황후를 책립했다. 인간의 본능을 잃은 황태자에 있어 황후의 나이 따위는 관계 없다고는 하나, 재산은 탁지부[18]를 능가하고, 벼슬은 신하로 가장 높다는 부원군(외숙)의 지위를 노리는 황후 일족의 희생인 걸 생각하면 안쓰러웠다. 네 번째 왕자 은을 옹립하려는 엄귀인 일당과 알력이 일어난 건 어쩌면 당연할 일로, 궁정 내분이 "한국이 부강한 결실"을 방해하지 말기를 홍종우는 바랬다.

이준은 흔쾌히 홍종우를 맞아들었다. 당시 법률가가 아니었던 홍종우의 재판소장 취임에서도 예상과 달리 재판소 내의 저항은 없었다. 일시적인 조치로, 어차피 외부대신이나 아니면 재판소장을 시작으로 언젠가 법무대신으로 승진할 것이라는 소문이 파다했기 때문이다. 그때 이후 첫 만남이다.

마루에 자단으로 만든 탁자가 있고, 그 주위에 방석만 놓인 간소한 응접실이었다.

---

17) 본 저서에 나온 지명 위치는 '경성약도(京城略図)' 참고하기 바람.
18) 탁지부(度支部): 대한 제국 때에 둔 국가 전반의 재정을 맡아보던 중앙 관청.

"관직을 그만두고 상경했다는 소식은 듣고 있었습니다만…"

이준은 정중히 인사했다. 이마가 벗어져 올라간 평범한 얼굴을 보완하려는 듯 얇은 팔자수염을 기르고 있었지만, 홍종우보다 2, 3살 어렸다.

"그로부터 오랜 세월이 흘렀습니다."

홍종우도 이준을 만나니 옛 일이 떠올랐다. 재판소장을 면직된 건 청일전쟁 직후였다.

"제주도로 전출하신 것도 일본 세력의 염려 때문이라 우려했었습니다만, 이렇게 돌아오셨으니, 고종도 마음이 든든하게 여기실 겁니다."

관직을 그만두고 상경한 것은 고종과 긴밀한 관계이기 때문이라고, 이준은 믿고 있는 듯한 말투였다. 홍종우는 솔직하게 지금의 형편을 말하기보단 상대의 판단에 맡겨 두는 편이 현명하다고 생각했다. 특별한 용건을 가지고 방문한 것은 아니었지만, 한 발 늦게 찾아온 손님과 본의 아니게 동석하게 되었다.

소개받은 손님은 전 의정부 부참찬(서기관) 이상설이었다. 홍종우와 동년배다. 보호조약이 체결된 다음 날 아침, 대한문 앞에서 조약 파기를 바라며, 길가의 돌에 머리를 찧어 죽으려 했지만 이루지 못했던 그가 홍종우의 기억엔 새롭기만 했다. 그의 신념은 그 한 사건으로 완벽히 증명되었던 것이다.

이상설도 홍종우를 알고 있었다. 그는 살모사처럼 뻗은 턱을 당기며, 얇은 입술을 일그러뜨린 채 정중히 인사를 했으나, 그 뒤로는 홍종우를 완전히 묵살했다. 그것은 마치 홍종우가 인사하고 자리를 떠나길 기다리고 있는 듯 했다. 특히 직정경행(直情徑行, 마음먹은 그대로 행동함)으로 이름이 높은 두 낭인 모임인 만큼 홍종우는 불길한 예감을 느꼈다.

"일없이 놀기만 하니 심심해 죽겠군."

이상설이 말을 꺼냈다. 홍종우가 이준과 서로 마주 본 정객 자리에 앉아, 셋이 정좌한 모양이었지만, 이상설은 이준을 향해 말을 걸었다.

"소인은 한가[19]하면 그 뭐라더라…"

이준은 얇은 팔자수염을 매만지며 비꼬았다.

"무슨 말을 그렇게 하나. 그런 자네는 뭘 하는가?"

"독서를 한다네. 지금까진 직업상 법률관련 서적만 읽으며 직분을 다하고 있네만, 서민 일과 엮이면 세상 이야기로도 부족하지."

"그 때문에 독서하는가? 그래서…"

"한학 소양을 보충하는 의미에서『사기(史記)』부터 읽기 시작했네."

"사마천은 어떤가?"

"읽히는 힘이 대단하더군."

"확실히 초보자들 간에 인기가 있지."

"이런, 한가한 소인의 답례인가?"

이준은 그렇게 말하고 두 사람 손님을 번갈아 보며, 일부러 크게 웃었다. 주인 측으로서는 자리의 흥을 띄우고자 하는 배려는 알겠으나, 동석한 낯선 손님을 묵살하는 이상설의 유치함에 부아가 나, 홍종우는 억지웃음을 지을 기분이 아니었다.

"한비자는 읽었는가?"

---

19) 소인한거위불선(小人閑居爲不善):『대학』출전으로, 소인은 한가할 때 착하지 못한 짓을 한다는 뜻.

이상설은 집요하리만큼 책에 관해 얘기했다.

"한학에 어둡다 하더라도 나 또한 법률가일세. 상군(商君)[20], 한비는 이미 읽었다네."

"자네의 평가는?"

"진나라 통일을 가져온 건 상앙의 법제(法制)이지. 다만 신상필벌(信賞必罰, 상벌을 공정, 엄중히 하는 일) 법도는 정치의 기본이지만, 한비는 그 보단 한 수 위야."

"근거는?"

이상설은 엷은 입술을 부루퉁해 하며, 변함없이 이준만을 보며 이야기했다. 위압적인 태도로 나온 이상설의 질문에, 이준은 싫은 기색도 없이 솔직한 의견을 말했다.

"상앙은 군주의 치국 방책으로 신상필벌을 세웠지만, 한비는 그 이론을 정립했다네."

"역시."

"군권의 확장과 부국강병 수행에는 법제를 엄격히 할 수밖에 없어. 왜냐하면 인간의 본성은 이(利)를 구하고 해(害)를 피하니까 말이야. 그런고로 군신관계는 이해타산 관계이니, 신상필벌을 엄수해야 하네. 결국 한비의 이론은 법과 관민의 조정술로 요약되지."

"군신관계가 이해타산 위에 성립된다는 설정에, 자네는 솔직히 긍정할 수 있는가?"

"할 수 있지. 1200, 1300년이나 오래된 법제가 현재에 살아있다는

---

20) 상군(商君): 중국 전국시대 정론집(政論集) 24편. 『상자(商子)』라고도 말함. 전국시대 정치가로, 법가의 한 사람. 상앙(商鞅)이 지었다고는 하지만 상앙 이후의 글도 포함되어 있음.

게 놀라울 따름일세. 군주에 대한 충절은 순수한 것이라 생각하기 쉽네만, 잘 따지고 보면 한비의 주장은 가히 훌륭하다고 할 수 있네."

이준이 말을 마쳐도, 이상설은 침묵하고 있었다. 돌에 머리를 찧어 죽으려 했던 인물인 만큼, 군신관계가 이해타산만은 아니라고 반박하고 싶었는지 모른다.

홍종우는 김옥균을 죽인 당시의 일을 떠올렸다. 물론 한비자의 이론 따위 알 리도 없는 젊은 날의 행동이었지만, 확실히 이해타산 위에 성립된 것이다. 그러한 인간의 본성을 훌륭하게 간파한 선현의 이론에 새삼 감탄했다. 이준은 침묵을 깼다.

"군주를 도와 종횡으로 법을 집행하는 자가 최고의 관리라네."

"그러한 이준 군을, 우리나라 법술가(法術家)로 삼고 싶군 그래."

이상설은 빈정거리듯 입술을 부루퉁했다.

"자네의 의중은 알고 있네. 하지만 신상필벌이 불명확해서는 정치의 결실을 얻을 수 없어. 자네는 굴욕협약을 맺은 외부대신이 다시 정치에 참여하는 부당함을 하소연하고 싶은 게지."

홍종우가 같이 자리에 있는 한, 이상설이 본심을 토로하지 않는다는 걸 이준 또한 눈치 채고 있었다. 그래서 개인적인 의견만을 피력하며, 꺼릴 필요가 없는 걸 에둘러 비췄지만, 이상설은 완고하게 침묵했다. 홍종우도 이준의 배려로 화제가 요즘 문제로 바뀌자 이를 놓치지 않았다.

"협약조인으로 오적에 대한 필벌을 여전히 외치고들 있네만, 납득이 가지 않는 점이 있다네."

이상설에게 보라는 듯이 말할 의도는 아니었으나, 홍종우도 이준을 향해 말을 걸었다.

"어떠한 점입니까?"

"한일 쌍방이 서로 의논해 고종의 의중도 넣었다고 들었네만, 공연한 오적의 책임 추급은 고종 또한 비난하는 게 아니겠는가?"

홍종우의 물음에, 이상설이 정색하고 나섰다.

"고종은 기회가 있을 때마다 언명하고 계십니다. 일본의 강제로 대신들이 멋대로 체결한 것으로, 짐은 관여하지 않았다고…. 오적을 필벌하자는 국민의 요구는 당연합니다."

"하지만 장장 10시간 반에 걸친 어전회의의 결과라고 들었습니다만, 그러하면 부강한 결실을 맺는 게 먼저 해결되어야 할 문제라고 봅니다."

이 때 분별없이 경거망동해서는 안된다는 뜻을, 홍종우는 담고 말한 것이다.

"10시 반이 걸리든, 한 달을 걸리든 강압에 의한 것임에는 틀림없습니다."

이상설은 독살스럽게 홍종우를 쏘아보았다.

"그렇소. 강압에 의했다는 의미는 결국 끝까지 거절할 수 없었던 겁니다. 당신이 그곳에 있었다면, 이러한 현 시국에 거절할 수 있다고 보십니까?"

이상설은 거기에 대답하지 않고 자리에 일어섰다. 독서이야기를 하러 온 게 아님이 명백하다. 용건을 이야기 못한 채 오래있어 봤자 쓸데없다고 생각한 것이다.

"별입시를 받아 궁중 출입이 가능해졌네."

이상설은 일어난 김에, 아무 일도 아닌 듯이 이준에게 말했다. 홍종우의 신경을 곤두서게 했다. 이 말이 방문 목적이었던 건 이준의 다음 말에서 알았다.

"그런가. 축하하네. 성공을 기대하지."

홍종우는 의심이 들었다. 별입시는 외국에서 돌아온 자가 고종에게 여행담 등을 하는 한직이다. 홍종우도 과거 고종에게 접근하기 위해 노렸던 자리지만, 그것보다 빨리 자객의 사명이 주어졌던 것이다. 더욱이 작년 궁중 숙청으로, 잡배들의 궁중 출입이 금지되었다. 문표 없이 출입할 수 있는 건 대신이나 시종무관, 그 외 원로나 특진관 그리고 별입시다. 문표 없이 궁중 출입이 자유로운 것만이 쓸모있을 뿐인데, 성공을 기대한다는 건 보통 일이 아니다. 이야기를 방해해 두 사람에게 좋지 않은 인상을 주기보다, 후일 이준으로부터 물어 알아내는 대책을 강구하는 편이 현명하다는 생각이 들자, 홍종우는 이상설보다 먼저 인사하고 떠났다.

이준 집을 나서자, 홍종우는 프랑스 교회 언덕길을 올라갔다. 탑 위의 십자가가 석양을 비추고 있었다. 교회 기와 담장에 앉으며 이준 집을 지켜봤다. 두 사람이 밀담하는 동안 여기 있다고 해서 어떻게 되는 건 아니지만, 왠지 마음에 걸렸다.

이상설이 별입시를 받고 기뻐하는 모습을 생각하다 보니, 이준과의 한비자론은 단순히 독서이야기가 아닌 걸 알았다. 진시황이 한비에게 사숙한 것은 유명하다. 한비의 이론은 절대 전제 군주제를 확립하기 위해 활용된 법제다. 진시황이 아니라 하더라도, 전제군주라면 금과옥조로 여기는 건 당연한 일이다. 일본의 보호통치가 되었어도 전제의 잔몽에서 깨어나지 못해, 폭동을 사주하거나 책사의 음모로 우왕좌왕하는 고종 주위로, 또 한 명의 이상설과 같은 직정경행(直情徑行)한 남자가 접근해 뭘 하려고 하는지, 길가의 돌에 머리를 찧어 죽으려 했던 것도, 행여 우국지사로 고종에게 알리기 위해 이름을 판 행위가 아니었는지 하고 의심이 들기 시작했다. 홍종우의 힘으로는 어찌해 볼 도리가 없으나, 뭔가 일어나려고 하는 걸 그냥 보고만 있을 수는 없었다.

이상설과 이준이 함께 집을 나선 건 거의 한 시간이 지나서였다. 해가 지기까지는 아직 시간이 있었다. 두 사람은 프랑스 교회와는 반대편인 서쪽으로 향했다. 홍종우는 눈치 채지 못하도록 미행했다. 그들은 청국 영사관 근처에서 전기철도선로를 건너, 환구단 옆 샛길을 통해 대한문 앞으로 나가더니 다시 북쪽 길로 걸었다. 아는 집을 방문할 게 아니라면, 시간이나 장소로 볼 때 목적지는 조선요리 가게 명월관이 틀림없다.

예상은 맞았다. 그들은 명월관 앞에서, 정면으로 걸어 온 키 큰 남자에게 다가가, 요란스레 악수를 나눴다. 홍종우는 빠른 걸음으로 그들과의 간격을 좁혀, 상대방의 용모를 관찰할 수 있었다. 세련된 양복 옷차림으로, 한 손엔 지팡이를 쥔 빨간 수염의 서양인이다.

세 사람은 다 같이 명월관으로 들어갔다. 우연한 만남은 아닌 것 같다. 이상설과 이준이 만난 상대가 한국인이라면, 물론 홍종우는 그대로 집에 갔겠지만, 상대가 서양인인 만큼 물러날 수 없었다. 경성에는 수상한 서양인이 너무 많았기 때문이다.

잘 아는 곳이라고는 하나, 고급 요정인 만큼 경솔하게 행동할 수 없다. 손님으로 들어가, 명월관 주인 안순환으로부터 알아 낸 바로는 이상설이 베푸는 연회로, 함께 들어간 서양인은 미국인 하버드라는 자라고 한다. 청일전쟁 후, 한국학부가 설립한 외국어학교 교사로 부임해 궁중에 들어가, 고종의 내탕금을 받아 영문주간지 〈한국평론〉을 발행한, 구미인들에게 배일선전에 관심을 갖게 한 남자다. 포츠담에서 러일 강화회의 때는 고종으로부터 하사받은 많은 돈을 갖고 귀국해, 조약 중 한국의 독립을 침해하는 조문을 소거시키고자 암약한 것으로도 알려져 있었다.

대한매일신보 사장 베델도 먼저 도착했다고 한다. 고베에 있는 영국 상관원이었다는 배일 영국인 베델 이름도 경성에서는 유명하다. 이상설과 이준 두 사람이 외국인을 상대로, 불온한 획책을 짜내고 있는 건 더 이상 의심의 여지가 없었다.

다음 날 홍종우는 재차 이준 집을 방문하기 위해, 억지로 용건을 만들어 냈다. 궁내부 시종원경 이도재와 이준은 친척 관계다. 홍종우는 한 번 더 출세하기 위해 그 연줄을 부탁해 찾아가기로 했다. 어제 대화중에 자리를 뜬 것이 오히려 좋은 기회였다.

이준은 홍종우에게 어제 있었던 무례함을 사죄했다.

"괜찮네. 실은 부탁할 것이 있어 다시 왔다네. 솔직히 말해 나도 다시금 고종을 옆에서 모시고 싶은 마음 간절하네만…"

이제와 고종에의 접근을 원한다고 말하면, 설명 없이도 통할 것이다.

"전관예우도 있고 하니, 그런 바램은 간단히 이루어지지 않겠습니까?"

"그런 만큼 진중히 하고 싶다는 걸세. 직접 문안을 드리는 것보단 절차에 따라 행하는 편이 좋을 것 같아서 말이야."

"그렇군요. 요사이 궁중 출입도 삼엄해졌으니, 뭣하면 어제 이상설에게 주선해 볼까요?"

어제 거북했던 분위기는 잊은 것처럼, 이준은 아무 일도 없었다는

듯이 말했다. 직정경행이라는 게 성격이 털털하다는 뜻인가 하고, 홍
종우는 쓴웃음을 참으며 그럴싸하게 말했다.

"아니, 그럴 거라면 오히려 혼자 가겠네. 난 지금 적당한 후원자가
없어. 이상설 군이 아닌, 그에 걸맞는 거물에게 부탁하고 싶다네."

"과연."

"그래서 말인데, 자네의 힘을 빌리고 싶네. 자네의 친척 중 이도재
각하라면 나의 후원자로는 훌륭하기 그지없을 거야."

전라도 관찰사로 동학당 토벌로 이름을 날린 이래 십 수 년, 줄곧
요직에 있던 이도재의 명망과 문벌을 칭찬하며 이준의 자존심을 한껏
부추겼다.

"다름 아닌 홍 선생의 부탁이시니…"

이준은 동의했으나, 현재 이도재에게는 이준 자신 일도 의뢰하고
있던 터라 홍종우는 그 다음으로 부탁해 준다고 했다.

"물론 자네의 부탁을 들어준 다음이라도 괜찮네."

지금 당장 이도재가 고종의 알현 추천을 승낙해 준다면, 오히려 성
가신 홍종우로서는 지연시키는 것이 천만 다행이다. 법무대신에게 탄
핵서를 들이 댄 이준의 처신도 그리 빠르게 정하지 않을 것이라 생각
하며 몇 번이고 다짐했다.

"낙향해 있었던 동안 뒤떨어진 정치적 감각도 아직 만회하지 못한
상태이니, 그리 서두르지 않아도 되네. 그리고 고종에 보내는 추천 의
뢰는 내가 직접 말하겠네."

이도재를 만날 생각이 없는 홍종우는, 고종에게 접근하고 싶다는
마음에도 없는 거짓말까지, 이준이 나서서 전달하게 하고 싶지 않았
다.

이도재와의 소개를 약속해 준 것에 답례로, 홍종우는 선물을 준비하고 이준 집을 세 번 방문했다. 배일을 먹이로 고종을 속이는 악덕 외국인과 서로 연락을 주고받는 이준의 신변에 뭔가를 찾기 위해서지만, 세 번째 방문에서 이준은 홍종우를 좋게 본 모양이다. 과거 윗사람으로부터 정중히 의뢰를 받는 쾌감까지 더해, 홍종우가 고종에게 접근하기 위해 신중히 일을 진행시키는 걸, 변함없는 충성심에서 나온 것이라 본 것인지 모른다. 홍종우도 이에 앞뒤를 맞췄다.

"이런 어지러운 세상에 폐하의 근심은 끊이지 않겠지만, 다행이 이도재 각하와 같은 분이 측근에 계시니 안심은 되나…"

문중 어른을 칭찬해 두는 일도 이준이 흉금을 터놓기 위한 심산이었지만, 효과는 금방 나타났다. 이준은 방심했는지 품속에서 한통의 봉서를 꺼냈다.

"덕분에 제 의뢰는 처리되었습니다. 다음에는 선생 일을 부탁할 생각입니다."

이준은 그렇게 말하고, 대수롭지 않게 탁상 위에 둔 봉서 수신인은 이용익이었다. 이준의 부탁이란 이도재가 이용익에게 편지를 쓰게 한 것이었다.

러일전쟁 당시에 세 요로를 겸임하며 위세를 휘두른 이용익도, 전쟁 후에는 친러파인 까닭에 일진회로부터 신변의 위험을 느껴 고종에게 울며 간청해서 고향인 함경도 관찰사가 되어 떠났지만, 최근에는 재차 경성에 돌아왔다고 한다.

현재 이용익의 입장에서 보면, 이준이 자신의 처신을 부탁하는 내용이 아니라는 걸 깨닫자, 홍종우는 아연했다. 반일파 거두 이도재와 친러파 이용익 그리고 악덕 외국인이 서로 얽힌 건 어차피 배일 음모로밖에 생각할 수 없었다. "묻는다면 지금이다." 홍종우는 목구멍까지 튀어나오려는 질문을 간신히 참았다.

지금은 조금 시간을 두는 게 좋을 듯했다. 이준이 홍종우에게 친근 감을 가지고 있다하더라도, 그의 단독행동이 아니기에 무턱대고 입을 열지는 않을 것이다. 계획의 일부분인 것 같은, 이용익 앞으로 보낼 서간의 겉봉만을 보인 것은, 비밀 누설보다는 홍종우의 부탁이 늦어 진 걸 때마침 가지고 있던 봉서로 증명한 것뿐이다. 지금 홍종우가 그 들의 계획에 대해 슬쩍 속을 떠봐도 이준이 말 안한다면, 앞으로 진실 에 관한 질문은 할 수 없게 된다. 이렇게 된 바에야 결정적인 증거를 잡은 후 이준을 추궁해도 늦지 않는다고 판단했다.

6

홍종우가 경성 거리를 배회하는 국수주의자들을 두려워 할 이유는 없었지만, 하쿠타케 고타로와 부담 없이 만날 장소를 혼마치 입구와 는 반대인 남대문 근처 청목당으로 정했다. 청목당은 3층 서양식 건 물로, 1층은 식료품, 2층이 찻집, 3층이 레스토랑이다. 포도주도 위스 키도 외래품밖에 두지 않기 때문인지, 검은 몬쓰키를 입은 남자들 출입은 없다.

그날 아침, 홍종우가 청목당에 도착했을 때, 하쿠타케가 2층에서 내 려오는 참이었다. 일요일이라 그런지 하쿠타케는 일본 옷에 하카마를 입은 가벼운 복장이다. 홍종우가 먼저 만나자는 약속이었지만, 약속 시간을 한 시간이나 늦었다.

"자칫 못 만날 뻔했군. 만나서 다행일세."

그렇게 말하며 하쿠타케의 볼은 부끄러움에 달아올랐다. 일요일임에도 불구하고, 아침 10시부터 한 시간이나 기다리게 한 건 잊고, 친구가 오는 것을 기다리지 못해 돌아가려고 했던 걸 믿지 못한 행위로, 스스로 부끄러워하는 표정이다. 홍종우는 하쿠타케를 만날 때마다, 그의 착한 마음씨를 선망하며 배우는 것이 많았다.

"미안, 미안하네. 이유는 천천히 말하지."

홍종우는 급히 달려온 탓에, 아직도 숨차했다. 두 사람은 청목당 앞에서 남대문 거리 전기철도선로를 가로질러, 경운궁 뒷길을 걸었다. 남대문 거리는 일본인 상점이나 회사가 줄지어 있지만, 안길부터 정동 한 모퉁이까지는 한인 마을이다. 한인 마을 특유의 냄새가 나는 좁을 길을 사이에 두고, 버섯 모양의 초가집이 빽빽이 늘어서 있다.

두 사람은 잠시 동안 말없이 걸었다. 머리에 빨래감을 넣은 바구니를 인 여자가 온다. 가까운 강에서 빨래하러 온 것이다. 포대기로 허리 부근에 동여 맨 아이가 칭얼거리고 있다. 여자는 아이를 달래려고 고개를 흔드는 것과 동시에, 왼손으로 머리 위 바구니를 잡는다. 짧은 윗옷과 치마 사이로 검푸른 유방이 드러났다. 엿장수나 미숫가루 장사꾼 그리고 쭈그러진 대추 몇 개를 손바닥에 놓고 팔러 다니는 노인이 지나간다. 어쩐지 슬픈 정경이라고는 하나, 아침다운 활기는 감돌고 있었다.

"무슨 일이 있었나?"

하쿠타케가 앞을 보면서 입을 열었다.

"그렇다네. 자네밖에 상의할 사람이 없어."

홍종우는 말을 끊고 다시 침묵했다. 이준 집에서, 이용익 앞으로 보낼 봉서 겉봉을 본 지 3일이 지났다. 불과 3일 사이에 터무니없는 일이 일어나려 했지만, 그것을 알 길이 없던 홍종우는 안달해 했다. 그래서 하쿠타케의 판단에는 절대적 신뢰를 두고 있던 터에 그의 의견을 들을 요량으로, 어젯밤에 전화로 오늘 약속을 잡은 것이지만, 그것이 오늘 아침이 되어보니 새삼스레 말해 봤자 별 의미가 없다고 생각이 들만큼 상황이 급변했던 것이다. 지금이야말로 한국 내 정세는 일본 측 상황과 비교해 보지 않으면 알 수 없을 만큼, 사태는 이미 결정적인 형국으로 치달았다.

"행여나 기대는 하지 말게나."

이번에는 하쿠타케가 홍종우를 바라보며 재촉했다.

"상상할 수 없는 일이 일어났네. 저기서 조금 쉬도록 하지."

그렇게 말하고 홍종우가 턱을 치켜 올렸다. 그곳엔 폐허로 보이는 건물이 있었다. 무너진 토벽 안쪽으로 단청이 벗겨져 나간 암자다. 조선시대에 들어와 금지된 불교의 잔존물이다. 청일전쟁 후 내정개혁으로 불교 금지는 풀려, 부흥까진 아니지만 조금 쉬기에는 더할 나위없는 장소였다. 암자 한쪽 편에 큰 백양나무가 서 있고, 잎사귀가 바람에 살랑거리며 부는 미풍에 따라 하얀 버드나무 꽃이 하늘로 흩날렸다. 양지바른 주춧돌에 기대거나, 혹은 백양 나무그늘에 지게를 놓고, 한국인들은 단잠에 빠져 있었다.

암자 안에도 한국인 두 사람이 한가로이 엎드려 누워 있었다. 홍종우와 하쿠타케가 다가오는 기색에, 그들은 나른한 눈을 뜨더니, 이윽고 자리에서 일어나 백양 나무그늘 쪽으로 갔다. 양반과 일본인에 대한 예의일 것이다. 두 사람은 앉을 자릴 물색했지만, 역시 좀 전에 내어준 암자 안이 적당했다. 홍종우가 먼저 들어가 앉았다.

"쫓아 낸 것 같아 미안하군."

하쿠타케는 다른 사람이 쉬는 자리를 빼앗은 것에 거북한 듯, 홍종우와 마주 앉더니 무릎을 껴안았다.

"서글픈 습성이야. 인간답게 사는 시대가 오길 바랬건만, 더 이상 희망을 가질 수 없네."

"무슨 얘긴가? 갑자기…"

"요계(澆季, 인정, 풍속이 경박하고 세상이 어지러워진 시대) 말세지. 조선은 자멸할 걸세."

"이상한 소리만 하지 말고, 무슨 일이 있었는지 말해 보게나."

하쿠타케가 가까이서 홍종우의 눈을 들여다봤다. 홍종우는 잠시 침묵한 다음, 이준을 방문한 이후 일어난 일들을 하쿠타케에게 말했다.

"이상설과 이준이란 자가 두 사람의 악덕 외국인과 손잡고 뭔가 흉계를 꾸미고 있군."

하쿠타케는 홍종우의 이야기를 요약하며 몇 번이고 확인했다.

"그렇다네. 그 자금이 고종 수중에서 나온 걸 어젯밤 알아냈어."

홍종우는 그렇게 말하고 어젯밤 일의 자초지종을 말했다. 어젯밤 이준 집을 찾아가자, 때마침 현관 앞에서 손님과의 말소리가 들렸다. 손님은 외국인이다. 영어를 아는 자는 없다고 안심한 탓인지 큰 목소리다. 홍종우는 마침 들키지 않은 걸 기회로, 대문 옆에 숨어 본의 아니게 대화의 일부분을 엿들었다.

"그 쪽 일은 모두 내가 맡겠네. 3만 엔은 틀림없겠지"하고 손님은 말했다. "틀림없습니다. 오늘 오후에는 고종이 이상설 군에게 15만 엔을 보낼 것입니다"라고 이준이 대답하며, 두 사람은 함께 집 밖으로 나갔다. 대화 내용으로 추측해 보건데, 두 사람은 이상설 집으로 향한 듯했다. 홍종우는 두 사람이 떠난 후, 텅 빈 이준 집을 나왔다. 밤길의 뒷모습으론 외국인이 대한매일신보 사장 베델인지, 낮에 명월관 밖에서 본, 〈한국평론〉을 발행하는 미국인 하버드인지 알 수가 없었다.

"자네에게 오늘 만나자고 전화한 건 그리고나서라네. 하지만 자리에 누우며 곰곰이 생각하는 동안, 이준 일행이 무엇을 꾀하려 하는지, 형편에 따라선 그들과 한패로 가장해 진실을 밝혀내려고 오늘 아침 일찍 방문해 봤네만 한 발 늦었다네. 8시 기차로 2, 3개월 간 외국여행에 나간다고 하더군."

"역시. '그 쪽 일은 모두 내가 맡겠네' 라고 말한 걸 종합해 보면, 행선지는?"

"8시에 출발한 기차는 인천행이야…"

홍종우는 열차 시간을 알아보기 위해 남대문 역으로 간 까닭에, 하쿠타케와의 약속에 늦었다고 재차 사과했다.

"인천에서 일본을 들러 미국으로 간다고 해도 대체 목적이 뭘까?"

하쿠타케는 의아하게 생각했다. 포츠담조약 회의 이후, 미국이 한국의 아군이 아닌 건 알고 있었기 때문에, 이준의 행동을 전혀 이해할 수 없었다. 그 목적을 알아내려고 두 사람은 이런저런 이야기를 나누었다.

"재외 한국인 동정은?"

"물론 격렬한 배일주의자들이지."

홍종우는 일본인들 눈에 띄지 않는, 해외부터 흘러 들어온 선동적인 삐라도 많이 입수해서 재외 한국인의 동정에는 훤했다. 하얼빈, 블라디보스토크, 상해 등은 배일 한국인의 소굴이지만, 그 중에서 가장 과격한 곳이 샌프란시스코에 있는 공립협회[21]다.

"협회 회장인 안창호가 암살단을 조직했는데, 최대의 표적은 이토 통감이라더군. 일본에도 보낸다고 하네."

"누굴 살해할 셈인가?"

"야마가타, 가쓰라인 게 뻔하지 않은가. 도쿄에 있는 유학생 천 명은 흥국회라는 결사단체를 만들어 배일 독립사상을 강조하고 있어."

"대한 정책에 관계된 수뇌들을 죽이면, 일본이 한국에서 손 뗀다고 생각하는가?"

"그것도 있지만, 세계의 이목을 끌어 한국이 반대하는 보호를, 일본에 취소시키려는 여론을 일으키는 게 목적일 게야."

"그런 의미라면, 암살 따위 잔인함으로 알리는 건 오히려 역효과이지 아닌가?"

"자네의 상식으로 판단해선 안되네. 목적을 위해서는 수단을 가리지 않아. 이건 말하기 뭐하지만, 내게 자객의 이력이 없다 하더라도 말할 수 있어."

"근데 이준과 어떻게 한패가 될 생각이었나. 암살단 활약과 병행해 미국이나 다른 외국을 상대로 선전 활동이라도 할 셈이었나."

"그렇게 하더라도 필시 상대해 주지 않을 걸세."

"그럼, 인천에서 상해를 경유해 블라디보스토크에 가는 건 생각할 수 없는가? 모스크바에는 이범진이라는 거물이 남아있다네."

---

21) 공립협회(公立協會): 1905년 미국 샌프란시스코에서 조직되었던 항일운동단체. 안창호, 박선겸, 이대위 등이 상호 친목을 목적으로 상항친목회 조직, 후에 교민 수가 증가함에 따라 기존의 목적을 확대하여 애국 운동의 전개, 동족간의 상부상조, 환난상구 등으로 정함. 초대 회장은 안창호로 선출됨.

하쿠타케가 이범진에 관한 정보를 얘기했다. 신협약 결과, 종래에 있던 해외 사절은 철수하게 되어, 일본 외무성에서 귀국 여비를 보냈으나, 이범진은 여비만 받고 귀국하지 않았다.

하쿠타케의 말에 홍종우가 무릎을 쳤다. 이범진은 남사당 미소년으로 민비에게 사랑받아, 침실에까지 들어간 남자로 친러 일변도였다. 일본의 보호 하에 있는 조국에는 돌아올 수 없는 일이다.

"이범진이 러시아에 있는 걸 잊었군. 이제야 윤곽이 잡히네. 이준의 행선지는 러시아야. 그가 가지고 있던 이용익에게 보낼 편지는 친러 두 이씨를 연결하기 위한 것일세. 이용익도 민비의 명으로 블라디보스토크에 잠입한 적이 있으니, 여러 연줄은 가지고 있을 거야."

"이범진, 이용익을 통해 러시아에서 활동하려는 건 상상할 수 있네만, 대체 무슨 목적인가?"

하쿠타케의 의문을 홍종우도 생각해 봤지만, 종잡을 수 없었다.

"'그 쪽 일은 모두 내가 맡겠네'라고 호언장담하던 남자의 말투로 추측하건데 이범진과의 연락이 목적인 건 아닌 것 같아. 무엇을 저지를지 모르겠지만, 난 이미 한국에 정나미가 떨어졌네."

홍종우의 개탄에 대꾸하지 않고, 하쿠타케는 가지고 있던 종이봉지를 열었다.

"자네 집에 보내려고 포장해 두었네만, 여기서 먹지 않겠는가?"

종이봉지 안에 든 것은 샌드위치였다. 홍종우가 이른 아침부터 바빴던 탓에 아무 것도 먹지 못한 것을 알았던 것이다.

"고맙네."

하쿠타케는 이내 입 안에 가득 샌드위치를 넣은 홍종우에게 말을 건넸다.

"보호통치를 허락할 수 없는 고종의 마음은 이해하지만, 잇달아 음모의 꼬리를 잡은 통감부에 추궁당하지 않을 수 없을 거야."

홍종우는 샌드위치를 먹으며, 대답 대신 고개를 끄덕였다.

"자네는 조지 케인이 〈서울 프레스〉에 기고한 글을 읽었는가?"

"아니, 그것까진 읽지 못했네."

입 안에 든 샌드위치를 다 넘기던 홍종우는 엉겁결에 고개를 저었지만, 사실은 그 글을 읽었다. 일전에 발행된 〈서울 프레스〉는 일본인 즈모토 모토사다[22]가 주재하는 영자 일간지다.

한국을 시찰하러 왔던 미국 평론가 조지 케인은, 고종을 평하길 버릇없게도 "갓난아이나 철없는 아이처럼 무신경하거나 집요하며, 지나인(支那人)처럼 몽매하고, 호텐토트(서남아프리카에 사는 유목민, 코이족)와 같이 허영심에 가득 차 있다"고 비유하면서, 이토 통감과 같은 공명한 정치가는 반드시 이러한 고종에게 쓴 맛을 보여줄 것이라고 예언했다.

이러한 조지 케인의 관찰이 부당하다 하더라도, 외국인의 결례를 범한 평론에는 반발심을 느꼈기에, 홍종우는 지금 상대가 하쿠타케라 하더라도, 그것을 두고 말하고 싶지 않았다. 고종의 음모 또한 사태를 호전시키고자 한 초조함에 비롯된 일은 틀림없지만, "부강한 결실을 맺을 때까지…"가 결국 사라져 가는 걸 느끼지 않을 수 없었다.

이준이 경성에서 모습을 감춘 다음 날, 홍종우 앞으로 봉서가 우송

---

22) 즈모토 모토사다(頭本元貞, 1863-1943): 일본 저널리스트. 영어가 우수하여 이토 히로부미나 시부자와 에이이치와 같은 인물에게 중용되어, 오랫동안 국제무대에서 활약한 저널리스트이자, 국수주의자.

되었다. 이준의 편지는 아니었지만, 이도재 앞으로 정중한 소개장이 봉인되어 있었다. 홍종우는 앞으로 사용할 리가 없다고 생각해 보관해 두었다.

그로부터 며칠이 지나, 베델이 주재하는 대한매일신보에 고종이 각국의 원수 앞으로 보낸 자필 문서 사본이 게재되었다. 내용은 다음과 같다.

"뜻밖의 시국이 대단하여, 강한 이웃나라의 핍박이 나날이 심해져, 결국엔 우리 외교권을 빼앗기고, 우리 자주권을 침해 받기에 이르렀다. 짐과 거국신민 모두가 통곡하고 분연해, 하늘을 우러러 외치고 땅을 내리치며 울지 않은 자 없으니, 원하건대 사이좋게 친분을 쌓고 약한 자를 도와 의를 베풀어, 넓게 각 우방들과 서로 논하며, 법을 만들어 우리나라의 독립을 유지해, 짐과 이 나라 신민으로 하여금 그 은혜를 갖게 하고, 만세에 칭송하게 하는 것을, 이번 기회에 바라는 바이다…"

그리고 연이어 일본 국내 신문에, 미국대통령 앞으로 보낸 고종 친서에 관해 보도되었다. 고종 친서가 미국 신문에 게재되었기 때문에, 미국에 파견된 정부기관으로부터 일본 외무성에 보고된 것이다. 친서 내용은 한일신협약은 고종의 본의가 아니며, 일본 군사에 의한 압박으로 체결되었다고 호소한 것이었다.

이토 통감은 친서 사실에 관해 고종에게 따져 물은 바, "짐은 전혀 관여하지 않았으며, 잡배들이 짐의 칙서를 위조해 그런 짓을 하였던 것이다"고 대답했다고 한다.

홍종우에게도 의문의 실마리가 풀렸지만, 러시아 황제로 보낼 친서 봉정만을 위해 이준이 떠났다고는 생각할 수 없었다. 이준이 정체를 드러낼 때야말로, 조지 케인이 말한 통감이 쓴 맛을 보여줄 때인 것이다. 아니, 거듭되는 음모에 정나미가 떨어진 통감은 입에 머금었던 쓴맛을 더 이상 삼키지 않을 지도 모른다. 고종을 향해 오징어처럼 먹물을 내뿜는 사태가 돌발하지 않을까 염려됐다.

하쿠타케 고타로는 홍종우를 청목당으로 불러냈다. 홍종우는 1층 식료품 가게 옆쪽에 나 있는 계단으로, 약속한 3층까지 올라갔다. 하쿠타케는 남산이 보이는 창가 쪽 작은 방에서 기다리고 있었다. 저녁이 가까워, 전채요리와 위스키를 주문했다.

"자네의 이야기와 관련 있을 법한 정보가 있네."

위스키를 가져온 보이가 떠나자, 하쿠타케가 말문을 열었다. 일전에 통감부는 한성전기 콜브란으로부터 고종에게 15만 엔의 헌금이 있었다는 걸 알아냈다. 그리고 그 전에 미국인 하버드가 황급히 경성을 떠난 것으로 보아, 두 사람의 움직임에는 관련이 있음이 틀림없다고 보고, 의혹이 깊어졌다고 한다.

"그럼, 내가 이준 집에서 본 외국인의 뒷모습은 하버드였던 게군. 포츠담조약에서도 전과가 있던 놈일세. 이번엔 3만 엔이나 가로채서 뭘 하려는 속셈이지?"

"통감부의 의혹과 관련된 것으로, 6월에 네덜란드 헤이그에서 제 2회 만국평화회의가 열리네."

"설마…"

홍종우는 순간적으로 부정했지만 더 이상 말이 나오지 않았다. '설마'라는 말은 이미 한국에서는 통용되지 않았다. 어떤 형태로 나타날

지 상상조차 할 수 없지만, 이준과 하버드의 움직임은 그 국제회의와
연결 짓는 게 가장 개연성이 높았다.

"통감부는 대책을 세웠는가?"

"당치않은 소리 말게나. 궁중재산 정리 따위나 하고 있는 내게, 그
러한 기밀사항을 알 턱이 없지 않은가?"

하쿠타케는 웃으면서, 신문기자 기쿠시마 겐조로부터 알아냈다고
말했다.

"물론 외무성에서 헤이그로 파견된 일본위원에게 비공식적으로 알
린 게 틀림없네."

"그럼, 통감부의 의혹이 사실로 드러나는 건 시간문제로군. 참, 대
단한 잔꾀일세."

홍종우는 말끝을 내뱉듯이 말했다.

7

아카시아와 라일락 꽃향기를 머금은, 상쾌한 초여름 바람이 불어도
경성 거리는 음울한 분위기에 갇혀 있었다. 보호조약 체결 이후, 통감
부의 도움으로 1년 반 계속된 박재순 정권도 결국 사의를 표명했다.

조약 파기를 주창하는 결사 수는 늘어나는 한편, 오적 처단은 변함
없이 진행되었다. 암살당한 뻔한 군부대신 이근택은 목숨을 건져 귀
향했지만, 과거의 권세는 없어졌다. 학부대신 이완용 저택은 두 번이
나 화재가 났다.

이러한 소동과는 별개로, 정권을 노린 일진회도 기관지 〈국민신보〉

에 정권 공격을 전개했다. 각지의 폭동 진압도 할 수 없는 무능력한 정부라고 욕먹어도, 항변할 수 없는 상태인데다, 고종은 아이가 장난 감을 바꾸듯 가볍게, 생각이 떠오른 음모를 실행에 옮기기 때문에, 박 재순도 완전히 지쳐버린 모양이다.

이토 통감은 후계자로 이완용을 추천했다. 보호조약을 체결한 계기 를 만든 남자에게, 호의를 가질 리 없는 고종은 40세 젊은 나이로는 경력 부족이란 이유로 이완용을 기피했으나, 통감이 강행했다.

을사늑약 이후, 의정부는 내각으로, 참정은 총리대신으로 개칭했 다. 보호통치를 굳건히 하기 위해선 일진회로부터 많은 이의 입각이 예상되었지만, 이완용이 견제했다. 수반인 자신의 평판이 나쁠 때, 친 일파를 무턱대로 입각시켜서는 고종이나 원로들의 반감을 사, 단명 내각으로 끝날 걸 알았던 것이다. 결국 일진회로부터는 농상공부대신 으로 송병준이 입각했을 뿐이다.

이준과 이상설 행동이 드러난 건 이완용 내각이 성립해 40일 정도 경과한, 광무 10년(1907년) 7월 3일이다. 그들은 통감부의 예상대로 6월 15일부터 헤이그에서 열린 만국평화회의에 고종 사절로 파견되 었다.

헤이그에 한국 밀사가 나타난 사실은, 일본 외무성에서 통감부로 통달하고, 즉시 신문호외가 되어 경성 거리를 흥분시켰다. 한국인들 은 그들의 거사에 환호했다.

보름 동안, 일본에서 온 신문을 통해 밀사들의 행동이 명확히 드러 났다. 이준과 이상설은 원산에서 배를 타고 블라디보스토크를 걸쳐 모스크바로 직행하여, 전 주러공사 이범진의 주선으로 니콜라이 2세 를 알현, 고종 친서를 봉정했다.

그리고 나서 헤이그로 향한 것이다. 이범진의 아들로, 주러 한국공
사관 때 서기관이었던 이위종도 동행했다. 외교권을 가지지 못한 피
보호국 사절의 회의장 출석은 당연히 거부되어, 그들은 네덜란드 신
문을 이용했다. 극동의 약소국 사절이 출석 자격이 없는 회의장에 참
석하려는 것은 의외의 가십거리 뉴스다.

신문 이용에 성공한 그들은, 본회의 이외 비공식 회합에는 출석할
수 있는 만큼 좋은 기회를 가졌다. 그 자리에서 한국의 고충을 호소하
고, 미국위원의 동정을 사 본회의장에 잠입했다. 회의 중 틈을 노려,
이위종이 유창한 영어로 한국의 현실을 호소했다. 한일신협약은 일본
의 강압에 의한 것으로, 고종은 만국평화회의에 회부하여 각국의 조
력을 얻어, 협약 파기와 앞으로 한국보호 방법을 협의되는 걸 희망한
다는 취지다.

일본에서 파견된 위원은 특명전권대사 스즈키 게이로쿠[23], 특명전
권공사 사토 요시마로[24]다. 일본위원으로부터 이의신청을 기다릴 것
도 없이 회의장은 떠들썩해졌다. 특정국이 출석자격도 없는 피보호국
으로부터 그 자리에 있던 모든 사람을 모욕하는 사태가 발생했으니,
주최국 위원은 단순히 우발사고로 끝낼 수 없었다. 그들의 입장을 알
선한 미국위원 책임을 추궁한 결과, 본인들의 말 뿐 고종의 정식사절
이란 확증이 없는 사실이 판명되어, 한국정부에 조회 전보를 보냈다.

한국 측 움직임은 경성에서 발행되고 있는 일본계 신문이 상세하

---

23) 스즈키 게이로쿠(都筑馨六, 1861-1923): 메이지시대 관료. 외무상 이노우에 가
  오루의 비서관이자, 사위. 그 후 야마가타 비서관 및 외무차관 역임.
24) 사토 요시마로(佐藤愛麿, 1857-1934): 메이지, 다이쇼 시대 외교관. 외교서기관
  을 걸쳐 공사, 대사로 멕시코, 네덜란드, 미국 주재함.

게 보도했다. 조회 전보를 받은 이완용은 고종에게 사절파견 설명을 요구했다. "짐은 관여하지 않았으며, 헤이그에 있던 자가 짐의 칙서를 위조한 것이다. 통감과 상의해 조사하라"고 대답했다. 이완용은 조회 전보건과 고종의 회답을 이토 통감에게 보고하는 것과 동시에 사절 파견 사실이 없다는 뜻을 평화회의의장 앞으로 전보를 보냈다.

홍종우는 각종 신문을 읽어 보며, 사건 내용을 기억했다. 이상하게 통감부의 의향은 일절 기사화되어 나타나지 않았다. 그런 만큼 어쩐 지 기분 나쁜 의혹을 자아냈다. 지금까지의 음모와는 달리, 이번 사건 이 어떻게 결말이 날지 예상할 수 없었다.

이 문제가 발각된 후부터, 홍종우는 자신의 운명을 걸어야 할 것만 같은 기분에 빠져들었다. 무엇에 걸려고 하는지 명확히 알 수 없지만, 아무튼 운명을 거는 것만큼은 틀림없다.

이준이 출발하기 직전 보낸 소개장을 이용해 북촌 재동(齋洞)에 사는 이도재를 방문했다. 친척이라고는 하나, 이준은 현재 소용돌이 한 가운데 서 있는 인물이다. 조국이 위기에 처한 상황에서, 이도재가 이준의 소개장을 가진 방문자에게 관심 없을 리가 없다.

이도재는 흰 천에 구름과 학 문양이 든 다른 천을 가슴에 잇댄 문관 통상예복으로 홍종우를 접견했다. 홍종우의 과거는 반일(反日) 원로 를 안심시키는데 충분해, 자기소개를 따로 할 필요가 없었다.

사모(紗帽, 조선시대, 문무관이 평상복에 착용하던 모자)를 쓴 이 도재의, 후두부에 한일자로 묶은 갓끈을 보고 있는 사이에, 홍종우는 과거 단발령을 떠올렸다. 민후의 죽음 직후에 발령한 것이다. 홍종우 는 청일전쟁 이후 궁지에 빠져 기분이 울적해 있었던 때라 고집스레 단발령에 저항했다. 이도재도 반대하며 관직을 그만뒀다. 떠돌이였던 홍종우와 달리, 이도재는 학부대신을 반납할 정도로 고집쟁이다. 고집쟁이는 대접하기 나름이다.

"국가 원로로 각하의 심통을 헤아리자니, 어찌할 바를 모르는 마음에 방문하게 되었습니다."

홍종우는 눈을 내리뜨고 안쓰럽다는 표정을 지었다.

"오오, 그리 말해 주니 고맙네. 작금의 상황에 식음마저 잊었다네."

이도재도 국난을 한 몸에 느꼈는지 분연히 대답을 했다.

"어디까지나 국체를 수호하지 않으면 안되지만, 통감부의 움직임은 어떠합니까?"

홍종우는 기사화되지 않은 정보를 제일 먼저 알고 싶었다.

"이토의 수법은 비열하더군."

이도재는 자못 불쾌한 듯, 굵은 흰 눈썹을 치켜 올랐다.

"그 놈이 7월 3일 정오 쯤 참내했네만, 어전에서는 그 문제를 조금도 말하지 않았어."

이도재는 계속 말하며 그 당시 상황을 설명했다. 이따금 인천에 입항해 있던 연습함대 사령관 도미오카 중장을 대동하고 의례적인 알현을 했을 뿐, 밀사 사건에 대해 아무 말도 안하더니, 퇴출하게 때가 되어 의전장 고의경에게 협박했다. 밀사 사건에 관한 도쿄 외무성에서 온 전문을 보이며 "음험한 수단을 부리지 말고, 당당하게 일전을 벌이는 것은 어떤가?"라고 고압적인 자세로 말을 남기고 돌아갔다고 한다.

"우리나라에게, 일본과 일전을 벌인 힘이 없다는 걸 알고 부린 위협과 우롱이야."

이도재는 침이라도 내뱉듯이 입술을 떨었다.

"즉 분수를 알라는 뜻이군요. 그런데 정부의 움직임은 어떠했는지."

"이완용과 송병준이 사태를 수습하고 있다네."

홍종우가 묻는 것에 솔직히 대답하면서도, 이도재는 마음이 무거운 모양이다. 고종의 계략에 참여한 자신에게도 튈 불똥을 피하기 어렵다는 걸 각오하고 있던 것이다.

"사태수습은 할 수 있겠습니까?"

"이토가 알현한 3일 후부터 각의는 열리고 있네."

"해결을 위한 것입니까?"

"무엇으로 해결하는지가 문제지."

이도재는 기분이 상한 듯 대답했다.

"항간에 양위한다는 소문이 떠돌고 있습니다."

"있을 수 없는 일이야."

있을 수 없다고 하는 건 원로의 주관이지만, 홍종우는 반대하지 않기로 했다.

"고종은 각의 결정 따위에 승복하지 않으실 테니까."

"그렇다면."

이도재는 자신을 회복한 듯, 고종의 뜻을 받은 대한매일신보 베델이 헤이그 밀사에게 장문의 전보를 보냈다고 무심결에 말했다. 이 마당에 와서, 아직도 남의 힘을 기대하고 있는 것에 홍종우는 어이가 없었다.

"요사이 전보는 위험하지 않습니까?"

"통감부라 하더라도 개인 전보를 억압할 권한은 없지만, 물론 암호 전보라네…"

궁궐은 바야흐로 일본인 경계엄중으로 죄수와 마찬가지며, 황제의
위력과 실력이 실추된 걸 서구 열강 위원에게 하소연하라는 전문 내
용까지 이도재는 말해 주었다. "짐은 관여하지 않았으며, 헤이그에 있
던 자가 짐의 칙서를 위조한 것이다…"라는 말과 모순되는 것조차 눈
치채지 못할 만큼 고종과 원로들도 혼동하고 있었다.

"하지만 한국은 이미 독자적으로 조치할 수 없는 단계에 이르렀습
니다."

홍종우가 그렇게 말해도, 이도재는 묵묵부답이었다. 제 1회 어전회
의에서 고종과 내각은 대립한 채로 열흘이 지나서야, 대세가 양위로
흘러가는 걸 이도재도 알고 있기 때문일 것이다.

조만간 일본 외무대신 하야시 다다스[25]가 온다고 하니, 어떤 항의
를 하든 그때까지 자발적으로 양위한다면, 일본의 요구도 가벼워진다
는, 이완용 내각의 생각은 외부인도 상상되는 바이지만, 반일 원로 이
도재에게는 받아들일 수 없는 일이다.

"결국 폐하도 진퇴유곡에 빠지신…"

"무슨 말인가? 새로운 상담 상대를 만들어 놨네."

"누구입니까? 그 분은…"

"박영효야. 그를 귀국시키는 것에 관해, 내가 폐하를 설득했네."

득의양양한 이도재의 말에, 홍종우는 입술을 깨물었지만 애써 감정
을 죽였다. 박영효의 금릉위 영작은 일진회의 회원 가입에 있어 매력
적이다. 그것을 알고 있는 박영효가 일진회를 이용해 통감을 움직여
서, 13년 만에 경성에 귀국해 일본거류지에 있는 파성관에 머물고 있

---

25) 하야시 다다스(林董, 1850-1913): 메이지시대 일본 외교관 역임.

다는 건, 헤이그 사건이 발각되기 보름 전 일이다. 이도재 말에, 홍종우도 대략적인 윤곽을 파악했다. 박영효는 한국 궁정과의 묵계만으론 힘이 없다는 걸 알고 통감부를 이용해 당당히 귀국한 것이다.

"어제의 적이 오늘의 동지라는 말입니까?"

홍종우는 비난 섞인 목소리로 중얼거렸다.

"오늘의 동지는커녕, 요전 이재극을 대신해 궁내대신으로 임명됐어."

"박영효가 쉽게 일본을 따르지 않는 건 과거의 사례를 봐도 알 수 있고, 효과적으로 저항을 시키려는 계산이군요."

"그것뿐만이 아니야. 그를 따르는 세력은 많다네. 입각하면 그만의 수완으로 반수는 아군이 될 걸일세."

이도재의 말에서, 고종의 생각을 엿볼 수 있었다. 폭동 따위로는 더 이상 보호통치가 뒤집힐 리가 없지만, 고종은 박영효의 수완에 기대를 거는 것이다. 홍종우는 질문의 화제를 바꿨다.

"각하, 이준 군과 이상설 군은 정말로 폐하가 파견한 밀사입니까?"

"이제 와서 무슨 소린가?"

이도재는 험악한 표정을 지었다. 상대를 믿고 경계심을 풀어 너무 많이 말했기 때문이다.

"아니, 이준 군은 각하로부터 이용익 앞으로 보낸 소개장을 받았을 때, 저에게 계획의 모든 걸 말하며, 만일의 경우 선후처리를 부탁하는 의미로 각하 앞으로 소개장을 남기고 떠났습니다."

홍종우는 거짓말로 굳어진 이도재의 신용을 얻고자 했다.

"그렇다면 명백한 게 아닌가. 이준이 거짓말을 털어 놓을 리가 없네."

이도재는 홍종우의 한가락 희망마저 부숴버렸다. 암호 전보 등을 들어버린 지금, 그것은 측근의 미봉책이며, "짐은 관여하지 않았다"는 고종의 말이 어디까지나 진실임을 홍종우는 바라고 있었다.

"그럼 무엇 때문에 짐은 관여하지 않았다고 말씀하신 것입니까?"

"내가 말씀을 올렸다네. 폐하가 재외 한국인의 경거망동까지 책임을 지기 어렵다고, 강경하게 밀고 나가시라고 진언한 것이야."

아무렇지도 않은 듯한 이도재의 말이 홍종우의 가슴을 찔렀다.

밀사 행동이 발각되었을 때, 홍종우는 이 사건에 자신의 운명을 걸었다. 도박을 건 대상은 애매모호했지만, 지금이야말로 정확하게 파악할 수 있다고 생각했다. 홍종우는 고종의 마음에 자신의 운명을 걸었던 것이다. 작년 5월, 이근택을 통해서 알현을 원했을 때 "짐은 홍종우라는 자를 모른다"고 들었던 것에 대해서, 하쿠타케 고타로는 역신 김옥균을 암살시킨 정도로, 고종이 오래도록 기억할 일은 아닐 지도 모른다고 말했다. 그리고 지금은 체념하려고 할 때 헤이그 사건이 일어난 것이다. 잊으려고 해도 잊을 수 없는 충격이 되살아나, 오래된 상처에서 피가 뿜어져 나온 심정이다. 남의 일이 아니었다.

게다가 이번엔 한 나라의 흥망이 걸린 국제 문제다. 출석 자격이 없는 국제회의에 사절을 파견하는 데까지 궁지에 몰린 고종을, 홍종우는 억지로 비난하려 주위를 맴돌 생각은 없었다. 그것보다 그 초조함을 실행에 옮기려, 죽음을 각오한 밀사를 보내면서도, 이도재가 일러준 지혜라고 하나 "짐은 관여하지 않았다"라고 말한 고종을, 홍종우는 용서할 수 없었다.

"폐하는 그 말을 끝까지 우길 생각이셨습니까?"

홍종우의 물음에 이도재는 아주 못마땅한 표정을 지었지만, 고종은 주전원[26] 이민식 의견을 들었다는 걸 말했다.

"주전원의 대답은…"

다그쳐 묻는 홍종우의 질문에 이도재는 답하지 않았다.

"각하, 말한 김에 들려주시길 바랍니다."

"나와는 반대 의견이었네."

"그럼, 밀사가 폐하의 분부로 움직였다는…"

"아니, 아닐세."

이도재는 어쩔 수 없이 모든 걸 털어놓았다. 이민식은 폐하가 관여하지 않은 것으로 한다면, 밀사를 체포해 처분해야 일본에 변명도 선다는 말씀을 올렸다고 한다. 이치에 닿는 주장인 만큼, 이도재 또한 한층 더 화가 났던 것이다. 고종이 자신의 말에 만족하지 않고, 이민식의 의견을 들었다는 것에 화가 났을 뿐만 아니라, 그 의견은 다시 말해서 모의에 참가해 지시를 내린 이도재 자신도 밀사와 같은 죄를 지은 걸 깨달았던 것이다.

"밀사를 고문한다면 어떻게 됩니까?"

이도재를 신랄하게 괴롭힌 홍종우는 입가에 미소마저 띄우며 마지막 제안을 던졌다.

"각하, 일의 사정에 따라서는…"

변죽올린 말투에 이도재는 즉각 반응했다.

"일의 사정에 따라서는 그래서 뭔가?"

"그렇습니다. 소생이 밀사파견을 계획한 총괄자라고 거론되어도

---

26) 주전원(主殿院): 전각의 수호와 수리에 관한 일을 맡아봄. 1905년에 주전사(主殿司)에서 주전원으로 고침.

될 만큼 결심은 서 있습니다.”

“그것이 진심인가, 홍종우 군?”

이도재는 처음으로 자신의 이름을 부르며 매달렸다.

“그러나 각하, 옛 일을 떠올려 주십시오. 소생은 일찍이 각하의 분부로 박영효의 동료를 저격한 남자입니다. 박영효가 지금 폐하의 상담 상대로 맞아들이면, 저는 무슨 면목으로 일할 수 있겠습니까? 참으로 궁정은 얘기로 듣던 이상으로 복마전(伏魔殿, 끊임없는 음모의 근원지)입니다.”

홍종우는 큰소리로 웃더니, 노인을 조롱하며 자리를 떴다.

그 날 밤, 홍종우 집으로 하인이 이도재가 보낸 편지를 가지고 왔다.

“전략. 오직 변함없는 그대의 충성심을 말씀 올려더니, 폐하께서는 몹시 칭찬하셨네. 머지않아 어전에서 간담회가 열린 예정이라, 가마를 보낼 테니 즉시 참내하게나…”라는 내용이었다.

도박엔 이겼지만, 홍종우의 마음은 들뜨지 않았다.

“대군주 폐하, 드디어 홍종우라는 자를 생각해 주셨습니다. 하지만 소생, 더 이상 개죽음은 사양하고자 합니다.”

홍종우는 하인을 돌아간 뒤 혼잣말을 하며, 공허한 헛웃음을 지었다.

고종 양위가 있었던 것은 홍종우가 소명을 거부한 다음 날이었다. 일본 외무대신 하야시 다다스가 경성에 도착한 날, 헤이그 밀사사건이 발각되고 나서 16일 만의 일이다.

양위 다음 날, 새로운 황제인 척의 즉위가 있고, 네 번째 왕자 은은 황태자로 책립, 연호는 융희(隆熙)로 개원되었다. 전 황제는 태황제, 궁호(宮号)는 덕수궁으로 개칭했다.

즉위 이틀 후, 박영효와 이도재 그 외 사람들이 체포되었다. 박영효는 궁내대신 인장(印章)을 은익해, 양위식을 늦추는 등 임시 수단을 부렸지만, 새로운 황제 즉위식을 노려 친일파 각료를 모두 없애고, 전 황제를 받들어 배일의 기운을 높이려고 한 음모가 발각돼 반역죄로 추궁당했지만, 증거불충분으로 석방되었다.

박영효의 음모에는 한국 군대가 가담한 것으로, 사태는 일거에 군대 해산으로까지 미쳤다. 박영효는 앞서 반역죄는 면했다고는 하나, 치안을 방해한 죄로 제주도에 1년간 유배에 처해졌다. 그 뒤에도 경성 거리의 폭동은 매일 전쟁터와 같았다.

주무대신이 음모의 주모자인 궁내부에서, 재정정리를 담당하던 이다와 하쿠타케 등 일본인 조사반은 생명의 위협마저 느끼면서도, 밤낮으로 조사를 진행해 2천 페이지에 걸친 보고서를 완성했다. 왕실의 근대적 재정 형태의 기초가 되는 보고서다.

하쿠타케 고타로는 이번 조사를 임하면서, 왕조의 사고(史庫)가 여러 곳에 산재해, 귀중한 자료가 흩어져 사라지기 직전일 정도로 방치되어 있는 걸 알았다. 재정조사 완료에 맞춰, 통감부 총무장관 즈루하라 사다키치[27]에게 자세히 말해, 사서나 기록물을 새로운 왕궁이 된 창덕궁 별관으로 옮겨 정리하게 했다. 얼마 안 있어 규장각 일부로 이조사편찬과가 설치되어, 하쿠타케 고타로는 수사편찬관 직명으로 편찬

---

27) 즈루하라 사다키치(鶴原定吉, 1857-1914): 일본 관료, 정치가. 한국통감부 초대 출무장관, 중의원 의원 역임.

과장 직무를 맡았다.

통감 이토 히로부미가 추밀원의장이 되어 한국을 떠났고, 반 년 뒤 하얼빈 역 앞에서 한국인 안중근에 저격당했다. 그것이 계기가 되어, 친일단체 일진회는 이용구 이름으로 '한일합방 상소문'을 제출, 한일 합방의 기운을 고조시키려 했다.

하쿠타케 고타로는 『간국문천언(諫國文千言)』을 써서, 총리대신 가쓰라 다로에게 건백했다. 이 책의 목적은 한일합방 불가론이다. 일본 제국주의는 함부로 다른 나라를 침략해서는 안되며, 동아의 맹주로서 대륙에 경제 세력권을 개척하고, 정치적 해결을 해야 한다고 주장했다.

이 건백서는 이내 한국보호통감 데라우치 마사타케[28]에게 회송되어, 하쿠타케 고타로는 경무총감 아카시 모토지로[29]로부터 엄중한 견책을 받았다. 또다시 조슈 파벌인 데라우치 마사타케 취임 이후, 한국 경찰권 위임을 마치고 계엄령이 내려진 가운데, 일본 앞잡이가 된 이용구와 송병준 등이 한일합방을 주장했고, 일본 또한 병합을 단행하려고 할 시기에, 병합 불가론자는 그들의 방해자였던 것이다.

일진회의 '한일합방 상소문'이 제출되고 10개월 후, 한일병합 조약은 체결되었다. 홍종우는 조약 발표를 기다리지 않고, 김계화를 데리고 시베리아를 걸쳐 파리로 향했다.

---

28) 데라우치 마사타케(寺內正毅, 1852-1919): 일본 육군군인, 정치가. 육군대신 및 외무대신, 제 3대 한국통감, 초대 조선총독, 내각총리대신 역임.

29) 아카시 모토지로(明石元二郎, 1864-1919): 일본 육군군인, 7대 대만총독. 한일합병 과정에서 무단정치 추진.

저자 후기

과거 한국에 산 적이 있는 나는, 저 현해탄 건너편 애절한 망향의 마음과도 흡사한 것을 줄곧 불러 일으켰다. 한국에 살았던 건 어린 시절 뿐이었다. 일본이 조선으로부터 받은 문화적 은혜도 알지 못할 뿐더러, "이겸제¹⁾가 왔다고 아버님께 전하라"라는 미덥지 못한 일본어에도 아직 망국의 비애를 느끼는 것마저 할 수 없었다.

사흘이 멀다하고 찾아오신 이겸제 씨는 아버지의 친구다. 전 궁중의 주전원경으로, 병합 후에는 중추원 참의였던 분이다. 내 아버지가 학비를 대, 도쿄에 있는 대학을 보내 준 조선인 학생도 있었다. 그 외에 경학원 대제학이라든가, 전 규장각 지후관²⁾ 출신 조선의 석학들이 끊임없이 출입하여, 친애와 선의, 존경을 서로 주고받은 환경이었던 만큼, 그 후 진실을 알았을 때의 충격은 대단했다.

---

1) 이겸제(李謙濟, 1867-1947): 일본식 이름 후쿠다 겐지(福田謙治). 구한말 무관으로 개화파의 일원이었고, 일제 강점기에는 조선총독부 중추원 참의를 지냄.
2) 규장각 지후관(奎章閣祗候官): 대한제국 시기에 관리 인사 등용을 주관하든 정2품직으로, 관리 임용을 직접 관장한 기구.

해방 후 대부분 책은 일본의 압제하에 쓰여진 비참한 얘기들뿐이었다. 다른 민족의 통치를 받은 것이 모든 불행의 원인이었는가 하고 심판의 채찍을 견디어야 하는 심정이었다.

병합 후에 전개된 피해자 측의 불행은 한국과 일본만의 특이한 것이었을까. 피해자 측에는 『기탄잘리』를 불렀던 타고르와 같은 시인이 있었는지도 모른다. 가해자 측에 『인도로 가는 길』을 쓴 포스터와 같은 문학자가 나오지 않은 건, 일본이라는 국가의 특색인지는 모르지만, 통치와 피통치라는 관계가 만든 국가와 국가 간 결과물이다.

따라서 원점은 그 비참한 결과를 초래한 한일병합이다. 심판의 채찍을 견디며, 아픈 마음에 맺힌 응어리의 배출구라 하더라도 한일병합은 왜, 어떻게 초래되었는지를 나는 무슨 일이 있어도 찾아야만 했다.

다행히 나는 간난도와 도리츠 서방(書房)의 호의로 수 년 동안 사모은 조선관련 서적을 닥치는 대로 읽었다. 『조선 사화와 사적(朝鮮史話と史蹟)』이란 책 속에서 제주도 목사가 된, 과거 자객 홍종우를 만났다. 그이야말로 나에게 한일병합을 해명해 줄 주인공이라 생각했다.

홍종우가 처음 조선 역사에 등장한 것은 김옥균을 암살할 때다. 이 야기의 진행상 상당한 픽션을 가미했지만, 등장하는 일본인은 모두 실존인물이다. 그들의 사상과 행동은 글로 남겨져 있으며, 사실(史實)을 비교적 충실하게 근거로 할 생각이다.

모든 걸 다 표현할 수 없었다고는 하나, 글로 엮어가며 쓰고 있는 사이, 나는 지구상에 서로 이웃해 있는 두 나라를 멀리서 바라볼 만큼 거리를 둘 수가 있었다. 글을 다 쓰고 보니, 여러 가지 사건도 유구한 역사 속에서 꿈틀거린 인물들을 투영한 희곡이란 생각마저 들었다.

어느 국가든 희곡같은 시대가 있었다는 생각으로, 한일병합 책임을, 19세기 후반부터 일어난 세계 제국주의의 조류로 전가하려는 생각은 털끝만큼 가지고 있지 않다. 다만 당사자들이 사라진, 어느 한 시기에 만들어진 역사의 흐름으로 받아들일 수 있게 된다면, 두 민족이 자책과 증오를 초월한 넓은 마음으로 서로 손을 맞잡을 수 있지 않을까 하는 바램이다.

마지막으로, 이러한 보잘 것 없는 소설 출판을 받아주신 우시오 출판사 분들에게, 심심한 사의를 표하고자 한다.

1971년 5월

아오야기 미도리(靑柳綠)

경/성/약/도

京城略図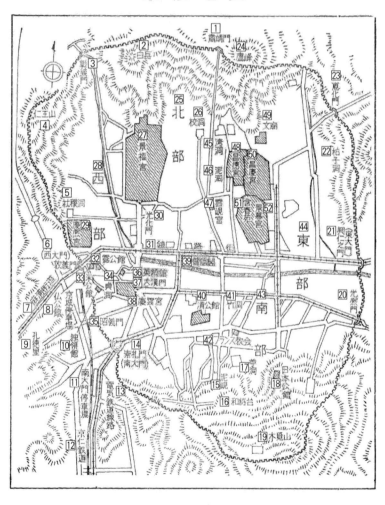

1. 숙정문(肅靖門)
2. 백악(白岳)
3. 창의문(彰義門)
4. 인왕산(仁王山)
5. 사직동(社稷洞)
6. 돈의문(서대문)
7. 마포가도(麻布街道)
8. 프랑스공관(佛公館)
9. 공덕리(孔德里)
10. 독일영관(獨領館)
11. 남대문정차장
12. 경인철도
13. 전기철도선로
14. 숭례문(남대문)
15. 이현(泥峴)
16. 왜장대
17. 저동(苧洞)
18. 일본공관(日本公館)
19. 목멱산(남산)
20. 광희문(光熙門)

21. 흥인지문(동대문)
22. 박자동(拍子洞)
23. 혜화문(惠化門)
24. 응봉(鷹峰)
25. 북부
26. 교동(校洞)
27. 경복궁(景福宮)
28. 서부
29. 경희궁(慶熙宮)
30. 광화문(光化門)
31. 종로거리
32. 러시아공관(露公館)
33. 미국공관(米公館)
34. 정동(貞洞)
35. 소의문(昭義門)
36. 영국영관(英領館)
37. 대한문(大漢門)
38. 경운궁(慶雲宮)
39. 보신각(普信閣)
40. 청국공관(淸公館)

41. 죽동(竹洞)
42. 프랑스교회
43. 남부
44. 동부
45. 만동(灣洞)
46. 이동(泥洞)
47. 운현궁(雲峴宮)
48. 창덕궁(昌德宮)
49. 문묘(文廟)
50. 창경궁(昌慶宮)
51. 함춘원(含春園)
52. 경모궁(景慕宮)
53. 경성약도(京城略圖)

찾/아/보/기

저자 | 아오야기 미도리(靑柳綠)

1914년생. 1937년 교토(京都) 여자고등전문학교 졸업. 같은 해 마이니치신문(毎日) 오사카(大阪) 본사입사. 사회부, 선데이 마이니치, 불교예술 편찬부 역임.
1962년 소설『납으로 만든 벽(鉛の壁)』으로 중앙공론(中央公論) 신인가작 입상.
저서로『나병에 바친 80년(賴に捧げた八十年)』(新潮社) 등이 있다.

역자 | 윤상현

한국외국어대학교대학원 일어일문학과 석사 취득
일본 나고야(名古屋)대학 국제언어문화연구과 박사과정 수료
한국외국어대학교대학원 일어일문학과 박사 취득
2011~2014년 가천대학교 아시아문화연구소 학술연구교수
2016~ 현재 건국대학교 아시아콘텐츠연구소 학술연구교수 및 한국외국어대학교,
인천대학교 강사

〈저서〉
『인간적인 1분 문법책』(2005년, 김영사)
『神이 되고자 했던 바보 아쿠타가와 류노스케』(2011, 인문사)
『아쿠타가와 류노스케의「라쇼몬(羅生門)」에 관한 작품분석 연구』(2016, 지식과교양)

〈역서〉
『장소론』(공역, 2011, 심산출판사)
『김옥균』(2014, 인문사)
『아쿠타가와 류노스케 전집 1~6』(2009~2015, 제이앤씨)

고종의 자객

초판 인쇄 | 2017년 10월 25일
초판 발행 | 2017년 10월 25일

저　　자　아오야기 미도리(青柳綠)
역　　자　윤 상 현

책임편집　윤 수 경

발 행 처　도서출판 지식과교양
등록번호　제2010-19호
주　　소　서울시 도봉구 쌍문1동 423-43 백상 102호
전　　화　(02) 900-4520 (대표) / 편집부 (02) 996-0041
팩　　스　(02) 996-0043
전자우편　kncbook@hanmail.net

ⓒ 아오야기 미도리(青柳綠) 2017 All rights reserved. Printed in KOREA

ISBN 978-89-6764-096-5 93810　　　　　　　　　　　　정가 25,000원